이순신이라면 어떻게 할까

충무공 이순신
백의종군길 670㎞
도보여행기

충무공 이순신 백의종군길 670㎞ 도보여행기

발행일	2025년 7월 15일			
지은이	김명돌			
펴낸이	손형국			
펴낸곳	(주)북랩			
편집인	선일영		편집	김현아, 배진용, 김다빈, 김부경
디자인	이현수, 김민하, 임진형, 안유경		제작	박기성, 구성우, 이창영, 배상진
마케팅	김회란, 박진관			
출판등록	2004. 12. 1(제2012-000051호)			
주소	서울특별시 금천구 가산디지털 1로 168, 우림라이온스밸리 B동 B111호, B113~115호			
홈페이지	www.book.co.kr			
전화번호	(02)2026-5777		팩스	(02)3159-9637
ISBN	979-11-7224-728-7 03810(종이책)			979-11-7224-729-4 05810(전자책)

(주)북랩 성공출판의 파트너

북랩 홈페이지와 패밀리 사이트에서 다양한 출판 솔루션을 만나 보세요!

홈페이지 book.co.kr • **블로그** blog.naver.com/essaybook • **출판문의** text@book.co.kr

작가 연락처 문의 ▸ ask.book.co.kr

작가 연락처는 개인정보이므로 북랩에서 알려드릴 수 없습니다.

이순신이라면 어떻게 할까

충무공 이순신
백의종군길
670km 도보여행기

김명돌 지음

북랩

프롤로그

사람은 누구나 자기만의 길을 걷는다.

자기가 걸어온 길이 곧 자신의 인생길이다.

어떤 길은 스스로 선택한 길이고

어떤 길은 시대가 강요한 길이다.

길에는 단지 풍경만이 있는 것이 아니라

역사, 문화, 아픔, 희망, 삶의 흔적이 있다.

길은 곧 이야기다.

그 길 위에서 자연을 만나고 사람을 만나고 자신을 만난다.

나는 백의종군 길에서 충무공 이순신을 만나고

이순신이라면 어떻게 할까 생각하면서

이순신과 함께 걸어가고 있는 나 자신을 만났다.

서울 종각역 1번 출구에는 '충무공 이순신 백의종군로 출발지'를 안내하는 이정표가 세워져 있다. 이순신 장군이 갇혔던 옛 의금부 터다.

(사)한국 체육진흥회는 2017년 8월 3일부터 9월 7일까지 24일간 해군이 고증한 백의종군로 서울에서 운봉 구간과 각 지자체 및 향

토 사학자들이 고증해 지역별로 운영되던 충무공 백의종군로 전 구간을 잇는 도보 대행군을 실시해 서울~합천군 율곡면(초계) 전 구간 약 670㎞를 이은 바 있다.

나는 2013년 가을 지리산 둘레길을 완주하면서 구례에서 '백의종군로'를 처음 만났다. 그래서 이듬해인 2014년 봄, 구례 산수유 시목지에서 순천 선평 로터리까지 백의종군로 구간을 걸었다. 그리고 10년이 지난 2024년 '22일간의 충무공 이순신 백의종군로 670㎞'를 걸었다.

2020년 부산 오륙도 해맞이공원에서 해남 땅끝마을까지 52일간의 남파랑길 1,470㎞를 걸으면서 이순신의 숨결이 서려 있는 유적지와 전적지를 답사했고, 2022년 해남 땅끝마을에서 강화 평화전망대까지 59일간의 서해랑길 1,800㎞를 걸으면서 또한 이순신의 자취를 만났다. 그러면서 생각했다. 정부는 왜 충무공 이순신의 자취를 따라 걸어가는 순례길을 만들지 않는 것인가.

전 세계 사람들의 버킷리스트 1위, 전 세계 사람들이 가장 걷고 싶어 하는 길로 꼽히는 산티아고 순례길 800㎞는 성 야고보라는 한 순례자의 무덤으로 가는 길이면서 아름다운 자연의 풍광을 즐길 수 있는 길이다.

이순신이 활약한 남쪽 바다 남파랑길은 물론, 서해랑길 일부 구간과 이순신의 백의종군길은 스페인의 산티아고 순례길과 비교해도 손색이 없는 세계적인 테마 길이 될 수 있다.

백의종군길을 따라 걸으면서 인고의 시기를 견디고 나라와 백성을 지켰던 이순신의 구국정신을 대한민국 국민뿐만 아니라 전 세계의 많은 사람들이 느낀다면 얼마나 흐뭇할까. 코리아둘레길 4,500㎞ 조성에 이어 정부가 나선다면 이 또한 의미가 있을 것이다.

 충무공 이순신은 세 번의 파직과 두 번의 백의종군을 하면서도 절망하거나 좌절하지 않았다. 그때마다 포기하지 않고 때를 기다리며 미래를 준비했기에 나라와 백성을 구하는 성웅이 될 수 있었다.
 이순신의 백의종군길은 단지 이순신의 복권이 아닌, 한 인간의 존엄과 나라를 향한 마음의 무게를 되새기는 순례자의 길이다. 분노가 무너진 자리에 충절이 다시 일어선 길 위에서 걷는 내내 이순신은 왜 침묵했고, 왜 다시 칼을 들었으며, 그의 고통은 무엇을 지키고자 했는지 묻는 길이다.

 21세기에 충무공 이순신의 백의종군길을 걸어야 하는 이유는 바로 '이순신이라면 어떻게 할까' 생각하면서 이순신의 정신을 배우고 따라 하기에 있다. 백의종군길에서 이순신을 만나고 이순신과 함께 인생길을 걸어가면 어떨까.
 이 책을 읽는 독자들에게 백의종군길에서 충무공 이순신을 만나기를 권유한다.

 이 원고를 탈고하기 직전, 명보아트홀 이순신의 생가터에서 탄신일이면 제사를 지내는 89세 할머니와 백의종군 길 출발 때 약속을 지키기 위해 제사에 참여하고 대마도로 건너갔다. 그리고 임진왜란 때 대마도를 출발한 1군 선봉장 고니시 유키나가가 부산포에서

20일 만에 한양에 도착한 진격로를 따라 16일간 516㎞를 걸어서 광화문 광장의 충무공 이순신 동상 앞에서 머리를 숙였다. 나라와 백성을 지켜준 성웅 이순신에게 감사하면서.

그래서 나는 마라도에서 고성 통일전망대 780㎞ 국토 종주, 해파랑길 770㎞ 종주, 비무장지대(DMZ) 325㎞ 종주, 남파랑길 1,470㎞ 종주, 서해랑길 1,800㎞ 종주, 부산항에서 강화 평화전망대까지 590㎞ 국토 종주 등 코리아둘레길 종주와 국토를 X축으로 하는 종주를 모두 마치는 쾌거를 이루었다.

숱한 깨달음을 즐기면서 새로운 하늘 새로운 땅을 걸었던 나의 국토 종주, 나의 백의종군길은 이제 일상에서 계속될 것이다.

"다음에는 또 어디로 가지?"

언제나 좋은 책을 만들어주는 ㈜북랩 출판사 관계자들에게 감사한다.

2025년 5월
김명돌

일러두기

1. 역사 속의 날짜는 음력 기준이며 지명은 당시와 현재의 표기를 혼용하였음.

2. 이순신에 대한 전투일자와 전개 과정 및 해전의 사상자 수 등은 여러 가지 기록에 따라 상이할 수 있음.

3. 이순신의 승수는 23전 23승, 32전 32승, 혹은 45전 45승, 60전 60승 등 다양하며 이 책에서는 23전 23승으로 묘사했음.

4. 본문 중 왜군과 일본군을 혼용하여 사용했음.

5. 성웅 이순신이 아닌 인간 이순신에 대해 쓰고 싶어서 호칭을 '이순신'으로 통일하였음.

백의종군길
670km

서울 탄생지
의금부
수원시
오산시
평택시
충무공 묘소
게바위
아산 현충사
공주시
논산시
익산시
여산
전주시
임실
운봉
남원시
구례
순천시
하동
산청
합천
율곡면 낙민리(모여곡)

경기도
강원도
충청북도
충청남도
경상북도
전라북도
경상남도
전라남도

목차

백의종군 여정

날짜(기간)	머무른 지역	숙박지
4.3	수원	체찰사 병사의 집
4.4	평택	이내은손의 집
4.5	아산	본가
~4.18	아산(어머니 상 등)	본가
4.19	공주	일신역
4.20	이성(논산 노성면)	언급 없음
4.21	여산	관노의 집
4.22	전주	이의신의 집
4.23	임실	관아 추청
4.24	남원	이희경의 종 집
4.25	운봉	박산취의 집
4.26	구례	손인필의 집
4.27~5.14	순천	정원명의 집
5.15~18	구례	손인필의 집
5.19~26	구례	장세호의 집
5.27	악양	이정란의 집
5.28~29	하동	읍성 내 별채
6.1	단성	박호원의 농노 집
6.2~6.3	삼가	관사
6.4	합천	문보의 집

🚩 백의종군 여정

서울 ➡ 수원 ➡ 평택 ➡ 아산 ➡ 게바위 ➡ 공주 ➡ 논산 ➡ 익산 ➡ 전주 ➡ 임실 ➡

남원 ➡ 운봉 ➡ 구례 ➡ 순천 ➡ 구례 ➡ 석주관 ➡ 악양 ➡ 하동 ➡ 산청 ➡ 합천 ➡

삼가 ➡ 모여곡

1-1코스

불멸의 이순신

명보아트홀 생가터에서 종각역 의금부터

2024년 12월 5일 오후 광화문에 섰다.
서울을 넘어 대한민국을 상징하는 건축물 광화문
1395년 태조 때 지어진 경복궁 남쪽의 정문
세종 때 '임금의 큰 덕이 온 나라를 비춘다'라는 의미로
광화문(光化門)으로 이름을 바꾸었다.

'하늘이 내린 큰 복'을 더하는 경복궁(景福宮)으로 들어서서
개국군주 이성계부터 망국군주 고종과 순종에 이르기까지
국립고궁박물관에서 27명의 조선의 왕들을 만나고 그 한가운데
백성들이 광화문과 경복궁을 불태우며 분노했던
임진왜란 때 의주로 몽진했던 14대 왕 선조 이연을 만났다.
다시 광화문 거리로 나와서 세종대왕 동상 앞에서 머리를 숙였다.

경복궁에서 즉위하여 승하하신 최초의 임금

글 모르는 어리석고 가여운 백성들을 위해 한글을 만들어주신 성군(聖君)이다.

다시 걸어서 충무공 이순신 동상 앞에서 머리를 숙였다.

'장하신 선조께서 나라를 구하셨으니'

비록 두 동강이 났지만, 오늘날 대한민국이 존재한다.

성군 세종대왕과 성웅 이순신

두 분은 서울 출생으로 148년의 시차를 두고 태어나

같은 나이인 54에 세상을 떠났다.

나라를 부강하게 하고 백성을 사랑했던 세종대왕

나라에 충성하고 효성이 지극하며 백성을 제 몸처럼 돌보았던 이순신

위대한 동상이 자리한 21세기 광화문 광장에

아아, 아우성이 어찌하여 그칠 날이 없는가.

대한민국 최초로 세워진 이순신 동상은
1952년 4월 13일에 건립된 진해의 동상
1592년 4월 13일에 임진왜란이 일어났으니
왜적의 침입을 잊지 말자는 의미 아닌가.
국가의 심장부로 통하는 광화문 네거리
남쪽 일본에서 들어오는 강한 기운을 제어하고자
일본이 가장 무서워할 인물의 동상
왜적을 물리쳐 나라를 구하신 이순신의 동상을
1968년 4월 27일 건립하였건만
아아, 애석하구나!
망국의 동서 분당 대신에 오늘날은 좌우의 분열인가

한강의 기적을 이룬 위대한 대한민국
세계2차대전 이후 독립한 120여 국가 중에
원조받던 최빈국에서 원조 주는 유일한 국가
세계 속에 우뚝 자리 잡은
그 자랑스러운 대한민국은 도대체 어디로 흘러가는가.

21세기 이순신이라면 어떻게 할까 생각하면서
마른내골 명보아트홀 이순신의 생가터를 찾아간다.

생가터 비석을 44년간 청소해 오고
탄신일이면 충무공의 제사상을 차려 절하는 88세의 할머니
두 손을 꼭 잡고 내년 제사에 오라 하시는 당부에

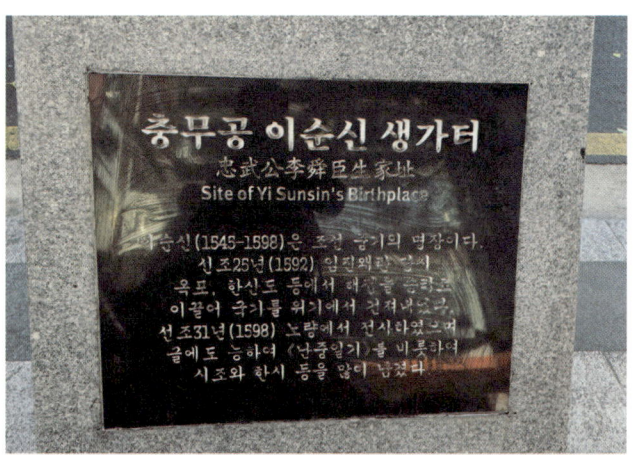

"할머니, 내년 탄신일에는 꼭 올게요!"
환한 웃음을 나눈다.

충무공 이순신 백의종군길 670㎞
명보아트홀 생가터에서 합천 율곡면 모여곡 이어해의 집터까지 가
는 길
시작 스탬프를 찍고 종각역 의금부터로 발걸음을 옮긴다.
청계천을 지나고 의금부터에 도착하여 의기에 찬 내일을 기약
하고
충무공 이순신이 그리워서 다시 광화문 밤거리를 걸어간다.

'光化門'
세 글자를 한자로 쓰지 말고 한글로 쓰라는 외침
무엇이 정녕 옳은 것인가.
빛나는 대한민국 외침도 많다.
'아아, 이순신!'
'이순신이라면 어떻게 할까.'
이순신과 함께하는 광화문의 밤이 깊어간다.

이렇게 시작한 나의 백의종군길
22일간의 670㎞ 도보여행 끝에
12월 27일 합천의 모여곡에서 끝이 났지만
이순신의 백의종군은
1597년 7월 16일 원균이 칠천량 패전으로 죽음을 맞고

8월 3일 진주 손경례의 집에서
다시 삼도수군통제사 교지를 받았을 때 비로소 끝이 났다.

'수군을 폐하라'는 임금의 교지에
'신에게는 아직 열두 척의 배가 남아 있습니다'라는 결의를 외치고
수군 재건의 노력 끝에 명량의 기적을 이룬 이순신은
"천지신명이시여! 이 원수를 갚을 수만 있다면 오늘 죽어도 여한
이 없겠나이다."
"단 한 척의 배도 단 하나의 적도 살려 보내지 말라."
외치며 노량에서 장엄한 최후를 맞이했다.

왜 우리는 이순신을 성웅(聖雄)이라 부르는가.
아아, 장하신 우리 선조 충무공 이순신이 아니었다면
벌써 이 나라는 왜적의 나라가 되었을 것을.
〈선묘중흥지〉에서는
"우리 목숨을 살리시고 우리 원수를 갚으신 분은 공이시다."라고
하고
최유해의 〈이충무공행장〉에서는
"임진년 전쟁에서 만일 이공(李公)께서 큰 배를 이끌고 적을 무찌
르지 않았더라면, 동방의 백성들은 저 오랑캐들 속에 섞여 살게 되
고 말았을 것이다."라고 한다.

    "오호라, 영웅을 배우는 자는 불가불 이 죽음과 삶의 문턱을 벗
    어날 수 있어야 할 것이다."라고 신채호가 말했듯

"나의 명은 저기에 있다."
하면서 죽고 사는 것을 하늘에 맡겼기에
이순신은 성스러운 영웅, 성웅 이순신으로 추앙을 받을 수 있
었다.

한번 죽음으로 영원히 살아있는 불멸의 이순신
영원한 민족의 태양 충무공 이순신
이순신의 백의종군길은
이제 나의 백의종군길이 되었으니
이순신이 흘린 눈물은 나의 눈물이 되고
이순신의 죽음에 대해 눈물을 흘리니
나의 삶은 어찌 살아야 할까.

1코스

옥문을 나섰다

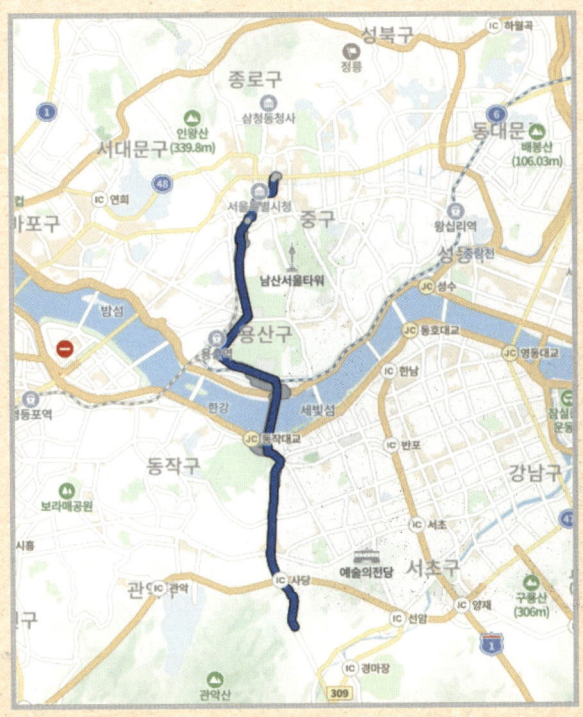

종각역 의금부터에서 남태령 18.3㎞

종각역 의금부터 ➡ 숭례문 ➡ 삼각지 ➡ 동작대교 ➡ 동작역 ➡ 남태령

12월 6일 쌀쌀한 아침 종각역 백의종군길 출발지.

"가자, 시작이다!" 외치고
충무공과 함께 걷는 나 홀로 백의종군길을 시작한다.
이순신의 침묵과 분노가 시작되었고
나는 그 발자국 위에 조심스레 내 발자국을 얹는다.
벼슬도 군복도 벗은 채 백의(白衣)로 나라를 품은 장군의 발걸음
오늘, 나의 땀과 호흡으로 되살아난다.

백의종군길

426년 전 초췌한 충무공 이순신이

하얀 옷을 입고 번쩍이는 광채로 다가온다.

시공을 넘어 굳게 악수하고 함께 길을 간다.

"하늘이 장차 그 사람에게

큰 사명을 내리려고 할 때는

반드시 먼저 그 마음을 괴롭게 하고

뼈와 힘줄을 힘들게 하며

육체를 굶주리게 하고

그에게 아무것도 없게 하여

그가 하고자 하는 모든 것과 어긋나게 한다.

그리하여 그의 마음을 움직이고

참고 견디는 힘을 길러내

그가 할 수 없었던 일을

더 많이 할 수 있게 한다."

〈맹자〉의 가르침을 더듬으며

의금부터에서

　보신각을 바라보면서　횡단보

도를 건너

　녹두장군　전봉준의　조각상

앞에 멈춰 선다.

친일 내각의 재판소에서 사형선고를 받은 5척 단구의 전봉준.

"어찌 이 깜깜한 적굴에서 암연히 죽이느냐.
나를 죽일진대 종로 네거리에서 목을 베어
오가는 사람들에게 내 피를 뿌려라."라는 외침이 들려오고, '운명
(殞命)'이 흘러간다.

때가 오매 천지가 모두 힘을 합했는데
운이 다했으니, 영웅도 스스로 할 바를 모르겠구나.
백성을 사랑하고 정의를 세운 것이 무슨 허물이겠나.
나라 위한 오직 한마음 그 누가 알겠는가.

동학농민혁명을 비판했던 매천 황현을 생각하며
청계천 광교를 지나고 3·1운동 기념터를 지나서
한국은행을, 숭례문을, 한양 순성길을 지나간다.
18.6㎞ 성곽 순례길을 두 번이나 걸었던 생각을 더듬으면서
서울역을, 삼각지를, 국제빌딩을 지나서 국립중앙박물관을 지나
간다.
12·3 비상계엄 여파로 불심검문을 받고
국립 한글박물관을 지나서 동작대교를 건너간다.

한없이 푸른 하늘 출렁이는 푸른 물결
한강의 기적을 이룬 위대한 대한민국이
좌우의 충돌로 거친 바람에 휘청거린다.

노을 카페에서 커피 한 잔으로 몸을 녹이면서
유유히 흐르는 한강을 바라본다.
용산 나루에서 배를 타고 동작나루에 도착했던 이순신
그때 이순신은 과연 무슨 생각을 하였을까.
한강을 경계로 일본과 명나라가 분할 점령하였을 것을
바다에서 승전하여 나라와 백성을 지켜주었건만
돌아온 것은 파직과 고문에 백의종군이라니

우뚝 솟은 남산타워 아름다운 서울 풍경 바라보다가
강남으로 건너가는 발걸음
콧노래 부르며 허밍웨이(Humming Way) 보행자 안전 통로를 지나
면서
지난해 6월에 아프리카 최고봉 킬리만자로 트레킹에서 만났던
헤밍웨이의 '킬리만자로의 눈'을 생각하며
산정에서 굶어서 얼어 죽은 킬리만자로의 표범처럼 걸어간다.

방배 카페 골목을 지나고 사당을 지나서
과천대로를 따라 남태령고개를 올라가다가
정각사의 '깨달음의 문 解脫門'을 바라볼 때
〈그런 깨달음은 없다〉는 크리슈나무르티의 깨달음이 다가온다.

'어서 오십시오. 경기도 과천시입니다'
서울을 벗어나 경기도로 들어서자 거대한 '南泰嶺' 표석이 반겨
준다.

사도세자의 능원으로 행차할 때 고개 이름을 묻던 정조 임금

과천현 이방 변 씨가 '여우고개'라는 속된 이름을 아뢸 수 없어

'남태령(남행할 때 첫 번째 나오는 큰 고개)'이라 아뢴 전설이 담긴

'남태령 옛길' 표석 앞에서 걸음을 멈추고

백의종군길 활성화를 위해 애쓰는 (사)한국체육진흥회에서 교부받은 패스포트에 스탬프를 찍는 의식을 엄숙히 행한다.

　　시작이 반, 1코스 완주를 자축하며 힘차게 고개를 넘어간다.

　　　1597년 4월 3일 맑음. 일찍 남쪽으로 길을 떠났다. 의금부 도사 이사

　　빈, 하급 관리 이수영, 나장 한언향은 먼저 수원부에 도착했다 (……).

　　이순신은 이렇게 백의종군길을 출발했다. 이순신의 체포가 결정된 것은 2월 6일, 당시 이순신은 부산 해역에 출전 중이었기 때문에 체포된 시점은 원대 복귀해서 원균에게 인수인계를 한 뒤였다.

　　이순신은 2월 26일 한산도에서 체포되어 한양으로 압송되어 8일 만인 3월 4일 저녁에 투옥된 후, 3월 13일 한 차례 고문을 받고 28일 만에 옥에서 풀려났다. 이순신은 출옥한 날부터 다시 일기를 쓰

기 시작했다.

4월 1일. 맑음. 옥문을 나왔다. 숭례문 밖 윤간의 종 집에 이르니, 조카 봉, 분과 아들 울이 유사행과 원경과 더불어 한 방에 함께 앉아 오래도록 이야기했다 (······)

지사(윤자신)가 돌아갔다가 저녁밥을 먹은 뒤에 술을 가지고 다시 왔다. 윤기헌도 왔다. 정으로 권하며 위로하기에 사양할 수 없어 억지로 마셨는데, 몹시 취했다. 이순신(李純信)이 술병을 들고 와서 함께 취하고 간절한 뜻을 전했다. 영의정(류성룡)이 종을 보내고 판부사 정탁 (······) 사람을 보내어 문안했다. 술에 취하여 땀이 몸을 적셨다.

2일. 종일 비가 내렸다 (······) 붓 만드는 공인을 불러 붓을 매게 했다. 저녁에 성으로 들어가 영의정(류성룡)과 이야기하다가 닭이 울어서야 헤어져 나왔다.

이순신은 의금부 감옥에서 나오면서 억울한 심정이 얼마나 많았겠는가마는 소회를 한 마디로 이렇게 기록했다.

"옥문을 나왔다."

자존감이 강한 이순신의 모습이다.

옥에서 풀려난 이순신은 남대문 밖에 있는 윤간의 종의 집으로 향했다.

찾아오는 사람들이 정으로 권하며 위로하기에 이순신은 취하도록 마셨다.

다음 날에는 온종일 비가 내렸다.

붓 만드는 사람을 불러서 붓을 만드는 이순신

이순신의 기록 정신과 유비무환의 정신을 엿볼 수 있다.

이순신은 어두울 무렵 성으로 들어가 영의정 류성룡을 만나서 이야기하다가 닭이 울어서야 헤어져 나왔다. 류성룡과 이순신은 어릴 적 한동네에 살았고, 이순신의 형 이요신은 류성룡과 동갑내기 벗이었으며, 류성룡은 이요신과 함께 퇴계 이황의 제자이기도 했다.

퇴계 이황이 '하늘이 내린 인물'이라고 한 류성룡은 24세 때 성균관에 들어가 이듬해인 명종 21년(1566) 대과에 급제한 천재였다.

1591년 이조판서를 겸하면서 좌의정으로 초고속 승진한 류성룡은 이때 왜란이 있을 것을 대비해 형조좌랑이었던 권율을 4계급 뛰어넘어 의주 목사로,

정읍 현감이었던 이순신을 전라좌수사로 각각 천거했다.

류성룡의 안목은 예리했다. 류성룡은 7단계를 뛰어넘는 기상천외의 발탁으로 이순신을 전라좌수사로 임명했다. 아무도 이순신을 주목하지 않을 때 그는 이순신을 주목했다. 류성룡은 〈징비록〉에 이렇게 기록했다.

조정에서 그를 추천해 주는 사람이 없어 무과에 급제해 10여 년이 되도록 벼슬이 승진되지 않았다. 그러다 비로소 정읍 현감이 되었다. 내가 장수가 될 만한 인재로 이순신을 천거했더니, 정읍 현감에서 차례를 몇 개나 뛰어넘어 수사로 임명되었다. 사람들은 그가 갑작스레 승진한 것을 의심하기도 했다.

류성룡과 이순신의 만남은 숙명적이었다.

류성룡이 없는 이순신이 있을 수 없고 이순신이 없는 류성룡은 있을 수 없었다.

조선은 이 두 사람의 만남이 있음으로써 조선이었다.

두 사람의 만남은 조선의 행운이었고 나아가 우리 민족의 행운이었다.

서애 류성룡과 여해 이순신!

이들의 위대한 만남은 우리 겨레의 축복이었다.

2코스

이순신을 죽여라!

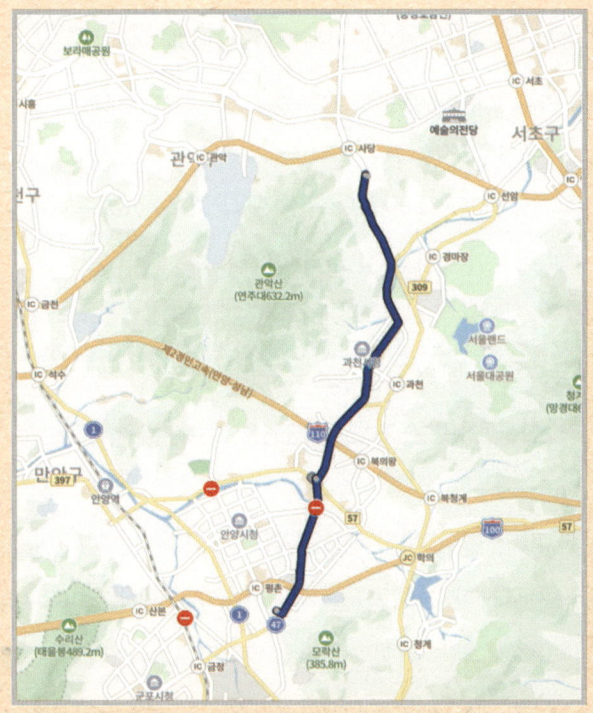

남태령에서 갈산동 행정복지센터 11.8㎞

남태령 ➡ 온온사 ➡ 갈현삼거리 ➡ 인덕원 ➡ 계원대사거리 ➡

갈산동 행정복지센터

2022년 연말 59일간 서해랑길 1,800㎞ 종주하여

코리아둘레길 4,500㎞를 완주하고

'다음은 어디로 가지?' 했는데

이제 다시 백의종군길에서 남태령 옛길 따라 산길을 걸어간다.

차량의 소음이 멀어지고 고요가 다가온다.

세상에서 가장 큰 선물은 자기 자신에게 기회를 주는 삶

충무공 이순신의 백의종군길을 걷는다는 것

이 기회를 선물로 받은 기쁨에 행복한 미소를 짓는다.

시작이 반이라, 일단 시작해야 한다.

무엇인가를 시작할 기회는 늘 지금, 이 순간밖에 없다.

"어떤 일이든 시작은 위험하지만 어떤 일이든 시작하지 않으면 아무것도 시작되지 않는다"라고 니체는 말했다.

또한 "험한 길을 가는 것은 고통이 아니라, 그 길을 가지 않는 것이 더 큰 고통이다"라고 말했다.

새로운 길을 가는 것은 출발부터 위험한 요소들이 많지만

무언가를 이루기 위해서는 일단 시작하지 않으면 안 된다.

길을 떠나면 비록 홈리스(Homeless)일지언정 호프리스(Hopeless)

는 아니다.

희망을 품고 살아갈 때 노예가 아닌 주인으로 살아갈 수 있다.
희망을 찾는 가장 좋은 방법은 혼자만의 여행
바로 나 홀로 여행이다.
또한 중요한 것은 여행 그 자체
"인간이 여행하는 것은 도착하기 위해서가 아니라
여행하기 위해서이다."라고 괴테는 말하지 않았던가.

인간은 호모 루덴스
인생은 선물 받은 즐거운 놀이의 시공
폭풍우가 지나가면 다시 태양이 떠오르듯
고통의 바다 끝에는 피안의 세계가 있나니
피할 수 없는 고통은 씹어서 즐겨야 하리라.
얽매임이 있어 벗어남이 있고
벗어남의 희열은 얽매임에서 비롯되나니
얽히고설킨 번뇌의 실타래에
놀부는 불안하고 흥부는 언제나 희망에 산다.

한양에서 삼남(三南)(충청·전라·경상도)으로 통하는 유일한 도보길
옛사람들은 남태령을 지나 수원·안성을 거쳐 남쪽으로 갔으며
반대로 과천에서 이 고개를 넘어 사당동·동작동·흑석동을 거쳐
노들나루(노량진)에서 한강을 건너 한양에 이르렀다.
충무공이 지나간 지 426년이 흐른 지금 순례자가 마음으로 기도
한다.

하늘에서 땅에서 앞에서 뒤에서 좌에서 우에서

힘과 용기 주시기를!

사방팔방 밀려오는

아름다운 고통 속에서 걷게 되기를!

한 걸음 한 걸음 내딛는 발걸음마다

스치는 바람결에 이순신의 목소리를 듣게 되기를!

과천동 용마골을 지나서 관악산과 청계산을 연결하는 과천 생태

길을 따라

주홍색 '삼남길' 리본과 하얀 '경기옛길' 리본이 바람에 흔들리며

나뭇가지에서 길을 안내한다.

첫날의 점심은 따뜻한 국물의 짬뽕밥

새 힘을 얻어 온온사 입구를 지나고 안양으로 들어서서 인덕원을

지나간다.

이순신은 인덕원에서 쉬어갔다.

당시 인덕원은 퇴임한 내시들이 살던 마을이었다.

"(……) 나는 인덕원에서 말에게 여물을 먹이고 조용히 누워 쉬다가 (……)"

이순신은 인덕원 옆을 흐르는 냇가에서 말에게 여물을 먹이고 쉬게 했다.

백의종군길을 나선 이순신에게 의금부에서 말 두 필을 내주었으니 한 필은 이순신이 타고 다른 한 필은 짐을 운반했다.

금오랑 이사빈, 서리 이수영, 나장 한언향이 동행하며 감시했다.

평촌을 지나간다. 길가에 낙엽이 뒹굴고 나무에서 춤추는 빨간 단풍이 환히 웃으며 반긴다.

오후 3시 27분, 평화롭게 퇴교하는 학생들 사이를 걸어서 갈산동 행정복지센터에 도착하여 스탬프를 찍고 첫날의 30㎞ 행군을 마무리한다.

1597년 1월 11일, 고니시 유키나가는 요시라를 통해 허위 정보를 경상우도 병마절도사 김응서에게 전하였다.

"가토 기요마사가 일본에서 바다를 건너올 때 불시에 치면 틀림없이 그를 죽일 수 있다."

김응서는 이 허위 정보를 도원수 권율에게 보고하였고, 권율로부터 보고를 받은 선조는 권율에게 가토를 치도록 이순신에게 전하라는 명령을 내렸다. 그리고 권율은 이 명령을 받은 후 한산도에 있는 이순신에게 전하였다. 그러나 이순신이 생각할 때는, 적의 반간계(反間計)임이 불을 보듯 뻔하다는 판단, 그래서 배를 이끌고 적을 맞아 치러가지 않았다.

요시라가 김응서를 만나 발설한 것이 1월 11일, 가토의 제1진은 1월 12일에, 가토가 직접 인솔하는 제2진은 1월 13일에 이미 가덕진에 도착해 있었으니, 실제 이순신이 이 명령을 받았을 때 가토는 이미 바다를 건너와서 부산의 가덕진에 있었다. 바로 이때 원균의 장계가 올라갔고, 이는 이순신의 파직과 백의종군에 결정적인 역할을 했다. 1월 22일 〈선조실록〉의 기록이다.

> 원하건대 조정에서 수군으로서 바다 밖에서 맞아 공격해 적에게 상륙하지 못하게 한다면 반드시 걱정이 없게 될 것입니다. 이는 신(원균)이 쉽게 말하는 것이 아니라 전에 바다를 지키고 있어서 이런 일을 잘 알기 때문에 이제 감히 잠자코 있을 수가 없어 우러러 아룁니다.

원균의 속셈은 뻔했다. 그리고 어전 회의에서 선조는 이순신을 죽일 것을 다짐했다. 1월 23일 〈선조실록〉의 기록이다.

> "한산도의 장수는 편안히 누워서 무얼 하고 있는가."
>
> "어찌 이순신이 가토의 머리를 가져오기를 기대할 수 있겠는가. 다만 배를 거느리고 기세를 부리며 기슭으로 돌아다닐 뿐이다. 나라는 이제 그만이다. 어찌할꼬, 어찌할꼬."

며칠 뒤 서인의 영수 윤두수가 나섰다. 1월 27일 〈선조실록〉의 기록이다.

이순신의 죄상은 임금께서도 이미 통촉하시지만, 이번 일은 나라의 인심이 모두 분노하고 있으니, (……) 위급할 때 장수를 바꾸는 것이 비록 어려운 일이지만 이순신을 체직시켜야 할 듯합니다.

원균은 윤두수와 사돈지간이었고, 윤두수는 선조와 사돈 관계였다. 1월 27일 〈선조실록〉의 기록이다.

"이순신이 부산에 있는 왜적의 진영을 불태웠다고 조정에 허위 보고를 하니, 이제 가토의 대가리를 들고 와도 이순신을 용서할 수 없다."
"이순신이 글자는 아는가? 이순신을 용서할 수 없다. 무장으로서 어찌 조정을 경멸하는 마음을 품을 수 있는가?"
"해군의 선봉을 갈아야겠다."
"이순신을 털끝만치도 용서해 줄 수 없다."

2월 6일 급기야 파직 명령을 내렸다. 〈선조실록〉의 기록이다.

이순신을 잡아 올 때 원균과 교대한 뒤에 잡아 올 것으로 말해 보내라. 또 만약 이순신이 군사를 거느리고 적과 대치하여 있다면 잡아오기에 온당하지 못할 것이니, 전투가 끝난 틈을 타서 잡아 올 것도 말해 보내라.

명을 받은 선전관이 한산도까지 와서 파직되었음을 알렸고, 이순신은 2월 26일 한양으로 압송길에 올랐다. 오랏줄로 묶인 이순신이 수레에 실려 한성으로 올라가는 길목에 백성들이 몰려나와 통곡했다.

서울에 도착한 것은 3월 4일, 의금부에 갇혀 10일이 지난 3월 13일 선조는 이렇게 명령했다. 〈선조실록〉의 기록이다.

이순신이 조정을 기만한 것은 임금을 무시한 죄이고, 적을 놓아주어 치지 않은 것은 나라를 저버린 죄이며, (……) 이렇게 허다한 죄상이 있고서는 법에 있어서 용서할 수 없는 것이니 죽여 마땅하다. 신하로서 임금을 속인 자는 반드시 죽이고 용서하지 않는 것이므로 지금 형벌을 끝까지 시행하여 실정으로 캐어내려 하는데 어떻게 처리할 것인지 대신들에게 하문하라.

'이순신을 죽여라!' 하는 명령이었다. 이는 사형집행의 요식 절차를 밟으라는 명이나 다름없었다. 당시의 심문이란 죄에 대한 증거를 확보한 후 그것을 입증하는 절차가 아니라, '네 죄는 네가 알렸다!' 하는 식의 죄에 대한 심증만 갖고 가혹한 고문을 통해 자백하여 죄를 만들어내는 것이 관행이었다. 심문은 가혹하여 한 번 문초를 당하면 몸이 상해서 죄를 밝히기도 전에 숨을 거두는 경우가 비일비재했다. 의병장 김덕령도 그렇게 고문으로 죽었다.

3코스

이순신은 효자였다

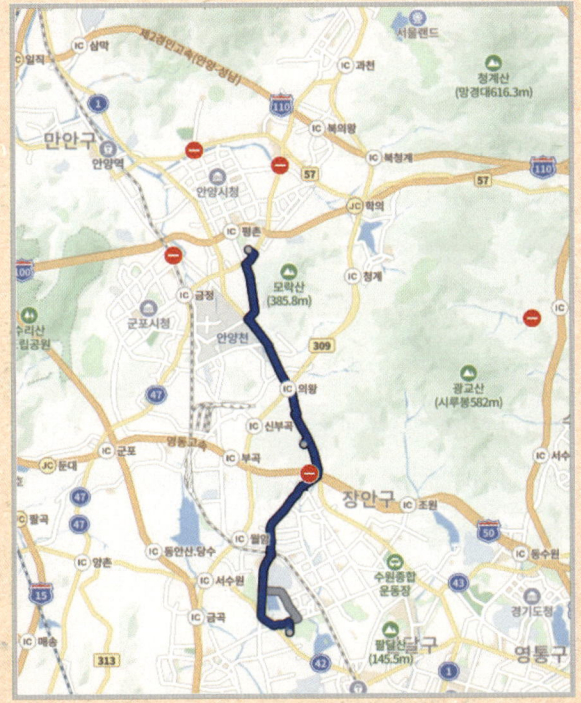

갈산동행정복지센터에서 **구운초등학교 13.4㎞**

갈산동행정복지센터 ➡ 덕고개사거리 ➡ 지지대고개 ➡ 서호천 ➡
구운초등학교

12월 7일 토요일 아침 7시 50분

안양시 갈산동 행정복지센터에서 걸어간다.
사람은 원래 걷도록 설계되어 있으니
걷기를 하면 안 되는 사람은 없다.
사람은 걷도록 진화된 동물이고
수렵채취사회의 유전자를 가지고 있다.
걷기는 생존을 위한 필수영양소
걷기는 밥이고 이족 보험이다.
'시민과 함께하는 스마트 행복도시 안양'을 지나서
'푸른 도시 의왕'으로 들어선다.

사람들은 묻는다.
겨울날 왜 그렇게 걸으면서 고행하냐고
나는 되묻는다.
이렇게 낭만적인 걷기를 왜 하지 않느냐고
가진 자는 그 건너편 잃음을 바라보니 불안하고
못 가진 자는 그 건너편 얻음을 바라보니 희망에 찬다.

건너편 저쪽에는 언제나 꿈이 있으니
높이 날아본 사람만이 알고 있듯이
멀리 걸어본 사람만이 알 수 있다.
진리는 오직 하나!
비우면서 걸을수록 채워지는 역설의 기쁨이다.

　매연을 마시며 도로를 따라 오전동을 지나고 왕곡동을 지나서 지
지대고개에서 수원시 장안구 파장동으로 들어선다.
　지지대고개!

정조대왕의 효심을 기리는 지지대비가 길 건너편에 서있다.

아버지 사도세자의 능(현륭원)을 12번이나 참배하였던 정조

참배를 마치고 한성으로 돌아가는 발걸음은 더 이상 아버지의 묘를 돌아볼 수 없는 지지대고개에서 언제나 멈췄다.

이곳에만 이르면 느릿느릿하였다고 하여 '遲(더딜 지)' 한자를 반복해서 '지지대(遲遲臺)'라고 부르게 되었다.

옆에 있는 프랑스군 참전 기념비 앞에서 묵념을 올린다.

정의와 승리를 추구하며 불가능이 없다는 신념을 가진 나폴레옹의 후예들!

세계의 평화와 한국의 자유를 위해 몸 바친 288명의 고귀한 이름 위에 영세 무궁토록 있으라!

동상에 새겨진 글이다. 한국에 파병된 후 첫 번째 숙영지가 수원이기에 이곳 파장동에 기념 공원을 세웠다.

'수원 팔색길 중 7색길 효행길'을 걸어간다. 수원시에서는 수원 곳곳을 연결하며 수원의 역사와 문화, 자연을 느낄 수 있는 팔색길 거리를 만들었다.

정조의 효심이 깃들어 있는 노송지대 구간을 걸어간다. 지지대고개 정상부터 옛 경수대로 국도를 따라 노송이 생장하는 5㎞ 구간이다. 정조가 내탕금 1,000냥을 하사하여 소나무 500주와 능수버들 40주를 심게 하였다.

정조는 효자였다. 이순신 또한 효자였다. 이순신의 효성은 칭송이 자자했고, 훗날 다산 정약용은 무과에서도 덕행을 평가하자고 주장한 〈경세유표〉에서 이렇게 썼다.

이순신은 효자였다. 내가 일찍이 이순신의 〈난중일기〉를 보니, 어머니를 그리워해서 밤낮으로 애쓰고 지성으로 슬퍼한 모습이 사람을 감동하게 할 만했다.

정조는 규장각 각신 윤행임에게 〈이충무공전서〉를 쓰게 했다. 〈이충무공전서〉는 이순신에 관한 글과 사적들을 모두 모아 을묘년에 활자로 인쇄한 책이다. 이 을묘년은 1795년(정조 19)으로, 정조에게는 아주 뜻깊은 해였다. 즉위한 지 20년이 되는 해인 동시에 어머니이신 혜경궁 홍씨와 돌아가신 아버지 사도세자 두 분의 회갑이 되는 해였다. 이런 뜻깊은 해에 〈이충무공전서〉가 나왔다.

〈이충무공전서〉는 임금이 직접 편찬을 명한 책이기에 임금의 글로 서문을 대신했다. 거기에는 이순신 후손을 대보단 제사에 참여시키라는 명, 〈이충무공전서〉를 편찬하면 고금도 사당에도 한 질을 보내라는 명, 신도비를 세우고 동시에 이순신을 영의정으로 증직하라는 명이 있었다.

정조는 나라에 공이 있는 사람들에게 각별한 정을 기울였다. 특히 임진왜란 때 조선의 바다를 홀로 지키다시피 한 이순신과 병자호란 때 백마산성에서 굳게 버틴 임경업을 가장 높게 평가했다. 그래서 두 사람을 기리는 책을 만들라고 지시했다. 이순신에 대해서는 특별히 책 이름을 '전서(典書)'라고 이름 붙이라고 했다. 임금이 신하의 시문을 모아 책으로 엮어내는 일도 흔치 않거니와 그 이름을 전서라 한 사례는 더더욱 없었다. 이순신을 흠모하는 정조의 마음을 읽을 수 있다.

한적한 도로를 따라 삼남대로 표지판을 보고 율목교에서 서호천을 걸어간다.
초등학교에 걸린 현수막이 눈길을 끈다.

바람과 햇빛을 담아 붉어진 나뭇잎
꿈과 땀방울의 시간 모아 자라는 우리

서호천을 따라 서둔동 여기산 선사유적지를 지나고 서둔동 구운초등학교를 지나서 GS25 안에 비치된 3코스 종점 스탬프를 찍고는 직원에게 묻는다.

"백의종군길을 걷는 여행자 보셨어요?"
"올해는 거의 못 봤어요."

백의종군길을 떠난 이순신은 첫날 수원관아 인근에서 이름도 모르는 병사의 집에서 하루를 묵었다.

> 4월 3일 (……) 저녁 무렵 수원에 들어가서 이름도 모르는 경기체찰사(홍
>
> 이상)의 병사의 집에서 잤다. 신복룡이 우연히 왔다가 내 행색을 보고 술을
>
> 가지고 와서 위로해 주었다. 수원 부사 유영건이 나와서 만났다.

이순신의 문초는 3월 13일 실시되었다. 선조의 지시로 이순신에게 고문이 가해졌다. 이순신을 어떻게 조치할 것인지에 대해서도 논의되었다. 류성룡은 물론 누구도 이순신을 위해 변호해 주는 이가 없었다. 저 멀리 이원익이 상소를 올리고 발을 동동 구르며 안타까워했지만, 아무 소용이 없었다. 이순신이 고문을 당해 목숨이 경각에 달려있던 그때 판중추부사 정탁(1526~1605)의 신구차(伸救箚)가 올라갔다.

정탁은 남인이자 퇴계의 문인으로 선조를 의주까지 호송하였고, 1594년 곽재우와 김덕령을 천거하고 전공을 세우게 하여 우의정이 되었다. 우의정 정탁은 급히 선조를 알현하여 이순신의 죄목에 대해 하나하나 해명했다.
이순신의 죄목은 첫째는 조정을 속이고 임금을 업신여긴 죄, 두 번째는 적을 쫓아 공격하지 않아 나라를 등진 죄, 세 번째는 남의

공을 가로채고 남을 모함한 죄, 네 번째 죄목은 임금이 불러도 오지 않은 한없이 방자한 죄였다. 〈이충무공전서〉에 실린 정탁의 글이다.

삼가 아룁니다. 이순신은 큰 죄를 지어 죄명이 매우 엄중한데도 밝으신 성상께서는 즉각 극형을 내리지 아니하셨습니다. (……) 살리시기를 좋아하시는 성상의 큰 덕이 죄를 범하여 죽을 자리에 놓인 자에게까지 미치니, 신은 지극히 감격스러운 마음을 가눌 수 없습니다. (……) 무릇 인재는 나라의 보배이니, 역관이나 주판질하는 사람까지도 재주와 기술이 있기만 하면 다 마땅히 사랑하고 아껴야 할 것입니다.

하물며 분기를 사르며 적을 막아내는 데 중추적 역할을 하는 능력 있는 장수를 그저 법대로만 처분하고 너그러이 용서하지 않아서야 하겠습니까? (……) 바라옵건대 은혜로운 하명으로 문초를 덜어주셔서 그로 하여금 공로를 세워 스스로 보람 있게 하시면 성상은 은혜를 천지 부모와 같이 받들어 목숨을 걸고 갚으려는 마음이 반드시 저 명실 장군만 못지않을 것입니다.

정탁의 신구차(伸救箚)는 선조를 자극한 명문이었다. '신구(伸救)'는 '죄가 없음을 사실대로 밝혀 사람을 구한다'라는 뜻이고, 차자(箚子)는 일반적으로 정해진 상소의 격식을 따르지 않고 간략히 적어 올리는 상소문을 말한다.

정탁은 그 안에서 이순신을 살려야 하는 이유를 호소력 있게 주장했다. 무엇보다 능력 있는 장수를 법대로만 처분하고 너그러이 용서하지 않아서는 안 된다고 하면서 선조의 마음을 움직였다. 이순신을 처형함으로써 전황이 불리해질지 모른다는 선조의 마음을 움직여 마침내 이순신은 사형을 모면하게 되었다.

처형될 위기에서 이순신은 천명(天命)을 받고 다시 살아났다. 투옥된 지 28일 만에 선조는 백의종군하라는 단서를 붙여 이순신을 석방했다.

이순신에게 가해진 고문의 내용은 알 수가 없다. 이순신은 출옥 후 부축하는 사람 없이 걷거나 말을 타고 남해안까지 내려왔다. 출옥 후 술도 조금 마셨다. 이순신에 대한 고문이 몸을 아주 망가뜨린 것은 아니었다.

이순신이 전옥서 옥문을 나서자, 목멱산(현재의 남산)의 짙어진 녹음이 푸른 하늘 아래 펼쳐졌다. 조카 분(芬), 봉(菶), 그리고 차남 울(蔚) 세 사람이 이순신에게 다가왔다. 허리를 구부리고 다리를 절면서 비틀비틀 다가서는 이순신을 보고 모두의 눈에 이슬이 맺히기 시작했다. 이순신 일행은 남대문 밖 생원 윤간의 종 집으로 갔다.

이순신은 이후 다시는 한산도에 갈 수 없었다. 원균의 칠천량 패전으로 한산도의 운주당은 불타버렸고, 조선 수군은 임진왜란이 끝날 때까지 경상도로 들어올 수 없었다.

4코스

전라좌수사 이순신

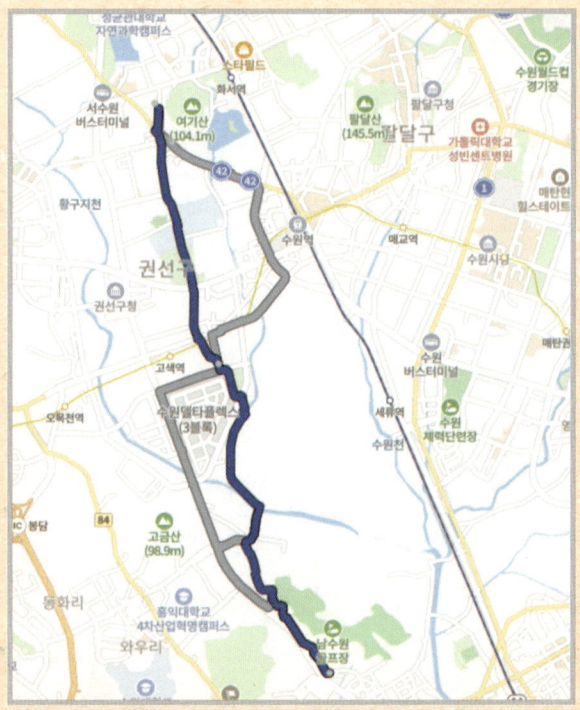

구운초등학교에서 용주사 9.4km

구운초등학교 ➡ 고현초등학교 ➡ 배양교 ➡ 효행로 ➡ 용주사

용주사 가는 길,

　서둔동을 지나고 한적한 탑동을 걸어간다. 서울대학교 농업생명과학대학 농장을 지나고 고색동 수원무궁화원을 지나간다. 인적이 없어 고요한 길, 터벅터벅 발소리에 자유와 행복이 물밀듯 밀려온다.

　홀로 가는 길에는 자유가 있다.
　누군가 외롭지 않으냐고 묻지만
　외로움이 한 냥이면 자유가 열 섬이다.
　길에서 자유를 누릴 때면 세상 부러울 게 없다.
　아름다운 온 세상이 내 것인데 부귀영화가 부러울 건가
　가소롭다.
　부자라고 권세 있다고 유명하다고 하는 인간들
　유치하기 그지없다.
　내 것은 없다.
　모두가 허상이요 모두가 잠시 빌린 것
　길은 걷는 자의 것이요
　세상은 누리는 자의 것이다.

나는 아무것도 바라지 않는다.
길 위에선 나는 영원한 자유인이다.

서호천 제방을 따라서 평리동을 걸어서 화성시 배양동으로 들어
선다.

서호천과 황구지천이 만나는 지점을 지나서 세차게 불어오는 바
람을 맞으며 허허벌판 제방 옆에 서 있는 '화성시 이야기' 안내판을
읽어간다.

'화성시는 서쪽으로는 서해와 접하고 동쪽으로는 용인, 북쪽으로
는 안산과 수원, 남쪽으로는 오산과 평택과 접하고 있다. '화성'이라
는 지명은 지금의 수원 화성에서 유래한 것으로 1949년 수원읍이
수원시로 승격되면서 수원군의 나머지 지역이 화성군이 되었고, 다
시 화성군이 2001년 시로 승격하여 지금의 화성시가 되었다.'라는
내용이다.

배양동 공장지대 지날 때 '공장밥 전문'이란 한식부페가 발길을 당긴다.

문을 열고 들어서며,

"혼자도 밥 주세요?" 하니

"어서 오세요!" 하며 외국 여인이 반겨준다.

착한 가격에 배 불리 먹고 길을 나서는데

벽에 쓰여 있는 글씨가 말한다.

'오늘 하루도 당신 거예요!'

그래, 오늘 하루도 나의 날이지.

하루하루가 소중한 나의 날이야! 하면서 길을 간다.

남수원골프장을 지나고 사도세자와 정조의 무덤이 있는 융건릉을 지나쳐서 용주사(龍珠寺)에 도착했다. 백의종군 길 답사가 끝난 후 융건릉을 방문했다. 예전에도 여러 번 다녀갔지만, 정조의 효심은 늘 새로웠다.

관광안내소에서 4코스를 마무리하는 스탬프를 찍는다.

갈 길은 멀지만 용주사로 들어서서 홍살문을 지나간다.

홍살문은 왕실의 능·원·묘·궁전·관아 등의 정면으로 들어가는 입구에 붉은 칠의 두 개의 기둥을 세우고, 기둥을 연결한 보에 붉은 살을 쭉 박은 형태로 세워 경의를 표하는 의미가 있는 문이다.

다른 사찰에는 없는 홍살문이 용주사에는 있는 이유는 무엇일까. 정조가 사도세자의 명복을 빌기 위하여 용주사를 창건하고 사도세자의 위패를 모셨기 때문이다.

양주 배봉산에 있는 사도세자의 묘를 이곳 화산으로 옮기면서 절을 다시 세워 용주사로 이름하고 현륭원의 능사(陵寺)로서 능을 수호하고 사도세자의 명복을 빌게 하였던 것이다.

용주사는 조지훈이 '얇은 사 하이얀 고깔은 고이 접어 나빌레라'라고 하는 시 '승무'를 썼던 배경 사찰이다. 학생이었던 조지훈이 용주사에서 큰 재가 열린다는 소식을 듣고 찾아가서 '승무(僧舞)'라는 무용을 보고 느낀 감동을 적은 시이다. 효행박물관을 지나니 '이 뭣고!' 하는 성철스님의 말씀이 돌에 새겨 있다.

어디선가 불어오는 바람에
'산은 산이요 물은 물이니 아등바등 쩨쩨하게 살지 말고 산처럼 물처럼 넉넉한 가슴으로 살다가 잘 놀았다 하면서 웃으며 떠나가라'는 고승의 목소리가 들려온다.

전란을 1년 앞둔 때, 마치 운명처럼 이순신은 전라좌수사가 될 수 있었다. 지나친 승진이라 반대도 심했지만, 이순신의 능력과 성품을 알아본 선조의 귀와 눈이 있었다. 전쟁 전의 선조는 그런대로 그러했다. 1591년 2월 16일 〈선조실록〉의 기록이다.

전라좌수사 이순신은 현감으로서 아직 군수에 부임하지도 않았는데 관례를 뛰어넘어 좌수사에 제수하시니, 아무리 인재가 부족하기 때문이라 해도 관작을 함부로 주는 것이 이보다 심할 수 없습니다. 다른 사람으로 바꾸어 임명하소서."

그러자 상이 대답하였다.

"이순신의 일에 그러한 측면이 있는 것을 나도 안다. 다만 지금은 평상시의 규정에 얽매일 수 없다. 인재가 부족하여 마지못해 그렇게 하였을 뿐이다. 이 사람은 충분히 임무를 감당할 만하니 관작이 높은지 낮은지를 따질 필요가 없다. 다시 논의를 꺼내 그의 마음을 동요시키지 말라."

그리고 이순신은 전라좌수사가 되었다. 류성룡은 이순신을 천거하여 조선을 구했다. 오늘날의 대한민국을 있게 했다.

류성룡과 이순신!

임진왜란은 이 두 인물을 위대한 역사의 인물로 만들었다. 우리 역사상 가장 위대한 만남은 류성룡과 이순신의 만남이라 할 수 있다. 이 두 사람이 만나지 않았다면 우리 역사는 어떻게 되었을까. 아마도 한민족의 우리가 아닌 '중국화한 우리', '일본화한 우리'로 존재하지는 않았을까. 임진왜란은 우리에게 그런 전쟁이었다.

육지에서는 류성룡이 1593년 10월부터 전쟁이 끝나는 1598년 11월까지 5년 1개월 동안 영의정 겸 도체찰사로 전쟁을 총지휘했고, 바다에서는 이순신이 전라좌수사로, 삼도수군통제사로 왜적을 막았다. 끝이 보이지 않는 전쟁 속에 각각 홀로 전장을 지켜야 하는 외로운 영웅들이었다. 류성룡과 이순신은 임진왜란 6년 7개월 전쟁

가운데에 떠 있는 외로운 배들이었다. 허주(虛舟), 그들의 마음은 빈 배처럼 공허했다.

이순신의 최후처럼 류성룡의 말로도 쓸쓸했다.

임진왜란이 끝나가는 1598년 9월 24일부터 류성룡은 파직되는 11월 18일까지 이이첨 등 북인의 공격을 당했다. 정응태 무고 사건과 류성룡이 일본과의 강화를 주도해서 나라를 그르치게 했다는 것이었다. 일본과의 강화 주체는 명이었고, 조선은 처음부터 배제되어 있었다. 이 둘은 그냥 탄핵의 명분이었다.

이때 근 두 달 동안 역사에 없는 기이한 드라마가 전개되었다. 조정은 당을 지어 탄핵하는 상소를 쉴 새 없이 올리고, 류성룡은 물러나겠다는 사직서를 선조에게 쉴 새 없이 올리고, 선조는 사직을 허락하지 않는다는 불윤(不允)을 쉴 새 없이 되풀이했다.

당시 류성룡이 조정에서 가장 아끼는 사람으로 이원익과 함께 이항복과 이덕형이 있었다. 이원익은 선조에게 간곡히 권했다.

"오늘날 정승을 택하는데, 누구를 택해도 류성룡을 대신할 수 없습니다."

그러면서 류성룡을 파직하면 자신도 퇴임하겠다고 했다. 오성과 한음으로 불리는 이항복과 이덕형도 존경하는 류성룡을 위해 나섰지만, 허탈감에 빠졌다. 선조는 결국 북인들의 '강화를 주도해 나라를 그르쳤다'라는 책임론을 받아들여 류성룡을 파직시켰다. 그리고 다음달에는 역시 반대파들의 공격에 맞추어 삭탈관직까지 했다. 벼슬아치 명부에서 벼슬을 했다는 기록 자체를 삭제해 버린 것이다.

임진왜란 5년 동안 영의정과 전시 최고사령관인 도체찰사까지 겸직해서 명실공히 전시 수상으로서 임무를 끝까지 완수한 것, 그것이 류성룡 탄핵의 이유였다.

이순신은 통제영이 있는 고금도에서 류성룡의 탄핵과 체임 소식을 들었다. 그 소식을 듣는 순간 이순신이 '실성(失聲)했다.'라고 적고 있다. 그리고 크게 탄식하면서 '나랏일이 하나같이 이 지경에 이르다니'라고 말했다. 이때 이순신이 어떤 결심을 했는지는, 한 달 후 노량해전에서의 선택을 미루어 짐작할 수 있다. 이순신은 왜 죽어야 했을까.

이순신이 노량 앞바다에서 전사한 1598년 11월 19일, 류성룡은 이순신의 죽음도 모르는 채 그날 한양을 떠나 양평의 용진(龍津)을 건너 도미천에서 남산을 바라보며 귀거래사 한 수를 남겼다.

전원으로 돌아가는 길 삼천리
벼슬살이 나라 깊은 은혜 사십 년
도미천에 발 멈추고 바라보네 남산
그 남산 빛 옛 모습 그대로이네

고향 안동으로 돌아가는 길은 아무리 길어도 천 리 길이다. 그러나 차마 돌아가기가 어려워 삼천리가 되었다. 벼슬살이 햇수는 32년이지만 나라가 준 은혜는 40년만큼이나 많았다. 이제 모든 것 떨치고 돌아간다. 서울의 남산을 보는 것은 오늘이 마지막이다. 그 남산의 산색은 청정한 모습 그대로이다. 남산 또한 40여 년 전 고향으로 돌아가는 류성룡의 모습을 보았을 것이다.

　파직되던 다음 날 류성룡은 행장을 꾸려 서울을 떠났다. 노모(老母)가 계시는 태백의 도심촌(道心村)을 거쳐, 이듬해 2월 안동의 하회에 돌아왔다.

　류성룡은 1607년 5월 6일 죽는 날까지 다시는 한양 성안에 발을 디디지 않았다. 죽기 3년 전인 1604년 7월 불후의 명작 세계유산 〈징비록〉의 저술을 끝냈다. 류성룡은 〈징비록〉에서 이순신의 죽음에 대해 한없이 애석해하고 안타까워하는 심정을 토로했다.

　　그는 말과 웃음이 적었고 용모는 단정하였으며, 항상 마음과 몸을 닦아 선비와 같았다. 그러나 속으로는 담력과 용기가 뛰어났으며 자기 몸을 돌보지 않고 나라를 위해 목숨을 바친 행동 또한 평소의 그의 뜻이 드러난 것이었다. 그의 형 이희신과 이요신은 그보다 먼저 사망했는데, 이순신은 그들의 자손까지 자기 자식처럼 아껴 길렀으며, 조카들을 모두 혼인시킨 후에야 자기 자식들의 혼례를 올렸다. 그는 뛰어난 재주에도 불구하고 운이 부족해 백 가지 경륜을 하나도 제대로 펴보지 못한 채 죽고 말았으니 참으로 애석한 일이다.

5코스

원균의 최후

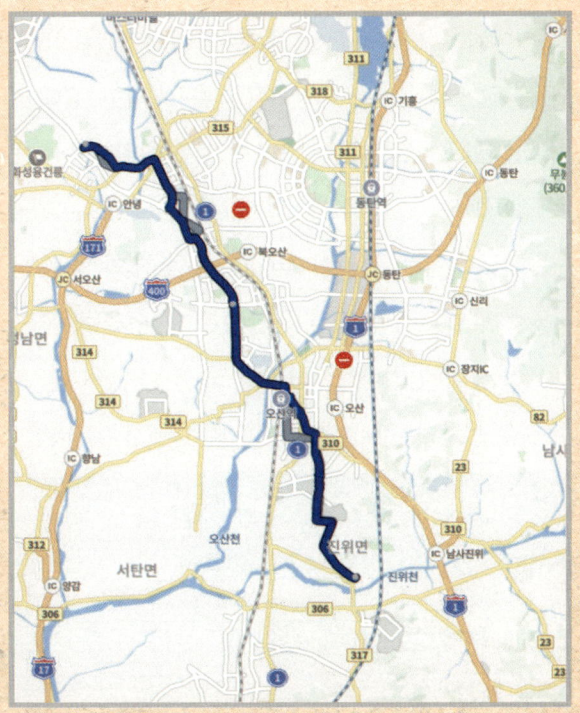

용주사에서 진위면사무소 17,5㎞

용주사 ➡ 세마교차로 ➡ 은빛 개울공원 ➡ 오산역 광장 ➡ 봉남길 ➡

진위면사무소

휴식은 언제나 달콤한 것, 용주사 내에 있는 화산 카페에서 커피 한 잔 마시고 길을 나선다. 용주로를 지나고 효행로를 지나고 수원천을 가로지르는 송산교를 건너서 한신대학교 앞 사거리를 걸어간다.

화성을 지나서 '함께하는 변화, 미래도시 오산'의 양산동으로 들어선다. 하늘을 가로지르며 비행기가 날아간다. 인근에 이순신은 상상도 못 했을 비행장이 있기 때문이리라.

사람은 저마다 인생의 활주로를 갖고 있다.

활주로는 길어야 한다.

활주로가 짧으면 높이 날아오를 추진력과 기동력을 확보할 수 없다.

국제선은 국내선보다 활주로가 길다.

더 높이 날아오르기 위해서다.

더 멀리 더 높이 날아오르기 위해서는 활주로를 닦는 수고와 정성이 필요하다.

활주로를 넓고 길게 닦는 수고와 노력을 그만두면 하늘 높이 비상할 수 없다.

활주로를 닦는 힘든 연마기(鍊磨期)를 거쳐야만 하늘을 훨훨 날아가는 용비기(龍飛期)를 맞을 수 있다.

'예수님과 함께하면 언제나 즐겁습니다!'

'즐거운 교회'를 지나간다.

인간으로 태어난 축복받은 인생

예수와 동행하는 신앙생활은 언제나 즐거워야 한다.

신도들을 따분하게 하고 즐겁지 않게 하는 것은 성직자들의 잘못이다.

지호락(知好樂)!

아는 것보다는 좋아하는 게 낫고 좋아하는 것보다는 즐기는 게 낫다. 삶을 즐겨야 한다. 인생이란 그 자체로 놀이판이다. 그래서 인간은 호모 루덴스(home ludens), 곧 유희하는 인간이다. 사람은 삶을 놀이로 즐길 때 비로소 너그러워질 수 있다. 실컷 놀다가 어느 날 해 저물면 어머니가, "애야, 와서 밥 먹고 어서 자야지."라고 하면

흙으로 돌아가야 한다.

세마교차로를 지나서 독산성 둘레를 따라가는 길, 은빛 개울 공
원을 지나간다.

4월 4일. 맑음. 일찍 길을 떠나 독성 아래 이르니 반자(판관) 조발이 장
막을 설치하고 술을 갖추어 놓았다. 취하도록 술을 마시고 길을 떠나 바로
진위의 옛길을 거쳐 냇가에서 말을 쉬게 했다. 오산(五山, 화성 오산)의 황천
상의 집에 가서 점심을 먹었다. 황(황천상)은 내 짐이 무겁다고 말을 내어
실어 보내게 하니, 고마운 마음 그지없었다 (……).

독성은 독성산성으로 둘레는 3.2㎞이고 문이 4개이다. 백제시대
에 축성한 성으로, 1592년 12월 권율이 이곳에서 왜군을 격퇴했다.

성에 우물이 없는 것을 알고 왜군은 성을 포위하고 성으로 들어가는 물을 끊는 전략을 펼쳤다. 이에 권율은 성 가장 위에 있는 누각에서 말에게 쌀을 붓게 하였다. 이를 본 왜군은 성안에 물이 풍부한 것으로 속아서 포위를 풀고 물러갔다. 말을 목욕시킨 이곳을 세마대(洗馬臺)라고 불렀다.

독산성 수성장으로 판관을 겸임하고 있던 조발은 장막을 치고 술을 준비하여 이순신을 기다렸다. 이들의 인연은 1595년 2월 16일 자 〈난중일기〉에도 나와 있다.

> 16일. 맑음. 대청으로 나가 앉았으니 함평 현감 조발이 논박당하여 돌아간다고 고하기에 술을 먹여 보냈다 (……).

2년 전 한산도에서 조발이 논박당해 마음 상했을 때 이순신은 술을 권해서 마음을 풀어주었다. 마찬가지로 조발은 백의종군하는 이순신의 마음을 위로해 주기 위해 이른 아침에 장막을 치고 술을 준비하여 기다리고 있었던 것이다. 이순신은 고마운 마음에 이른 아침이지만 기분 좋게 술을 마시고 다시 길을 나섰다.

이순신은 화성 오산(五山)으로 가서 황천상의 집에서 점심을 먹고 머물렀다. 황천상은 한 때 이순신 휘하의 수졸로 근무하다 제대한 후 오산 역참에서 말을 돌보며 어렵게 생계를 꾸리고 있었다. 황천상은 뒷날 역리를 그만두고, 이순신이 백의종군을 하고 있던 초계면 매야실로 찾아가 전쟁이 끝날 때까지 생사고락을 함께했다.

작은 연못이 있는 소공원을 지나고 오산역 광장을 지나간다. 오산천을 건너고 도심을 지나서 진위 일반산업단지를 걸어간다. 이제는 평택이다. 진위초등학교를 지나서 진위면사무소에 도착한다. 3, 4, 5코스 40㎞ 넘는 강행군이었다.

이중간첩 요시라를 이용해 이순신 제거에 성공한 고니시 유키나가는 원균에게도 같은 전술을 적용했다. 고니시 유키나가는 요시라를 김응서에게 보내 일본군 후속부대가 도해하는 시일을 알려주었다.

1597년 4월 19일 삼도수군통제사 원균은 조정에 "고니시 유키나가, 요시라 등이 거짓으로 통화하는 것이므로 그 실상을 알 수가 없습니다."라고 보고했다. 그러나 조정에서 출진을 독촉했다.

원균은 6월 18일 조선 수군의 전력(全力)인 200여 척의 함대를 이끌고 한산도를 출항해 일본 수군과 맞붙었다. 그러나 원균은 칠천도로 퇴각했다가 겨우 한산도로 귀환했다.

권율이 재출전을 지시하였으나 말을 듣지 않자, 선조에게 원균이 출전을 기피한다고 보고했다. 선조는 "전일과 같이 후퇴하여 적을 놓아준다면 나라에는 법이 있고 나 역시 사사로이 용서하지 않을 것이다."라며 크게 화를 냈다. 선조의 공격하는 대상이 이순신에서 원균으로 바뀐 셈이었다. 류성룡의 〈징비록〉의 기록이다.

원균이 처음에 한산도에 부임하고 나서 이순신이 시행하던 여러 규정을 모두 변경하고, 부하 장수들과 사졸 가운데서 이순신에게 신임받던 사람들을 모두 쫓아버렸다. 특히 이영남(소비포권관)은 자신이 전일 패전한 상황을 자세히 알고 있는 사람이므로 더욱 미워했다. 군사들은 마음속으로 원망하고 분개했다.

이순신은 한산도에 있을 때 운주당이라는 집을 짓고 밤낮으로 그 안에 거처하면서 여러 장수와 전쟁에 관한 일을 함께 의논했는데, 비록 지위가 낮은 군졸일지라도 전쟁에 관한 일을 말하고자 하는 사람에게는 찾아와서 말하게 함으로써 군중(軍中)의 사정에는 통달했으며, 매양 전쟁할 때마다 부하 장수들을 모두 불러서 계책을 묻고 전략을 세운 후 나가서 싸웠기 때문에 패전하는 일이 없었다.

원균은 자기가 사랑하는 첩과 운주당에 거처하면서 울타리로 당의 안팎을 막아버려서 여러 장수들은 그의 얼굴을 보기가 드물게 되었다. 또 술을 즐겨서 날마다 주정을 부리고 화를 내며, 형벌 쓰는 일에 법도가 없었다. 군중에서 가만히 수군거리기를, "만일 적병을 만나면 우리는 달아날 수밖에 없다."라고 했고, 여러 장수들도 서로 원균을 비난하고 비웃으면서 또한 군사 일을 아뢰지 않아 그의 호령은 부하들에게 시행되지 않았다.

고성에 있던 권율은 원균이 아무런 전과도 올리지 못했다며 격서를 보내 원균을 불러와서 곤장을 치고 다시 나가서 싸우도록 했다. 이런 상황에서 일본 수군이 습격했다. 〈징비록〉의 기록이다.

(이날) 밤중에 왜적이 습격하자 원균의 군사는 크게 무너졌다. 원균은 도망쳐 바닷가에 이른 뒤 배를 버리고 언덕에 올라 달아나려 했으나 몸이 살찌고 거동이 둔하여 소나무 아래에 앉았는데, 측근 사람들은 모두 흩어져 가버렸다. 어떤 이는 원균이 이곳에서 적에게 살해되었다고 하고 또 어떤 이는 달아났다고도 하는데 확실한 것은 알 수가 없다. 이억기는 배 위에서

물에 뛰어들어 죽었다. 배설은 그 전부터 원균이 반드시 패전할 것으로 생각해 여러 번 간했으며, 이날도 칠천도는 물이 얕고 협착해서 배를 운행하기가 불편하니 다른 곳으로 옮겨 진을 치자고 말했으나 원균은 전혀 듣지 않았다. 배설은 자기가 거느린 배들과 은밀히 약속하고 엄중히 경계하면서 싸움을 대비하고 있다가 적병이 내습하는 것을 보자 항구를 벗어나 먼저 달아났기 때문에 그가 거느린 군사는 홀로 보전되었다.

배설은 한산도에 돌아오자 불을 놓아 여사(廬舍)와 양곡, 병기를 불사르고, 성안에 남아 있는 백성들을 옮겨 적병으로부터 안전한 곳으로 피란시켰다. (우리 수군이) 한산도에서 패전한 후에 적군이 이긴 기세를 타고 서쪽으로 향해 쳐들어오자, 남해군과 순천부가 차례로 함몰되었다. (……) 적군이 임진년에 우리 국경을 침범한 이후로 오직 수군에게만 패전을 당해서 도요토미 히데요시가 이것을 분하게 여겨 고니시 유키나가에게 책임을 지워 우리 수군을 반드시 쳐부수라고 명령했다. 이에 고니시는 거짓으로 김응서에게 실정을 통하는 체하여 이순신이 죄를 얻게 하고, 또 원균을 유인하여 바다로 나오도록 하여 방비가 있는지 없는지 다 알게 된 후에야 습격한 것이다. 그들의 계책이 지극히 교묘하여 우리는 모두 그들의 꾀에 떨어지고 말았으니, 참으로 슬픈 일이다.

원균은 탈출하다가 시마즈 요시히로 군의 추격을 받아 고성의 춘원포에서 전사했다. 경상 우수사 배설만이 한산도로 퇴각하는 데 성공했다. 이때 배설이 거느린 배가 12척이었다. 조선 수군은 이렇게 궤멸했다. 이순신이 체포된 지 불과 5개월 만이었다. 원균이 죽은 뒤인 〈선조실록〉 1598년 4월 2일 사관의 논평이다.

원균이라는 사람은 원래 거칠고 사나운 하나의 무지한 위인으로 애초 이순신과 공로 다툼을 하면서 백방으로 상대를 모함하여 결국 이순신을 몰아내고 자신이 그 자리에 앉았다. 겉으로는 적을 일격에 섬멸할 듯 큰소리를 쳤으나 지혜가 고갈되어 군사가 패하자, 배를 버리고 뭍으로 올라와 사졸들이 모두 어육이 되게 만들었으니 그때 그 죄를 누가 책임져야 할 것인가. 한산(칠천량)에서 한 번 패하자 뒤이어 호남이 함몰되었고, 호남이 함몰되고 나서는 나랏일이 다시 어찌할 수 없게 되어버렸다. 시사를 목도하건대 가슴이 찢어지고 뼈가 녹으려 한다.

　일본군은 드디어 임진년 이후의 숙원인 제해권을 장악했고, 안정적인 보급로를 확보했다. 삼도 수군이 모두 궤멸했으므로 조선은 영·호남을 막론하고 어느 한 곳 안전하지 못했다.

　1597년 2월 26일 삼도수군통제사 이순신이 계급장 떼이던 날 남겨주었던 군량미 9,914석과 화약 4,000근, 판옥선당 총통 300자루를 원균은 몽땅 칠천량 바다에 수장시키고, 8월 3일 백의종군 중이었던 이순신은 다시 삼도수군통제사가 되었다. 이제 이순신의 바다에 기적이 서서히 움트고 있었다.

6코스

이순신과 원균

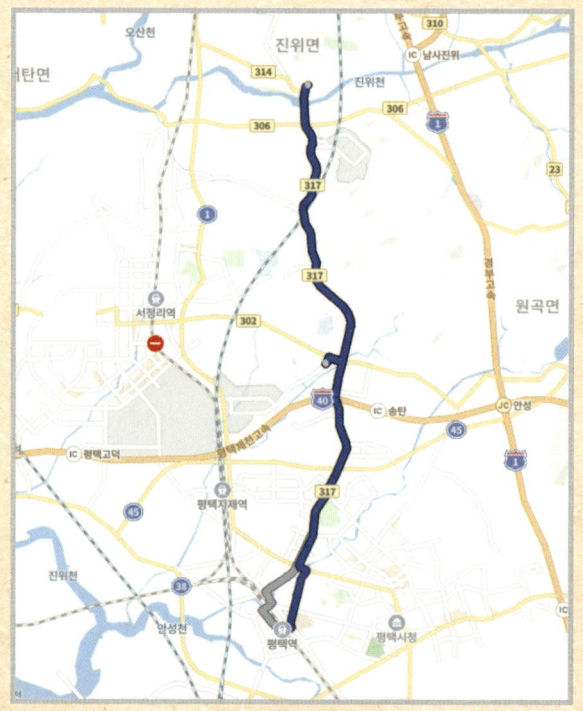

진위면사무소에서 평택역까지 15.7㎞

진위면사무소 ➡ 마산교차로 ➡ 송탄동주민자치센터 ➡ 평택시장 ➡
평택역

12월 8일 일요일 구름 한 점 없이 맑은 하늘이다. 진위면사무소에서 출발하여 봉남교를 건너서 마산교차로를 걸어간다.

"가장 위대한 여행은 지구를 열 바퀴 도는 여행이 아니라 단 한 차례라도 자기 자신을 돌아보는 여행이다."라고 마하트마 간디는 말한다. 세상에 흩어진 빛을 모아서 담뱃불을 붙이듯 자신을 돌아보는 생각에 초점을 맞춰서 길을 간다. 삼봉로 이정표가 삼봉 정도전 선생 기념관을 안내한다.

진위면 은산리에는 정도전의 사당인 문헌사와 정도전 기념관, 가묘가 있다. 문헌사 돌계단에 서면 바라보이는 산대마을이 정도전 후손들의 집성촌이다.

새로운 유토피아를 꿈꾼 조선의 개국공신 정도전은 조선을 설계한 위대한 정치가다. 정도전은 "세상의 일이 부지런하면 다스려지고 부지런하지 못하면 버려지는 것은 필연의 이치이다."라고 했으니, 한 걸음 한 걸음 부지런히 길을 걸어간다.

옛말에 '큰 부자는 하늘이 낳고 작은 부자는 부지런함이 낳는다.'라고 했다. 정말 부지런히 열심히 살았고 걸어온 지난 세월이었다.

'원균장군묘'라는 안내 표지판이 다가온다. 평택시 도일동 산82에 있는 원균의 묘소는 시신의 행방을 확인할 수 없어 유품을 묻어 조성한 가묘이다.

흰치고개 쉼터를 지나간다. 그림자가 동행을 한다. 이순신도 동행을 한다. '충무공 이순신 백의종군길' 리본이 반겨준다.

이순신은 당시에 경상도 초계현에 가기 위해서는 영남길로 이동하는 게 빠른 길이었는데, 삼남길로 갔다. 이는 초계현으로 가는 중간에 아산 본가를 방문하기 위해서 삼남길로 이동한 것으로 보인다.

평택시 동삭동을 지나갈 때 잘 지어진 교회의 형상이 노아의 방주 모양이다.
지난 8월 튀르키에 아라라트산에서 보았던 노아의 방주의 흔적.
방주는 노아의 순종이 새로운 세계질서와 창조 질서의 회복을 의미한다.
물로 심판을 했던 알 수 없는 신의 진노와 사랑
하늘을 우러러 기도하며 가야 할 길을 물어본다.
기도란 생명의 하늘 속에 자신을 활짝 펴는 것
욕망의 소리를 내뱉는 게 아니라
'당신에게 아무것도 청할 수 없습니다. 욕구가 생기기 전에 당신은 이미 알고 계십니다.'라는 마음으로 간절히 구하는 것
기도할 때면 침묵 속에서 하늘과 대지와 산과 숲과 바다, 그들이 말하는 것을 들어야 하고 한밤중 고요에 귀를 기울여야 한다.

사람들이 오가는 평택역 광장에 도착해서 7번 스탬프 함을 연다.

2020년 11월 남파랑길을 걸으면서 '엉규이 무덤'을 찾아갔다.
통영시 광도면 춘원마을 황리에는 '엉규이 무덤'이 있다.
나지막한 언덕 아래 소나무 숲에 오래된 무덤 하나
옛 해안선까지는 900m가량 떨어져 있다.
'엉규이'는 원균의 현지식 발음인데
엉규이 무덤은 '목 없는 무덤' '원균의 묘'로 전해진다.
일본군의 추격을 피하여 춘원포에 상륙한 원균은
일본군에게 대항하다가 최후를 맞이했다.
일본군은 원균의 목을 베고 갑옷 등의 전리품을 가지고 갔다.
부러진 칼을 쥐고 삼베옷만 남은 목 없는 시신을
당시 주민들이 묻어주었다고 전한다.
선전관 김식은 원균의 최후를 조정에 이렇게 보고했다.

신은 통제사 원균, 순천부사 우치적과 간신히 탈출해 상륙했는데, 원균
은 늙어서 걷지 못하여 맨몸으로 칼을 잡고 소나무 밑에 앉았습니다. 신이
달아나면서 돌아보니 왜군 6~7명이 칼을 휘두르며 원균에게 달려들었는
데, 그 뒤로 원균의 생사를 자세히 알 수 없습니다.

원균은 이순신보다 나이가 다섯 살 많았고 무과도 이순신보다 9
년 빠른 1567년에 급제했다. 비록 수사에 임명된 시기는 이순신보다
11개월 늦은 1592년 1월이었지만 나이도 무과도 관직도 선배였다.
하지만 임진왜란이 발발하고 고니시 유키나가가 쳐들어오자, 경상

우수사 원균은 전선과 병기들을 모두 바다에 수장시키고 도망을 갔다가 돌아왔다. 원균은 임진왜란 시작부터 불안했다.

이순신은 원균을 좋아하지 않았다. 두 사람의 갈등은 옥포해전과 한산대첩 이후 장계를 올리는 과정에서 발생했다. 이때 원균의 판옥선은 4척이었고 이순신은 24척이었다.

원균은 이순신에게 연명으로 함께 장계를 올리자고 했지만, 이순신은 이를 거절하고 먼저 단독으로 장계를 올렸다. 이 때문에 원균은 벼슬이 더해지지 않고 이순신의 벼슬만 더해졌다. 원균이 이를 이순신의 탓으로 돌리면서 이후 두 사람의 감정은 골이 깊어지기 시작했다.

이순신은 〈난중일기〉 곳곳에 원균을 비난하는 글을 남겨놓았다. 이순신이 원균을 싫어한 가장 큰 이유는 원균이 공을 세우는 데만 관심이 있고 백성과 나라는 안중에도 없다고 판단해서다. 또한 원균의 인간성에도 혐오감을 감추지 않았다. 원균은 아군이 위험에 처해도 못 본 척하면서 자신의 전공을 높이기 위해 부하들을 시켜 적의 시신을 건지기에 혈안이 된 인물이었다. 또한 조선 백성을 죽여 왜적의 머리로 보고하는 짓도 서슴지 않았다. 이순신은 원균의 그런 행동을 가소롭게 여겼다.

두 사람의 관계가 날로 악화하던 중에 이순신이 1593년 8월 삼도수군통제사로 임명되었다. 이는 원균이 이순신의 지휘를 받아야 하는 처지가 되었음을 의미한다. 하지만 원균은 이순신이 통제사가 된 이후에도 거의 명령을 따르지 않았다.

8월 25일 원균은 이순신을 찾아와 술을 내놓게 한 뒤 잔뜩 취하자 행패를 부렸다. 이순신은 이날 일기에 "원균이 술을 마시자고 하여 조금 주었더니 잔뜩 취하여 흉악하고 도리에 어긋나는 말을 함부로 지껄였다. 매우 해괴하다."고 적고 있다.

어쨌든 두 사람의 갈등은 점차 심해졌고, 이는 조정의 당파싸움에도 영향을 끼쳤다. 이순신과 원균의 갈등은 개인 차원의 문제를 넘어 나라와 백성의 안위가 걸린 중차대한 문제였다. 1596년 11월 조정에서 이순신과 원균이 싸운 것에 대한 논란이 벌어졌다. 〈선조실록〉 11월 27일의 기록이다.

우의정 이원익이 아뢰었다.

"이순신은 스스로 변명하는 말이 별로 없었으나 원균은 기색이 늘 발끈하였습니다. 예전의 장수 가운데에도 공을 다툰 자는 있으나 원균의 일은 심하였습니다. 소신이 올라온 뒤에 들으니, 원균이 이순신에 대하여 분한 말을 매우 많이 하였다 합니다. 이순신은 결코 한산도에서 옮길 수 없으니 옮기면 일마다 다 글러질 것입니다."

좌의정 윤두수가 아뢰었다.

"원균은 소신의 친족인데, 신은 오랫동안 그 사람을 보지 못하였습니다. 대개 이순신이 후진인데 지위는 원균 위에 있으므로 발끈하여 노여움을 품었을 것이니, 조정에서 헤아려 처치해야 할 것입니다."

이원익이 아뢰었다.

"원균은 당초에 많이 패하였으나 이순신만은 패하지 않고 공이 있으므로 다투는 시초가 여기에서 일어났습니다."

남인 이원익은 이순신을 옹호했지만, 서인 윤두수는 원균을 옹호했다. 그런데 선조 또한 원균을 옹호하고 이순신을 비판했으니 이는 매우 위험한 일이었다. 이틀 후 윤근수의 장계에는 '백전백승의 장수는 이순신이 아니라 원균'이라며, 이순신 죽이기의 서막이 올랐다. 그리고 이순신을 원균으로 대체하자는 것이 윤근수의 주장이었다.

이에 대해 선조는 "이렇게 써서 아뢰니, 매우 아름답고 기쁘다."라고 답했다. 육군 명장 김덕령을 제거한 데 이어 수군 명장 이순신을 제거하기 위한 작전이 착착 진행된 것이다. 이순신에게 서서히 죽음의 그림자가 드리워지고 있었다. 류성룡은 〈징비록〉에 기록했다.

> 조정 의논이 두 갈래로 갈라져 각각 주장하는 바가 달랐는데, 이순신을 천거한 사람이 나(류성룡)이므로, 나와 사이가 좋지 않은 사람들은 원균과 합세하여 이순신을 몹시 공격했으나 오직 우상(右相) 이원익만은 그렇지 않다고 밝혔다.

왜란 초기 자신의 배를 바닷속에 침몰시켜 버린 후 이순신의 구원으로 살아난 원균은 승첩을 도둑질하고, 자신의 전공을 조작하여 허위 보고하고, 윤두수 등 서인들과 손잡고 이순신을 모함하고, 결국 이순신을 백의종군하게 했던 장본인이다.

끝내는 자신이 먼저 왜적의 칼날에 먼저 죽임을 당했던 원균이 이순신을 능가하는 장군이라는 원균 명장설이나 원균 옹호론이 1980년대부터 유행했다. 이들은 박정희가 독재정권 옹호를 위해 이순신을 띄워주는 동시에 원균을 격하시켰다는 의심을 했다. 하지만 원균 옹호론을 처음 만든 사람은 이순신을 질시한 선조였다.

5·16 군사혁명이 일어나고 뒤이어 유신체제가 선포되었을 때 이순신은 당시 군사정권의 이상적 표상으로 숭앙되었다. 해방과 혼란, 한국전쟁으로 폐허가 된 나라를 부흥시키고자 하는 정신적 지주로서의 이순신은 새롭게 부활했다.

미국과 영국 해군 교과서를 집필한 이들이 쓴 책인 '해전의 모든 것'(휴먼 앤 북스 펴냄)에서도 이순신은 전설적인 명 제독으로 설명하면서 원균은 조선 수군을 매장한 최악의 무능 제독으로 비꼬고 있다.

7코스

우리 장하신 선조께서

평택역에서 이순신 묘소 21.5㎞

평택역 ➤ 팽성읍 객사 ➤ 아산 테크노중학교 ➤ 봉재교차로 ➤

음봉면사무소 ➤ 이순신묘소

평택역 광장에서 오가는 사람들을 바라보며 잠시 휴식을 취하고

도심을 벗어나 안성천을 가로지르는 군문교를 건너간다.

하늘에는 하얀 하현달이 흘러가고

한가로운 들판에는 겨울바람이 유유히 스쳐 간다.

새들은 하늘을 날아가고 나그네는 땅 위를 걸어간다.

백의종군길을 걷는다는 것

이는 단순히 경치를 보는 이상이다.

성스러운 영웅, 성웅 이순신을 만나러 가는 길

안성천 인근에는 있었던 수탄을 지나가는 백의의 이순신이 다가

온다.

> 4월 4일(⋯⋯) 수탄(水灘)을 거쳐 평택현(팽성읍) 이내은손의 집에 투숙했
>
> 는데, 주인이 매우 친절하게 대했다. 자는 방이 몹시 좁은데 뜨겁게 불을
>
> 때서 땀이 흘렀다.

팽성읍 객사에서 아산으로 가는 길, 이순신이 하룻밤 묵었던 이
내은손의 집 위치가 어딘지는 알 수가 없지만 백의종군길 이순신을
향한 이내은손의 따뜻한 마음은 지금까지 전해온다.

군영과 나루터가 있었던 수탄은 군문교 상류 쪽인 천안시 서북구 인근에 있었다. 경기 둘레길 44코스와 일부 구간 겹친다.

한적한 들판을 걸어서 팽성읍 객사에 도착했지만 7-1 스탬프 함을 찾지 못해 시간을 허비했다. 객사는 고을에 설치했던 관아로 관리나 사신이 숙소로 사용하거나 고을 수령이 망궐례를 행했던 시설이다.

망궐례는 외직에 나가 있는 신하가 새벽에 일어나 임금이 있는 궁궐 방향을 향해 절을 하는 행사로 일종의 충성을 다짐하는 의례였다.

이순신은 임진왜란이 일어나기 전부터 1596년 12월 말까지 매월 1일 아니면 15일 새벽에 망궐례(望闕禮)를 그르지 않고 행했고, 이를 일기에 반드시 남겼다. 그런데 1597년 8월 삼도수군통제사로 복직

이후 1598년 11월 노량해전에서 전사할 때까지 단 한 차례도 망궐례를 치렀다는 기록을 남기지 않았다. 이순신은 선조의 마음을 읽고 있었다. 이순신의 충(忠)은 나라와 백성이었지 임금이 아니었다.

송화로를 따라 송화사거리에서 황량한 겨울 들판으로 나아간다. 운선교를 지나서 아산시 둔포면으로 들어서자 '아산 이순신 백의종군길 시작점'이 나타난다.

아산 이순신 백의종군길,
1구간 충의 길은 둔포 운선교에서 이순신 묘소를 지나서 현충사까지 22.9㎞,
2구간 효의 길은 현충사에서 중방포를 지나서 게바위까지 15㎞,
3구간 구국의 길은 현충사에서 넙티고개까지 13㎞이다.

1구간 충의 길을 걸어간다. 장승거리를 지나고 벼락바위를 지나서 봉재저수지에 이른다. 하늘을 품은 저수지 풍경을 감상하며 걸어간다. 흔적도 없는 요로원터를 지나고 해발 90.5m 어르목고개를 지나서 음성면사무소를 지나간다. 조선시대 충청수영로의 길목, 이순신도 이곳을 지나 음봉면의 아라산 선산을 향해 갔다. 백의종군길, 묘소 아래에서 절하는 이순신의 심정은 어떠했을까.

4월 5일. 맑음. 해가 뜰 때 길을 떠나 곧장 선산(先山)으로 갔다. 나무들이 들에 난 불을 거듭 겪고 말라비틀어져서 차마 볼 수가 없었다. 묘소 아래에서 절하며 곡하는데 한참 동안 일어나지 못했다.

이순신묘소 입구에 도착했다. 입구에 신도비가 서 있다. 이순신의 외손자 홍우기가 효종 때 영의정 김육에게 청하여 만든 비문 첫머리의 글이다.

임진왜란 때 도원수 권율과 통제사 이순신 두 분이 아니었다면 나라를 구하지 못했을 것인데, 도원수의 무덤에는 큰 비석이 있지만 통제사의 무덤에는 아직도 사적을 기록한 비문이 없어 여러 선비가 유감으로 여긴다.

이순신의 묘소를 향해 걸어 천천히 올라간다. 이순신의 묘소는 양지바른 언덕에 소나무를 병풍처럼 두르고 단정하게 조성돼 있다.

노량해전에서 순국하신 이순신의 유해는 삼도수군통제영인 고금
도를 거쳐 아산 금성산으로 모셔졌다. 묘소는 원래 명나라의 지관
두사충이 본 금성산 아래 언덕에 있었는데, 1614년 아산의 풍수사
가 권한 지금의 가족 묘소 자리로 옮겨 부인 상주 방씨와 합장되었
다. 이곳에는 이순신의 부친 이정, 모친 초계 변씨, 큰형 희신, 둘째
형 요신, 아우 우신의 묘가 있다.

이순신묘소를 바라보는 오른편에는 정조가 직접 세운 어제신도비
가 있다. 당초 좌의정으로 추증된 것을 정조가 영의정으로 추증하
자, 이를 기록하기 위해 정조 18년(1794) 10월 4일에 세운 신도비다.

> 오늘이 어떤 날인가? (·····) 충무공처럼 충성심이 뛰어나고 혁혁한 무공을
> 세웠음에도 그 사후에 아직도 영의정으로 추증하지 못한 것은 진실로 잘못
> 된 일이다. 그러므로 유명수군도독 조선국증효충장의적의협 선무공신 대
> 광보국숭록대부 의정부좌의정 덕풍부원군 행정헌대부 전라좌도 수군절도
> 사 겸 삼도통제사 충무공 이순신에게 의정부 영의정을 추증하라.

정조는 이순신을 추모하는 정이 깊었던 군주로 이 비문에서도 그
마음을 표현하고 있다.

> 우리 장하신 선조께서 나라를 다시 일으킨 공로를 세우심에 기초가 된
> 것은 오직 충무 한 분의 힘 바로 그것에 의함이라. 이제 충무공에게 특별
> 히 비명을 짓지 아니하고 누구 비명을 쓴다 하랴

정조는 자신이 직접 이순신의 탁월한 공적과 충성과 절개를 생각

하며 〈신도비명〉을 짓기까지 하고, 직접 비용을 조달하여 〈이충무공전서〉를 발간하였다. 조선 왕조에서 이순신을 기리는 사업은 정조의 명으로 〈이충무공전서〉가 편찬됨으로써 그 절정에 달하였다.

어라산 자락 정적이 깃든 묘소 앞으로 올라간다. 호석을 두른 봉분과 화려하지 않은 석물 등이 이순신의 품격에 맞게 조성되어 있다. 조용히 머리를 숙인다. 눈물이 흘러내린다.

묘소 뒤쪽 어라산으로 올라간다. 나무에 '어라산 정상 123.6m' 이정표가 소박하게 걸려있다. 정상에서 아래로 이순신의 묘소를 내려다본다.

명량해전에서 승리한 이순신은 적과의 접전을 피하여 고군산 반도까지 후퇴하였다가 일본군의 추격이 없자 다시 뱃머리를 돌려 남쪽으로 내려왔다. 이순신은 목포 앞바다 고하도에 닻을 내리고 수군 사령부를 설치하였다. 그리고 1598년 2월 17일 수군 8천여 명을 거느리고 목포의 고하도로부터 고금도로 진을 옮겼다.

고금도는 해수로의 요새지로 충무공이 고금도로 진을 옮긴 뒤부터는 장흥, 고흥 등에 출몰하여 약탈을 일삼던 왜군이 순천 방면으로 도주했다.

류성룡은 〈징비록〉에서 "충무공이 고금도에 이르렀을 때는 군의 위세도 장했거니와 섬 안의 민가만도 수만 호에 달해 한산도 시절의 10배나 됐다"라고 기록하고 있다.

1598년 7월 16일 명의 원병 진린 장군이 5천 명의 수군을 이끌고 고금도에 도착했고, 9월 15일 이순신의 조선 수군과 진린의 명나라 수군이 연합하여 순천의 왜교성을 공격하였다. 그리고 11월 9일 연합함대가 노량해전으로 출전하여 11월 19일 아침 이순신은 54세를 일기로 순국했고, 유해가 되어 고금도로 돌아왔다.

노량해전에서 승리하고 통제영이 있는 고금도로 돌아오면서 조선 수군 누구도 승리의 함성을 지를 수 없었다.

'삼도수군통제사 이순신 전사!'

이순신의 전사 소식은 고금도는 물론 인근의 강진, 장흥과 해남, 진도의 주민들까지 하늘을 원망하며 울었다. 명나라 군사들도 함께 소리내어 울었다. 진린 역시 땅바닥을 뒹굴며 곡을 하였다.

"어른께서 오셔서 나를 구해주셨는데, 이 어인 일이란 말입니까!"

이순신의 영구는 고금도 월송대(月松臺)에 묻혔다. 이순신의 사망 소식에 남도 백성들은 모두 흰옷을 입었고 입에 고기를 대지 않았다. 이순신의 시신은 20일 후 가족들이 있는 아산으로 옮겨졌다. 고금도에서 충청도 아산에 이르기까지 운구행렬이 움직이는 곳마다 백성들의 통곡이 이어졌고, 수많은 백성이 수레를 붙잡고 울어 행렬이 앞으로 나아가지 못하였다.

아산으로 옮겨진 다음 날 이순신의 장례가 치러졌다. 유생들은 글을 지어 이순신을 추모했고, 승려들은 재를 올리며 죽어 돌아온 영웅의 극락왕생을 빌었다.

이순신의 운구행렬을 따라 아산까지 올라온 진린은 아들 이회를 만나 두 손을 붙잡고 울며 위로했다. 진린은 조선 원정에 함께 따라온 지관 두사충에게 이순신의 묏자리를 당부했다. 두사충은 당나라의 시성(詩聖) 두보의 후손으로 임진왜란이 끝난 후 명나라로 돌아가지 않고 조선에 귀화했다.

이순신의 유해는 두사충이 정해준 아산의 금성산 아래에 묻혔다. 그리고 16년 후, 이순신의 묘는 아산 어라산으로 가족들에 의해 이장되었고, 지금까지 그곳에 묻혀있다.

진린은 이순신을 "장수 중의 장수다!"라고 하였으며, "나는 불세출의 영웅 통제사 이순신을 살리고 싶다."고 하였고, 전쟁 후 "이순신은 죽어도 죽지 못하고 살아도 살 수 없다."고도 하였다. 진린이 이순신을 얼마나 높게 평가하였는지는 선조에게 이순신을 칭찬하는 글을 보아도 알 수 있다.

"통제사는 천하를 다스릴 만한 인재요. 하늘의 어려움을 능히 극복해 낼 공이 있다."

1636년 명나라가 멸망하고 청나라가 들어서자, 진린의 손자 '진영소'는 망국의 한을 품고 원수와 같은 하늘을 이고 살 수 없다며 난징에서 출발하여 고금도를 거쳐 해남군의 내해리에 정착했다. 진영소는 조선에서 '광동 진씨'의 시조가 되었고, 그 집성촌이 지금도 해남에 있다.

이순신의 3개월 장례 마지막 날인 1599년 2월 11일 아침 발인을 한 뒤 상여는 고택에서 약 9㎞ 떨어진 장지로 향했다. 금성산 어귀 옛길 가에 위충암은 마지막 노제를 지내고 조문객을 맞이했던 바위라고 전해진다. 후일 아산 지역의 선비들이 이순신의 죽음을 애통해하며 그 자리에 표석을 세우고 '위충암(衛忠巖)'이라는 글자를 새겼다.

남해를 한눈에 내려다볼 수 있는 고금도 월송대 정상에는 소나무가 울창하게 자라고 있는데, 특이하게도 장군의 유해가 묻혀있던 장소에는 풀이 자라지 않는다. 주변은 소나무가 울창하고 잡풀이 우거져 있는데 둥그렇게 모양이 만들어진 자리에는 풀이 자라지 않고 있다. 주변 덕동마을 주민들의 이야기다.

"이상해요. 그곳만 풀이 없어. 소나무 그늘 때문에 풀이 안 자란다고 할 수 있는데, 다른 소나무 아래에는 풀이 잘도 자란단 말이여!"

8코스

현충사 은행나무

이순신묘소에서 현충사 9.5㎞

이순신묘소 ➔ 음봉사거리 ➔ 시곡마을 ➔ 갈월고개 ➔ 현충사

12월 9일 월요일 현충사로 가는 길

백의종군 길의 하얀 이정표와 붉은 리본이 길을 안내한다.
이정표를 바라보며 나아가는 길에는
백의종군길의 이순신이 있고
나라와 백성을 사랑한 성웅 이순신의 정신이 있다.

인류 역사상 전쟁영웅들은 수없이 많다. 그러나 '성웅'으로 추앙받
는 사람은 이순신이 유일하다. 이순신을 성웅으로 불러 마땅한 위
대함의 특성은 어떤 것들일까.

첫째, 이순신은 공을 위하여 사를 잊고 정도만을 묵묵히 걸어가
되 어떤 위험이나 난관 앞에서도 자신의 생명은 저 하늘에 있다고
생각하는 진정한 대장부의 삶을 살았다. 맹자의 호연지기를 일생 몸
으로 실천해 보인 당대 최고의 유학자였다고 할 수 있다.

둘째, 이순신은 감정이나 인습, 상식 등에 구애받지 않은 혁신적이
면서도 현실적인 문무를 겸비한 조선 최고의 진정한 선비였다고 할
수 있다.

셋째, 이순신은 '지피지기(知彼知己)면 백전불태(百戰不殆)'란 말로 대

표되는 병법의 원칙에 가장 충실한 장수였다. 이순신의 전술 전략은 손자병법의 바로 그것이었다.

넷째, 이순신의 위대성이 가장 두드러지는 요소인데, 정확하고 명확한 비전을 구상하여 이를 구성원들에게 제시함으로써 자신과 부하들이 투입하는 크고 작은 모든 노력과 땀과 시간이 목표 달성에 최대한 효율적으로 기여할 수 있게 하였다.

이순신은 용장, 지장, 덕장, 신장(神將)의 특성을 한 몸에 겸전한 위대한 영웅이었다. 터무니없는 모함과 투옥, 고문 등 감내하기 어려운 고통의 극치를 묵묵히 극복해 내고, 순수한 애국 애민의 정신으로 명량의 기적을 일으키고, 노량해전에서 하늘이 생명을 거두어 가는 과정을 통하여 비로소 성웅으로서의 모습이 완성되었다. 또한 세계 역사에 고금을 통하여 최고의 해군 제독이 되었다.

그리하여 단재 신채호, 노산 이은상은 이순신을 성웅(聖雄)이라 칭했고, 정인보는 "충무공 이순신은 명장(名將)이라고 하기보다도 성자(聖者)였다."라고 했다.

음봉면 동천리 '윤보선 대통령 묘소 1㎞' 이정표를 지나서 산길을 올라간다. 길을 잘못 들어 다시 내려와서 제대로 된 길을 찾아가기를 여러 번, 염치읍 방현리 마을 앞의 수령이 520년이 된 은행나무 앞에 섰다. 천년을 산다는 장수나무, 은행나무는 보았으리라. 그날의 지치고 힘든 이순신의 모습을.

슬픈 밤을 한 번이라도 울며 지새운 적이 없는 자가
어찌 세상을 안다고 할 수 있겠는가.
빈 들에 나서면 더욱 간절한 그리움
아, 나라를 사랑하고 백성을 걱정하던 그 사람
지금 먼 곳에 있는 그 사람을 그리워한다.
그리움을 아는 사람만이
그리워해 본 사람만이
홀로 이 세상의 모든 슬픔을 안고
먼 하늘을 바라보며 그리움을 찾아간다.

염치읍 백암리, 충무교육원을 지나서 현충사 주차장에 도착했다.
고요하다. 휴관이라 현충사 입구의 문이 굳게 닫혀있다.

백암리 방화산 기슭에 현충사가 있다. 처음으로 임금의 편액을 받
은 최초 최고(最古)의 충무공 사당은 여수 충민사(忠愍祠)이다. 아산
현충사보다 105년 전에 지은 충무공 사액 사당 제1호이다. 통영에
있는 충렬사는 1663년(현종 4년)에 사액된 것이다. 그러나 대원군의
서원철폐령으로 인해 세상에 사표가 될 1인을 1개 서원 이외에서는
향사하지 못한다는 원칙과 그 당시 삼도수군통제영이 통영에 있다
고 하여 충렬사만 남기고 충민사와 현충사는 철폐되었다가 후에 복
원되었다.

2021년 문화재청 현충사관리소에서 시행하는 제10회 '이충무공 난중일기 독후감·유적답사기 공모전'에서 '참 리더상'을 수상하여 2022년 4월 28일 '충무공 이순신 장군 탄신기념행사'에 초청을 받아서 참석했던 기억이 스쳐간다.

'必死則生 必生則死'

표석 앞 벤치에 앉아서 찬바람을 맞으며 따스한 생강차를 마신다. 백의종군길, 고향에 온 이순신을 생각한다.

4월 5일. (……) 저녁이 되어 외가로 내려가 사당에 절하고, 그 길로 조카 뇌의 집에 가서 조상의 사당에 곡하며 절했다 (……). 저물녘 본가에 이르러 장인, 장모님의 신위 앞에 절하고 바로 작은 형님(요신)과 아우 우신의 부인인 제수의 사당에도 올라갔다가 잠자리에 들었으나 마음이 편치 않았다.

6일. 맑음. 멀고 가까운 친척과 친구들이 모두 와서 모였다. 오랫동안 못 본 회포를 풀고 갔다.

7일. 맑음. 금오랑이 아산현에서 왔기에 내가 가서 매우 정성껏 대접했다. (……)

8일. 아침에 자리를 차려 남양 아저씨 영전에 곡하고 상복을 입었다 (……). 늦게 변흥백의 집에 가서 도사(의금부 관원)를 만났다.

9일. 맑음. 동네 사람들이 각기 술병을 갖고 와서 멀리 가는 이의 심정을 위로해 주기에 거절하지 못하고 몹시 취하고서 헤어졌다. 홍군우는 창을 하고 이 별좌도 창을 하였다. 나는 창을 들어도 즐겁지 않았다. 도사는 술을 잘 마시나 흐트러짐이 없었다.

10일. 아침 식사 후 변홍백의 집에 가서 도사와 함께 이야기했다. (……)

이언제와 허제가 술을 들고 왔다.

어린 시절 한양 마른내골(건천동)에서 아산으로 이사를 온 이순신.

아산은 원래 이순신의 외가 동네였다. 아버지 이정이 아산의 초계 변씨에게 장가들었던 것이다.

아산은 이순신에게 본가이자 외가이자 처가였다. 이순신은 21세 때 아산에서 방진의 무남독녀 상주 방씨에게 장가들었다. 방진은 아산의 큰 부자였다.

방진은 1514년 아산에서 태어나 1535년부터 2년간 제주 대정 현감으로 근무하였고, 그 후 1558년경 보성군수를 지냈다.

방진의 아들 방숙주는 일찍 유명을 달리했고 딸 방태평은 19세 나이에 21세의 청년 이순신과 결혼하였다.

방진의 데릴사위가 된 이순신은 장인의 정신적 격려와 경제적 후원 속에서 과거에 급제할 때까지 처가에서 지내면서 무예를 연마했다.

무관이었던 방진은 활을 잘 쏘기로 이름이 높았고 역대 명궁에 올라 있었다.

방진은 22세에 무과 공부를 시작한 사위 이순신에게 병학과 무술을 가르치며 무관의 길을 열어주었으니, 이순신에게 방진은 장인이자 스승이었다.

장인 방진의 도움으로 이순신은 10년 동안 무예를 연마하여 32세 (1576)에 무과에 급제하였다.

현충사에는 500년 넘은 은행나무가 두 그루가 있다. 이 은행나무는 이순신이 장가들고 무예를 연마하고 회와 울과 면, 세 아이를 낳아서 기르는 모습을 다 지켜보았다. 백의종군하면서 실로 오랜만에 들른 집에서 어머니의 초상을 치르는 이순신을 보았다. 장례를 다 치르지도 못한 채 떨어지지 않는 발걸음을 남쪽으로 옮기던 슬픈 이순신의 모습을 지켜보았다. 그리고 그날 이 집을 떠나서는 살아서 다시 돌아오지 못하고, 죽어서 돌아온 이순신의 모습을 이 나무는 지켜보았다. 노량해전에서 순국한 이듬해 3월, 고금도에서 올라와 장지를 향해 가는 운구가 집 앞을 지나는 애달픈 장면까지 이 나무는 보았다.

가을이 되면 이 나무의 노란 은행잎이 이순신의 마음을 담은 우산이 되어 삶에 지치고 힘든 이들을 위로해 준다. 그리고 그때쯤이면 나는 현충사를 찾고는 했다.

현충사에 있는 옛집에서는 이순신 사후 그 후손들이 대대로 살아왔으며, 지금도 이순신의 기일에는 불천위 제사를 지내고 있다. 불천위(不遷位)는 4대가 지나도 위패를 옮기지 않는다는 의미로, 일반적으로 4대가 지나면 제사를 지내지 않지만, 이순신의 경우는 영원히 기제사를 지낸다. 현충사는 바로 그곳에 세운 사당이다.

숙종은 1704년 충청도에서 글공부하는 서후경이라는 선비에게 상소문을 받았다.

"천안에 사는 유생입니다. 충청도 유생들을 비롯한 백성들이 아산에 충무공 이순신의 사당을 세워주실 것을 청합니다."

이순신의 고향이나 다름없는 곳이자 그의 묘지가 있는 아산에 이순신을 기리는 사당을 세워줄 것을 요청받은 숙종은 즉각 신하들에게 이 일을 지시했고, 그로부터 2년 뒤인 1706년에 구 현충사가 세워졌다. 숙종은 이순신의 사당을 '현충(顯忠)'이라 했다. '현충사에 편액을 내릴 때의 제문'이다.

제 몸 바쳐 충절을 지킨다는 말 예부터 있었지만(殺身殉節 古有此言) 목숨 바쳐 나라를 살린 일 이 사람에게 처음 보네.(身亡國活 始見斯人)

현충사는 흥선대원군의 서원철폐령 때 헐리고 말았다. 삼도수군통제사가 제사를 모시는 통영의 충렬사에 정통성이 있다는 이유였다. 사당을 헐고 위패를 묻었지만, 다행히 현충사 편액은 종손이 잘 간직했다.

현충사가 다시 역사에 등장하는 때는 일제강점기 때였다. 1931년 동아일보에 '2천 원 빚에 경매당하는 이충무공의 묘소 위토'라는 기사가 보도되었다. 나라 잃은 백성들이 전국에서, 또 멀리 해외에서 성금을 보내왔다. 직접 삼은 짚신을 팔아 보낸 성금, 점심 한 끼 굶고 보낸 성금, 날품팔이 노동자가 보낸 일당 등으로 은행에 진 빚의 여덟 배에 달하는 1만 6천 원이 모였다. 불과 한 달 만에 진 빚을 다 갚고 남은 돈으로 현충사를 중건하였다. 이때 종손이 간직한 편액을 다시 걸었다.

1932년 6월 5일 자 '민족 성금으로 다시 세운 현충사 낙성식의 모습'을 보도한 동아일보 기사에, '이날 전국 각지에서 3만여 명의 군중이 모여 온양온천에서 현충사까지 온통 노점상이 깔리고, 천안에서 온양까지 임시열차가 운행되었다.'고 했다.

현충사 사당을 오르는 길에 있는 1969년에 세운 작은 비석이 현충사의 300년 내력을 소개하고 있다.

광복 이후, 매년 4월 28일에 온 국민의 뜻으로 탄신제전을 올려 충무공을 추모하고 있다. 1966~1974년까지 공의 위업을 기리고자 고 박정희 대통령의 지시로 성역화 사업을 시행하였다. 2008~2011년까지 현충사 유적 정비 사업을 통해 충무공이순신기념관을 건립하였다.

나는 그곳에 가고 싶다

- 2020년 12월 30일 남파랑길을 종주하고 2021년 3월 3일 아산 현충사를 다녀
  와서 쓴 글이다.

"여기는 이순신 장군이 자라나신 거룩한 터전이라."
나는 그곳에 가고 싶다.
충신, 효자, 열녀가 났을 때 임금이 하사한 편액을 걸어두는
정려를 모신 정려각(旌閭閣)이 있고
5대에 걸쳐 일곱 충신과 두 효자가 나왔다 하여
"5세 7충 2효"의 노블레스 오블리주가 있는
그곳에 나는 가고 싶다.

나는 그곳에서 보았다.
500살이 넘는 〈두 그루 은행나무〉가
이순신의 생애를 기억하면서 전하는 노래를.

한 소년이 이사 오는 것을 보았네.
나무 그늘에서 책 읽고 놀던 소년이
청년이 되어 장가 가고
말 타고 활 쏘며 치마장에서
무예 닦는 모습을 보았네.

회와 울과 면, 세 아들을 낳고 기르는
행복한 아버지의 모습도 보았네.
무관이 되어 나라를 지키려 북쪽의 함경도로
남쪽의 전라도 고흥으로 가는 모습도 보고
파직되어 돌아온 실직자의 모습도 보았네.

정읍 현감으로 부임하여
"내가 차라리 남솔의 죄를 지을지언정
이 의지할 데 없는 어린 것들을
차마 버리지 못하겠습니다."
라며 조카들과 형수까지 데리고 간
뜨거운 가족애를 보았네.

삼도수군통제사로 23전 전승을 하며
남쪽 바다에서 왜적을 물리치는 줄 알았는데
옥문에서 나와 하얀 옷 입은
실로 오랜만에 찾아온
처연한 이순신의 백의종군 모습도 보았네.

여수에서 아산으로
애끓는 마음으로 아들을 찾아오다가
뱃길에서 세상을 떠난 어머니의 죽음 앞에
통곡하며 슬피 우는
아들의 모습도 보았네.

장례를 다 치르지도 못한 채
금부도사의 재촉에
떨어지지 않는 발걸음을
남쪽으로 옮기던
비탄에 젖은 아들의 모습도 보았네.

"어찌하랴? 어찌하랴?
천지에 나 같은 사정이
또 어디에 있단 말인가
어서 죽느니만 못하구나."
한탄하는 모습도 보았네.

그리고 그날 집을 떠나서
살아서는 다시 돌아오지 못하고
죽어서 돌아온 모습도 보았네.
고금도에서 올라와 장지를 향해 가는 운구가
집 앞을 지나는 애달픈 장면까지도 보았네.

두 그루 은행나무는 보았네.
나라와 백성을 향한 충을 보았고.
아버지와 어머니를 향한 효를 보았고
아내와 아이들 형제들과 조카들을 향한
뜨거운 가족애를 보았네.

현충사 옛집에서 후손들이
대대로 살아오면서
해마다 음력 11월 18일 밤
지극정성으로
불천위 제사를 지내는 모습도 보았네.

현충사를 세우고
"제 몸 바쳐 충절을 지킨다는 말 예부터 있었지만
(殺身殉節 古有此言)
목숨 바쳐 나라를 살린 일 이 사람에게 처음 보네
(身亡國活 始見斯人)"
라면서 편액을 내리는 임금의 찬사도 보았네.

500살 넘은 두 그루 은행나무에는
계절의 노래가 그치지 않고
해와 달과 별, 바람과 구름이 쉬어 가고
온갖 새들과 벌레들이 놀다 가고
누군가는 나무 그늘에서 충무공을 그리워한다네.

가을이 되면 두 그루 은행나무는
노란 은행잎으로
충무공의 마음을 담은 우산이 되어
삶에 지치고 힘든 이들을 위로해 주고
새 힘과 용기와 희망을 준다네.

두 그루 은행나무는
지구상에서 가장 오래 사는 나무답게
천년 만년 살아서
현충사를 찾는 모든 이들에게
민족의 영웅 불멸의 이순신을 전해준다네.

9코스

어머니는 하늘이다!

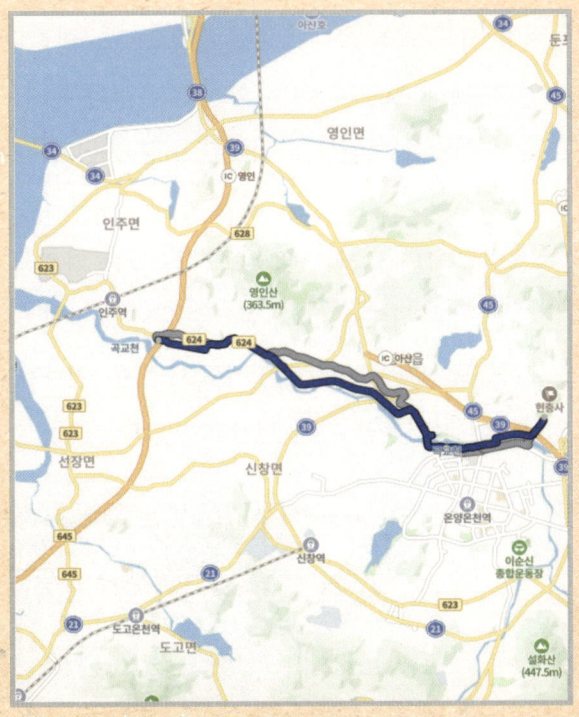

현충사에서 게바위 14.6㎞

현충사 ➡ 은행나무길 광장 ➡ 그린타워전망대 ➡ 중방포 ➡ 곡교천 둑길

➡ 게바위

현충사에서 곡교천 은행나무길 광장으로 나아간다.

곡교천 제방 2.2㎞에 조성된 350여 그루의 은행나무 가로수길

1966년 현충사 성역화 사업으로 심어진 수령 60년이 된 아름다운 산책길

"한국의 아름다운 길 100선"으로 현충사를 찾는 관광객들이면 꼭 들러야 하는 전국의 아름다운 10대 가로수길"로 선정된 명소

노란빛으로 물드는 가을이면 평일에도 수많은 인파가 몰려들고 휴일이면 인산인해를 이루는 가을 단풍의 명소다.

'이순신 백의종군길 효의 길'
게바위 가는 길의 곡교천 은행나무 길을 걸어간다.
이순신은 이쪽 길로 게바위를 가지는 않았지만
그 시절에 이쪽에 길이 있었다면 이 길로 갈 수도 있었을 터
이순신이 갔던 길도 소중하고 그 시절에는 없었지만
지금의 길 따라갔을 길도 소중하다.
은행나무길 국숫집에서 따뜻한 멸치국수 국물로 속을 데우고 초
겨울의 앙상한 나뭇가지가 좌우로 도열하여 부동자세로 인사하는
은행나무들에 손을 흔들며 길 위를 뒹구는 은행나무잎들 바라보면
서 이곳에서 열리는 별빛축제를 상상한다.

오늘도 충무공 이순신의 백의종군길에서
나 자신의 노래를 부르며 길을 간다.
숨지는 날까지 나의 노래가 그치지 않기를
나의 걸음이 그치지 않기를 기대하며
또 하루의 발걸음을 나아간다.
나는 나 자신을 기리고 나 자신을 노래한다.
나는 빈둥거리며 내 영혼을 초대하여
유연하고 한가한 내 심정을 노래한다.
걸음마다 다가오는 신비로운 세상
태양이 없다면 온통 까맣게 되는 하늘
태양이 떠오르면 환히 밝은 자연이 웃으며 다가온다.
자연은 언제나 말과 책과 예술보다 더 좋은 벗
대범하고 건장하고 신처럼 신비로운 아름다운 설교자

"자연이여! 모든 생명의 안식처여!
 어머니처럼 관대하고 자애로운 자연이여!"
라고 예찬하면서
자연의 품에서 내 영혼의 노래를 부르며 길을 걸어간다.
백의종군길 이정표를 따라 길고 긴 곡교천 제방길을 걸어갈 때
 그린타워전망대가 다가오고 눈물 젖은 이순신의 중방포를 지나
간다.

4월 3일 한성에서 출발한 이순신은 수원과 오산에서 하룻밤씩을
묵고 5일에 아산에 도착하자마자 선산에 가서 절을 하고 선조의 사
당에 가서 곡을 했다. 해 질 무렵 본가에 도착하여 장인과 장모 신
위에 절을 한 이순신은 이후 12일까지 친지, 지인 등을 만나서 술도
마시고 돌아가신 숙부를 위해 상복을 입고 곡을 하는 등 평범한 일
상을 보냈다. 그러다가 불길한 꿈을 꾸고, 그 꿈이 현실로 다가온다.

11일. 맑음. 새벽꿈이 심란하여 이루다 말할 수가 없었다. 덕이를 불러
서 대강 이야기하고 또 아들 울에게도 말했다. 마음이 몹시 침울하여 취한
듯 미친 듯 마음을 가눌 수 없으니, 이것이 무슨 징조인가. 병드신 어머니
를 그리워하는 생각에 나도 모르게 눈물이 흐른다. 종을 보내어 어머니의
소식을 듣고 오게 했다. 도사는 온양으로 돌아갔다.

12일. 맑음. 종 태문이 안흥량에서 들어와 편지를 전하는데, "어머니께
서는 숨이 가쁘시며, 초 9일 위아래 사람들은 모두 무사히 안흥에 도착하
여 정박하였다."라고 했다. (······) 아들 울을 먼저 바닷가로 보냈다.

13일. 맑음. 일찍 식사 후에 어머니를 맞이할 일로 바닷가 길에 올랐다.

(……) 홍찰방과 작별을 고하고 홍백의 집으로 갔다. 얼마 후 종 순화가 배에서 와서 어머니의 사망 소식을 알렸다. 달려 나가 가슴을 치고 발을 구르니 하늘의 해조차 캄캄해 보였다. 바로 해암(蟹巖)으로 달려가니 배는 벌써 와 있었다. 길에서 바라보면서 가슴 찢어지는 비통함을 모두 적을 수가 없었다. 추가로 대강 기록했다.

14일. 맑음. 홍찰방과 이 별좌가 들어와서 곡하고 관을 만들었다. (……)

15일. 늦게 입관하는데 직접 해준 오종수가 정성을 다해 상을 치르게 해주니 뼈가 가루가 되도록 잊지 못하겠다. 관에 넣는 물품은 후회함이 없게 했으니, 이것은 다행이다. (……)

16일. 궂은비가 오다. 배를 끌어 중방포(中方浦) 앞으로 옮겨대고 영구를 상여에 올려 싣고 본가로 돌아왔다. 마을을 바라보면서 가슴이 찢어지는 비통함을 어찌 말로 다할 수 있으랴. 집에 도착하여 빈소를 차렸다. 비가 크게 내렸다. 나는 아주 지친 데다가 남쪽으로 갈 일이 또한 급박하니, 울부짖으며 곡을 하였다. 오직 어서 죽기만을 기다릴 뿐이다. 천안 군수가 돌아갔다.

아들이 옥에서 풀려난 줄 알고
여수 전라좌수영 인근에 모셨던 어머니
뱃길로 아산에 온다는 사실을 알고 있었기에
여러 날을 기다리고 기다리던 이순신
언제 나루에 도착하는지 궁금했던 이순신은 사람을 보냈고
배가 아직 도착하지 않았다는 기별에도
설레는 마음으로 포구로 달려갔던 이순신
불길한 꿈처럼 어머니는 결국 시신으로 돌아오셨다.

어머니의 부음 소식을 전해 들은 이순신은
하늘이 무너지는 것 같은 슬픔을 느끼며
가슴을 치고 발을 구르며 가슴이 찢어지는 슬픔을 겪었다.
1596년 새해 첫날 이순신은 어머니를 찾아뵙고 인사를 드렸다. 그리고 10월 한산도에서 어머니의 수연을 베풀어드렸다.

1596년 1월 1일 맑음. 4경 초(새벽 1시경) 어머님 앞에 들어가 배알하였다. (……) 저녁에 어머님께 하직하고 본영으로 돌아왔다.

1596년 윤8월 12일. 맑음. 종일 노질을 재촉하여 이경에 어머님께 도착했다. 백발이 성성한 채 나를 보고 놀라 일어나시는데, 숨을 가쁘게 쉬시는 모습이 아침저녁을 보전하시기 어렵겠다. 눈물을 머금으며 서로 붙잡고 밤새도록 위안하며 기쁘게 해드림으로써 마음을 풀어드렸다.

윤8월 13일. 맑음. 아침에 진지를 어머니 곁에서 모시고 올리니 기뻐하시는 빛이 가득했다. 늦게 하직을 고하고 본영(여수)으로 돌아왔다. 유시(오후 6시)에 작은 배를 타고 밤새 노를 재촉하였다.

이것이 어머니와의 이승에서의 마지막 이별이었다. 이순신은 엄한 지휘관이었으니 혹여 군사들이 탈영이라도 하면 가차 없이 목을 베어 내걸었고, 말을 듣지 않는 부하들은 절대 가만두지 않았다.

그런 그가 늙으신 어머니께서 입맛이 없다고 걱정하고 아프다고 눈물을 흘리며 그리움과 염려로 잠 못 이루고 불안한 마음으로 악몽에 시달린다.

이순신에게 가장 힘든 것은 늙은 어머니 곁을 지켜드릴 수 없다는 것이었다. 하지만 이순신은 결국 어머니의 임종 또한 지켜드리지 못했다. 그뿐만 아니라 아들을 찾아가는 배 위에서 아들을 애타게 찾다가 83세의 나이로 돌아가시게 하는 불효를 저질렀다.

차가운 겨울바람이 볼을 스치는 그린타워전망대를 지나고 눈물의 중방포 표석을 지나고 강청리 쉼터를 지나서 인주면 게바위(해암)에 도착했다.

1979년 삽교천 방조제가 조성되기 전까지는 여기까지 강물이 흘러 배가 드나들었으며, 해암1리 마을 쪽에 배가 정박하던 나루가 있었다.

게바위 병풍에 글이 새겨져 있다.

나라에 충성을 바치고자 했건만 죄가 이미 이르렀고

어버이에게 효도하려 했건만 어버이마저 떠나셨네

-이충무공행록

게바위 주변을 단장하는 공사가 진행 중이었고 예전에 다녀갈 때는 없었던 두 개의 돌에 새겨진 글이다.

"母也天地(모야천지) 어머니는 하늘이다!"

이순신은 1592년 설날 정월 초부터 난중일기를 쓰면서 이때 2년 동안 어머니를 떠나 남쪽에서 설을 쇠는 슬픈 회한을 적었다. 그러면서 시경(詩經)에 나오는 "둥둥 떠 있는 잣나무 베어 저 황강 가운데 있도다. (⋯⋯) 어머니는 진실로 하늘이시니 어찌하여 내 마음을 모르는가."라는 구절에서 모야천지(母也天地)를 인용하여 〈난중일기〉에 '천야(天也)'라고 적었다.

"大雪國辱(대설국욕) 나라의 치욕을 크게 씻어라."

이 글은 이순신의 충효 정신을 이해하는 데 근간이 된다. 이순신은 1594년 설날 한산도에서 여수 본영으로 와서 업무를 보고 1월 11일 여수 고음천의 어머니께 문안을 드렸다. 이때 어머니는 숨을 가쁘게 쉬시어 사실 날이 얼마 남지 않아 보여 이순신은 속으로 눈물을 흘렸다. 그러나 말씀하시는 데는 착오가 없으셨다. 적을 토벌하는 일이 급하여 오래 머물 수가 없었기에 이튿날 아침 식사 후에 어머니께 하직을 고하니, "잘 가거라. 부디 나라의 치욕을 크게 씻어야 한다."고 분부하여 두세 번 타이르시고 조금도 헤어지는 심정으로 탄식하지 않으셨다.

이순신의 어머니 초계 변씨는 83세의 노구로 멀리 여수 고음내에서 이곳 아산을 향해 뱃길로 오던 도중에 운명하였고, 4월 13일 게바위에 도착하였다. 이순신은 비보에 접하고 이곳으로 달려와서 싸늘하게 식은 어머니의 시신을 안고 통곡했다. 이때 장군의 마음은 어떠했을까.

누란의 위기에 놓인 나라를 구한 불세출의 한 무인으로서 어버이에게 효성을 다한 한 자식으로서 장군과 그 시대는 갔어도 역사는 남아 이 게바위와 더불어 가슴을 울린다.

10코스

부디 나라의 치욕을 크게 씻어야 한다!

게바위에서 수카페애견센터 14.8㎞

게바위 ➤ 곡교천 둑길 ➤ 중방포 ➤ 은행나무길 ➤ 수카페애견센터

12월 10일 여명이 밝아오고 아침 햇살이 눈부신 고요한 게 바위에서 한 사내가 울고 있다.

"어찌하랴, 어찌하랴!
천지간에 나 같은 사정이 또 어디 있으랴,
어서 죽는 것만 같지 못 하구나"

가슴이 찢어지는 이순신의 탄식을 들으며 찬바람 불어오는 곡교천 둑길을 걸어간다.

이순신은 지극한 효자였다. 1583년 39세에 함경도 권관을 지낼 때 아버지가 돌아가셨어도 임종을 지켜보지 못했다. 벼슬을 그만두고 3년 상을 마친 이순신은 어머니에게 더욱 효성을 다하였다.

아버지 이정은 벼슬을 하지 못했다. 아버지를 떠나보낸 지 10년이 흐른 뒤였음에도, 한산도의 이순신은 〈난중일기〉에서 변함없는 그리움을 절절하게 표현한다.

> 1595년 7월 2일. 오늘은 돌아가신 아버지의 생신날이다. 슬픈 마음이 들어, 나도 모르게 눈물이 흘렀다.
> 1595년 11월 15일. 아버지 제삿날이라 공무를 보지 않았다. 홀로 앉았으니 그리워서 마음을 달랠 길 없다.

〈난중일기〉의 시작은 1592년 1월 1일 어머니 생각으로 시작되며, 26곳이나 어머니 안부 걱정하는 기록이 나타나고 어머니를 생각하는 부분이 곳곳에 90여 차례나 나온다. 〈난중일기〉에 나타나는 어머니에 대한 사랑은 상상을 초월할 정도이며 어머니에 대한 그리움은 끝이 없다.

> 1592년 2월 14일. 아산 어머니께 문안 차 나장 두 명을 내보냈다.
> 1592년 3월 29일. 아산 고향으로 문안 보냈던 나장이 돌아왔다. 어머니께서 편안하시다니 참으로 다행이다.
> 1593년 5월 4일. 맑음. 오늘이 어머님의 생신이었으나 이 토벌하는 일

때문에 가서 장수를 비는 술잔을 올리지 못하니 평생의 한이 되겠다. 우
수사 및 군관들과 진해루에서 활을 쏘았다. 순천 부사(권준)도 모여서 약
속하였다.

임진왜란이 일어나자, 고향인 아산으로 아우 우신과 아들, 조카를
보내 어머니를 모시게 하고, 수시로 편지를 보내 안부를 물었다. 그
러다가 충청지방이 전란으로 위험하자, 아산의 본가는 부인에게 맡
기고 어머니를 전라좌수영에서 약 20리 떨어진 여수시 웅천동 송현
마을에 사는 휘하 장수 정대수의 집으로 모셔 왔다.

어머니는 1593년 6월부터 이순신이 한양으로 잡혀간 뒤인 1597년
4월까지 웅천동(고음천)에 기거하였다. 안후를 살피기 쉬운 거리인
데다 군관으로 있는 정대수의 초당인지라 안심하고 모실 수 있는 곳
이었다.

전쟁이 나고 1년 동안 바닷바람을 맞으며 생사를 넘나드는 전투
를 여러 차례 치른 끝에 이순신에게도 흰머리가 많이 났다. 전쟁이
소강상태에 접어든 1593년 어느 날 아침, 이순신은 거울 앞에 앉았
다. 그 순간 모친이 떠올랐다.

6월 12일. 아침에 흰머리를 여남은 올 뽑았다. 어찌 흰머리를 꺼려서이
겠나? 다만 위로 연로한 어머니가 계셔서였다.

무인이자 시인인 박인로(1561~1642)는 이순신의 마음을 알고 이 시
를 지었는가.

세월이 여류(如流) 하니 백발이 절로 난다.
뽑고 또 뽑아 젊어지고자 하는 뜻은
북당(北堂)에 어머니가 계시니 그를 두려워함이라.

이순신은 1594년 설날에 정대수의 집에 계시는 모친을 찾아가 모처럼 새해 명절을 함께 보내고 늦게 여수 본영으로 돌아왔다. 그리고 1594년 1월 11일에 어머니를 뵈러 가기도 했다.

1594년 1월 1일. 비가 퍼붓듯이 내렸다. 어머니를 모시고 함께 한 살을 더하게 되니, 이는 난리 중에서도 다행한 일이다. 늦게 군사훈련과 전쟁 준비할 일로 본영(전라좌수영)으로 돌아오는데, 비가 그치지 않았다. 신사과에게 문안하였다.

1월 11일. 흐리나 비는 오지 않았다. 아침에 어머니를 뵈려고 배를 타고 바람을 따라 바로 고음천에 도착하였다. 남의길과 윤사행이 조카 분(芬)과 함께 갔다. 어머니께 가서 배알하려 하니 어머니는 아직 잠에서 깨어나지 않으셨다. 큰 소리를 내니 놀라서 깨어 일어나셨다. 숨을 가쁘게 쉬시어 해가 서산에 이른 듯하니 오직 감춰진 눈물이 흘러내릴 뿐이다. 그러나 말씀하시는 데는 착오가 없으셨다. 적을 토벌하는 일이 급하여 오래 머물 수가 없었다. 이날 저녁에 손수약의 아내가 죽었다는 소식을 들었다.

1월 12일. 아침 식사를 한 뒤에 어머니께 하직을 고하니, "잘 가거라, 부디 나라의 치욕을 크게 씻어야 한다."라고 두세 번 타이르시며, 조금이라도 떠난다는 뜻에 탄식하지 않으셨다. 선창에 돌아오니, 몸이 좀 불편한 것 같아 바로 뒷방으로 들어갔다.

어머니는 "잘 가거라, 부디 나라의 치욕을 크게 씻어야 한다."라고 이순신에게 당부했다. 이순신의 충효 정신을 이해하는데 근간이 되는 내용이다. 이순신의 어머니 초계 변씨가 어떤 사람이었는지는 알려진 것이 없다. 이순신이 이 어머니의 당부를 따른 것이 효행과 나라를 위한 충성을 함께 실천한 것이었다. 이순신은 그런 어머니에게 무척 의지했다. 이순신에게 어머니는 약하고, 또한 세상에서 가장 강한 분이었다.

> 1595년 1월 1일. 맑음. 촛불을 밝히고 혼자 앉아 나랏일을 생각하니 나도 모르게 눈물이 흐른다. 또 팔순의 병드신 어머니를 생각하며 초조한 마음으로 밤을 새웠다. 새벽에는 여러 장수들과 병졸들이 와서 새해 인사를 했다. 원전, 윤언심, 고경운 등이 와서 만났다. 각종의 군사들에게 술을 먹였다.
>
> 1월 5일. 맑음. 공문을 작성하였다. 조카 봉과 아들 울이 들어와서 어머니께서 평안하시다는 소식을 들으니, 매우 기쁘고 다행이다. 밤새도록 온갖 생각들이 떠올라 잠을 이루지 못했다.
>
> 1596년 1월 1일. 맑음. 4경 초(새벽 1시경)에 어머니 앞에 들어가 배알하였다. 늦게 남양 아저씨와 신사과가 와서 이야기했다. 저녁에 어머니께 하직하고 본영으로 돌아왔다. 마음이 매우 산란하여 밤새도록 잠들지 못하였다.

이순신은 평소 어머니의 안부를 전해오는 사람이 조금이라도 늦으면 걱정으로 잠을 못 이루었다.

1595년 5월 13일. 하루 걸릴 탐후선이 엿새나 지나도 오지 않으니 어머니 안부를 알 수가 없다. 속이 타고 무척이나 걱정된다.

5월 15일. 새벽꿈이 어수선했다. 어머니 소식을 들은 지 이레나 되니 몹시 속이 타고 걱정이 된다.

5월 21일. 오늘은 꼭 본영에서 누가 올 것 같은 데도, 당장 어머니 안부를 몰라 답답하다.

5월 22일. 비로소 어머니께서 편안하시다는 것을 알았다. 다행이다.

또한 어머니가 아프기라도 하시는 날에는 이순신은 눈물을 멈출 수 없을 정도로 염려하며 슬퍼했다.

1595년 6월 9일. 저녁 무렵에 탐후선이 들어와서, "어머니께서 이질에 걸리셨다."라고 한다. 걱정이 되어 눈물이 난다.

6월 12일. 새벽에 아들 울이 돌아왔다. 어머니의 병환이 좀 덜하다고 한다. 그러나 연세가 아흔 살(실제 81세)인지라 이런 위험한 병에 걸리셨으니, 염려가 되고 또 눈물이 난다.

의금부 감옥에서 풀려나 백의종군길 아산에 도착한 이순신
아들이 풀려났다는 소식을 듣고
여수 고음천에서 아산으로 뱃길로 달려가는 어머니
도중에 풍랑을 만나 고통 끝에 83세로 숨을 거두었다는 소식을 들은 이순신
장례도 제대로 치르지 못하고 금부도사의 재촉에 못 이겨 백의종군길을 떠나야 했던 심정

이때 이순신의 〈난중일기〉는 읽는 이의 눈시울을 뜨겁게 한다.

효도는 모든 행동의 근본이다.
"나무가 고요하고자 하나 바람이 그치지 아니하고
자식이 봉양하고자 하나 어버이가 기다려주지 않는다."
"효성이 흐려지는 것은 처자식에게 기울기 때문이다."라고 한다.
이어령은 말한다.
"나의 서재에는 수천수만 권의 책이 꽂혀있다. 그러나 언제나 나에게 있어 진짜 책은 딱 한 권이다. 이 한 권의 책, 원형의 책, 영원히 다 읽지 못하는 책, 그것이 나의 어머니이다."
어머니는 최초의 시요, 드라마이며 끝나지 않는 길고 긴 이야기책이다.
아침에 나가 늦게 들어오면 대문에 서서 기다리는 의문지망(依門之望)의 사랑,
어머니의 그 사랑은 읽어도 읽어도 다 읽지 못하는 책이다.

생각만 해도 눈시울이 붉어지는
그리운 내 어머니를 생각하며 곡교천을 걸어서
한적한 은행나무 길 언덕 아래 국숫집 옆
문 닫힌 카페의 나무데크에 있는 빨간 스탬프 함에서
10코스를 마치고 11코스를 시작하는
스탬프를 꺼내 찍는다.

11코스

충무공의 충성은 해와 달을 꿰뚫었고

수카페애견센터에서 보산원초등학교 16.0㎞

수카페애견센터 ➡ 곡교천 다리 ➡ 신리초등학교 ➡ 넙티고개 ➡
보산원초등학교

은행나무 길 중간 언덕에서 둔치로 내려와 하얀 이정표와 붉은 리본을 따라 곡교천의 다리를 건너간다.

충무공 이순신의 삶의 터전이자 영면한 곳 아산시에서는 올해 4월 24에서 28일까지 현충사, 곡교천, 이순신종합운동장 등에서 '제63회 성웅 이순신 축제'를 열었다.

댄스, 버스킹, 노젓기, 걷기 여행 등 다양한 행사가 이어졌는데 '곡교천 노젓기'는 이순신의 23전 23승 전승 신화의 숨은 공로자인 격군들의 노고도 체험하고 아름다운 곡교천을 즐길 수 있는 행사이다.

'아산 백의종군길 3구간 구국의 길 현충사에서 넙티고개까지 13㎞'
아산국민체육센터를 지나고 신동을 지나서 한적한 온양천을 따라 걸어간다.
왜 걸어야 하는지 아는 사람은 그 어떤 상황도 이겨낼 수 있다.
"왜 살아야 하는지 아는 사람은 그 어떤 상황도 견딜 수 있다"라고 니체는 말하지 않았던가.
백의종군길을 걸어가는 이순신의 가슴에 흐르는 슬픔과 눈물을 그 누가 알겠는가.

역경은 경력이다. 인생의 게임은 역경이 닥치기 전에는 시작되지 않는다.

인간은 예로부터 험한 산을 오르는 등 고행을 통하여 자신의 능력을 시험했다.

고통을 주지 않는 것은 쾌락도 주지 않는다. 행중신(幸中辛)이다.

고행하면서 자신에게 귀를 기울이고 자신과 많은 시간을 보내다 보면 자신의 잠재력을 발견할 수 있다. 고행의 성취감은 그 자체로 자신감을 불어넣어 주고 세상을 희망적으로 바라보게 한다.

눈물과 웃음은 인생의 옷감
눈물을 모르는 웃음은 의미가 없고
웃음을 모르는 눈물은 가치가 없나니
웃음과 눈물은 공존하는 희극과 비극
우리네 인생사는 영원한 희비의 쌍곡선
눈물도 웃음도 모두 다 사랑하리.

노래를 부르며 배방읍 신흥리 감태기마을을 지나고 수철리 저수지와 동화마을을 지나서 맹사성 고택이 있는 고불고불 고불로에서 소를 타고 가는 역사 속 청렴 인물 고불 맹사성처럼 호시우보(虎視牛步)로 넙티고개를 올라간다. 넙티고개에 도착하니 바람이 세차게 불어온다. 아산의 배방과 천안의 광덕이 만나는 지점, 아산 백의종군길 비석과 기념비들이 있다.

1597년 4월 19일

　"어찌하랴, 어찌하랴! 천지간에 나 같은 사정이 또 어디 있으랴,
어서 죽는 것만 같지 못 하구나"

울부짖으며 곡하고 어서 죽기만을 기다린다던 이순신

하늘이 무너지고 땅이 꺼지는 비탄한 심정으로

돌아올 기약 없이 넙티고개를 넘어갔던 이순신

8월 3일 다시 삼도수군통제사가 되어 수군을 재건하고

9월 16일 명량대첩을 이루어 풍전등화의 나라를 구하였다.

1598년 11월 19일 아침

"전투가 급하니 나의 죽음을 알리지 말라" 하고

노량해전에서 전사한 이순신

추위가 몰아치는 12월의 어느 날

아아, 슬프고도 슬프구나!

주검으로 수레에 실려 다시 이 넙티고개를 넘어온다.

세월이 흘러 426년이 지난 12월 어느 날에

한 사내가 넙티고개를 넘고 있다.

백의종군길 고뇌에 찬 이순신

수레에 실린 평온한 이순신과 함께

백의종군길 중 '구국의 길' 구간은 인간 이순신이 가장 힘들었던 길

이제 아산의 백의종군길은 끝나지만

이순신의 백의종군길

나의 백의종군길은 아직 510㎞ 더 남아 있다.

아산시 배방읍 수철리 명막골 종점을 넘어서

천안시 동남구 광덕면 보산원리로 넘어간다.

아산 백의종군길 충의 길 효의 길 구국의 길을 지나서

위험한 도로구간 보산원로를 따라 보산원초등학교 도착한다.

이때의 〈난중일기〉를 어찌 눈물 없이 읽을 수 있으랴.

4월 17일. 맑음. 의금부 도사(금오랑)의 하급 관리 이수영이 공주에서 와서 갈 길을 재촉했다.

18일. 종일 비가 계속 내렸다. 몸이 몹시 불편하여 고개도 내밀지 못하고, 다만 빈소 앞에서 곡만 하다가 종 금수의 집으로 물러 나왔다. (……)

19일. 일찍 나와서 길에 오르며 어머님의 혼령을 모신 자리에 하직을 고하고 울부짖으며 곡하였다. 어찌하랴, 어찌하랴, 천지 사이에 어찌 나와 같은 사정이 있겠는가. 빨리 죽는 것만 같지 못하구나. 조카 뇌의 집에 가서 조상의 사당 앞에서 하직을 아뢰었다. (……)

어머니 초계 변씨는 아들을 만나러 오는 배 위에서 83세로 삶을 마감했다.

선상에서 상청을 차리고 고금도에서 마련해 온 관에 입관하고 배를 중방포로 옮긴 후, 상여를 이용하여 시신을 뱀골 집으로 옮겨 모시고 왔다.

그 기간이 4월 13일부터 16일까지 사흘 걸렸다.

이순신은 발포만호(36세) 때 둘째 형님 요신 사망하고 녹둔관 재직(39세) 시에 아버지가 사망했다. 43세 때 맏형 희신이 사망하고, 통제사 재임 기간인 1596년 4월 아산으로 돌아간 아우 우신이 처와 함께 병사했다.

부모 형제가 모두 세상을 떠났다.

장례 준비를 하던 4월 17일, 금부도사의 서리 이수영이 와서 백의종군길에 오르라고 재촉하였다.

이순신은 1576년부터 1598년까지 22년의 무관 생활 중 3번의 파직과 두 번의 백의종군을 하였다. 이순신의 병무이력서다.

1576년(32세) 2월에 과거에 급제한 이순신은 12월 함경도의 동구비보에 권관으로 첫 벼슬에 나아갔고 1579년(35세) 2월에 훈련원 봉사가 되고, 10월에 충청병사의 군관이 되었다.

1580년(36세)에 전라도 발포의 수군만호가 되었다. 만호직은 오늘날 연대장급에 해당하는 종4품 계급이었다.

1582년(38세) 발포만호에서 파면된 이순신은 1583년(39세) 7월에 함경도 남병사의 군관이 되었고, 10월에 건원보의 군관이 되어 여진족 추장 울지내를 사로잡았으며, 11월에는 훈련원 참군으로 진급

되었다.

1585년(41세) 1월에 사복시 주부가 되었고, 이어 함경도 조산보의 만호가 되었다. 1587년(43세) 8월에 녹둔도 둔전관을 겸하였고, 병사 이일의 모함으로 두 번째 파직, 첫 번째 백의종군했다.

1588년(44세)에 백의종군에서 풀려나 집으로 돌아와 실업자가 되었다.

1589년(45세) 2월에 전라도 순찰사 이광의 군관이 되었다가 12월에 정읍 현감으로 임명되었다. 그리고 이순신은 1591년(47세) 2월에 전라좌수사가 되었다.

10년 전 발포 만호로 바닷가에서 근무했던 경력이 있었던 이순신은 준비된 전라좌수사였다. 그리고 임진왜란에 대비하고자 우리 민족을 사랑한 하늘이 보내준 준비된 영웅이었다.

1593년(49세) 7월에 이순신은 삼도수군통제사가 되었고 1597년(53세) 2월에 파직되었다가 8월에 다시 복직되었다.

1598년(54세) 11월에 노량해전에서 전사하였다.

전사하기 10년 전인 1588년,

이순신은 백의종군하다가 녹둔도 전투에서 공을 세운 후 집으로 돌아와 한거했다.

이순신은 1585년 함경도 조산보의 만호가 되었고, 1587년 녹둔도 둔전관을 겸했다. 이때 여진족과 녹둔도 전투가 있었고 북병사 이일의 모함으로 처형될 위기에서 정언신의 도움으로 파직되고 백의종군했다.

저 북녘땅 가장 북쪽 끝자락, 두만강과 푸른 동해가 만나는 녹둔도에는 이순신을 기리는 비석이 있다.

이순신이 조산보 만호로서 녹둔도 둔전관을 겸할 때 추수하고 있는 농민을 습격한 여진족을 물리친 것을 기념하여 세운 비다.

녹둔도 전투 당시 이순신이 높은 봉우리에 올라 여진족을 무찌른 뒤로 여진족은 무서워 다시 나오지 못했다.

그래서 뒷사람들이 그 봉우리를 '승전봉'이라 부르고 그곳에 1762년(영조 38) '승전대(勝戰臺)'라 새긴 비석을 세워 자리를 지키고 있다.

이순신이 난생처음 참가해 패배한 전투였고, 이 전투에서 부상하기도 했지만, 최선을 다한 분투였다. 전투에서 진 일로 처음으로 백의종군하게 되었지만 다시 혁혁한 승전의 공을 세웠다.

〈이충무공전서〉에 전하는, 지금은 러시아 땅이 되어버린 녹둔도 승전대에 무장 이순신의 시작을 알리는 비문이다.

충무공의 충성은 해와 달을 꿰뚫었고 공로는 종묘 제기에 새겨졌으니 한 조각 작은 대(臺)는 있어도 그만 없어도 그만일 것이다. 하지만 공이 기이한 전술로 적을 섬멸한 것은 낮은 벼슬에 있을 때부터 이미 시작된 일이다. 또 조정에서 공을 알아주고 써 주어 마침내 만고에 없는 공훈을 세울 수 있었던 것은 여기서부터 비롯되었으니, 자취가 없어지게 할 수 없다.

12코스

충무공의 정신을 되새겨라!

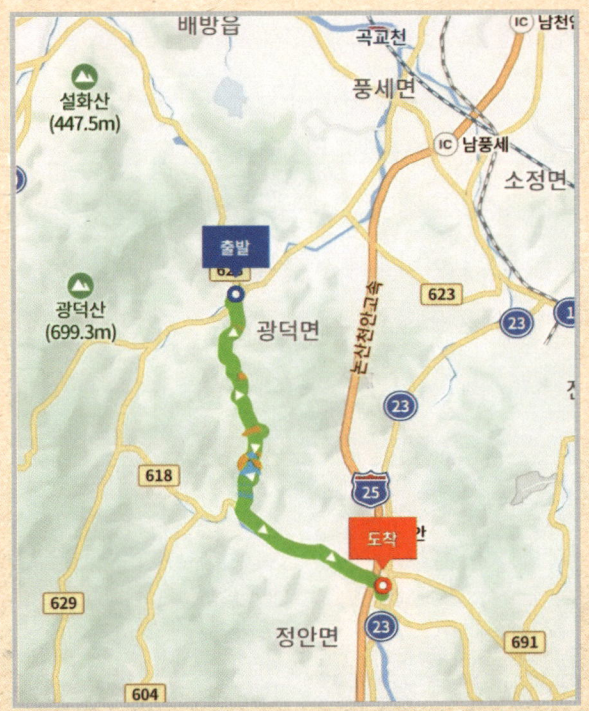

보산원초등학교에서 정안면사무소 12.2㎞

보산원초등학교 ➡ 왕승교 ➡ 개치고개 ➡ 광정삼거리 ➡ 정안면사무소

12월 11일 여명이 밝아오는 신선한 하늘

보산원초등학교에서 길을 나선다.

새벽녘의 오솔길은 천사들이 다니는 길

한적한 풍서천과 지장천이 만나는 지점의 왕승교를 건너간다.

이순신은 이 근처 어디에서 냇가에 쉬고 있는 천안 군수를 만나고 또한 한술의 조문을 받았을 것이다.

4월 19일 (……) 보산원에 당도하니 천안 군수가 먼저 와 있어서, 냇가에서 말에서 내려 쉬고 갔다. 임천 군수 한술은 한양에 가서 중시(重試)를 보고 오는데 앞길을 지나다 내가 가는 것을 듣고 들어와 조문하고 갔다. 아들 회, 면, 울과 조카 해, 분, 완 및 변주부(존서)가 함께 천안까지 따라왔다. (……)

이순신은 보산원에서 한술의 조문을 받고 곡(哭)을 하였다.
당시에 상주는 조문받으면 어디에서든 곡을 하였다.
이순신의 〈난중일기〉는 말 그대로 이순신의 일상을 소소하게 기록했다. 〈난중일기〉는 임진왜란이 일어난 1592년 1월 1일부터 노량해전에서 최후를 맞이하기 이틀 전인 1598년 11월 17일까지 7년간 2,539일간의 대기록이다.

1591년 2월 13일 전라좌수사로 부임한 이순신은 새해부터 일기를 쓰기 시작했다. 이순신의 〈난중일기(亂中日記)〉는 이렇게 시작한다.

1월 1일. 새벽에 아우 우신과 조카 이봉, 맏아들 회가 와서 이야기했다. 다만 어머님도 없이 두 번이나 남쪽에서 설 명절을 보내니 북받치는 회한을 가누지 못하겠다. 전라 병사의 군관 이경신이 상관의 편지와 선물, 그리고 장전(긴 화살)과 편전(짧은 화살) 등을 가지고 와서 바쳤다.

〈난중일기〉를 따라 걸어가는 백의종군길
하지만 이순신은 〈난중일기〉라는 이름을 모른다.
예수는 기독교와 신약성경을 모르고
부처는 불교와 팔만대장경을 모르고

마호메트는 이슬람교와 코란을 모르는 것처럼

이순신은 〈난중일기〉라는 이름을 모른다.

그저 하루하루를 되돌아보고 적은 기록을 남겼을 뿐

그리고 해가 바뀔 때마다 한 책씩 묶고 그해의 간지를 〈임진일기〉, 〈계사〉, 〈일기, 갑오년〉, 〈병신일기〉, 〈정유일기〉, 〈일기, 무술〉로 붙여 두었다.

이순신의 〈난중일기〉는 정조에 의해 탄생했다. 정조의 명에 의해 〈이충무공전서〉로 편찬하면서 이름을 붙인 것이다. 〈이충무공전서〉가 가지는 중요한 의의는 〈난중일기〉 친필 초고가 1795년 정조의 명으로 처음 해독되었고, 〈난중일기〉를 처음으로 활자화한 것이다. 정조는 규장각 각신 윤행임과 유득공에게 〈이충무공전서〉를 쓰게 했다.

이순신을 기릴 수 있는 길을 닦아준 〈이충무공전서〉에는 이순신의 신도비를 세우고 영의정으로 증직하라는 정조의 명이 있다.

> 우리 장하신 선조께서 나라를 다시 일으키신 공로는 오직 충무공 한 사람의 힘으로 마련된 것이니 이제 충무공에게 특별히 비명을 지어주지 않고 누구의 비명을 지어주겠는가. (……)

정조는 손수 신도비의 글을 짓는 이유를 〈이충무공전서〉에서 적고 있고 신도비는 충남 아산 이순신 묘소 앞에 서 있다. 이순신을 흠모하는 정조의 마음을 읽을 수 있다.

노산 이은상은 〈이충무공전서〉는 단순히 충무공 한 분의 행적이

나 기록을 집대성한 것이 아니라, 실로 하나의 '민족 교본'이라고까지 선언한다. 그것도 모자라서 "나는 일찍부터 우리 국학 연구의 길에 전 생애를 바쳐 오면서도 오직 하나, 민족 자주정신으로써 일생의 신조로 삼아왔기 때문에 스스로 충무공 및 충무공 정신의 신도가 되려고 했고, 그래서 우리 모든 고전 가운데서도 특히 〈이충무공전서〉를 애독해 왔으며 또 애독하고 있다."라고 하여, 그 자신이 '이순신의 신도'라고까지 말할 정도로 경도되어 있다.

〈난중일기〉는 전라좌수영, 지금 여수에서 쓰기 시작한 일기로 효성 지극한 이순신의 어머니에 대한 첫 번째 기록으로 시작한다. 이후 〈난중일기〉에는 어머니를 생각하는 부분이 모두 90여 차례나 나온다.

〈난중일기〉에는 무엇보다 이순신의 정신과 인간적인 면모, 활약상 등이 고스란히 담겨있다. 특히 눈에 띄는 대목은 전쟁 중에 항상 어머니를 걱정하는 효자로서의 모습과 혼자만의 사색을 통해 우국충정을 드러낸 모습이다. 또한 전쟁에 시달리는 민초들에 대한 연민과 무능한 조정에 대한 탄식, 상관과의 갈등 문제 등을 서슴없이 드러낸다.

고요한 아침의 인적 없는 도로
간간이 덤프트럭이 지나면서 공사 현장이 있음을 알린다.
개치고개 넘어가는 산길
오래전 인적이 끊겨
수풀과 낙엽, 쓰러진 나무들이 길을 가로막는데

'충무공 백의종군길' 빨간 리본을 어렵게 찾아서 올라가지만
한순간 잘못 든 길 되돌아오기를 반복하다가
우여곡절 끝에 개치고개에 올라서니
구름 낀 하늘 아래 멀리 새로운 세상이 보이고
고개 넘어 하산할 줄 알았던 길은 가팔라서 갈 수 없고
좌우로 금북정맥 산길이 기다리고 있다.

하늘을 나는 새는 남의 날개를 빌리지 않듯이
길을 걷는 나그네는 남의 다리를 빌리지 않는다.
새가 제 날개로 하늘 한 자리에 훨훨 날아가듯
나그네도 제 발걸음으로 개치고개 넘는 길 힘차게 걸어간다.
백절불굴의 충무공 이순신처럼 여기 용기 있는 자
한겨울 머나먼 백의종군 일천칠백 리길
외로움을 껴안고 홀로 산길을 걸어간다.

충무공이 말을 타고 갔을 거라고는 상상이 되지 않는
가파른 산길을 오르다가 산마루에서 마침내
낙엽이 푹푹 밟혀 미끄러운 급경사 길을
네 발로 아슬아슬 위험천만하게 내려온다.
'산행에 길든 자신이건만 이것은 아니다'라고 하는 순간
밤나무들과 밤을 수확하고 옮기기 위해 만들어 놓은 길이 나타
난다.

개치고개 넘어 능선을 오르고 내리는 성취감과 함께 만나는 정안

의 알밤

길 위에서 나 뒹구는 수많은 밤톨을 밟으면서

백의종군길을 하산한다.

백의종군길을 걷는 것은 어떤 의미일까 스쳐갈 때

'충무공이 걸었던 길을 똑같이 걷는 것보다

충의(忠義)와 효성(孝誠)의 길을 묵묵히 걸었던

충무공의 정신을 되새겨라'라고 하는

바람의 소리가 들려온다.

위기는 위험을 동반한 새로운 기회

열정의 피와 노력의 땀과 정성의 눈물을 동반하는

승리로 가는 길

'천행(天幸)'이라 하셨던 기적의 명량이 스쳐 간다.

이제는 천안시를 지나서 공주시 정안면 월산리에 들어섰다.
산길을 지나서 보산원에서 정안을 연결하는
정안마곡사로 도로를 따라 걸어간다.
김시습과 백범 김구가 머물렀던 세계유산 마곡사
가마 타고 마곡사에 있는 김시습을 찾았던 세조
그 소식을 들은 김시습은 미리 떠나갔으니
세조 또한 가마를 버려두고 갔던
전설의 마곡사를 떠올린다.

최치원을 정신적 지주로 삼아 그의 행적을 좇던 김시습
21세 되던 해 단종 폐위 사건을 접하며 세상을 등지고 부귀영화
를 뜬구름처럼 여기고 나라 구석구석을 정처 없이 떠돌아다녔으니
마지막으로 찾아든 곳은 부여 만수산의 무량사였다.
끝없는 기행, 기행, 기행의 삶을 살았던 조선 최대의 아웃사이더
김시습의 생애는 어린 시절을 빼놓고는 일생 가시밭길뿐이었다.
그 길은 스스로 선택한 길이었고, 한 번도 굽히지 않고 그 길을 걸
어갔다.
한평생을 방랑자로 떠돌았던 생애에서 세상에 뜻을 펼칠 수 없음
을 너무 일찍 깨달았던 슬프고 좌절한 천재의 노래가 스쳐간다.

그림자는 돌아다봤자 외로울 따름이고
갈림길에서 눈물을 흘렸던 것은 길이 막혔던 탓이고
삶이란 그날그날 주어지는 것이었고
살아생전의 희비애락은 물결 같은 것이었노라고

인생은 늘 선택의 기로
짬뽕을 먹으면 자장면이 그리워져 탄생한 짬짜면
지조를 중시하는 안동 선비는 곧은 절개로
정안면 중심가의 짬뽕집에서 짬뽕으로 허기를 달래고
정안면사무소의 정자에서 빨간 스탬프를 찍고
길 위에서 만나는 참 자유와 평화를 만끽한다.

13코스

참으로 하늘의 도움이다!

정안면사무소에서 공주시예비군훈련장까지 17.1㎞

정안면사무소 ➡ 광정장터길 ➡ 궁원교 ➡ 석송초등학교 ➡
공주시예비군훈련장

정안면 중심지를 지나서 한적한 들판 길로 접어든다.

정안천을 따라 걸어가면서 거제 출신의 정안 아우를 생각한다.

고속도로 정안 알밤휴게소만 지나면 생각났는데 멀리 휴게소가 보이는 정안천을 따라 걸어가며

'내가 아우를 좋아하기는 하나 보다!' 웃음이 난다.

아버지 세 명과 아들 세 명의 모임

삼례를 다녀갔던 친구 인혁이와 아우 정안

그 아들들과 만나는 '우리는 3대 3모임'

세상에 그런 모임은 없나니

아들들이 신기해하면서 좋아한다.

내 인생의 소중한 길동무

아들로 태어나 줘서 고마운

전통의 화살 세 아들이 스쳐 간다.

푸른 하늘에 흰 구름이 흘러간다.

오래전 추억이 서린 멜로디처럼

아름다운 여유가 하늘을 수놓는다.

바람이 불어오는 기나긴 방랑의 길

고향 떠난 외로운 나그네
진리의 길은 멀고도 멀어
어느 때에나 도착할까
머무를 곳 알 수 없어 오늘도 걸어간다.
흰 구름 말고는 그 누가 알랴
하얗고 정처 없는 너와 나는 길동무

석송초등학교를 지나서 멀리 석송정이 보인다.

1624년 이괄의 난을 피해 인조가 공주로 몽진을 올 때

어가가 잠시 쉬었다가 간 곳이다.

그때 지방 유림이 이 지방 백성의 어려움을 호소하자 임금이 세금을 감면해 주어서 유림이 세웠다는 정자다.

임진왜란이 끝나고 25년이 지난 1623년

평안북도 병마절도사 이괄은 인조반정 때 세운 공을 제대로 인정받지 못하였다며 난을 일으켜서 한때 한양을 점령하기도 했다.

조선의 16대 왕 인조는 재위(1623~1649) 기간 중 총 3번의 몽진을 갔다.

1624년 이괄의 난 때는 공주 공산성으로, 1627년 정묘호란 때는 강화도로 피신을 갔다.

그리고 1636년 병자호란 때는 남한산성으로 몸을 피하였는데 47일 항전 끝에 삼전도의 굴욕을 당했다.

선조는 조선을 버리고 명나라로 가려고 했고

고종은 아관파천을 했으니

세 임금은 최악의 임금이라 손꼽힌다.

모란보건진료소를 지나고 수촌리를 지나갈 때

공주 수촌리 고분군 이정표가 나타난다.

한성백제 시절 공주지역 지배층들의 묘역이다.

의당면 보건지소를 지나서 정안천과 동행하며 걸어가는 길

어수선한 공사판을 지나서 공주예비군훈련장에 도착한다.

백마강 건너 공산성의 야경이 아름다운 공주호텔
백제의 멸망과 의자왕의 굴욕을 떠올리며
공주의 밤이 깊어진다.

조선 개국 200년인 선조 25년(1592) 4월 13일
임진왜란이 발발했다.
일본군 선봉장 고니시 유키나가는 20일 만인 5월 2일 한양을 점
령했고
선조는 이틀 전인 4월 30일 한양을 버리고 몽진을 갔다.
분노한 백성들은 경복궁을 불 지르고 궁궐은 난장판이 되었다.
이처럼 몽진을 갔던 역사 속의 왕들은 누구누구일까.
파천(播遷)의 길은 임금이 피란 가는 길
비슷한 말로 몽진(蒙塵)의 길이다.

임금이 머리에 먼지를 뒤집어써 가면서 도망을 가는 길

고려 현종은 2차 거란족의 침입으로 나주로 몽진을 갔고

공민왕은 홍건적의 침입으로 안동으로 몽진을 갔다.

현종은 나주까지 몽진을 했지만, 결사 항전의 의지로 거란군을 격퇴했고

공민왕도 전열을 정비하여 홍건적을 격퇴하고 돌아왔다.

선조는 의주까지 몽진했고 인조는 세 번의 몽진을 했다.

이승만은 부산까지, 김일성은 평양을 버리고 평안북도 강계까지 도망쳤다.

명성황후시해사건 이후 신변에 위협을 느낀 고종은 아관파천을 했다.

선조가 탄 수레가 대궐 문을 나설 때 종친들이 나서서

"한양을 버릴 수 없습니다."라고 외쳤고,

경복궁 앞을 지날 때는 백성들이 양편에서 통곡하며

  "국가가 우리를 버리고 떠나니, 우리와 같은 무리는 무엇을 믿고 살아야 합니까?"라고 하였다.

동쪽 하늘이 밝아올 무렵 선조가 뒤를 돌아보니

성난 백성들이 불을 질러 경복궁은 활활 불타오르고 있었다.

4월 30일 한양을 떠난 선조는

의주에서 1592년의 여름, 가을, 겨울을 보내고

이듬해 1593년 1월 18일 의주를 떠나 한양으로 향했다.

10월 1일 한양에 도착한 선조는 궁궐이 불탔기에

정릉 월산대군의 옛집으로 들어갔다.

선조는 한양을 떠나면서부터 절규하듯 신하들에게 물었다.
어디로 갈 것인가?
백사 이항복은 의주로 갔다가 여차하면 명나라로 귀부하자고 했고 윤두수는 함경도행을 주장했다.
류성룡은 이때 조선의 운명이 좌우되는 결정적인 말을 했다.
"불가합니다. 임금께서 우리 땅에서 한 발짝이라도 떠나신다면 그때부터 조선은 우리 소유가 아닙니다."
선조는 자신은 이항복과 같은 뜻이라고 했지만
어쩔 수 없이 류성룡의 말을 따랐다.
조카 이분이 기록한 1592년 9월 1일 〈이충무공행록〉에 나오는 이순신의 말이다.

"설사 불행한 처지에 이르게 된다 해도 임금과 신하들이 우리나라 땅에서
다 함께 죽어야 한다."

이순신도 류성룡과 똑같은 말을 하고 있으니, 선조는 결국 의주에 머물렀고 참으로 하늘의 도움으로 고니시 유키나가가 평양성을 점령하고 의주를 향하여 더 이상 공격하지 않았다.

적이 평양에 들어와서는 다행하게도 수개월이 지나도록 성안에 자취를
감추고 순안·영유 같은 평양 지척에 있는 고을조차 침범하지 않았다. 이로
써 민심이 차차 안정되고, 흩어진 군사들도 점차 수습하고, 명나라 구원병

도 맞아들여, 마침내 나라를 회복하게 되었다. 이는 참으로 하늘의 도움이다. 사람의 힘으로 된 것은 아니다.

〈징비록〉에 나오는 류성룡의 표현 그대로 '참으로 하늘의 도움'이었다.

평양에 주둔한 고니시 유키나가 군대가 의주까지 쳐들어가지 못한 것, 그리하여 명나라 군대가 압록강을 쉽게 넘어올 수 있었던 것, 그래서 조선이 일찍 망하지 않았던 것, 이 모두 이순신의 수군이 일본 함대를 제압했기 때문이었다.

만일 일본 수군이 서해로 나갈 수 있었다면 수륙이 합세해서 선조가 있는 의주까지 한달음에 쳐내려 갔을 것이다.

서애 류성룡과 여해 이순신!

이순신을 역사의 이순신으로 만들고 존재케 한 사람은 류성룡이었다.

류성룡과 이순신은 편지를 보내 서로의 안부를 물었으며, 류성룡은 임진왜란 직전 〈증손방수전략〉이라는 책을 보내주었고, 이순신은 때로는 꿈에서 류성룡을 만날 정도로 각별한 사이였다. 류성룡은 이순신의 영원한 멘토였기에 이순신의 〈난중일기〉 곳곳에 류성룡이 등장한다.

1594년 7월 12일 맑음. (……) 류성룡의 사망 소식도 순변사가 있는 곳에 도착했다고 한다. 이는 그를 질투하는 자들이 필시 말을 만들어 훼방하는 것이리라. 애통하고 분함을 참을 수 없다. 이날 저녁에 마음이 매우 어지러웠다. 홀로 빈집에 앉았으니, 심회를 스스로 가눌 수 없다. 걱정에 더욱 번민하니 밤이 깊도록 잠들지 못했다. 류성룡이 만약 내 생각과 맞지 않는다면 나랏일을 어찌할 것인가.

1596년 1월 12일. 맑았으나 서풍이 크게 불어 추위가 배로 매서웠다. 4경(새벽 2시경)에 꿈을 꾸었는데, 어느 한 곳에 이르러 영의정(류성룡)과 함께 이야기를 나누고 있었다. 한동안 둘 다 걸친 옷을 벗어놓고 앉았다 누웠다 하며 서로 우국에 대한 생각을 털어놓다가 끝내 속내를 쏟아내면서 극에 달했다. 얼마 후 비바람이 억세게 치는데도 흩어지지 않고 조용히 이야기하는 사이 만일 서쪽의 적이 급한데 남쪽의 적까지 동원된다면 임금이 어디로 가실 건가를 되풀이하며 걱정하다가 말할 바를 알지 못했다. 예전에 영의정이 천식을 심하게 앓는다고 들었는데 잘 나았는지 모르겠다. (……)

14코스

오동나무는 관청의 재물

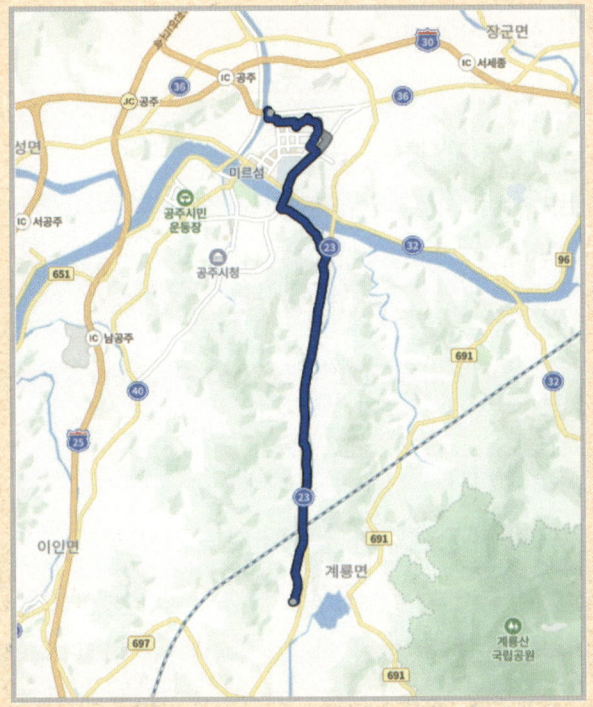

공주시 예비군훈련장에서 계룡면 행정복지센터 16.1㎞

공주시예비군훈련장 ➡ 금흥교 ➡ 공주대교 ➡ 봉명교차로 ➡
영규대사로 ➡ 계룡면행정복지센터

12월 12일 걷기 7일째

새벽에 눈을 떠서 쾌재를 터트린다.

"와! 눈떴구나! 하하하!"

여명이 밝아온다. 삶은 죽음보다 나은 것

아직 살아있다는 것은 얼마나 행복한가.

산 날보다는 살아갈 날이 적다는 생각

남은 생물학적 여명이 적다는 데서 오는 희열감이 밀려온다.

빛이 찾아드니 서서히 어둠이 물러가고

밝아오는 동녘 빛을 안고 한 걸음씩 길을 걸어간다.

어둠이 흩어지는 길 위에 사물들이 다가와 고개 숙여 인사를 한다.

앙상한 가지 사이에 하늘이 열리고 신선한 첫 아침 신명난 두 다리는 덩실 덩실 춤을 추며 걸어간다.

신선한 아침이 나그네를 연인처럼 안고 걸어간다.

남쪽으로, 남쪽으로 걸어간다.

떠오르는 태양과 함께 나는 오늘의 길을 걸어간다.
태양은 태양의 길을, 나는 나의 길을 간다.
달팽이는 느리지만 달팽이의 길을 기어가고
연어는 물을 거슬러 가야 할 길을 헤엄쳐가고
대붕은 바람을 거슬러 하늘 높이 날아가듯
나는 가야 할 나의 백의종군 길을 걸어간다.
금강변을 따라가다가 공주대학교 캠퍼스를 지나서

무령로를 따라 공주대교를 건너간다.
푸른 하늘 흐르는 물을 보고 감사하며
이 모든 것을 누릴 수 있는 자유를 주신 신에게 기도한다.
홀로 걸을 때 기도하고 기도는 자주 한다.
그저 진심을 말하기만 하면 스치는 바람이 응답을 준다.
하늘을 향한 기도는 신의 마음이 아닌 자신의 마음을 바꾼다.

오늘도 자신의 길을 찾아간다.
이것은 나의 길 나 홀로 가야 할 길
다른 사람이 대신 정할 수 없는 길이다.
다른 사람이 함께 걸을 수는 있지만
누구도 나를 대신해 걸을 수는 없다.
금강이 흘러가는 백제를 걸어간다.
물가의 새들은 백제의 흥망을 아는지 모르는지
물장구를 치며 어울려 정겹게 놀고 있다.

기록상 최초의 효자인 신라 경덕왕 때의 향덕비를 지나서
차도 옆 한적한 농로인 전진배길을 걸어간다.
영규대사의 묘가 3㎞ 거리에 있다는 이정표를 지나서
계룡산을 경계로 계룡시와 연접하여 자주 혼동하는
공주시 계룡면 영규대로 번화가에 들어서서
행정복지센터 앞에 있는 영규대사비를 마주한다.

1592년 8월 2차 금산성 전투는

조헌과 영규대사가 거느린 의병과 고바야카와 다카가케 군의 전투

청주 전투에서 청주성을 공동 탈환한 의병장 조헌과 영규는 이 당시 논쟁을 벌이고 있었다.

영규대사는 병력이 700명에 불과하니 관군과 합동 공격을 하자고 하였으나 조헌이 거절하며 단독 출전

이에 영규도 자기 휘하의 승병 800명을 이끌고 함께 따라나선다.

조헌과 영규의 1,500여 명과 이에 마주한 고바야카와 군의 3배에서 10배에 달하는 병력의 전투는 애초에 상대가 되지 않았으니, 비가 오는 와중에 조헌의 군사는 진영조차 제대로 갖추지 못했고 영규가 이대로는 전투 속행이 불가능하다고 다시 지적하자 조헌은,

"이 적은 본래 우리가 대적할 수 없는 것인데도 내가 속히 싸우려고 하는 것은 오직 충의의 격동으로 사기가 한창인 이때를 이용하려는 것이오."

라고 한다.

이튿날 새벽 왜군이 공격을 가해왔고 들판에서 백병전을 벌였던 조헌 군이 무너지면서 영규의 진영으로 퇴각하고 왜군이 그대로 육박해 오자 영규의 진영까지 아수라장이 되어버렸다.

조헌은 전사하고 난전 중에 누군가 영규에게 도망칠 것을 권했으나 영규는 거부한 채 싸우다가 죽었다. 2차 금산 전투의 조선군은 1,500명 이상으로 추정되지만, 조헌의 병력만 수습해서 칠백의총을 만들었고 나머지 승군들은 방치했다는 민담이 존재한다.

이에 승군들의 시신은 인근 지역주민들이 매장해 준 듯 불교계에서는 이 '칠백의총'을 '천오백 의총'으로 바꿔야 한다고 수시로 주장하는 중이니, 조선 왕조의 불교 천시 사상 때문이라 한다.

영규대사는 청주성 탈환에 있어서 주력으로 활약했으니 〈선조실록〉에는

"영규가 800 승군을 이끌고 조헌과 함께 군사를 합하여 청주를 함락시킨 자가 이 중이라 합니다."라는 기록이 있다. 비변사에서도 "중 영규가 의(義)를 분발하여 스스로 중들을 많이 모아 성 밑으로 진격하였는데, 제일 먼저 돌입하여 마침내는 청주성을 공략하였습니다."라고 하면서 포상했다는 기사가 있다.

1, 2차 금산 전투에서 고경명과 조헌, 영규대사를 죽음으로 몰고 간 왜군 장수는 고바야카와 다카카게

임진왜란이 끝난 뒤 3백여 년의 세월이 지난 1910년 8월 22일, 한일병합 조약을 끝내고 난 그날 밤 데라우치 마사다케 통감은 와카(시) 한 수를 지었다.

> 고바야카와, 고니시, 가토가 이 세상에 있다면
> 오늘 밤 저 달을 어떤 마음으로 바라볼꼬.

4월 19일 이순신은 공주에 도착했다.

> 4월 19일 (……) 일신역(공주 신관동)에 도착하여 잤다. 저녁에 비가 뿌렸다.
> 4월 20일 맑음. 공주 정천동에서 아침밥을 먹고 (……)

조헌은 고경명, 김천일, 곽재우와 함께 임진왜란 의병장인 '임진 사충신'이다. 곽재우를 제외하면 모두 호남 서인이기에 경상도 및 동인 쪽에서는 곽재우, 정인홍, 김면을 임진왜란 3대 의병장이라고 추앙한다. 조헌은 전라도 도사(都事)로 재직 중이던 시절 발포 만호 이순신과의 인연이 있었다.

이순신은 1580년 36세에 전라도 발포의 수군만호가 되었다. 발포 만호가 된 이순신은 처음 바다와 인연을 맺게 되었다. 병영을 둘러본 이순신은 실망을 금치 못했다. 배도 몇 척 안 되고, 그나마 닻과 돛은 부러지고 찢어져 있었다. 병사들은 수십 명, 대부분 칼과 활을

제대로 다룰 줄도 몰랐다. 이순신은 병사를 더 뽑아 바닷가 곳곳에 새로운 진지를 구축하고 부서진 배를 수리하고 병사들을 훈련했다. 본인 또한 배를 만드는 설비, 해전 연구를 열심히 했다. 이때 전라좌수사 성박이 심부름꾼을 보내왔다.

"이곳 발포에 있는 오동나무를 베어오라고 합니다요."

"오동나무를? 무엇에 쓰신다고 하더냐?"

"네. 오동나무로 거문고를 만든다고 합니다."

"이런!! 오동나무는 관청의 재물로 나라 것이니 안 된다고 전해라."

좌수사 성박은 분개했다. 관청의 법인카드를 사적으로 쓰면서 분개하는 것과 같은 꼴이다. 그러다가 성박은 다른 곳으로 옮겨 가고 이용이 좌수사로 부임해 왔다. 성박의 인수인계를 받은 이용은 이순신을 미워했다.

어느 날 이용이 관할 5포 지역을 불시 점검하였는데 이순신의 발포진에 3명의 결원이 생겼음이 밝혀졌다. 이용은 이순신을 문책하며 조정에 보고하겠다고 했다.

이순신은 태연하게 따졌다.

"5포 가운데 사도, 여도, 녹도, 방답 등 4곳은 이곳 발포보다 훨씬 더 결원이 많은 것으로 압니다. 결원이 있다지만 제 관할인 발포가 가장 양호한데도 수사께서는 어찌 이 지역의 책임만을 묻고자 한단 말입니까?"

이용은 뜨끔하여 보고를 포기했다. 대신 이순신에게 가장 낮은 평점을 주려 했다. 하지만 관리들 사이에서는 발포가 전시 대비가 가장 훌륭하다는 소문이 파다했다.

이때 전라도 도사인 훗날의 의병장 조헌이 이를 알고 이순신을 옹호했다.

이용은 낮은 점수 주기를 포기했다. 이용은 시간이 지나면서 이순신의 성품과 능력을 인정하게 되었다. 그리고 훗날 이순신이 어려움에 부닥쳤을 때 도움의 손길을 내밀어주었다.

1581년, 훈련원 때 자신을 미워했던 병조정랑 서익이 검열관이 되어 발포로 내려왔다. 서익은 이순신에 대한 거짓 보고서를 작성하여 조정으로 올렸고 이순신은 파직되었다. 첫 번째 파직이었다.

파면된 이순신은 쓸쓸한 마음으로 한성으로 돌아왔다. 서익이 사사로운 감정으로 이순신을 파직시켰다는 소문이 자자했다. 이 소문은 이조판서 율곡 이이의 귀에도 전해졌다. 같은 덕수 이씨 중에 인성이 대쪽 같은 그런 인물이 있다니 한번 만나고 싶었기에 이이는 류성룡에게 중재를 부탁했다. 〈이충무공행록〉의 기록이다.

> 율곡 이이 선생이 이조판서로 있을 때, 공의 이름을 들었다. 같은 덕수 이씨인 줄을 알고 서애 류성룡을 통해 한번 만나보기를 청하였다. 류성룡이 이순신에게 가보라고 권했지만, 공은 "나와 율곡이 같은 성씨라 만나볼 만도 합니다. 그러나 이조판서로 있는 동안에는 안 됩니다." 하고 끝내 가지 않았다.

덕수 이씨 종중에서는 이순신과 율곡 이이 등 몇몇 집안을 명문으로 치고 있다. 이순신과 이율곡은 제4대 조상 때 나누어져 이순신은 제12대가 되고 이이는 제13대가 되어 두 사람의 촌수는 19촌

숙질간이 된다.

　얼마 후, 이순신은 다시 훈련원 봉사(종8품)가 되었다. 대령급에서 파직당하고 중위급으로 복직된 것이다. 종4품 발포 만호보다 낮은 벼슬이었지만 이순신은 맡은 일에 열중했다.

15코스

하늘이 어찌 이다지도 인자하지 못할까?

계룡면행정복지센터에서 노성면사무소 11.3㎞

계룡면행정복지센터 ➤ 갑사로-어사길 ➤ 계룡산로 ➤ 노성천 길 ➤ 노성면사무소

영규대사로를 지나서 소재지를 나와 월암교를 건너간다.

계룡산국립공원과 갑사로 가는 길 이정표가 반겨준다.

낯선 길을 익숙한 듯이 한 발 한 발 신명 나게 걸어간다.

한 발 그리고 다른 발을 확실하게 규칙적으로 리듬감 있게 내디딘다.

걷기는 인류의 축복

태초의 인류는 걸어서 아프리카 대륙 전체로 나아갔고

유라시아의 넓은 땅으로 건너가 결국 아메리카 대륙과 아시아 태평양 지역 그리고 오스트레일리아까지 넓게 향해 걸어갔다.

걷기는 위대한 진화의 상징

해부학적으로 오직 사람만이 두 발로 걷는다.

걷기는 인류의 문명을 발전시켰고

멀리 내다보게 했으며

다른 동물들보다 고차원적인 발상과 사고가 가능하게 했다.

아리스토텔레스 등 고대 그리스의 소요학파 철학자들은 걸으면서 가르침을 전했다.

많은 철학자와 예술가들은 걷기 예찬론자였다.

프리드리히 니체는

"걸으며 생각한 것만이 가치가 있다."라고 했고

장 자크 루소는

"나는 걸을 때만 생각한다. 걸음을 멈추면 생각도 멈춘다."라고

했다.

걷기는 새로운 영감과 활력을 준다. 걸으면 호흡이 변하고 고요했던 심장의 박동 리듬이 활성화되며 두뇌활동도 변한다. 뇌에 줄 수 있는 가장 큰 선물은 당장 일어나 걷는 것이다.

사람들은 혼자 있는 것을 어려워한다. 혼자 밥을 먹느니 굶는 게 낫다고 생각하고 혼자 여행하느니 방구석에서 뒹구는 게 낫다고 생각한다.

인생을 행복하게 만드는 것은 혼자 있는 시간을 어떻게 보내느냐에 달려있다.

내가 정말 원하는 삶이 무엇인지

내가 좋아하는 것과 싫어하는 것이 무엇인지

나는 어떤 가치관으로 살아가고 있는지

시간과 공간의 좌표 위에 자신의 위치는 어디에 있는지

스스로에게 질문을 던지며

자기 자신에 대해 알아갈 수 있는 시간은

오직 혼자 있는 시간밖에 없다.

땅끝으로 가는 삼남길의 백의종군길에서 홀로 유유자적 흘러간다.

나는 걷는다. 고로 오늘도 나는 존재한다.

충무공 이순신 백의종군길 670㎞ 도보여행기

계룡산 인근이라 점집들이 자주 나타나고
멀리 닭의 볏처럼 생긴 계룡산이 누워서 한가롭다.
지난해 겨울 폭설이 내리고 세찬 바람 부는 몹시 추운 날
용인 국립공원 탐방대원들과 계룡산 일주를 하였던
즐거운 추억이 스쳐 간다.
전국에는 23개의 국립공원이 있어 4계절을 다니기로 했으니
매월 다녀도 장장 92개월,
8년 가까운 세월이 소요되는 생각만 해도 흐뭇한 동행이다.

점집들이 많은 것은 정 도령이 나타나는 정감록의 영향이리라.
　정감록은 임진왜란과 병자호란 이후에 널리 퍼진 나라 운명에 관
한 예언서
　조선의 선조인 이심이라는 사람이 정 씨의 조상인 정감에게 들었
다는 이야기를 정리한 책으로 정도전이 저술했다고 추측한다.
　조선이 망하면 새로운 나라를 세울 사람은 정 도령
　계룡산에 도읍하고 후천 선경의 8백 년 왕국을 건설한다는 것
　조선 후기의 하대로 내려올수록 반 왕조적인 색깔이 짙어져서
　민란은 정감록에서 우러나온 진인 출현설이 압도하게 되었다.

공주시 계룡면 어사길을 지나고 경천초등학교를 지나서
계룡로에서 논산시 상월면 지경리에 들어선다.
일신우일신으로 매일매일 지경을 넓혀가는 나그네가
'네 지경을 넓혀라'라는 성경의 야베스의 기도를 생각하며
오늘도 지경을 넓히며 노성천이 흘러가는 상월교를 건너간다.

　충무공 이순신 백의종군길 670㎞ 도보여행기

무안박씨 노상파 효행유적비를 지나고 노성천을 따라 걸어서 노성면 비석군을 지나간다.

노성 현감 등의 불망비와 공덕비 19기

"노성은 역사적으로 충청도의 큰 고을이었으며 호남지방에서 한양을 가려면 거쳐야 했던 삼남대로의 정거장 역할을 담당했던 고장이었다."

라는 설명대로 백의종군길 이순신도 지나가고 나도 이 길을 지나간다.

4월 20일 맑음. 공주 정천동에서 아침밥을 먹고 저녁에 이산(尼山)에 들어가니, 고을 원이 극진히 대접했다. 관아 동헌에서 잤다.(……)

정천동이 어딘지는 알 수 없지만 이산은 논산 노성면 읍내리 바로 이곳이다. 이순신은 이산현에 들어갔는데 이산 현령으로부터 극진한 대접을 받고 관아의 동헌에서 잠을 잤다. 의금부를 나선 뒤 처음으로 관아의 동헌에서 잠을 잤다.

이산현(尼山縣)은 통일신라시대부터 니산현으로 불리다가 조선시대에는 니성현과 노성현으로 바뀌었다가 지금은 논산시 노성면으로 되었다.

행정복지센터 본관 좌측 정자에 있는 빨간 스탬프 함이 추위와 기아에 허덕이는 나그네를 반긴다.

＊＊＊＊＊

　이순신은 어머니의 죽음도, 막내아들 면의 죽음도 나쁜 꿈을 꾸고 난 뒤에 일어났다. 이순신은 꿈을 해몽하고 때로는 척자점을 치기도 했다. 척자점은 기존의 복잡한 64괘의 주역점을 간편화하여 조선의 민간에서 사용한 윷점이다. 이순신은 전쟁 중에 이 점법을 사용하여 미래를 예견했다. 점법은 윷가락 4개를 준비해서 3번을 던지면 하나의 괘를 얻는 방식이었다. 1594년 〈난중일기〉의 기록이다.

　　7월 13일 비가 계속 내렸다. 홀로 앉아 아들 면의 병세가 어떠한지 염려가 되어 척자점(擲字占)을 치니, "군왕을 만나보는 것과 같다."는 괘가 나왔다. 매우 길하다. 다시 쳐보니, "밤에 등불을 얻은 것과 같다."는 괘가 나왔다. 두 괘가 모두 길하여 마음이 조금 놓였다. 또 류성룡의 점을 쳐보니, 점은 "바다에서 배를 얻은 것과 같다."는 괘를 얻었다. 또다시 점치니, "의심하다가 기쁨을 얻은 것과 같다."는 괘가 나왔다. 매우 길한 것이다. 저녁 내내 비가 내리는데 홀로 앉아 있는 마음을 스스로 가누지 못했다.

　어머니의 죽음 직전, 이순신은 꿈을 꾸었다. 백의종군 길의 기록이다.

　　11일. 맑음. 새벽꿈이 심란하여 이루다 말할 수가 없었다. 덕이를 불러서 대강 이야기하고 또 아들 울에게도 말했다. 마음이 몹시 침울하여 취한 듯 미친 듯 마음을 가눌 수 없으니, 이것이 무슨 징조인가. 병드신 어머니를 그리워하는 생각에 나도 모르게 눈물이 흐른다. 종을 보내어 어머니의

172　충무공 이순신 백의종군길 670㎞ 도보여행기

소식을 듣고 오게 했다. (……)

그리고 이틀 후, 어머니는 여수에서 아산으로 오는 배 안에서 돌아가셨다. 슬픔은 거기에 그치지 않았다. 명량해전을 승리로 이끈 후 이순신에게 막내아들 면이 아산에서 전사했다는 충격적인 소식이 전해졌다. 이때의 심정을 이순신은 처참하게 기록했다.

10월 14일. 맑음. 4경(새벽 4시경)에 꿈을 꾸니 내가 말을 타고 언덕 위로 가다가 말이 발을 헛디뎌 냇물 가운데로 떨어졌으나 거꾸러지지는 않았다. 막내아들 면을 붙잡고 안은 형상이 있는 듯하다가 깨었다. 이것은 무슨 징조인지 모르겠다. (……) 저녁에 어떤 사람이 천안에서 와서 집안 편지를 전하는데, 아직 봉함을 열기도 전에 뼈와 살이 먼저 떨리고 마음이 조급해지고 어지러웠다. 대충 겉봉을 펴서 열이 쓴 글씨를 보니, 겉면에 '통곡(痛哭)' 두 글자가 씌어 있었다. 마음으로 면이 전사했음을 알게 되어 나도 모르게 간담이 떨어져 목 놓아 통곡하였다.

하늘이 어찌 이다지도 인자하지 못할까? 내가 죽고 네가 사는 것이 이치에 마땅하거늘, 네가 죽고 내가 살았으니, 이런 이치에 어긋난 일이 어디에 있느냐? 천지가 캄캄하고 해조차도 빛이 바랬구나. 슬프다, 내 아들아! 나를 버리고 어디로 갔느냐? 영특한 기질이 남달라서 하늘이 이 세상에 머물게 하지 않는 것이냐? 내가 지은 죄로 인해 네 몸에 화가 미친 것이냐? 이제 내가 세상에서 끝내 누구를 의지할 것인가. 너를 따라 죽어 지하에서 함께 지내고 함께 울고 싶건만 네 형, 네 누이, 네 어미도 역시 의지할 곳이 없어 아직은 참고 연명한다마는 마음이 죽고 형상만 남은 채 부르짖어 통곡할 따름이다. 하룻밤 지내기가 일 년 같다. 이날 2경(10시경)에 비가 내렸다.

　10월 16일. 맑음. (……) 내일이 막내아들의 죽음을 들은 지 나흘째 되는 날인데 마음대로 통곡하지도 못했다.

　10월 19일. 맑음. 새벽꿈에 고향집의 종 진이 내려왔는데 죽은 아들이 생각나서 통곡하였다. (……) 어두울 무렵 코피를 한 되 남짓 흘렀다. 밤에 앉아 생각하느라 눈물이 났다. 어찌 말로 다 하리요. 금세에 죽은 혼령이 되었으니, 끝내 불효가 이 지경에 이르게 된 것을 어찌 알랴. 비통한 마음은 꺾이고 찢어지는 듯하여 억누르기 어렵다.

　이순신은 나라와 백성들을 지켰지만 제 가족은 지키지 못하였다. 정유년 한 해에 불과 6개월 만에 사랑하는 어머니와 목숨보다 소중한 아들을 잃은 이순신은 무슨 생각을 했을까? 어서 빨리 그들을 따라가고 싶지 않았을까? 아들 면이 죽고 이순신은 통곡했다. 코피를 한 되 남짓 흘리며 통곡했다.

16코스

십만양병설은 진실인가

노성면사무소에서 논산 부적농협 10.9㎞

노성면사무소 ➡ 노성로 ➡ 벼슬로 ➡ 풋개다리 ➡ 마구평5길 ➡ 논산 부적농협

오후 1시 반, 춥고 배고픈 데 둘러보니 '황금우렁쌈밥'이 보인다.

"혼자 식사 가능합니까?"

"네. 들어오세요."

셀프이건만 주인이 가져다주는 따뜻한 숭늉

'아아, 속이 훈훈하다!'

채소와 더불어 정갈한 식단, 맛있게 식사를 마치고 일어서는데, 주방에 있다가 들어서는 여주인이 행색을 보고 의아해 묻는다.

"뭐 하시는 분이세요?"

"충무공 이순신이 지나갔던 백의종군길 걷고 있어요."

"충무공이 이 길로 지나갔어요? 어마, 대박이다!"

이어서 이어지는 무용담에 밥값을 받지 않겠다며 음료수도 들고 나온다.

산티아고 순례길을 다녀왔다는 내 이야기에 아이들 넷 데리고 산티아고 순례길 가는 게 버킷리스트에 있다고 한다.

싸인을 해달라는 요청에 즉석 싸인을 하고

폼 잡고 사진까지 찍었으니 이 유명세를 어이하랴!

"황금우렁쌈밥집에 황금이 넘치는 대박 있기를!"

뒤돌아보며 합장하고

배부른 나그네가 노성로를 따라서 들판을 걸어간다.

벼슬로를 지나서 사계로를 걸어간다. 인근 연안면에는 사계 김장
생의 무덤과 세계유산 돈암서원이 있다. 김장생은 '삼현수간'으로 유
명한 이이, 성혼, 송익필의 제자였다.

율곡 이이의 그 유명한 십만 양병론은 김장생에서 비롯된다. 율곡
이 쓴 상소문과 서간, 문집 등 본인이 남긴 기록 어디에도 십만 양병
론이 나오지 않는다.

십만 양병론은 율곡이 1584년 49세로 타계한 뒤 김장생이 작성한
율곡 행장에 나타난다. 행장이란 죽은 사람이 살아온 일을 적은 글
이다.

"일찍이 경연에서 청하기를 '군병 십만을 미리 길러 완급에 대비

하여야 할 것입니다. 그렇지 않으면 십 년이 지나지 않아 장차 토붕 와해(土崩瓦解)의 화가 있을 것입니다.' 하니 정승 류성룡이 말하기를 '사변이 없는데도 군병을 기르는 것은 화근을 기르는 것입니다' 하였다."

김장생이 율곡 행장을 쓴 시기는 1597년으로 임진왜란이 발발한 지 5년이 지난 뒤였다. 김장생의 제자 우암 송시열은 〈율곡 연보〉에서 김장생의 '일찍이 경연에서'라는 시기를 선조 14년(1583년) 4월 즉 임란 발생 9년 전이라고 적시했다. 송복 교수는 말한다.

"이 십만 양병론은 오직 제자들이 쓴 율곡 비문에만 있고, 또 그 제자의 제자가 편찬했다는 〈율곡 연보〉에만 있다. 다른 기록에는 없고, 단지 비문에만 있고 연보에만 있다는 것은 이 〈양병론〉이 바로 정치적으로 만들어졌다는 것을 의미한다."

"율곡의 제자들이 그의 비문에 〈양병론〉을 올린 이유는 율곡을 성인(聖人)의 레벨에, 반면 류성룡은 속류(俗流) 정치인으로 떨어뜨리는 데 있음은 삼척동자도 알 수 있을 정도로 명백하다."

조선은 나라인가.
당시 율곡의 상소문을 읽으면 조선은 나라가 아니다.
"2백 년 역사의 나라가 지금 2년 먹을 양식이 없습니다. 그러니 나라가 나라가 아닙니다. 이 어찌 한심하지 않습니까."
"지금 국가의 저축은 1년의 저축을 지탱하지 못합니다. 이야말로 나라가 나라가 아닙니다."

그리고 1584년 1월 율곡 이이는 세상을 떠났다. 율곡이 세상을 떠난 8년 후 임진왜란이 일어나고 영의정 겸 도체찰사 류성룡은 위기를 극복할 때마다 말했다.

"이 필시 하늘이 우리를 도운 것입니다."

"이러고도 오늘날 우리가 있는 것은 하늘이 도운 까닭입니다."

"아, 하늘이 도와서 우리가 다시 일어날 수 있겠습니다."

"하늘이 도와서 국가를 다시 만들 수 있겠습니다."

율곡 이이와 서애 류성룡!

'정말 어떻게 할 수 없는 나라'라는 인식을 두 사람은 꼭 같이 하고 있다. 그런 나라에 당시 군사적으로 세계 최강이라 할 수 있는 일본군이 쳐들어왔다. 결과는 불을 보듯 뻔했다. 류성룡의 말대로 하늘이 돕지 않고는 다시 일어날 수 없는 그런 나라가 바로 조선이었다.

김장생은 아들 김집과 함께 '조선의 숨은 왕' 송익필의 제자였다.

전란이 한풀 꺾인 1596년 4월 어느 날

김장생의 도움으로 송익필은 당진의 숨은골 농막에 거처를 잡았다.

"스승님, 이곳이라면 누추하기는 해도 다른 걱정 않으시고 여생을 편안히 보내실 수 있을 것입니다."

조정에 쫓기면서 떠돌고 전란을 피해 다녀야 했던

송익필의 눈에는 눈물이 고였다.

1598년 평생지기 성혼이 먼저 세상을 떠나고 1599년 8월 송익필은 당진군 은거지에서 파란만장했던 생을 마감했다. 비운의 천재 송익필이 66세의 일기로 세상을 떠나고 24년 후 1623년 서인들의 인조반정이 성공했다.

반정 사흘 후 76세의 김장생은 사헌부 장령(정4품)에 제수됐다. 반정 3일 만에 인조가 초야의 학자를 고위직에 불러 자문했다는 것은 스승 송익필이 이루지 못한 꿈을 제자 김장생과 그의 제자들이 하나씩 이뤄가게 된다. 나라를 망치는 꿈이건 어떤 꿈이건 떠나서.

송익필은 김장생, 김집 부자에게 성리학과 예학, 직 사상을 전수했다. 그리고 김장생은 그것을 고스란히 송시열에게 전해주었고, 세상은 '송시열과 그들의 나라'가 열리게 되었다. 송익필의 시 '산길을 걷다(山行)'를 노래하며 사계로를 걸어간다.

가노라면 쉬는 걸 잊어버리고
쉬노라면 가는 것 잊어버리네.
솔 그늘에 말 세우니 맑은 물소리
뒤에 오던 사람들 내 앞을 가네.
가는 곳
서로 다른데
다툴 것 뭐 있는가.

하도2리 경로효친 마을을 지나갈 때 태양을 가운데 두고 무지개가 나타난다. 신기한 모습에 탄성을 지른다. '뭔 일이여?'

풋개(草浦)마을 안내도를 바라보고 풋개다리를 건너서 바람 부는 드넓은 벌판을 나 홀로 걸어간다. 마구평리 호남선 열차 건널목을 건너갈 때 포터 차량이 옆에 멈춰 서며 기사 아저씨가 창문을 열고 말없이 웃으며 물 한 통을 건네준다.

황금우렁쌈밥집에서 환대받아 기분 좋은 날, 착한 사람들의 따뜻한 인정을 맛보며 마음을 녹인다. 종자관리소 논산분소 벽에 그려진 '농자천하지대본' 벽화가 즐거운 기분을 아는지 모르는지 신명 나게 춤을 춘다. 부적농협에 인근 빨간 스탬프 함이 있는 다오정에 도착했으니, 오늘은 14, 15, 16코스, 모두 3개 코스 40㎞ 가량 걸었다.

구봉 송익필(1534~1599)은 율곡 이이와 우계 성혼의 벗으로 삼현수간(三賢手簡)으로 유명하다. 송익필은 명문장가로 야사에서는 이순신의 스승으로 나오고 거북선을 맨 처음 고안한 사람이 송익필이라는 이야기도 전해진다.

이순신이 열두 살 무렵이던 어느 날 친구들과 전쟁놀이로 진법 연습을 하고 있었다. 그것을 물끄러미 바라보던 송익필이 이순신을 불렀다.

"오늘밤 우리 집에 다녀가거라."

이순신이 찾아가자, 송익필은 방으로 들어오게 한 뒤 아무 말도 하지 않고 그냥 누워만 있었다. 막연히 기다리던 이순신이 고개를 돌리니 벽에 구선도(龜船圖)가 눈에 들어왔다. 처음 보는 거북이 모양의 배가 하도 신기해서 이순신은 유심히 도면을 쳐다보았다. 한참을 그러고 있자니 송익필이 이제 됐으니 그만 돌아가라고 일렀다. 집에 돌아온 이순신의 머릿속에는 거북이 배가 떠나지 않았다. 이순신을 장래 장군감이라 여긴 송익필이 묵언으로 가르쳐준 것이었다. 세월이 흘러 전라좌수사가 된 이순신은 기억을 더듬어 거북선을 만들었다고 한다.

송익필은 비범한 재주에도 불구하고 출신 성분 탓에 벼슬길에 나서지 못한 불우한 천재였다. 성리학과 예학에 통달했고 문장에도 뛰어나 당대의 8대 문장가의 한 사람으로 꼽혔다. 벼슬은 못 했지만 율곡 이이와 송강 정철 등을 움직였으며, 예학의 대가로 유명한 김장생이 그의 제자였다. 거북선뿐만 아니라 '십만양병설'도 사실은 그가 율곡 이이에게 귀띔을 해준 것이라는 이야기도 전한다.

야사에서는 임진왜란이 닥칠 것을 짐작한 이율곡이 선조에게 송익필을 병조판서로 천거했지만, 선조는 그를 만나고도 기용하지 않았다는 이야기가 전해진다. 서출이라며 신하들이 반대했지만, 율곡을 신임했던 선조가 송익필을 만났는데, 송익필은 눈을 감은 채 얼굴을 들지 않고 말했다.

"그대는 왜 눈을 뜨지 않고 말을 하오?"

"제가 눈을 뜨면 전하께서 놀라실까 염려되어 그렇습니다."

"내가 놀랄 일이 뭐가 있겠소. 어서 눈을 떠 보시오."

눈을 뜬 송익필을 본 선조는 그의 눈빛에 놀라 그만 기절하고 말았다. 그 후 선조는 다시 송익필을 만나려 하지 않았다. 눈도 제대로 쳐다볼 수 없는 신하를 조정에 둘 수 없다는 이유에서였다. 임진왜란 당시 항간에는 이런 말이 나돌았다고 한다.

"왜란을 평정할 책임을 최풍헌이 맡았으면 사흘이면 끝났고, 진묵이 맡았으며 석 달을 넘기지 않았고, 송구봉이 맡았으면 여덟 달 만에 끝냈으리라."

최풍헌이나 진묵은 백성들 사이에서 도인(道人)으로 회자하는 전

설적인 인물이었다. 참된 인재를 몰라보는 것도 모자라 이순신, 곽
재우, 김덕령 같은 인걸들을 오히려 사지로 내몰았던 선조에 대한
원망이 담겨있는 말이라 하겠다.

17코스

호남이 없으면 나라가 없다!

논산 부적농협에서 여산파출소 22.2㎞

논산 부적농협 ➡ 탑정로 ➡ 은진향교 ➡ 매죽헌로 ➡ 연무사거리 ➡

여산삼거리 ➡ 여산파출소

12월 13일 아침, 뉴스는 '연일 올해 들어 가장 추운 날'이라 전하는데 계백로를 걸어서 부적면 들판으로 나아간다. 부적면 신풍리에는 황산벌 전투의 역사의 명장 계백장군 유적지가 있다.

계백장군의 오천 결사대가 황산벌을 달리는 말발굽 소리가 들려온다.

전투에 앞서 계백장군은,

"옛날 월나라 왕 구천은 오천 명으로 오나라 왕 부차의 70만 대군을 무찔렀다. 오늘 마땅히 각자 분전해 승리를 거두어 나라의 은혜에 보답하라."고 하며 병사들을 격려했다.

신라 김유신의 5만 군사와 맞서 네 차례나 격파했지만, 결국 중과부적으로 패하고 계백은 장렬히 전사했다. 이때 계백은 나라의 위태로움을 미리 알아차리고 출전에 앞서 "살아서 적의 노비가 되느니 차라리 죽음만 못하다." 하여 처자를 모두 죽이고 싸움에 임했다.

계백은 충절의 표본으로 높이 칭송을 받았지만, 난폭하고 잔인무도하다고도 했다.

전국 최대의 딸기 생산지인 논산의 딸기농장들을 지나간다. 논산 딸기는 비옥한 농토와 풍부한 일조량, 청정한 수자원을 바탕으로 맛과 향이 좋은 신선 딸기로 유명하며 전국 생산량의 13%를 차지한다.

논산천을 가로지르는 다리를 건너서 '누구나 살고 싶은 마을 와야리' '행복마을 와야리'를 지나서 논산 11경의 제2경인 탑정로를 걸어간다.

부적면 신풍리 탑정호 출렁다리는 총길이 600m로 동양 최대 길이의 보행 현수교로 초속 60m 강풍에도 견딜 수 있게 설계되었다. 은진면 연서리 은진초등학교를 지나간다.

21일. 맑음. 일찍 출발하여 은원에 도착하니, 김익이 우연히 왔다고 한다. (……)

은원은 이곳 논산시 은진면 연서리를 일컫는다. 은진면사무소에서부터 남쪽으로 2.5㎞ 떨어진 시묘교까지 매죽헌로와 방축교 사이 지역이다. 성삼문의 충절이 서린 매죽헌로를 따라 걸어간다.

성삼문(1418~1456)의 묘가 논산시 가야곡면 양촌길에 있다. 1446년 훈민정음을 만들고 반포할 때 정인지, 신숙주, 최항, 박팽년, 이개 등과 더불어 큰 공헌을 했다.

충남 홍성에 생가터가 있는 성삼문은 태어날 때 하늘에서 "낳았느냐"고 묻는 소리가 세 번 들려서 삼문(三問)이라 이름 지었다는 일화가 있다.

노량진 사육신공원의 의절사에는 성삼문, 박팽년, 이개, 하위지, 유성원, 김문기와 성삼문의 아버지 성승 등 일곱 명의 위패가 모셔져 있다.

푸른 하늘 스치는 차가운 바람결에 '들리느냐, 들리느냐, 들리느냐'라는 하늘의 소리, 자연의 소리가 들려온다.

자연에는 많은 보물이 담겨있다. 자연의 목소리에 귀 기울여야 한다. 개구리는 자신들이 사는 웅덩이의 물을 다 마셔버리지 않는다. 필요한 것만을 취하고 처음 그대로 내버려두어야 한다. 모든 살아 있는 것을 존중해야 한다. 그러면 그것들도 존중할 것이다. 흥에 겨운 나그네가 노래한다.

백의종군 길 670㎞
하루하루 그냥 걷기만 합니다.
한 걸음 한 걸음 그냥 걸어갑니다.

풍경이 다가오고 바람이 지나가듯

삶이 생경하게 다가오고 발자국이 허공에 남겨집니다.

나 홀로 걸어가는 머나먼 여정의 백의종군길

때로는 눈물겹도록 지치고 외롭지만

눈물 있는 영혼에 무지개가 뜨는 것처럼

끝에서 만나는 행복한 자신을 생각하면

고행도 아름다운 과정으로 다가옵니다.

오늘도 터벅터벅 나는 그냥 걸어갑니다.

나는 무지하여 의미를 모르지만

백의종군길의 세상은 다정한 스승이 되어

언제나 웃으며 다가옵니다.

그냥 걸으면서 비우면 채워지는 법

두 발로 사뿐사뿐 내딛는 발걸음마다 버리고 또 버리고 나면

다이어트한 몸과 마음

독수리 하늘로 힘차게 비상하듯 새 힘과 행복이 솟구칩니다.

충무공 이순신과 함께 걷는 백의종군길

오늘도 나는 그냥 걸어갑니다.

개태골을 지나고 '牛步(우보)'라는 식당을 지나서 소처럼 천천히 걸어간다. 연무읍사무소를 지나서 견훤왕릉 이정표를 바라보며 왕릉로를 걸어간다. '병영의 추억' '추억과 낭만의 도시 논산' '국토 수호충성탑' 연무대 정문을 지나서 '청춘의 새로운 도전이 시작되는 육군훈련소' 입영 장소인 '입영 심사대'를 지나간다.

연무읍 마전리 봉곡서원을 지나 쟁목고개 오르막길을 올라서 전

북특별자치도 익산시 여산면 두여리로 들어서니 '호남의 첫 고을 월
곡마을' 표석이 반겨준다. 가람로를 따라 여산파출소에 도착하니
17코스 종점을 알리는 빨간 스탬프 함이 기다리고 있다.

백의종군길 이순신은 이곳 여산 관노의 집에서 잤는데, 여산동헌이 파출소 인근에 있으니 근처 어딘가에서 묵었을 것이다.

올해 들어 가장 추운 날, 한 코스로 마무리하고 여산에는 숙소가 없어서 논산에서 하룻밤을 묵는다.

> 21일. 맑음. (……) 저녁에 여산의 관노 집에서 잤다.
> 한밤중에 홀로 앉았으니, 비통한 마음을 어찌 견딜 수 있으랴.

삼도수군통제사가 백의종군 길에 관노의 집에 자는 신세가 되었으니, 게다가 죄인의 신분으로 어머니의 장례도 치르지 못하고 떠나온 자신의 불효가 얼마나 비통했을까.

이순신은 전라도를 중시하여 "약무호남 시무국가(若無湖南 是無國家)", "호남은 국가의 울타리이니 호남이 없으면 나라가 없는 것입니다."라고 했다.

1593년 7월 13일 행주대첩의 승전 소식을 들은 이순신은 7월 14일 거제현 한산도의 두을포로 진을 옮겼다. 여수에 본영을 둔 전라좌수사였지만 부산을 거점으로 활동하는 일본군을 제압하기에는 너무 멀다고 판단하여 진영을 한산도로 옮겨왔다.

이때 "호남은 국가의 울타리이니 호남이 없으면 나라가 없는 것입니다."라며 한산도에 진을 치고 바닷길을 막을 계획을 세웠다는 내용의 편지를 보냈다.

한산도로 진을 옮기고 때마침 조정에서는 8월 15일, 이순신을 전라좌수사를 겸한 삼도수군통제사로 임명했다. 49세의 이순신은 전라, 경상, 충청의 수군을 총괄 지휘하는 삼도 수군의 최고사령관이 되었다. 교서에는 이순신의 임무와 권한을 다음과 같이 명령한다.

"(일본군들이) 부산에서 창과 칼을 거두어 겉으로는 철병할 뜻이 있는 것처럼 보이지만 사실은 군량을 바다로 운반하여 마음속으로는 다시 일어날 꾀를 가진 듯한데, 이에 맞추어 대책을 세우기란 지난번보다 더욱 어려운 일이므로 그대를 기용하여 본직(전라좌수사)에 전라·충청·경상 삼도수군통제사를 겸하게 한다. 아아, 위엄이 사랑을 이겨야만 진실로 성공할 것이며 공로는 제 뜻대로 해야만 이룩할 수 있을 것이다. 수사 이하 명령을 받들지 않는 자는 군법대로 시행할 것이며, 부하 중에서 둔한 자는 그대가 충효로써 책려할지로다."

이로써 전란의 지휘 체계가 잡혔다. 조정에서는 영의정 류성룡이 비변사를 통하여 총체적 작전을 수립하고, 현지에서는 도체찰사 이원익이 대민업무와 군대의 후원을 담당하고, 육군에는 도원수 권율이, 수군은 통제사 이순신이 지휘하는 체계를 갖춘 것이다. 삼도수군통제사는 새로 만든 자리로, 이순신을 위해 만든 자리였다. 이순신은 삼도수군통제사로 임명된 감격을 감추지 않았다.

"뜻밖에도 이번에 삼도수군통제사를 겸하라는 명령을 변변치 않은 신에게 내리시니 놀랍고 황송하여 깊은 골에 떨어지는 듯합니다. 신과 같은 용렬한 사람으로는 도저히 감당치 못할 것이 분명하므로 신의 애타고 민망함이 이 때문에 더합니다."

이때까지는 각 도의 수군을 통합하여 지휘할 수 없었다. 함대는 연합함대인데 실제는 각자가 거느리는 함대를 지휘했다. 그래서 조정에서 충청도, 전라도, 경상도의 수군을 총지휘할 삼도수군통제사라는 새로운 직책을 만들었다. 이순신이 전라좌수사 겸 삼도수군통제사가 되어 경상·전라·충청의 삼도를 통제하는 수사가 되어 경상우수사 원균, 전라우수사 이억기, 충청수사 정걸을 총지휘하게 되었다. 이때부터 이순신은 1597년 2월 한양의 감옥에 가기까지 한산도의 통제영을 관장했다.

1593년에서 1594년 2년 동안 명나라와 일본이 강화협상을 하면서 전쟁은 소강상태로 있을 때 이순신은 한산도에서 〈쓸쓸히 바라보며〉를 읊는다.

부슬부슬 비 내리고 바람 부는 밤 근심에 젖어 잠 못 이룰 때
애통함은 쓸개를 찢는 듯 상심은 살을 에는 듯
산하는 여전히 참혹하니 물고기와 새마저 슬피 우는구나.
나라는 어려움에 빠졌건만 위기를 전환할 인물 없네.
중원 회복한 제갈량 우러르고 말 달리던 곽자의 그리네.
몇 해간의 방비책이 이제 와서 임금을 속인 게 되었네.

'중원 회복한 제갈량 우러르고 말 달리던 곽자의 그리네'라고 한 이순신,

우연의 일치였을까? 제갈량의 시호도 '충무(忠武)'요, 당나라 때 안록산의 난을 평정한 곽자의의 시호도 '충무(忠武)'였으니, 자기 죽음 후에 임금에게 받을 시호가 '충무'라는 것을 이미 알고 있었을까. 중

국에는 남송의 악비(1103~1142)를 포함하여 '충무'라는 시호를 쓰는 세 사람이 있었다.

현종은 충렬사에 편액을 내리면서 그 제문에 이순신을 남송의 충신이요 장수였던 악비(岳飛)에 비교하면서 그의 충성과 용맹을 칭송하였다. 악비는 중국의 이순신으로 가장 존경을 받는 영웅이다.

우리 역사에는 모두 12명의 충무공이 있었다. 고려시대에 3명, 조선시대에 9명이 있었다. 고려시대에 지용수(1313~?), 박병묵, 최팔달이 충무공이었다. 조선 최초의 충무공은 정몽주를 참살한 개국공신 조영무(1338~1414)이며, 비운의 무신 남이(1441~1468) 장군도 충무공이다. 김시민(1554~1592), 정충신(1576~1636), 김응하(1580~1619), 조선 전기의 왕족인 구성군 이준(1441~1479), 조선 중기의 무신인 이수일(1554~1632), 구인후(1578~1658)도 충무의 시호를 받았다.

이광수는 그의 소설 〈이순신〉을 지으면서 "나는 충무공이란 말을 거부한다. 그것은 왕과 그 밑의 썩은 무리들이 준 것이기 때문이다." 라고 하면서 이름 앞에 충무공이란 말을 붙이기를 거부하는 매우 독자적인 눈으로 이순신을 해석하려고 했다. '충무공'은 그가 경멸해 마지않던 조선 왕조에서 준 것이었기 때문이다.

나는 순례자다!

여산파출소에서 익산보석박물관 8.7㎞

여산파출소 ➡ 서촌길 ➡ 연명교차로 ➡ 탄현 ➡ 호반로 ➡ 왕궁저수지

➡ 익산보석박물관

12월 14일 토요일 걷기 9일째 쌀쌀한 날씨

주말이라 그런지 괜히 기분 좋은 아침, 맑고 푸른 하늘을 바라보며 길을 걷는다. 바람은 몸을 스치고 발은 대지를 스친다. 나 혼자가 아닌 충무공 이순신과 함께 걸어간다. 충무공의 백의종군길은 나의 백의종군길, 이순신이라면 어떻게 할까 생각하면서 거추장스러운 껍질들 내려놓고 가볍게 걸어간다.

충청도를 지나서 전라도길

서울에서 시작하여 경중미인(鏡中美人) 경기도를 지나고

청풍명월(淸風明月) 충청도를 지나서 풍전세류(風前細柳) 전라도다.

송죽대절(松竹大節) 경상도 합천까지 가는 길

나바위성지와 천호성지를 잇는 '아름다운 순례길' 이정표

천호성지 방향으로 둑길을 걸어간다.

밀려오는 2017년 여름 산티아고 순례길의 추억

프랑스 생장 피드포르를 시작으로 피레네산맥을 넘어

스페인 산티아고 콤포스텔라까지 800㎞ 여정

예수를 만나고 성 야고보(산티아고)를 만나기 위한 순례자

27일간의 여정 끝에 산티아고 콤포스텔라에서 도착하였고

다시 묵시아를 지나서 세상의 땅끝 피스테라까지 100㎞

4일간 더 걸어서 모두 900㎞를 순례했다.

순례를 모두 끝내고 땅끝 피스테라 '0.0㎞' 지점에서

대서양 바다를 향해 큰 소리로 외쳤다.

"나는 순례자다. 영원한 순례자다!"

　나는 그때도 순례자고 지금도 순례자다. 순례자는 일상의 소중함을 알기에 카미노로 가고, 카미노의 가치를 깨닫기 위해서 일상으로 돌아온다. 돌아온 뒤의 순례자는 떠날 때의 순례자가 아니다. 카미노에서 체득한 내면의 힘으로 일상에서 영혼도 육신도 카미노를 따라 움직인다. 순례자는 카미노에서도 이방인이요 돌아와서도 이방인이 된다. 그리고 이방인의 아픔과 기쁨을 무한정 즐긴다. 고독 속의 침묵과 평화, 카르페 디엠을 음미하는 삶, 덜 복잡하게 살기를 실

천한다. '카미노 순례자'라는 정체성을 가지고 길 위의 정신을 계속 간직하려고 한다.

충무공 이순신의 백의종군길을 하루하루 걸어서 완주하고 나면 길에서 체득한 내면의 힘으로 충무공과 함께 걸은 백의종군길은 진정한 나의 백의종군길이 될 것이다.

호모 비아토르(Homo Viator), '여행하는 인간'이 오늘도 길 위에서 호연지기(浩然之氣)의 비타민을 먹고 마신다. 호연지기는 의로운 삶과 잘 어울린다. 외로운 삶과도 잘 어울린다. 외로운 길을 무소의 뿔처럼 묵묵히 나아가는 순례자에게 잘 어울린다. 순례자는 매일 비타민을 먹듯이 몇 개씩 호연지기라는 약을 먹어야 한다. 호연지기를 하루라도 끊으면 에너지가 방전되고 에너지가 방전되면 뜻이 무너진다. 뜻이 무너지면 마음이 흔들리고 마음이 흔들리면 맹자의 대장부가 될 수 없다.

대장부 이순신의 호연지기를 먹으며 걸어가는 백의종군길,
여산면 원수리 교회 십자가가 아침 햇살을 받아서 빛이 나고 '원수를 사랑하라'고 가르친 예수가 다가온다. "우리가 우리에게 죄지은 자를 용서하여 주듯이 우리 죄를 용서하여 주시옵소서!"라고 가르친 예수가 웃으며 다가온다. 일곱 번에 일흔 번씩 490번이라도, 아니 무한히 용서하라고 하신 예수가 다가온다.

시조 시인이며 국문학자인 가람 이병기(1891~1968)는 이곳 원수리에서 태어났다.

이론과 창작으로 20세기 시조 중흥에 기여한 이병기는 거의 독학으로 국문학 연구와 시조 시 창작의 새로운 경지를 이룩했다. 일제강점기에 '조선어학회 사건'으로 옥고를 치러야 했고, 창씨개명에도 응하지 않았으며, 일제강점기에 쓴 시와 수필의 어느 한 편에서도 친일 문장을 남기지 않은 백 대의 후세까지도 사표가 될 만한 백세지사(百世之師)였다.

그의 좌우명은 '후회를 하지 말고 실행을 하자'였는데, 50여 년간 꾸준히 일기를 쓴 것도, 생애에 언제나 떳떳하여 흠결을 남기지 않은 것도 이 좌우명을 실행하였기 때문이다.

이순신 또한 문인으로 예인으로 일기를 썼다. 이순신의 〈난중일기〉는 1592년 1월 1일부터 노량해전에서 최후를 맞이하기 이틀 전인 1598년 11월 17일까지 7년간 2,539일간의 대기록이다. 작전일지도, 상황일지도 아닌 전쟁터의 외로운 장수의 인간적인 기록이다. 옥문에서 풀려나와 백의종군 길에 어머니의 부고(訃告)를 듣고 가슴을 치며 발을 동동 구르는 애통함을 기록한 글이다. 아산을 쳐들어간 왜군들과 싸우다가 전사한 막내아들 면의 죽음을 듣고 통곡하고 울부짖는 범부(凡夫)의 글이다. 눈물과 원망을 숨기지 않고 애써 다듬지 않은 것이 외려 한 인간의 솔직하고 깊은 내면을 볼 수 있는 울림이 큰 글이다.

〈난중일기〉에는 임진왜란·정유재란 당시의 전투 기록뿐만 아니라 가족, 친지, 상관, 동료, 부하들과 겪은 일상이나 자신의 건강에 대한 소소한 사실까지 기록되어 있다. 이러한 가치를 인정받아 2013

년 유네스코 세계기록유산으로 등재되었다.

1591년 2월 13일 전라좌수사로 부임한 이순신은 전쟁이 일어날 것을 생각하고 새해부터 일기를 쓰기 시작했다. 전라좌수영, 지금 여수에서 쓰기 시작한 일기는 어머니에 대한 첫 번째 기록으로 시작한다. 〈난중일기(亂中日記)〉는 1592년부터 이렇게 시작한다.

> 1월 1일. 새벽에 아우 우신과 조카 이봉, 맏아들 회가 와서 이야기했다.
> 다만 어머님도 없이 두 번이나 남쪽에서 설 명절을 보내니 북받치는 회한
> 을 가누지 못하겠다. 전라병사의 군관 이경신이 상관의 편지와 선물, 그리
> 고 장전(긴 화살)과 편전(짧은 화살) 등을 가지고 와서 바쳤다.

1592년 설날이라 가족들이 새해 인사를 하러 왔고 병마절도사가 선물을 보냈다. 평온하다. 다만 어머니가 곁에 없어 회한을 가눌 수 없다. 그러나 불과 석 달 뒤 이런 평온은 한순간에 뒤집히고 만다. 〈난중일기〉가 없었다면 그해 첫날 아침의 평온을 짐작할 수도 없다. 〈선조실록〉에는 1592년 1월부터 3월까지 기사가 없다. 4월 13일 "왜구가 쳐들어왔다."가 1592년(선조 25) 〈조선왕조실록〉의 첫 기사이다.

이순신은 〈난중일기〉라는 이름을 모른다. 정조의 명에 의해 규장각에서 〈이충무공전서〉로 편찬하면서 〈난중일기〉라는 이름을 붙인 것이다. 〈이충무공전서〉가 가지는 중요한 의의는 무엇보다 〈난중일기〉를 처음으로 활자화한 것이다.

〈난중일기〉 친필 초고가 1795년 정조의 명으로 윤행임과 유득공에 의해 처음 해독되었고, 그 후 1935년 조선사편수회에서 다시 해

독하여 〈난중일기초〉가 간행되었다. 1955년 홍기문의 〈난중일기〉 번역서가 최초로 나왔고, 1968년 이은상의 〈난중일기〉 완역본이 출간되었는데, 이 두 번역서가 오늘날 〈난중일기〉 번역서의 모범이 되었다. 그 후 2010년 〈교감완역 난중일기〉를 노승석이 출간하였다.

〈난중일기〉에는 무엇보다 이순신의 정신과 인간적인 면모, 활약상 등이 고스란히 담겨있다. 특히 눈에 띄는 대목은 전쟁 중에 항상 어머니를 걱정하는 효자로서의 모습과 혼자만의 사색을 통해 우국충정을 드러낸 모습이다. 또한 전쟁에 시달리는 민초들에 대한 연민과 무능한 조정에 대한 탄식, 상관과의 갈등 문제 등을 서슴없이 드러낸다.

이병기의 가람로를 따라가다가 원수저수지 끝자락에서 왕궁저수지로 이어지는 호반로를 걸어간다. 갓길도 없는 도로에 엄청난 교통량, 위험 시간을 줄이기 위해 속보로 뛰다시피 걸어간다.

왕궁면 동봉리, 검은 염소 흰 염소 누런 염소 떼들이 양들과 어우러져 평화로운 세계를 연출한다. 바위 위에 자란 커다란 소나무가 위용을 뽐낸다.

저수지 이름이 왜 왕궁저수지일까. 이 길은 무왕로, 바로 백제 무왕의 길이기에 왕궁저수지가 되었다.

왕은 하늘이 내리는 인물인데, 아마도 태어나는 순간엔 왕이 될 운명이라고 누구도 생각할 수 없었던 중종의 일곱 번째 서자 덕흥군의 셋째 아들 하성군 이연이 왕이 되었으니, 이는 임진왜란으로 이

어지는 조선이라는 나라와 백성들의 불행이었다.

1567년 6월 28일, 명종이 숨을 거둔 바로 그날 후궁의 손자 하성군 이연이 왕이 되었다. 그가 바로 조선의 14대 임금 선조다. 광해군 때 김시양이 지은 〈부계기문〉의 기록이다.

> 명종이 여러 왕손을 궁중에서 가르칠 때 하루는 익선관을 왕손들에게 써보라 하면서 말하기를 "너희들의 머리가 큰가, 작은가 알려고 한다." 하시고 여러 왕손에게 써보게 했다. 선조는 나이가 제일 적었는데도 두 손으로 관을 받들어 어전에 도로 갖다 놓고 머리 숙여 사양하며, "이것이 어찌 보통 사람이 쓰는 것이오리이까." 하니, 명종이 심히 기특하게 여기어 왕위 전해줄 뜻을 결정하였다."

여염에서 태어나 사가에서 자란 16세의 소년이 임금의 자리에 올랐다. 처음으로 서자 출신의 아버지에게서 태어난 아들이 조선의 왕이 되었다. 선조의 가슴에는 언제나 자신이 서자의 아들이라는 열등감이 있었다.

선조 3년부터 선조 5년 사이에 사림 정치를 이끌던 큰선비들이 차례로 사라지고 이제는 율곡 이이가 조선 정치의 명실상부한 실력자가 되었다. 이이의 사랑방은 늘 수많은 선비로 붐볐다. 정철 같은 싸움꾼도 이이에게는 언제나 승복했으며, 성혼과 송익필은 이들의 벗이자 최고의 동지였다. 젊은 선비들은 방안에 모여 조정 중신들을 마음껏 조롱하고 비판했다.

선조 6년(1573) 9월, 38세의 홍문관 직제학 이이는 선조에게 국정

개혁을 건의했다. 하지만 선조는 이이의 건의를 받아들이지 않았다. 22세의 선조는 오히려 비아냥거리는 투로 마치 남의 일을 말하듯 이 이의 건의를 비판했다. 사가에서 자라나 16세에 대궐에 들어와 대비 의 눈치만 보고 있던 어린 임금이 어느덧 성장해서 권력의 실세와 대립각을 세웠다.

선조 7년(1574) 개혁을 요구하며 올린 〈만언봉사〉가 받아들여지지 않자, 이이는 39세의 나이로 향리로 물러났다. 그리고 선조 8년 (1575), 심의겸과 김효온의 갈등으로 동서분당이 시작됐고, 당파를 자신의 권력 장악에 이용한 선조는 지난 8년간 조선을 움직이던 핵 심 세력을 모두 권력에서 밀어내는 데 성공했다. 이제 세상은 드디 어 후궁의 손자, 선조의 나라가 되었다.

선조의 묘호는 원래 선종(宣宗)이었으나 임진왜란과 정유재란을 극 복한 공로가 있다는 점과, 후궁의 손자가 왕이 된 최초의 사례가 되 었으니 새 왕통을 시작하는 군주라는 뜻이 참작되어 선조(宣祖)로 묘호가 격상되었지만, 후세에서는 인조, 고종과 더불어 조선 역사의 무능한 임금 중의 한 명이라는 평가를 받고 있다.

보석박물관에 도착하여 '마룡이 느린 우체통' 옆에 있는 빨간 공중 전화 부스 안에 있는 빨간 스탬프 함을 찾았다.

충무공 이순신 백의종군길 670㎞ 도보여행기

19코스

걸음아, 날 살려라!

익산보석박물관에서 삼례역 13.6㎞

익산보석박물관 ➡ 송선길 ➡ 우주로 ➡ 역참로 ➡ 동학로 ➡

삼례재래시장 ➡ 삼례역

찬바람이 스쳐 가는 보석박물관 벤치

18코스를 단숨에 걸어왔으니, 보상으로 달콤한 쉼을 즐긴다.

처음 출발해서 10㎞ 지점에서 쉬어가고 오전에 20㎞를 걷는 게 매일의 계획이다. 보석(寶石)은 보배로운 돌, 내 이름은 명돌(明乭)이니 언젠가 박물관에 있어야 할 보석이다. 공룡 형상들을 바라보면서 보석박물관을 지나간다.

공룡은 멸종했지만, 바퀴벌레는 살아있다.

강한 자가 살아남는 것이 아니라 살아남는 자가 강한 자다.

인생은 탄생과 죽음 사이에 만남이 있다.

사람으로 태어난 것을 기뻐해야 한다.

일찍 죽음을 싫다 않고 오래 삶을 바라지 않으며

시작과 끝남을 동일하게 즐겨 해야 한다.

생로병사의 생과 사는 마음대로 할 수 없고

하루하루 늙어가고 병들며 사는 인생

산다는 것은 논다는 것이고

현명하게 산다는 것은 즐겁게 논다는 것

즐겁게 자유롭고 자득하며 자쾌하게 사는 날이 인생의 얼마나

될까.

백년을 살아도 어려서 안기어 있을 때와 늙어서 힘없는 때가 거의 그 반

나머지도 밤에 잠자는 시간과 낮에 헛되이 버리는 또 거의 반

병들고 슬퍼하고 괴로워하며 근심하고 두려워하는 시간이 또 거의 반이다.

오늘이 가면 다시 돌아오지 않나니 세월을 아껴 즐겁고 재미나게 살 일이다.

내일이 오긴 하지만 그건 오늘이 아니다.

이 해가 가면 다시 돌아오지 않고

다음 해가 있긴 하지만 그건 지금의 해가 아니다.

대자연의 날은 무한히 펼쳐 나가지만 내 인생의 날은 나날이 짧아져 간다.

청춘은 다시 돌아오지 않고 하루에 새벽은 한 번뿐

좋을 때 부지런히 힘쓸지니 세월은 사람을 기다리지 않는다.

나 혼자 자유로이 걸을 수 있을 때까지가 내 인생

걸을 수 있을 때 걸을지니 걸을 수 없을 때 후회하면 이미 늦었다.

'걸음아, 날 살려라!' 하면서 걷고 또 걸어간다.

'걸으면 살고 누우면 죽는다!' 외치며 생존을 위한 필수영양소인 걷기를 즐기며 왕궁면 우주로를 걸어간다. 우주로 가는 길이 소박한 시골길이다.

"무한대의 관점에서 보면 인간은 너무도 보잘것없는 존재다. 무한소의 관점에서 보면 인간은 우주보다 크고 위대한 존재다."

파스칼의 〈팡세〉의 이야기다. 파스칼은 무한대와 무한소의 중간에 놓인 인간의 실존에 대해 비참하면서도 위대한 존재, 우주에서 가장 연약한 존재지만 그것을 알고 있는 한 우주보다도 더 위대한 존재라고 한다. 생각하는 갈대가 백의종군길 우주로에서 홀로 신명나게 춤을 춘다.

드디어 익산시에서 완주군 삼례읍에 들어선다. 삼례 톨게이트를 지나서 삼례읍 삼례리 역참로를 걸어간다. 삼례읍은 독보적으로 교통이 편리하여 유동 인구가 많다. 익산과 전주 사이에 자리 잡은 아담한 도시로 익산과 전주는 각각 백제의 역사와 전통문화를 간직한 도시로 유명하지만 삼례는 그사이에 숨겨진 깊은 역사와 아름다운 자연을 간직한 보석과도 같은 곳이다.

삼례역은 조선시대 역참이었다. 전주, 임실, 임피, 익산, 정읍, 부안, 김제에 걸쳐 있는 12개 역을 통괄하는 찰방역으로 기능했으며 조선시대 9대로 중 6로인 통영대로(삼례-전주-남원-진주-통영)와 7로인 삼남대로가 만나는 곳이다.

역참(驛站)이나 역(驛), 역원(驛院)은 조선시대에 있던 공공의 여행 체계를 합쳐서 이르는 말이다. 지리적 거점에 설치되어 조정의 문서를 전달하고 외국 사신을 맞아 접대하는 등의 일을 위하여 마련된 교통·통신 시설이다. 마구간과 여관을 제공하고 지방의 공적 업무를 대행하던 장소다. 대개 25리(약 10㎞)마다 1 참을 두고 50리(약 20㎞)마다 1원을 두었다.

'역'은 원래는 '말을 키우고 관리하면서 사람과 말이 쉴 수 있는 숙박시설'을 가리키는 말이었으며, 한 마디로 지친 말을 바꿔 타는 곳이다. 그래서 역원(驛院)이라고 부르기도 했다. 역참의 '역(驛)'이라는 용어는 오늘날에도 열차를 이용할 수 있는 시설이라는 의미로 남아 있다.

'한참'이라는 말은 역참에서 나온 말이니 역참과 역참 사이의 거리를 '한 참(站)'이라 했는데, 이는 한 정거장이라는 의미다. 그런데 고려시대 때에는 '한 참'의 거리가 100리(40㎞)였고, 조선시대에는 30리(12㎞)였다. 그래서 이 사이가 멀다 보니 먼 곳을 갈 때 '한참을 간다'고 했던 것이다.

역졸은 역을 관리하는 일꾼으로, 이 역졸들은 암행어사의 병력 역할을 했다.

'암행어사 출두야!'

이때 관아에 쳐들어오는 장정들이 역졸들이다. 이웃 고을 포졸들은 확실히 믿을 수 없어서 중앙정부 직속이라 지방 수령의 영향력이 미치지 않는 역졸들을 병력으로 동원했다. 마패 또한 본래는 역참을 이용하기 위한 증표로 암행어사뿐만 아니라 역참을 사용하는 자들도 마패를 지니고 다녔다.

역마살도 여기에서 나왔다. 역은 말을 갈아타는 시설이니 역에서 쓰이는 말들은 한 군데 정착하지 못하고 여러 역을 떠돌아다니는 신세였다. 그래서 역마살이라 했으니, 역마살이 긴 내 신세와 다르지 않다.

삼례집회가 있었던 동학로를 따라 걸어간다. 삼례집회는 1892년 동학교도가 교조인 최제우의 신원을 요구하며 삼례에서 개최한 교권 운동이다. 삼례 전통시장에서 자장면 곱빼기로 점심을 먹고 완주 평화의 소녀상을 지나고 삼례문화예술촌을 지나서 빨간 스탬프 함이 기다리는 삼례역에 도착한다.

한 참 또 한 참 이 역 저 역 떠돌아다니는 말처럼
하루 또 하루 흘러 흘러가는 역마살 낀 나그네
불시에 멀리 용인에서 찾아온 벗 인혁이와 더불어
풍천장어 안주에 한 잔 술 곁들여 객고 푸는 삼례의 밤
아아, 마음 알아줄 친구 있어 인생은 아름다운지고

4월 22일 맑음. 낮에는 삼례역 장리(長吏)의 집에 가고 저녁에는 전주 남문 밖 이의신의 집에서 묵었다. (……)

삼례에 들어선 이순신은 장리의 집에 갔다가 저녁에는 전주로 갔다. 장리는 고을의 향리인 호장과 아전을 의미한다. 저녁에 이순신은 전주 부윤의 후한 대접을 받았다.

이순신은 술을 즐겼고 술을 자주 마셨다. 〈난중일기〉에만 술 마신 기록이 140여 회나 나온다. 임진왜란 전인 1592년 2월 이순신은 5포 순시를 나섰다. 이순신은 무인(武人)이면서 문(文)과 시(詩)와 서(書)에 뛰어난 예술인이다. 칼과 활을 쓰는 무장 이순신도 붓을 들면 글을 쓰는 문장가요 마음을 노래하는 시인이었다.

2월 21일 맑음. 공무를 본 뒤에 주인이 자리를 베풀고 활을 쏘았다. 조방장 정걸이 와서 만나고 황숙도(능성 현령)도 와서 함께 취했다. 배수립도 나와 함께 술잔을 나누니 매우 즐거웠다. 밤이 깊어서야 헤어졌다. 신홍헌에게 술을 걸러 전날 심부름하던 여러 하인에게 나누어 먹이도록 했다.

2월 22일. (……) 흥양 현감(배흥립)과 능성 현령 황숙도, 만호(정운)와 함께 취하도록 마시고, 대포 쏘는 것도 구경하느라 촛불을 한참 동안 밝히고 서야 헤어졌다.

1595년 9월 14일 (……) 전라우수사, 경상우수사와 같이 와서 이별하는 술잔을 들고서 밤이 깊어서야 헤어졌다. 수사 선거이와 작별하며 준 시는 이러하다.

북에 가선 고난을 함께했고

남에 와선 생사를 함께했네.

이 밤 달 아래 한잔 술

내일이면 이별이라네.

9월 15일 맑다. 수사 선거이가 와서 보고 돌아가는데, 또 이별의 잔을 들고 나서 헤어졌다.

보성 사람 선거이(宣居怡) 장군은 1570년 21세로 무과에 급제하여 이순신보다 다섯 살 적었지만 무과는 6년이나 빨랐고, 계급은 7등급 앞서갔다. 1587년 선거이는 병마절도사 이일의 계청 군관으로, 조산보 만호인 이순신을 처음 만났다. 그리고 두 사람의 오랜 우정이 시작되었다. 선거이는 1598년 1월 4일 제2차 울산성 전투에서 2만 명의 병력을 이끌고 도원수 권율의 휘하에서 싸우다가 적의 총탄에 맞아 전사했다. 이순신 생일날의 모습이다.

1596년 3월 8일. 맑음. 아침에 안골포 만호(우수)가 큰 사슴 한 마리를 보내오고 가리포 첨사(이응표)도 보내왔다. 식후에 나가 출근하니, 전라우수사(이억기), 경상우수사(권준), 경상좌수사(이운룡), 가리포 첨사, 방답 첨사, 평산포 만호, 여도 만호, 전라 우우후, 강진 현감 등이 와서 함께 하였고, 종일 술에 몹시 취하고서 헤어졌다.

3월 9일. 아침에 맑다가 저물녘에 비가 내렸다. 아침에 전라 우우후와 강진 현감이 돌아가겠다고 고하기에 술을 먹였더니 몹시 취했다. 전라 우우후는 취하여 쓰러져서 돌아가지 못했다. 저녁에 경상좌수사가 와서 이별주를 마시고 전송하고는 취하여 대청에서 엎어져 잤다. 개(介, 계집종)와 함께했다.

3월 10일. 비가 계속 내렸다. 아침에 다시 경상좌수사를 청했더니, 와서 이별주를 마시고 전송했다. 온종일 크게 취하여 나가지 못했다. 수시로 땀이 났다.

〈난중일기〉에는 만취·주취로 인한 실수도 여러 번 기록되어 있다.

1994년 7월 25일 크게 취해 돌아와서 밤새도록 토했다.
1596년 3월 9일 경상좌수사가 와서 이별주를 마시고 전송하고는 취하여 대청에서 엎어져서 잤다.
1598년 11월 8일 위로연을 베풀어 종일 술을 마시고 어두워져서야 돌아왔다.

이순신은 술을 왜 그렇게 많이 마셨을까? 생과 사의 기로에 선 외로운 장수 이순신은 스트레스를 술로 해소하기도 했지만, 부하들과의 소통을 위해 술자리를 이용했고 술자리를 통해 마음속 이야기를 털어놓으며 끈끈해지는 동료애를 쌓았다.

〈난중일기〉에는 이순신이 몸이 불편하다는 기록도 많이 나타난다. 이순신은 병중에도 전투를 지휘해야 했고, 육체적 고통을 이겨내기 위해 약처럼 술을 사용하기도 했다.

술은 이순신에게 있어 운명을 담담히 받아들이는 마음의 표현일 수도 있다. 그러나 이순신은 술로 인해 결코 군기를 해이하거나 판단을 흐리게 하는 리더는 아니었다. 이순신의 술은 단순한 기호나 습관이 아니라 극한의 전쟁 상황에서 인간으로서 느낄 수밖에 없는 고독, 슬픔, 고통을 달래기 위한 방법이었고 끝없는 싸움 속에서 자신을 지키기 위한 고독한 의식이었으리라. 이순신의 술은 인간적인 고뇌와 운명을 담담히 받아들이는 가장 인간다움의 표출이었다.

20코스

전라도를 철저히 섬멸하라!

삼례역에서 전주 풍남문 16.9㎞

삼례역 ➡ 반월교차로 ➡ 비비정교 ➡ 삼례교 ➡ 전주시보건소 ➡ 전주
풍남문

12월 15일 눈이 내려 하얗게 덮인 세상

여명의 시각에 해장국집을 찾아 나선다.

벗과 더불어 하는 아침 식사

행복이 밀려오고 유쾌, 상쾌, 통쾌, 경쾌하다.

길 떠나서 처음으로 동행이 있는 날

인디언들은 친구를 '내 슬픔을 대신 지고 가는 존재'라고 했건만

인혁이는 '내 고행을 함께 즐기는 존재'가 되어 걸어간다.

물개의 우두머리는 모든 것을 독차지하지만 사슴은 친구에게 먹이를 나눠준다.

녹명(鹿鳴), 사슴은 먹이를 발견하면 무리를 불러 모은다.

백의종군길이란 먹이를 욕심내는 벗과 함께 길을 간다.

평소 장거리 도보여행을 하면 '차를 타고 가면 될 텐데 걸어가는 바보'라고 농담하더니

오늘은 자신이 기꺼이 바보가 되어 함께 걷는다.

"오래된 친구가 주는 축복 중의 하나는 그 친구 앞에서는 바보가 되어도 좋다"는 말이 그 말이다. 니체는 특히 친구에 대해 이렇게 말했다.

"사랑은 눈을 멀게 하지만 우정은 눈을 감게 해준다."

"서로 믿는 두 사람이 초인이 되기를 목표로 한 방향으로 나아가는 화살 같은 것"이라고.

살아있는 인간은 새로운 시도를 한다.

실패하고 낙담하더라고 시도를 멈추지 않는다.

인간은 시도 그 자체, 두려워하지 말고 나아간다.

오늘은 일요일, 주일(主日)이다. 유대교의 안식일이다. 유대인들은 안식일에 일을 하지 않기 위해 미쉬나의 안식일(Shabbat) 부분에 39가지 금기사항을 가지고 있다. 에세네파들은 안식일을 바리새인이나 보통 유대인들보다 더 엄격하게 지켰다. 당시의 랍비들은 1㎞까지는 허용했지만, 안식일에 500m 이상을 움직이면 안 됐다. 하지만 예수는 공생애 3년간 약 5천㎞를 걸었으며 안식일에도 제자들과함께 걸었다. 그리고 "안식일은 사람을 위하여 있는 것이요 사람이 안식일을 위하여 있는 것이 아니니 인자는 안식일에도 주인이니라"라고 말씀하셨다.

삼례역 앞을 지나간다. 삼례는 '세 번 예를 갖춘다'라는 뜻으로 이성계의 넷째 아들 회안대군 방간이 이 지역에 자리를 잡아 사람들이 지날 때마다 왕족을 향해 세 번 절하며 예를 갖추었다는 데에서 유래되었다고 하는데, 고려 현종이 거란을 피해 나주로 몽진하는 길에 '삼례역'에 들렀다는 기록이 있다.

눈이 왔기에 온 누리가 깨끗하다. '도찰방'과 '동학농민혁명'의 정체성을 지닌 삼례의 역사와 문화를 품고 흐르는 만경강을 따라 비비정길을 걸어간다.

비비정(飛飛亭)은 1752년(영조 28) 무인 최영길이 세웠다. 비비낙안(飛飛落雁)은 호남평야의 젖줄 만경강의 백사장에 기러기가 내려앉는 멋진 정경을 나타내며 완산 팔경의 하나이다. 돛단배가 그림처럼 미끄러져 가는 풍경을 나타내는 동포귀범(東浦歸帆) 역시 완산 팔경의 하나로 꼽히고 있다.

만경강과 드넓은 평야가 펼쳐지고 이름이 '비비낙안'인 카페가 나타난다. 낙안은 중국의 4대 미녀 중 한나라 왕소군에서 유래한다. 침어낙안(侵魚落雁), 미녀의 아름다운 모습에 놀라 물고기는 물속으로 가라앉고 기러기는 땅 밑으로 떨어진다. 침어는 월나라 서시의 이야기다. 폐월수화(閉月羞花)는 초선의 아름다움에 달은 구름 뒤로 얼굴을 가리고 양귀비의 재색에 꽃은 자신의 생김새가 부끄러워 숨는다는 이야기다.

삼례로를 따라가다가 전주시로 들어선다. 추천대교를 지나 코스는 전주천을 따라가야 하건만 전주 시내를 가로질러 차도를 따라 넓은 인도를 걸어간다.

걷기 여행의 특권, 처음으로 전주 시내를 걸어서 구경한다. 백의종군길의 이순신은 한적한 전주천보다는 이처럼 대로를 걸었을 것이다.

닭 내장탕 맛집에서 모처럼 막걸리를 곁들인 점심을 먹고 벗과 헤어졌다. 만나면 반갑고 헤어지면 서운하다. 다시 혼자가 되어 속도를 높여 걸어간다. 전주 풍남문(豐南門)이 점점 다가온다.

풍남문이라는 이름은 중국 한나라를 세운 유방의 고향 풍패(豊沛)에서 따온 것이다. 조선 왕조의 발원지인 전주를 풍패에 비유하여 풍패향 전주의 남문이라는 의미다. 역발산기개세(力拔山氣蓋世) 항우를 이긴 초한전의 승자 유방은 천하를 통일한 7년 후 반란을 일으킨 경포를 물리치고 돌아가는 중에 그립던 고향 패(沛)에 들렀다. 껄렁패가 황제가 된 역사적인 금의환향이었다. 고향에서 거나하게 술에 취한 유방은 축(비파처럼 생긴 악기)을 두드리며 '대풍가(大風歌)'를 흥겹게 불렀다.

큰바람 불고 구름 높이 흐르니
위풍을 천하에 떨치고 고향에 돌아왔네
용맹한 인재들이 사방을 지켜 태평천하를 이룩하리

한 고조 유방이 반란을 평정하고 돌아가는 길에 패군(沛郡), 즉 풍패(豊沛)에 들러 승리를 기념하며 시를 읊었듯, 이성계는 왜구를 평정하고 돌아가는 길에 고향 전주에 들러 오목대에서 황산대첩의 대승을 기념하며 전주 이씨 종친들과 지역 토호들을 모은 자리에서 '대풍가(大風歌)'를 읊으며 새로운 왕조를 개창할 포부를 드러냈다.

이 일화와 조선 왕조의 발흥지가 전주라는 것 때문에 전주를 풍패(豊沛) 또는 풍패지향(豊沛之鄕)이라 하고 전주객사를 풍패지관(豊沛之館), 전주성 남문을 풍남문(豐南門), 전주성 서문을 패서문(沛西門)이라 명하였다.

풍남문은 조선시대 전라도 감영이 있었던 전주를 둘러싼 전주성의 4개의 성문 중 유일하게 남아 있는 남쪽 문이다. 1767년 남문이 불타자, 관찰사 홍낙인이 다시 짓고 이름을 풍남문이라 하였다.

> 4월 22일 (……) 저녁에는 남문 밖의 이의신의 집에서 묵었다. 판관 박근
> 이 와서 만났고 전주 부윤(박경신)도 후하게 대접해 주었다. 판관이 기름종
> 이와 생강을 보냈다.

전주에 도착한 이순신은 남문(풍남문) 밖에 있던 이의신의 집에서
잤다. 이순신을 대하는 모습은 고을마다 달랐다. 노비나 병사의 집
에서 자기도 하고 원(院)이나 역(驛)에서 자기도 했다. 읍성 안의 객
사나 동헌에서 자기도 하였다. 이순신은 고을마다 다른 대접을 받았
고, 그 느낌을 그대로 기록했다.

"전라도를 철저히 섬멸하라!"

1597년 1월 도요토미 히데요시는 조선을 다시 침략하며 장수들에
게 명령했다. 전라도를 주요 공격 목표로 삼은 이유는 처음 침략 당
시 전라도 공략에 실패하는 바람에 결국 조선을 정복하지 못했다고
판단했기 때문이다. 왜군은 전라도를 섬멸하기 위해서는 조선 수군
이 틀어쥐고 있는 남해안 제해권을 빼앗아야 한다는 것을 잘 알고
있었다. 이를 위해 필요한 것은 삼도수군통제사 이순신을 제거하는
것이었다.

당시 남해안 5개 왜성에 주둔해 있던 병력 2만여 명을 합하면 왜
군의 규모는 14만여 명에 이르렀다. 임진왜란 때는 고니시 유키나가
가 선봉장이고 가토 기요마사는 2군 사령관이었으나, 정유재란 때
는 바뀌어 가토 기요마사가 선봉장, 고니시 유키나가가 2군 사령관

을 맡았다.

고니시 유키나가는 이순신이 바다를 지키는 한 수송로가 단절되어 전쟁에서 이기기 어려울 것을 알고 이순신에 대한 선조와 조정의 '이간질' 흉계를 꾸몄다. 계략은 성공했다. 이순신은 파직되어 백의종군했고, 원균은 새로 삼도수군통제사가 되었다.

1597년 7월 16일, 칠천량해전으로 원균을 패퇴시킨 일본군의 사기는 충천했다. 일본군은 숙원인 호남지역으로 밀물처럼 거침없이 들어왔다. 명과 일본의 4년간 지루한 강화협상 결렬로 재침한 정유재란은 이제 참혹한 현장이 되었다. 왜군들은 임진년 이후 5년간 발을 들이지 못했던 호남을 철저히 유린했다.

산도, 들도, 마을도 모두 불태우고 아이들은 묶어서 포로로 잡아갔다. 가는 곳마다 불을 지르고, 어린아이 눈앞에서 부모를 베어 죽였으며, 시체가 무수히 쌓여있어 눈을 뜨고는 차마 볼 수 없었다. 종군 승려 경념의 9개월간의 〈조선일일기〉는 승려로서 본 그대로, 느낀 그대로 쓴 일기이다.

"1597년 7월 29일. 시체들로 뒤덮인 섬들이 해변에 산을 이루고 있음이여! 도대체 어디까지 계속될지 그 끝이 보이지 않는구나."

"들도 산도 섬도 죄다 불태우고 사람을 쳐 죽인다. 산 사람은 철삿줄과 대나무 통으로 목을 묶어서 끌고 간다. 조선 아이들은 잡아 묶고 그 부모는 쳐죽여 갈라놓는다. 마치 지옥의 귀신이 공격해 온 것과 같았다."

8월 3일, 왜군은 전주를 목표로 2개 군으로 나누어 진군했다. 왜군 총대장으로 임명된 고바야카와 히데아키는 좌, 우 2개 군과 수군으로 편성하여 좌군대장 우키타 히데이에와 고니시 유키나가는 남해안을 따라 고성, 사천, 하동, 구례, 남원을 거쳐 전주에 도착하도록 했으며, 우군대장 모리 히데모토와 가토 기요마사는 서생포·밀양·초계를 거쳐 전주로 향했다.

고니시 유키나가의 좌군은 남원성을 공격하여 8월 16일에 함락시키고 곧장 전주로 향하여 8월 18일에 전주성에 무혈 입성하였고, 가토 기요마사의 우군도 황석산성을 함락시킨 뒤 24일에 전주에 들어와 좌군과 합류하였다. 전주를 지키고 있던 명나라 장수 진우충은 남원성이 함락되었다는 급보를 받자마자 줄행랑쳤다.

8월 25일 왜장들은 전주에서 회의를 하였다. 전라도 진출에 성공한 왜군은 가토 기요마사 등의 우군은 전주에서 다시 계속 북진하여 충청도 지방을 점령하고 고니시 유키나가 등의 좌군은 전라도 점령을 고착시키기로 하였다.

9월 3일 가토의 우군은 공주를 점령하고 천안으로 진군하였다. 구로다 나가마사는 전의, 진천에 이르렀다. 이러자 한양의 조정은 다시 소용돌이에 휩싸였다. 선조는 황해도 해주로 도망갈 계획을 세웠다.

하지만 충청도로 북상하던 우군 구로다 나가마사 휘하의 왜군은 9월 7일 직산(천안) 전투에서 패배하였고, 9월 16일 명량해전에서 패배하므로 전쟁은 다시 정유재란 이전 상태로 돌아갔다.

21코스

천하는 만백성의 것

전주 풍남문에서 슬치리 고개 19.3㎞

전주 풍남문 ➡ 풍남문1길 ➡ 팔달로 ➡ 서학로 ➡ 신리역 ➡ 신리

상관교 ➡ 슬치리 고개

'큰바람 불고 구름 높이 흐르니'

유방의 대풍가를 부르며 전주 시내 중심가를 벗어난다. 서서학동
을 지나고 동서학동 전주교육대학 앞을 지나서 천년 전주 마실길,
남고산성을 지나고 대성동에서 도란도란 시나브로길을 걸어간다.

정말 하늘이 흐려지고 큰 바람이 거세지고 구름이 낮게 흐른다. 배낭의 태극기 날리는 소리가 귓전을 때린다. 최양업 토마스 신부 순례길 노란 리본이 바람에 휘날린다.

부슬부슬 비가 내린다. 색장동 하천 둑에서 우산을 꺼내 들고 힘겹게 걸어간다.

아침에는 하얀 눈으로 덮인 아름다운 세상을 바라보며 소풍을 시작했는데, 벗은 돌아가고 날씨는 을씨년스럽고 세상은 황량하게 다가온다. 하지만 용수철처럼 튕기는 힘찬 기운으로 한 걸음 한 걸음 백의종군길을 걸어간다.

천국과 지옥은 마음속에 있다. 천국은 죽어서 가는 곳이 아니라 이 땅에 사는 동안 내 마음속에 있다. 기쁨과 행복이 충만할 때 그곳이 바로 천국이다. 천국으로 길은 오른쪽으로도 왼쪽으로도 위로도 아래로도 통해있지 않다. 그 길은 오직 자신의 마음으로 통하는 길이다.

'유토피아는 어디에도 없다'(Utopia is no where)라는 문장에서, 띄어쓰기만 잘하면 '유토피아는 지금 여기에 있다'(Utopia is now here)가 되어 지상에 건설할 수 있다. 지금 이곳은 유토피아이니, "가능한 한 행복하게 살아라. 현재를 즐겨라. 마음껏 웃고 이 순간을 온몸으로 즐겨라."라는 니체의 말처럼 길 위에서 온몸과 마음과 영혼으로 현재를 즐긴다.

다시 전주를 벗어나서 완주군 상관면 신리로 들어선다. 월암마을 앞에 정여립 공원 이정표가 서 있다. 완주군 상관면 월암리에서 태어난 정여립(1546~1589)은 우리나라 최초의 공화주의자라 불린다. 조선의 진보적 사상가로 "천하는 만백성의 것", "천하는 공물이니 주인이 따로 있는 것이 아니다."라며 천하공물론(天下公物論)을 주장한 반체제 인물이다. 정여립은 절대적 왕조시대를 부인했으며, 반상의 귀천과 남녀의 차별이 없는 대동계를 조직하고 왕위의 세습을 부인했다.

마이산 넘어 진안의 죽도(竹島)는 대동계(大同契)의 조직과 활동 터전이었다. 대동계에서는 천민들도 말을 타고 활을 쏘며 양반들과 어깨를 나란히 하였다.

1589년 10월 '정여립이 한강이 얼 때를 기다려 한양으로 진격해 모반을 꾀한다'는 상소가 올라오고, 선조는 의금부 도사를 시켜 정여립을 체포하도록 했다.

정여립은 아들과 함께 죽도로 피신했다가 관군이 포위하자 자살했다. 역적으로 몰린 정여립의 생가터는 집을 허물고 숯불로 땅의 기운을 태웠으며, 다시 그 땅을 파헤쳐 연못을 만들었다. 정여립은 훗날 허균처럼 조선 역사가 끝날 때까지 역적이었다. 완주에서는 '조선시대 선각자, 대동사상을 제창한 위대한 혁명가' 정여립의 추모 문화제가 열린다.

1589년 선조는 정여립의 난을 이용하여 기축옥사를 일으켰다. 송강 정철을 앞세워 동인을 대대적으로 숙청하는 도구로 기축옥사를 활용했으며, 기축옥사에 연루되어 죽거나 귀양 간 선비가 3년간 천 수백 명으로 4대 사화에서 화를 당한 선비의 수보다 더 많았다.

그중에는 우의정 정언신(1527~1591)이 있었다. 정언신은 9촌 간인 정여립 모반사건에 연루되어 남해로 귀양을 갔다가 갑산으로 옮겨 임진왜란 전 해인 1591년 65세의 나이로 죽었다. 정언신은 1583년 니탕개의 난 때 함경도 도순찰사로 임명되어 휘하에 이순신을 비롯해 신립, 이억기, 김시민 등을 거느리고 적을 진압했다. 이후 함경도 관찰사를 거쳐 병조판서가 되었다. 1589년 12월 선조가 직급과 관계 없이 높은 관직과 큰 임무를 줄 만한 관리를 추천하라는 불차채용(不次採用)을 시행했을 때 정언신은 이순신을 추천했다.

이순신은 기축옥사 당시 투옥된 정언신을 보기 위해 남들의 만류에도 불구하고 위험을 무릅쓰고 멀리까지 면회를 가는 정성을 보였다.

"죄가 있고 없는 것은 나라에서 가려낼 일이지만 한 나라의 대신이 옥중에 계시는데 이렇게 방에서 풍류를 즐기고 있다는 것은 미안한 일이다."

정여립과 관계된다는 소문만 나도 죽임을 당하던 시절이었다. 그런데도 이순신은 감옥으로 정언신을 찾아가 위로했다. 그 후 이순신은 의리 있는 인물로 세간에 알려졌다.

세찬 바람에 오락가락하던 비가 그치고 위험천만, 보행자 도로도 없는 큰길을 걸어서 슬치고개를 올라간다. 임실군 관촌면 슬치리 슬치한우정육식당 휴게소에서 스탬프를 찍는다.

이순신은 고통스럽고 절망적인 어떤 순간에도 희망을 잃지 않고 나라와 백성을 위해 다시 일어섰다. 22년의 벼슬살이에서 세 번의 파직과 두 번의 백의종군이라는 기록을 남겼던 이순신, 그 첫 번째 악연의 주인공은 녹둔도에서 만난 이일 장군이었다. 이순신은 원균과 마찬가지로 이일과도 깊은 악연이 있었다. 그래서 꿈을 꾸었다. 〈난중일기〉의 기록이다.

1594년 11월 25일 흐렸다. 새벽꿈에 이일과 만나 내가 실없는 말을 많이 하고서 그에게 말하기를, "나라가 위태하고 혼란한 때에 중대한 책임을 지고서도 나라의 은혜를 보답하는데 마음을 두지 않고, 구태여 음탕한 계집을 두고서 관사에는 들어오지 않고 성 밖의 집에 사사로이 거처하면서 남의 비웃음을 받으니 생각이 어떠한 것이오. 또 수군의 각 관청과 포구에 육전의 병기를 배정하여 독촉하기에 겨를이 없으니 이 또한 무슨 이치요." 라고 하니, 순변사가 말이 막혀 대답하지 못했다. 기지개 켜고 깨어나니 한바탕 꿈이었다. (……)

1595년 1월 21일 종일 가랑비가 내렸다. 오늘이 바로 아들 회가 혼례하는 날이니, 걱정하는 마음이 어떠하겠는가. 장흥 부사가 술을 가지고 왔다. 그편에 들으니 "삼도순변사 이일의 처사가 지극히 형편없고 나를 해치려고 몹시 애쓴다고 하였다. 매우 우습다. 서울에 있는 그의 첩들을 자기의 관부에 거느리고 왔다고 하니, 더욱 놀랍다.

1580년 발포 만호(종4품)에서 파직된 이순신은 1582년 훈련원 봉사(종8품)로 복직되었다가 1583년 한때 이순신을 미워했던 전라좌수사 이용이 함경도 남병사로 가면서 군관으로 발탁되어 갔다. 따뜻한 남쪽에서 이제는 가장 추운 함경도에서 여진족을 막기 위한 무관의 역할을 수행했다.

함경도 건원보 권관(종8품)이 된 이순신은 여진족 장수 우을기내를 생포했다. 얼마 후 이순신은 아버지 이정의 사망 소식을 듣고 황급히 아산으로 향했다. 당시 함경도 순찰사였던 정언신이 특별 지시를 내렸다.

"이순신에게 어서 상복을 입혀라. 그리고 이순신이 식음을 전폐하지 못하도록 하라."

아산에 도착한 이순신은 아버지의 임종을 지켜드리지 못한 눈물 속에 3년 상을 모셨다. 1586년 42세가 된 이순신은 사복시 주부(종6품)로 다시 관직 생활을 시작했다. 그리고 이내 류성룡의 추천으로 함경도 북쪽 끝에 있는 조산보의 만호로 갔다. 이듬해 8월에는 녹둔도 둔전관의 벼슬을 겸하게 되었다. 녹둔도는 두만강이 바다로 흘러 들어가는 어귀에 있는 섬으로, 조산보에서 20리 정도 떨어져 있었다. 이때 이순신은 마흔세 살이었다. 이순신은 녹둔도의 지형을 조사한 뒤, 북병사 이일에게 편지를 보냈다.

"녹둔도는 강을 사이에 두고 오랑캐들이 호시탐탐 쳐들어올 기회를 엿보고 있는 곳인데, 군사의 수가 너무 적으니, 군사를 더 보내 주시기 바랍니다."

그러나 이일은 이순신의 청을 들어주지 않았다. 그해 가을 큰 풍년이 들었다. 경흥부사 이경록이 시찰을 나와서 이순신은 군사 몇

명을 데리고 함께 농부들이 추수하는 넓은 들판을 둘러보고 있었다. 그때였다. 요란한 말발굽 소리와 함께 오랑캐가 마을로 쳐들어왔다. 이경록과 이순신이 마을에 도착했을 때 마을은 이미 아수라장이었다. 이순신이 쏜 화살은 어김없이 오랑캐들을 거꾸러뜨렸다. 전세가 불리함을 깨달은 오랑캐들은 말 머리를 돌려 달아나기 시작했다. 이순신은 그들의 뒤를 쫓았다. 끌려가던 마을 사람 60여 명을 구했지만, 워낙 군사의 수가 적어 더 이상 뒤쫓지 못하고 돌아왔다. 이순신은 크게 이겼지만, 수십 명의 전사자와 부상자를 냈고, 수십 명의 백성이 끌려가는 피해를 보았다.

녹둔도의 싸움은 북병사 이일에게 알려졌다. 군사를 더 보내 달라는 이순신의 청을 들어주지 않아서 생긴 일임에도 이일은 모든 죄를 이순신에게 돌려 즉시 처형하려 했다. 이순신은 항의했다.

"이 싸움은 진 것이 아닙니다. 적을 물리치고도 피해를 입은 것은 군사의 수가 적은 까닭이라는 것을 장군께서도 잘 아시지 않습니까?"

이일은 모든 잘못을 전가하였고 이순신은 옥에 갇혔다. 이때 선거이는 이순신을 적극적으로 변호하며 이순신에게 위로주를 권했다. 그러자 이순신은 "죽고 사는 것은 천명인데 술은 마셔 무엇 하며, 목이 마르지도 않는데 물은 무엇 때문에 마시겠는가. 어찌 바른길을 어기어 살기를 구한단 말인가."라고 말했다. '바다에는 이순신, 육지에는 선거이'라 불리는 두 사람의 의리와 오랜 우정이 이때부터 시작되었다.

장계를 받은 조정에서는 이순신을 처벌해야 한다는 쪽과 그래서 안 된다는 쪽으로 갈라져서 다투었다. 선조는 그 책임을 물어 파직하고 백의종군을 분부했다. 이순신의 첫 번째 백의종군이었다.

　　1588년 1월, 북병사 이일과 백의종군하던 이경록, 이순신 등은 2,500명의 병력을 이끌고 여진족 진지를 공격하여 끌려갔던 사람들과 소, 말 등을 구출하고 시전부락 200여 가구를 불태웠다. 엄청난 승전이었다. 덕분에 이일은 임진왜란 당시 신립과 더불어 조선 최고의 장수라는 이름을 들었지만, 훗날 신립은 탄금대에서, 이일은 상주 북천에서, 두 사람 모두 일본군 앞에서는 무참하게 무너졌다.

　　여진족을 공격하여 대승을 거둔 이순신은 백의종군을 면하게 되었고, 벼슬도 없이 아산의 집으로 돌아왔다. 실업자가 된 이순신은 한거하다가 1589년 2월에 전라도 순찰사 이광의 군관이 됐고, 그해 12월 류성룡에 의해 정읍 현감에 올랐다. 그리고 47세인 1591년 2월 전라좌수사에 올랐으니, 한 줄기 희망의 빛이었다.

22코스

금신전선 상유십이

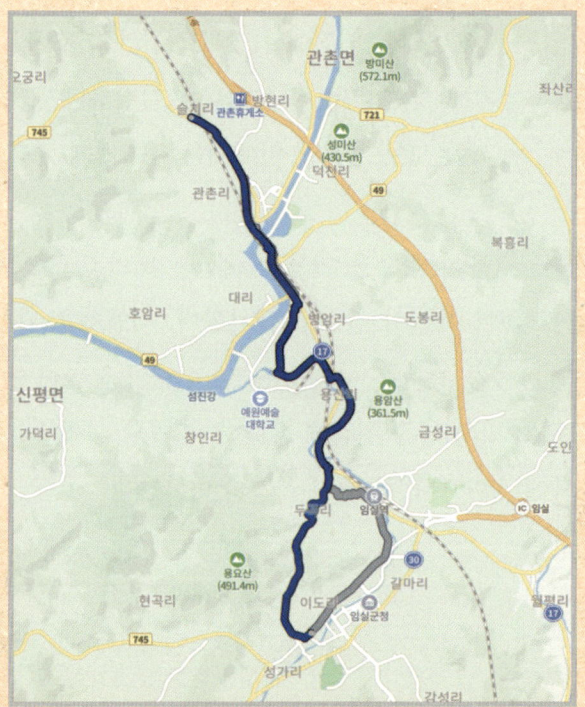

슬치리 고개에서 임실읍사무소 11.2㎞

슬치리 고개 ➡ 사선대 휴게소 ➡ 관촌삼거리 ➡ 호반로 ➡ 봉화로 ➡

임실읍사무소

12월 16일 걷기 11일째 아침

슬치리 휴게소 앞에서 횡단보도를 건너 슬치마을 비석과 천하대장군

지하여장군 돌장승을 지나서 사선4길로 들어선다.

출발부터 내리막길이라 한결 가볍다.

나는 걷는다. 진정한 나는 걸을 때만 존재한다.

새로운 길을 걸을 때만 내 영혼이 소생한다.

필요는 결핍을 낳고 결핍은 욕구를 낳고

욕구는 흔들림을 낳고 흔들림은 갈등을 낳고

갈등은 도전을 낳고 도전은 성취를 낳는다.

나의 좌우명은 일신우일신(日新又日新)

나는 시도한다. 시도가 없는 인간은 죽은 인간이다.

사뿐사뿐 가벼운 마음으로 내리막길을 간다. 천 리 길도 한 걸음부터라고 했건만 한 걸음 한 걸음 걷고 또 걸어서 그동안 해파랑길, 남파랑길, 서해랑길, DMZ 국토 대행진, 백두대간 등 얼마나 많은 길을 걸었던가. 〈나의 국토 순례〉이다.

충무공 이순신 백의종군길 670㎞ 도보여행기

나는 대한민국 국민이다.
이 땅에서 태어나 국토를 순례함은
뿌리 깊은 존재에 관한 확인이요
나라 사랑의 첫걸음
아름다운 대한민국 삼천리금수강산
가로로 세로로 둘레길로 X축으로
파도치는 바닷가로 바람 부는 산길로
텅 빈 들판으로 북적대는 도심으로
두 팔을 휘저으며 두 발로 터벅터벅
유유자적 하늘과 땅을 누빈다.
풍찬노숙 즐풍목우 즐기며 걸어가는
방랑자의 발걸음 생의 환희 넘치고
피 끓는 심장 굳센 뼈의 기상에
살결이 춤을 추고 숨결이 치솟을 때
우렁찬 목소리 국토 순례를 노래한다.
아아, 나는 대한민국 국민
삼천리금수강산 나의 조국
나라를 사랑하고 사람을 사랑하며
오늘도 내일도 죽음이 부를 때까지
붕새처럼 자유로운 나그네로
소요유를 즐기며 걷고 또 걸으리라

붕새처럼 자유로운 나그네가 즐겁게 노닐며 걸어가는 백의종군 천
칠백 리 길, 이순신 필사즉생의 결의를 생각한다.

명량해전을 앞둔 1597년 8월 29일 진도 벽파진에 진을 친 이순신

이때 수군을 버리고 육전을 하자던 경상우수사 배설이 군사를 버리고 달아나고

9월 7일 선조는 취약한 수군을 포기하고 권율 휘하 육군에서 싸우라고 한다.

그러자 이순신은 선조에게 장계를 올렸다.

"금신전선 상유십이(今臣戰船 尙有十二)!"

"신에게는 아직 열두 척의 배가 남아 있나이다."

그리고 "죽을힘을 다해 항거해 싸운다면 오히려 해 볼 만합니다. 지금 만일 수군을 전부 없애버린다면 이는 곧 적들이 크게 다행히 여기는 것으로 호남을 거쳐 한강까지 곧바로 쳐들어갈 터인데, 신이 걱정하는 바는 바로 이것입니다. 전선의 수는 비록 적지만 신이 죽지 않는 한, 적은 감히 우리를 업신여기지 못할 것입니다."라고 했다. 그리고 9월 16일 이순신은 명량에서 13척으로 133척을 물리치는 기적을 이루었다.

에라스뮈스는 〈우신예찬〉에서 "신은 인간의 이성을 머리 한쪽에 처박아 놓고 어리석은 정념을 몸 전체에 뿌려놓았다"고 한다. 인생을 끌고 가는 것은 합리적인 머리가 아니라 어리석은 몸이라는 뜻이다. 에라스뮈스는 영웅의 생애 전체가 어리석음의 장난이라고 말한다. 어리석음에 이끌려 영웅들은 권력에 맞서고 나라를 세우고 지키는 등 무모한 도전을 감행해 왔다는 것이다. 태산에 삽질하는 우공과 바다에 돌멩이를 던지는 정위 새 이야기는 인간의 그런 어리석음에서 비롯되었다고 할 수 있다.

우공이산(愚公移山)이나 정위전해(精衛塡海)처럼 산을 옮기고 바다를 메우는 것은 합리적인 이성이 아니라 어리석은 열정이다. 하지만 가능한 일만 하는 합리적인 사람은 가능한 인생만 살 뿐이다. 가망 없는 일에 도전하는 사람만이 불가능한 기적을 맛볼 수 있다. 우직함이 운명이라는 태산을 옮긴다.

세상과 떨어져 나 홀로 자신을 성찰하는 것은 고된 정신 훈련 중 하나다.

길 위에서 자신을 성찰하는 것은 육체와 정신에게 가혹한 이중고다.

혼자 여행을 하면서 엄청난 발견을 했으니 인생에서 가장 큰 계명, 그것은 '행복하라!'이다.

애기애타(愛己愛他),

인간은 자신을 사랑해야 행복해지고 나아가 타인을 사랑할 수 있다.

내가 불행한데 어떻게 타인을 행복하게 하겠는가.

내 마음에 평안이 없는데 어떻게 타인에게 평안을 나누어 줄 수 있겠는가.

나 홀로 존재하는 시간은 삶의 여정에서 특별하면서도 긍정적인 힘이 된다.

두 발로 걸어야 진정한 나의 길이다.

내 몸 편한 안락의 길이 죽는 길이면 고통과 역경은 사는 길이다.

힘들게 이루어야 내 것이다.

'걸음아 날 살려라!' 하면서 고행(孤行)의 길을 노래한다.

홀로 가는 길 그대는 왜 보지 않는가.

지천으로 널려있는 이 아름다운 세상을

홀로 걷는 길 끝없는 고독과의 사랑

불면의 밤을 지새우며 홀로서기를 꿈꾸며 행동한다.

실천가와 공론가 중 그대는 어느 쪽인가

홀로 걷는 자유인은 언제나 유유자적

말로서 행동에 앞서지 않고 행동으로 말하기를 보인다.

붉은 고추 조형물이 반겨주는 관촌 고추 시장을 지나간다. 이순신이 도착한 오원역은 관촌리 일대인데 관촌면사무소 부근이라고 한다.

> 4월 23일 맑음. 일찍 출발하여 오원역에 도착하여 말을 갈아타는 역참
>
> 에서 말을 쉬게 하고 아침밥을 먹었다. 얼마 후 도사가 왔다. (……)

아침에 풍남문을 출발한 이순신은 말을 탔기에 이곳에서 아침밥을 먹었다. 관촌면 중심가를 지나서 오원교를 건너간다. 옛 성 형태의 사선문이 신선을 알아보고 반겨준다. 사선문 왼쪽에는 사선대(四仙臺)가 있다. 신선 4명이 이곳의 풍광에 빠져 풍류를 즐길 때 선녀 4명이 내려와서 신선들을 호위하여 어디론가 데려갔고, 이후로 해마다 선남선녀가 내려와 놀았다는 전설이 있다.

섬진강이 나타난다. 전북 진안군 백운면 마이산 데미샘에서 발원한 섬진강은 임실군 옥정호(운암호), 순창, 곡성, 구례, 하동을 거쳐 광양만으로 흘러든다. 그 길이는 장장 225㎞에 이른다. 섬진강 문학마을길의 임실 구간은 옥정호 아래에 자리한다. 임실에서 나고 자란 김용택 시인은 섬진강을 배경으로 많은 작품을 썼다.

섬진강을 건너지 않고 우회전해서 예원예술대학교를 지나고 군부대를 끼고 고개를 넘어 춘향로로 나아간다. 호반로를 지나고 봉화로를 지나서 임실읍사무소에 도착했다. 친절한 읍사무소 직원의 안내로 스탬프 함이 있는 '행복한 밥상' 앞에서 스탬프를 찍고 '어머니 손맛으로 맛과 정성을 담은' 행복한 점심 밥상을 누린다.

이순신을 괴롭힌 인물은 여럿이지만 이일과 원균은 대표적인 인물이다. 류성룡은 그 사실을 알기에 〈징비록〉에 이일에 대해 기록했다.

신립은 군사를 거느리고 탄금대 앞 두 강물 사이에 나가 진을 쳤는데, 이곳은 왼쪽에 논이 있고 물과 풀이 서로 얽히어 말과 사람이 달리기에 불편한 곳이었다. 조금 후에 적군이 단월역에서부터 길을 나누어 쳐들어오는데 그 기세가 마치 비바람이 몰아치는 것과 같았다. 한 길로는 산을 따라 동쪽으로 나오고, 또 한 길은 강을 따라 내려오니 총소리는 땅을 진동시키고 먼지가 하늘에 가득했다.

신립은 어쩔 줄 모르고 말을 채찍질해서 몸소 적진에 돌진하고자 두 번이나 시도했으나, 쳐들어가지 못하고 되돌아와 강물에 뛰어들어 죽었으며, 여러 군사도 모두 강물에 뛰어들어 시체가 강물을 덮고 떠내려갔다. 김여물도 혼란한 군사 속에서 죽었으나, 이일은 동쪽 산골짜기에서 빠져나와 도주했다.

이일이 평양에 도착했다. 이일은 이미 충주에서 패전하여 한강을 건너 강원도까지 들어갔다가, 이리저리 옮겨서 행재소로 온 것이다. (……) 이일은 무장 중에서도 본래부터 대단한 명망이 있었으므로 비록 싸움에 패해 도망쳐오기는 했지만, 사람들이 그가 왔다는 말을 듣고 기뻐하지 않는 이가 없었다.

이일은 벌써 싸움에 여러 번 패하여 가시덤불 속에 숨어 다니던 터이므로 패랭이를 쓰고 흰 베적삼을 입고 짚신을 신고 왔는데, 얼굴이 몹시 파리하니 보는 사람이 탄식했다. 나는 "이곳 사람들이 장차 그대에게 의지하여 든든하게 믿고자 하는데, 용모가 이렇게 바싹 말랐으니 어떻게 여러 사람의 마음을 위로할 수 있겠소." 하고는 행장에서 남빛 비단 첩리를 찾아서 그에게 주었다. 그러자 여러 재신이 총립도 주고 은정자와 채색 갓끈도 주니 당장에 바꾸어 입어서 옷의 장식은 한결 새롭게 되었으나, 다만 신은 벗어주는 사람이 없어서 짚신을 그대로 신고 있었다. 내가 웃으면서 "비단옷에 짚신은 격이 서로 맞지 않는걸." 하니, 좌우에 있던 사람들이 모두 웃었다.

23코스

한산섬 달 밝은 밤에

임실읍사무소에서 오수면사무소 14.4㎞

임실읍사무소 ➡ 임실군법원 ➡ 상통사거리 ➡ 인화고등학교 ➡

오수면사무소

임금의 하늘은 백성이요 백성의 하늘은 밥이라 했던가.

삽질로 창자를 가득 채운 나그네가 임실교를 건너 임실법원을 지나간다.

한가로이 걸을 수 있다는 것, 무엇이 부러울까.

감사가 물밀듯이 밀려온다.

감사가 하늘을 만나는 방법이라면 겸손은 사람을 만나는 방법

동서고금을 통해 최고의 처세술은 역시 겸손

진정한 겸손은 깊은 자신감에서 나온다.

겸손의 핵심은 나를 낮추기보다는 상대를 높이는 데에 있으니

진짜 고수는 힘이 있을 때 겸손한 사람이다.

'오만은 남이 나를 사랑하지 못하게 하고 편견은 내가 남을 사랑하지 못하게 한다'라고 했던 〈오만과 편견〉의 대사처럼

오만과 편견을 버리고 하늘을 우러러 감사하고 겸손해야 한다.

교회 십자가에 햇살이 비친다. 종교 지도자는 종교를 넘어

인간에 대한 이해를 배우고 실천해야 한다.

교회에서 십일조 잘 내고 감사헌금 잘 내고 주일성수 잘 한다고

하느님이 좋아한다?

아니다. 하느님은 돈에 걸신들린 분이 아니시다.

주님은 세상에 빛과 소금이 되라 했는데

사람들은 교회의 빛과 소금이 되려 한다.

교회를 섬기고 봉사하는 그 반의반만큼이라도 사회와 이웃을 섬기면

세상은 그 사람을 더욱 크게 섬길 것이다.

어떻게 살아야 잘 사는지 인간답게 사는 법을

사람들이 보고 배울 수 있도록 모범이 돼야 한다.

선한 영향력을 끼치는 사람의 향기를 뿜어야 한다.

'니 혼자만 잘 살면 뭐하는 겨!'라고 하면서

소외된 이웃을 돌아보며 더불어 잘 살아야 한다.

삼도수군통제사 이순신의 부하 사랑은 대단했으니, 이순신의 리더십에는 이름 없는 부하들까지 챙기는 따스함이 있었다. 조정에 〈당포해전 승전보고〉를 올린 장계의 내용이다.

이 사람들은 화살과 돌을 뚫고 결사적으로 진격하다가 전사하거나 부상하였습니다. 부하 중에 전사자가 있는 장수에게 각기 명하여 따로 작은 배에 시신을 실어 고향으로 보내 장사 지내게 하고 전사자의 아내와 자식은 다른 휼전(恤典)에 따라 구휼하라 하였습니다. 또 다친 사람에게는 약물을 지급하여 충분히 치료하도록 하라고 아주 단단히 일러두었습니다.

여기서 말하는 이 사람들은 대부분이 노를 젓는 격군, 활을 쏘는 사부, 하급 지휘관인 군관들이다. 이들의 이름은 어디에서 찾을까?

이순신이 가장 중시한 것은 사람이었으니, 이순신은 장계에 이들의 이름을 고스란히 남겼다.

이순신의 군율은 지엄하고 군령은 추상같았다. 이순신은 "탈영병의 목을 베어 군문에 효수하라."고 하면서 "진중이 무너지는 것을 막으려면 더한 짓도 하겠다"고 말했다. 그런 이순신이었지만 부하 사랑 또한 남달랐다. 이순신의 신상필벌 정신이었다.

이순신은 죽은 군사에 대해서도 장사를 지내고 손수 제문을 지어 원혼을 달랬다. 제사를 지내던 어느 날 이순신의 꿈에 귀신이 나타나 억울함을 호소했다.

이순신은 그 이유를 물었다.

"오늘 제사에서 병으로 죽은 자, 싸우다 죽은 자는 다 얻어먹었지만 우리는 먹지 못했기 때문입니다."

"너희는 무슨 귀신이냐?"

"우리는 물에 빠져 죽은 귀신입니다."

이순신이 이상히 여겨 꿈에서 깨어 제문을 살펴보니 과연 이들이 빠져있으므로 제문을 고쳐 다시 제사를 지냈다.

'한오백년 추어탕' 옆에 펜션이 있어 오늘은 임실에서 묵기 위해 예약을 한다.

이순신은 임실현에 도착하여 하룻밤을 묵었다.

> 4월 22일 (·····) 저물어 임실현에 이르니 현감이 예대로 머물도록 했다.
>
> 이 고을의 수령은 홍언순이다.

길은 점점 산길로 향하고 말치고개에서 내려올 때 길을 찾을 수 없어서 잠시 헤맸다. 성수면 오류리 마을 벌판 정자에 앉아서 전열을 재정비한다.

전라선 열차들은 고속으로 쌩쌩 지나가는데 나그네는 저속 걸음으로 천천히 걸어간다. 파란 하늘 햇살에 비친 구름이 아름답다.

아름다운 세상, 오수면 봉천역이 보이는 봉천리로 들어선다. 오수면 오암리에 들어서니 오수개 동상인 의견상이 서 있다. 오수개 설화는 고려시대 문인 최자가 쓴 〈보한집(補閑集)〉에 기록되어 있다.

김개인이 기르는 개를 매우 귀여워하여 늘 데리고 다녔다. 하루는 나들잇길에 술에 취해 돌아오다 취기를 못 이겨 들에 쓰러져 깊이 잠들었는데, 이때 들불이 일어났다. 불길에 주인이 위태롭다고 생각한 개는 가까운 개울에 뛰어들어 몸을 적셔 주인의 주변을 뒹굴기를 여러 차례, 불길을 끊어놓고는 기진맥진하여 주인 옆에 쓰러져 죽었다. 얼마 후 잠에서 깨어난 김개인은 자기의 생명을 구해주고 죽어간 개의 모습을 보고 슬픔과 감동을 노래하면서 개를 묻어주고, 무덤의 표시로 자신의 지팡이를 무덤 앞에 세워두었다. 이 지팡이가 싹이 터서 무성한 나무가 되었다. 이곳 지명인 오수(獒樹)는 '큰 개 오'와 '나무 수'의 합성어다. 개 무덤 앞에 비목(碑木)으로 세워둔 지팡이가 싹이 터서 자란 나무 이름에서 유래했다.

오수면 번화가를 걸어서 면사무소 들어가는 입구에서 호떡을 팔고 있다. 행색에 의아해하는 아주머니의 시선을 의식하며 어묵 국물에 꿀맛 같은 호떡을 먹으니, 한기가 가라앉고 세상 부러운 것이 없다.

면사무소에서 찾아도 찾아도 스탬프 함이 없다. 친절한 면사무소 직원이 폐역이 된 오수역으로 가라고 한다. 한참을 되돌아 빨간 오수역 건물 한쪽에 빨간 스탬프 함이 기다리고 있었다.

펜션 옆에 있는 '한오백년 추어탕'에서 막걸리를 곁들인 저녁 식사를 했다.

사람의 하늘은 밥, 텅 빈 창자에 삽질하니 행복감이 밀려온다.

절 가운데 최고의 절은 친절이라 하던가.

나그네에게 베푸는 여주인의 친절이 고마웠다.

지구라는 행성에 살고 있는 자신은 자연과 하나고 세상과 하나다.

'미타쿠예 오야신!'

'모든 것은 하나로 연결되어 있다'

'모두가 나의 친척'이라는 뜻의 인디언 다코타족의 인사말이다.

세상에 따로 떨어져 존재하는 것은 하나도 없으니

지구 위의 모든 존재는 하늘과 땅, 그 사이의 허공으로 이어져 있다.

모든 것이 하나임을 아는 데서 진정 모든 것을 사랑하는 마음이 나온다.

음력 16일, 달빛이 고운 임실의 밤이다.

이순신이 묵었던 임실의 밤은 4월 22일,

이순신은 과연 무슨 생각을 하였을까? 멀리서 〈한산도가〉가 들려온다.

한산섬 달 밝은 밤에 수루에 홀로 앉아

긴 칼 옆에 차고 깊은 시름 하는 차에

어디서 일성호가(一聲胡歌)는 남의 애를 끊나니

달 밝은 밤 긴 칼을 찬 비장한 이순신의 모습이 나타난다.

1593년 9월 15일 이순신은 〈난중일기〉에

"검을 두고 하늘에 맹세하니 산하가 벌벌 떤다.(尺劍誓天 山河動色)"
라고 기록했다.

이순신의 칼, 겨레를 살린 칼 장검 두 자루가 현충사에 소장되어
있다. 길이가 197.5cm이고 무게는 5.3kg이나 된다. 칼날에 사용한
흔적이 없는 것으로 미루어 실제 사용한 적은 없는 것으로 보인다.

"갑오년(1594) 4월에 태구련과 이무생이 만들었다."는 글이 칼자루
속에 새겨진 이순신의 칼은 〈난중일기〉와 함께 이순신의 분신과도
같은 것이다.

〈난중일기〉가 이순신의 문(文)을 상징하는 것이라면, 이 칼은 무
(武)를 상징한다고 할 것이다. 친필로 새긴, 대구(對句)를 이루는 검명
(劍銘)의 내용이다.

석 자 칼로 하늘에 맹세하니 산하가 벌벌 떨고(三尺誓天 山河動色)

한번 휘둘러 쓸어버리니 산하가 피로 물든다(一揮掃蕩 血染山河)

무인에게 칼은 죽임의 무기인 동시에 죽음을 막는 살림의 칼이다.
무인에게 칼이란 생명이며 존재 자체다. '한산도 야음(閑山島夜吟)' 시
에도 칼과 활이 등장한다.

바다에 가을빛 저무는데(水國秋光暮)

찬바람에 놀란 기러기 떼 높이 나는구나(驚寒雁陳高)

걱정에 잠 못 이뤄 뒤척이는 밤(憂心輾轉夜)

조각달이 활과 칼을 비추네(殘月照弓刀)

〈난중일기〉에 가장 많이 등장하는 것은 날씨이고

두 번째 많이 등장하는 것이 활쏘기다.

이순신 활의 과녁은 도요토미 히데요시의 심장이었다.

이순신이 바다에서 쏜 화살은 오사카의 도요토미 히데요시의 심장을 맞혔다.

이슬처럼 왔다가 이슬처럼 사라지는 인생

살아온 한날이 봄날의 꿈만 같구나.

1598년 8월 18일, 도요토미 히데요시는 절명시를 남기고 죽었다.

정명가도를 외쳤던 건강하던 도요토미 히데요시의 죽음은 이순신에 대한 스트레스, 바로 그것이었다.

24코스

죽어도 여한이 없겠습니다!

오수면사무소에서 남원향교 16.1㎞

오수면사무소 ➡ 임실생약 ➡ 오수교차로 ➡ 시매면사무소 ➡ 춘향로 ➡

남원향교

12월 17일 화요일, 오수면사무소 앞

'3·1독립만세 오수함성의 터'에 그날의 함성이 들려온다.

백의종군길 670㎞, 23코스에서 절반을 지나면서 이제는 후반전이다.

과거의 향기는 라일락 꽃밭의 향기보다 더 진하다고 했던가.

세네카는 "견디기 힘들었던 것이 달콤한 추억이 된다."라고 말했으니,

그 뜨거운 해파랑길(770㎞) 여름날의 고행이 산티아고 순례길(900㎞)로 이어지고

남파랑길(1,470㎞), 서해랑길(1,800㎞) 등 코리아둘레길 장거리 트레킹을 지나서

이제 새 힘과 용기로 힘차게 백의종군길 발걸음을 내디딘다.

위대한 발견은 콜럼버스의 신대륙 발견이 아니라 새로운 눈으로 세상을 바라보는 것, 진정한 여행은 새로운 풍경을 보는 것이 아니라 새로운 시야를 갖는 것, 백의종군길에서 충무공 이순신의 눈과 마음으로 보기 위해 노력하며 걸어간다.

원동산공원에 들어서서 의견비를 둘러본다. 멍멍일보에 실린 자작시 〈의견비(義犬碑)〉다.

충직하고 총명한 개 주인을 구하고 죽었으니
술 취한 허물 뉘우치며 무덤 앞에 지팡이를 꽂았네.
지팡이에 싹이 나고 큰 나무가 자라니
큰 개 오(獒) 자와 나무 수(樹) 자를 합해 오수가 되었다네.
길이길이 충의를 전하고자 큰길가에 의견비를 세웠으니
개만도 못한 의리 없는 사람들 본을 받으라 함이네.

충무공 이순신 백의종군길 670㎞ 도보여행기

오수면 용정리 '충무공이순신백의종군로' 안내판을 따라 남원을 향해 걸어간다.

수외천을 건너간다.

시냇물은 낮이고 밤이고 쉬지 않고 언제나 방랑만을 생각한다.

시냇물처럼 방랑하는 겨울 나그네가

시간의 창고에 차곡차곡 쌓인 지나간 시간을 돌아보며 홀로 쓸쓸히 길을 걸어간다.

먼 그곳에 편안한 돌아갈 집이 있다고 생각하니 위안이 된다.

만약에 돌아갈 곳이 없다면 정녕 가슴의 샘에서 눈물만이 펄펄 뜨겁게 쏟아져 나올 것이다.

생거남원 사거임실, 남원에 들어섰다. 덕과파출소를 지나간다.

이순신은 4월 24일부터 25일, 남원과 운봉에서 이틀을 머문다.

이때 권율 도원수가 순천에 있다는 소식을 듣고 합천으로 가려던 계획을 바꾸어 구례를 거쳐 순천으로 향하게 된다.

4월 24일 맑음. 일찍 출발하여 남원에 이르렀는데, 고을에서 15리쯤 되는 곳에서 정철 등을 만났다. 남원부 5리 안까지 이르러서 내가 가는 것을 전송하였고, 나는 곧장 10리 밖의 이희경의 종의 집으로 갔다. 애통한 심정을 어찌하리오.

이순신의 고독한 자취를 따라 걸어간다.

사매면 월평리, 춘향이 버선밭을 지나간다. 백년가약의 정든 임을 이별하고 한양으로 올라가는 이몽룡의 뒤를 허둥지둥 쫓아가던 춘향이의 버선발이 벗겨져 밭이 되었다고 한다.

춘향이고개를 넘어간다. 원래 이름은 薄石峙(박석치)로서 박석고
개라고 부르는데 토사 유실을 막기 위해 얇고 넓적한 돌을 깔아놓
았다 하여 붙여진 이름이다. 이 박석고개에서 춘향이가 한양으로
떠나는 이몽룡과 이별하였다고 한다. 그 누가 알까. 이몽룡과 이별
한 춘향이의 외로움을.

삶은 외로이 있는 것
어떤 나무도 다른 나무를 보지 못한다.
어떤 사람도 다른 사람을 알지 못한다.
누구든 혼자이다.
바람에 불려 낙엽 한 잎이 내 앞을 흘러간다.
나뭇잎은 궤도도 없이 바람결만 따라서 헤맨다.
방랑과 사랑과 청춘도 때가 있고 끝이 있다.
나는 이 세상의 손님이며 순례자
산골짜기 넘어서 떠도는 구름처럼
나는 걷는다.
홀로 자유의 길을

매개서원 입구를 지나고 뒷밤재솔바람길을 지나서 남원시 광치동
으로 들어선다.

남원시 향교동, 문이 닫힌 충렬사를 지나서 남원향교 산림녹화탑
에서 남원 시가지를 내려다보고 향교로 향한다. 남원향교에서 24코
스를 마무리한다.

임진왜란과 정유재란, 전란의 평화는 도요토미 히데요시의 죽음으로 서서히 다가왔다. 1598년 8월 18일 도요토미 히데요시가 사망했다.

도쿠가와 이에야스 등 5대로는 도요토미 사망 사실을 비밀에 부친 채 8월 28일과 9월 5일 두 차례에 걸쳐 조선 출병군의 철수를 명령했다. 이제 종전이 가까워졌다.

순천왜성의 고니시 유키나가는 명 제독 진린에게 뇌물을 써서 안전한 철수 보장을 요청했다. 진린은 철수하겠다며 보내는 뇌물을 거부할 이유가 없었다.

하지만 이순신은 달랐다. 이순신은 진린에게 항의했다.

"대장된 사람은 적과 강화한다고 말해서는 안 됩니다."

진린은 얼굴이 빨개졌다.

일본군의 사자가 왔을 때 진린은 말했다.

"내가 너희 왜인들을 위해서 이순신에게 말했다가 거절당했다. 이제 두 번 다시 말할 수는 없다."

고니시 유키나가는 남해에 있는 장군들에게 구원을 요청했고, 11월 18일 저녁부터 무수히 많은 일본 전선이 몰려오기 시작했다.

이순신은 진린과 함께 밤 10시쯤 출발해서 새벽 2시쯤 노량해협에 이르렀다.

적선은 무려 5백 척이었고, 이순신의 조선 수군의 함선은 85척이었다.

노량해협과 관음포에서 적선 5백여 척과 조선 함선 85척이 뒤섞여 최후의 해전이 벌어졌다. 〈이충무공행록〉은 이렇게 전한다.

이날 밤 자정에 공은 배 위에서 손을 씻고 하늘에 무릎을 꿇고 빌었다.

"이 적을 제거할 수만 있다면 죽어도 여한이 없겠습니다."(此讐若除 死卽無憾)

그때 문득 큰 별이 바닷속으로 떨어졌는데, 그것을 본 사람들은 모두 이상하게 여겼다.

이순신은 진린에게 거듭 죽음에 대해 말했다.

"한 번 죽는 것은 아까워할 것이 없소."

"죽어도 여한이 없겠습니다."

이순신이 최후를 맞이한 것은 11월 19일 아침이었다. 조경남의 〈난중잡록〉은 그 광경을 생생하게 묘사했다.

날이 이미 밝았다.

이순신은 친히 북채를 들고 함대의 선두에서 적을 추격해서 죽였다.

적선의 선미에 엎드려 있던 적들이 순신을 향해 일제히 조총을 발사했다.

이순신은 적탄에 맞아 인사불성이 되었다.

이순신은 그렇게 전사했다.

마치 적에게 자신을 쏘아 달라고 자청하는 것처럼

이순신은 직접 북채를 들고 싸우다가 죽음을 맞이했다.

이순신은 죽음으로 7년 전쟁의 대미를 장식했다.

이순신은 싸우지 않아도 되는 해전을 싸워서 죽음으로 승리했다.

이순신은 전사했으나 조선 수군은 큰 승리를 거두었다.

이순신이 노량해전에서 전사한 그날 선조는 류성룡을 파직시켰다.

묘한 일치이자 묘한 운명이었다.

1598년 11월 27일 〈선조실록〉의 사관도 이순신의 죽음을 애석해 하였다.

　　왜적이 마침내 대패하니 사람들은 모두 "죽은 순신이 산 왜적을 물리쳤다"고 하였다. 부음이 전파되자 호남 일도(一道)의 사람들이 모두 통곡하여 노파와 아이들까지도 슬피 울지 않는 자가 없었다. 국가를 위하는 충성과 몸을 잊고 전사한 의리는 비록 옛날의 어진 장수라 하더라도 이보다 더할 수는 없다. 조정에서 사람을 잘못 써서 순신이 그 재능을 다 펴지 못하게 한 것이 참으로 애석하다. 만약 순신을 병신년(1596)과 정유년(1597) 사이에 통제사에서 체직시키지 않았더라면 어찌 한산의 패전을 가져왔겠으며 양호(兩湖)가 왜적의 소굴이 되겠는가. 아! 애석하다.

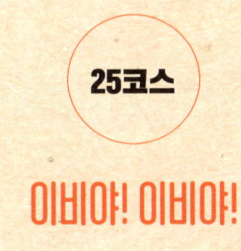

25코스

이비야! 이비야!

남원향교에서 이백면사무소 10.5㎞

남원향교 ➡ 향교오거리 ➡ 이백교 ➡ 폐문교 ➡ 오동초등학교 ➡

이백면사무소

남원향교에서 시가지를 내려다보며 큰길로 나선다. 한국의
미가 넘쳐나는 남원, 문화와 전통이 어우러진 남원, 민족의 영산 지
리산의 아늑한 품 사이 〈춘향전〉, 〈흥부전〉의 발상지이고 충, 효,
열, 예술로 피어난 호남의 성지, 어디선가 남원의 찬가가 들려온다.

철쭉꽃이 필 때면 축제의 바래봉
구룡폭포 물줄기 시원한 여름

뱀사골의 단풍은 가을 비경이라네
하얀 눈꽃은 낭만의 겨울
춘향전에 흥부가로 혼의 소리 드높아
천년이고 만년이고 영원하리라
아름답고 살기 좋은 허브향이 넘치는
남원, 남원이라네

성춘향과 이몽룡의 비익조와 연리지 사랑을 즐기며 남원의 거리를 나 홀로 걸어간다. 인생을 행복하게 만드는 것은 혼자 있는 시간을 어떻게 보내느냐에 달려있다.

카뮈가 "여행은 우리의 본래의 모습을 찾아준다."라고 말하는 것처럼 나 홀로 여행은 자신의 본모습과 마주하고 자신을 면밀하게 관찰하고 성찰하고 통찰할 수 있게 해준다. 자기 자신에 대해 진지하게 알아갈 수 있는 시간은 오직 혼자 있는 시간 밖에 없다. 하늘을 우러르니 콧노래가 절로 나온다.

구름아 나는 알겠다.
네 가는 곳 나는 알겠다.
천천히 하늘을 걸어가는
네 말을 나는 알겠다.
만져볼 수도 안아볼 수도 없는 너
내 마음속 깊이 흘러가는
네 말을 정녕 나는 알겠다.

충무공 이순신 백의종군길 670㎞ 도보여행기

표석을 따라 만인의총으로 향한다. 적막이 흐르는 충렬사에 서서 묵념을 한다. 전라 병사 이복남 등 20인의 위패를 봉인하고 있다. 충렬사 뒤로 계단을 올라 만인의총 봉분 앞에서 묵념을 올린다. 만인의총(萬人義塚)은 정유재란 때 남원성을 지키다 전사한 지사들의 무덤이다. 여러 번 다녀갔건만 오늘은 자못 엄숙하고 경건한 자신이다.

1597년 7월 말 11만 명을 좌군과 우군으로 나누어 우군의 가토는 황석산성으로, 고니시 유키나가가 이끄는 좌군 56,000명은 남원으로 진격하였다. 남원성은 전라 병사 이복남, 광양 현감 이춘원, 조방장 김경로의 군사 1,000명과 명나라의 부총병 양원이 이끄는 군사 3,000명이 방어하고 있었다.

8월 12일 왜군들은 남원성을 포위하여 공격하였고, 민·관·군이 합심하여 싸웠으나 중과부적으로 16일 함락되었다. 부총병 양원은 함락 직전에 서문을 통해 달아났다. 이때 왜군에게 학살된 민·관·군의 수는 거의 1만여 명에 달했다. 임진왜란이 끝난 뒤 시신을 분별할 수 없어서 한 곳에 묻었고, 박정희 대통령이 허술한 묘역을 보고 이장을 지시하여 1964년 현재의 자리로 옮겼다.

남원 시가지를 걸어간다. 춥고 배가 고프다.
나주곰탕집에서 몸을 녹이며 점심을 먹는데 혼자 식사하던 어르신이 비아냥거리는 투로 묻는다.
"태극기 부대세요?"
배낭에 꽂힌 태극기와 '충무공 이순신 백의종군길' 깃발 중 태극기

만 보고 하는 말이라, "충무공 이순신 백의종군 길 걷고 있습니다." 라고 대답했다. 이어지는 질문 공세에 대답을 하니, "정말 대단하시다!" 칭찬한다.

요천이 흐르는 요천로를 천천히 걸어간다. 〈난중잡록〉의 저자 조경남의 묘로 가는 이정표가 있다. 〈난중잡록〉은 의병장 조경남이 13세인 1585년부터 1637년까지 53년간의 대기록이다. 임진왜란과 정유재란에 대해 〈난중일기〉보다 폭 넓게 다루고 있다.

신흥천을 따라서 이백로를 걸어간다. 찬바람 불어오는 한가로운 시골길 따라 이백면 행정복지센터에 도착하여 빨간 스탬프 함과 만난다. 그만 걸을까, 하다가 꿈틀거리는 욕망을 잠재우려 다시 26코스를 출발하여 이백초등학교를 지나서 목가마을회관에서 발걸음을 멈춘다.

요천을 사이에 두고 광한루를 바라보며 달빛 밝은 남원에서 하룻밤을 묵을 때 만인의총에서 절규의 목소리가 들려온다. 남원성이 함락될 때 조경남의 〈난중잡록〉의 기록이다.

> "정유년 8월 15일 추석날 밤, 밤새 외로운 성을 내려다보니 적이 달무리처럼 에워싸 위급하였다. 포성은 진동하고 불빛은 낮과 같이 밝았다."
>
> "사람을 보면 죽이건 안 죽이건 번번이 코를 베었으므로 그 뒤 수십 년간 우리나라에는 코 없는 사람이 매우 많았다."

일본군은 남원성을 점령하고 조선인을 무참히 학살하고 코를 벴다. 임진왜란과 정유재란은 전쟁의 성격이 달랐다. 도요토미 히데요시는 일본 장수들에게 조선인을 많이 죽이도록 경쟁을 시키며 조선인의 코를 베라는 명령을 냈다. 강항은 〈간양록〉에서 히데요시의 그 당시 명령을 이렇게 적고 있다.

> "사람마다 귀는 둘이요 코는 하나야! 목을 베는 대신에 조선 놈의 코를 베는 것이 옳다. 병졸 한 놈이면 코 한 되씩이야! 모조리 소금에 절여서 보내도록 하라."

일본군들은 죽은 자들의 코뿐만 아니라 산 자들의 코를 베기도 했다. 세계 전사에 없는 만행이었다. 사람들은 '이비(耳鼻)야! 이비(耳鼻)야!' 하고 울부짖었다. 그 말이 변하여 '에비야! 에비야!'의 슬픈 전설이 되었다.

정유재란은 히데요시의 울분으로 수많은 인명이 살상되었다. 이때의 전쟁에서 일본군 한 명에게 조선인 코 3개씩이 할당되었고, 이것들을 항아리에 넣고 소금에 절여서 히데요시에게 보내졌다. 이것이 지금도 남아 있는 교토 다이부쓰 앞의 이총(耳塚), 즉 코(귀)무덤이다. 이총은 임진왜란의 전승 기념물로, 13만 명 이상의 조선인 사망자의 귀와 코가 매장되어 공양된 곳이다.

도요토미 히데요시는 조선인의 잘린 코와 귀들을 보내오면 반드시 위령제를 거행할 것을 명령했다. 일본인에게는 어령(御靈) 신앙이라고 불리는 독특한 믿음이 있다. 어령 신앙이란 사람의 영혼을 무서워하는 신앙으로 자연재해와 인재는 원령(怨靈)에 의해 일어난다고 믿는다. 이러한 어령 신앙은 적군의 사망자까지도 아군과 동시에 위령하도록 만들었다. 이는 죽은 조선인을 위한 위령제가 아니라 살아있는 자신들을 위한 행위였다.

〈간양록〉은 강항이 왜국의 실상과 왜인들의 무지한 모습을 소상히 적어 선조에게 올리는 상소문 형식으로 된 글이다. 2차 대전 막바지 조선총독부는 일본 민족의 치부를 드러냈다 하여 〈간양록(看羊錄)〉을 분서(焚書)로 지정하면서 '간양록을 불태워라.'라고 명령했다. 〈간양록〉에는 1598년 8월 도요토미 히데요시의 죽음을 기록한 대목에서 신랄하게 적었다.

도쿠가와 등은 발상(發喪)하기를 꺼려 이놈의 죽은 사실을 꼭 덮어두기로 하였습니다. 죽은 놈의 배때기를 갈라 그 안에다 소금을 빽빽이 처넣고 아무렇지도 않을 것같이 꾸미기 위해서 평소에 입던 관복을 그대로 입혀

나무통 속에다 담아두었습니다.

강항은 도요토미 히데요시의 죽은 시체의 배를 가르고 거기에다 소금을 빽빽이 처넣었다는 구절을 강조하고 있다. 조선 병사들의 코를 베어서 소금에 절여 보내라고 하였으니, 죽은 도요토미 히데요시의 배에 소금을 처넣게 된 것은 당연한 것이라 강항은 믿었을 것이다.

강항은 1597년 정유재란 때 잡혀가 4년 만인 1600년 꿈에도 그리운 고국으로 돌아왔다. 살아서 고향땅으로 돌아올 수 있었던 것은 후지와라 세이카가 스승인 강항의 은혜에 보답하기 위해 도쿠가와 이에야스에게 탄원하여 허락을 받아냈기 때문이었다. 조정은 강항에게 벼슬을 내리려 했으나 강항은 죄인을 자처하며 고향으로 돌아가서 은거했다.

1990년 3월, 강항의 고향인 영광과 일본의 오쓰시에는 강항을 기리는 현창비가 건립되었다. 현창비에는 '일본 주자학의 아버지 유학자 강항의 비'라고 적었다.

도요토미 히데요시의 망상으로 시작된 임진·정유 전쟁이 끝난 후 500만 명이 넘던 조선 인구는 3분의 1이 전쟁 중에 죽었고, 전쟁 전에 9만 명에 이르던 한양 인구는 4만 명으로 줄었다. 전쟁 전에 170만 결이었던 농토는 전쟁이 끝났을 때 54만 결로 줄어들었다. 소도 말도 모두 잡아먹고 없었다.

그 무렵 조선 백성들의 참상은 땅 위의 지옥을 이루었다. 〈징비록〉에는 "부자가 서로 잡아먹고 부부가 서로 잡아먹었다. 뼈다귀를 길에 내버렸다."라고 했고, 조경남의 〈난중잡록〉에는 "굶어 죽은 송장이 길에 널렸다. 한 사람이 쓰러지면 백성들이 덤벼들어 그 살을 뜯어 먹었다. 뜯어먹은 자들도 머지않아 죽었다", "명나라 군사들이 술 취해서 먹은 것을 토하면 주린 백성들이 달려들어 머리를 틀어박고 빨아먹었다. 힘이 없는 자들은 달려들지 못하고 뒷전에서 울었다"고 했다.

26코스

이순신의 용모

이백면사무소에서 운봉초등학교 10.4㎞

이백면사무소 ➡ 양강마을회관 ➡ 황산로 ➡ 여원재 ➡ 서림공원 ➡

운봉초등학교

12월 18일 올해 들어 가장 추운 날 이른 아침 운봉으로 가는 길

목가마을회관에서 여원재를 향해 올라간다.

소매가 길면 춤을 추기가 좋고 밑천이 많으면 장사가 잘된다고 했던가. 장기간의 도보여행에서 다양한 풍광들을 접하며 아름다운 세계를 맛보고, 비움과 채움을 되풀이하며 몸도 마음도 다이어트하니 날마다 새로운 세상이 펼쳐진다.

영롱하고 맑은 영혼에게만 하늘이 보이고 구름이 보인다. 달이 보이고 별이 보인다. 바람이 보이고 빛이 보인다. 들꽃보다 아름다운 사람꽃이 보인다. 혼자서 고독한 게 얼마나 즐거운데, 자신의 리듬에 맞춰 자신의 길을 간다.

사람의 마음속에는 성자와 돼지, 두 개의 동물이 산다. 길에서 성자처럼 사는 사람이 있고 왕궁에서 돼지처럼 사는 놈이 있다. 성자처럼 살던가, 돼지처럼 사는 것은 다 마음이 선택한다. 마음의 주인이 되면 세상의 부귀영화에 전적으로 의지하지 않아도 자유롭게 살수 있다. 화를 부르는 것도 복을 부르는 것도 스스로 하는 것, 자유다. 자유롭다는 것은 스스로 한다는 것, 이는 보다 막중한 책임을 의미한다. 자유롭고 창의적으로 살아가는 인생의 기술, 어디에도 얽매이지 않고 자유롭게 사는 법을 길에서 배운다.

백의종군길에서 자유를 누리며 자유인의 길을 간다. 서산대사의 선시 '꿈꾸는 자의 자유'를 누리며 참 자아를 찾아가는 마음의 길을 간다.

> 천지를 있는 대로 쥐었다 폈다 하고
> 밝은 해와 달을 삼켰다 토했다 하면서
> 하나의 바리때와 한 벌 옷으로
> 기세등등하게 자유로이 살아가네.

한양을 출발한 이순신은 경기도, 충청도, 전라북도 여산, 삼례, 전주, 임실을 거쳐 남쪽으로 향하는데, 4월 24일부터 25일까지 남원과 운봉에서 이틀을 머문 후 권율의 진영이 있는 경남 합천으로 향하게 된다.

하지만 전라도와 경상도를 잇는 도로망인 통도역(도통동)-음령역(이
백면 효기)을 지나 여원재를 넘어 운봉에 이르렀을 때 권율이 순천에
있다는 소식을 접하고 순천으로 가기 위해 이 길을 되돌아와서 주
천을 지나 구례로 이동하게 된다.

대부분의 백의종군로가 개발로 인해 원형을 찾아보기 어려운 데
비해 이 구간 3㎞는 원형에 가까운 길로 보존되고 있다.

'여원치 3㎞, 운봉초등학교 6.5㎞' 이정표를 보면서 이백면 양가 저수지를 지나간다. 물새 한 마리가 무리는 어찌하고 외로이 놀고 있다. 같은 처지이니, 박수를 쳐준다.

잘생긴 이순신의 영정이 있는 안내판이 눈길을 끈다. 과연 이순신의 모습이 맞을까. 전사한 지 6년이 지나 공신에 책봉된 이순신은 초상화를 남길 수 없었다. 지금 볼 수 있는 모습은 후대에 상상으로 그린 것이다. 상상하여 그린 위인의 초상화는 대개 빼어난 용모를 지니고 있지만 그 사람의 본래의 모습과 다를 수밖에 없다. 이순신의 용모에 대한 가장 오래된 기록인 류성룡의 〈징비록〉에는 이렇게 기록되어 있다.

이순신은 말과 웃음이 적고 용모는 단아하여 마치 수양하며 근신하는 선비와 같았으나 가슴속엔 담대한 기운이 있었다. 몸을 잊고 나라를 위해 죽었으니 이는 평소 수양을 쌓았기 때문이다.

반면 이순신과 과거급제 동기인 고상안 등의 기록은 전혀 다른 이순신이다. 1594년 한산도에서 열린 무과시험의 감독관으로 참석했을 때 본 이순신의 모습을 〈태촌집〉에서 기록하고 있다.

용모는 풍만하지도 후덕하지도 못하고 얼굴도 입술이 뒤집혀서 마음속으로 복이 있는 장수는 아니라고 여겼다.

고상안의 기록은 많이 야위고 극도로 피로해 몸이 엉망이 된 듯한 모습이다. 이 무렵 한산도에는 전염병이 창궐해 이순신의 수군도

3분의 1이 죽어 나가던 때이고 이순신 자신도 병에 걸려 한창 시름할 때였다. 고상안은 또 기록했다.

> 말하는 논리나 일을 도모하는 지혜가 과연 난세를 평정할 만한 재주였다. (……) 죽는 날까지 군사 작전을 펼치고 군대를 다스려 죽은 통제사가 살아있는 고니시 유키나가를 도망치게 하였으니, 다소나마 나라의 수치를 씻었다. 그 공적은 역사에 길이 남아 만고에 전해질 것이니, 죽어서도 죽지 아니한 것이다.

아버지 윤효전의 소실이 이순신의 서녀였던 윤휴는 〈백호문집〉의 '통제사 이충무공 유사' 편에서 기록했다.

> 공은 큰 체구에 용맹이 뛰어나고 붉은 수염에 담기가 있는 사람이었다. 평상시에도 본디 비분강개하여 적을 죽이면 반드시 간(肝)을 취하였다.

윤휴는 아버지의 소실이 이순신의 딸이었기에 이순신에 대해 관심이 많았다. 고상안이 묘사한 이순신이 병에 신음하는 이순신이었다면 윤휴가 묘사한 이순신은 평상시의 이순신이라고 할 수 있다.

윤휴와 같은 시기의 홍우원은 〈남파집〉에서 이순신을 직접 본 사람의 설명을 정리해 "팔 척 장신에 팔도 길어 힘도 세고 제비턱에 용의 수염, 범의 눈썹에 제후의 상을 가졌다"라고 기록했는데, 윤휴가 묘사한 이순신의 모습과 비슷하다.

현재 현충사의 충무공 영정은 월전 장우성 화백(1912~2005)이 그린 것으로 1953년 현충사에 봉안됐고, 1973년 표준영정으로 지정됐다. 장 화백은 1952년 충무공기념사업회 회장 조병옥 박사로부터 충무공의 참모습을 찾아달라는 부탁을 받았다. 하지만 장군의 용모에 대한 기록이 많지 않으니 고민이 많았다. 이순신은 과연 어떤 모습일까. 영정 앞에서 또 다른 얼굴을 그린다.

　리본을 따라서 올라가는 길, 순간적으로 리본이 없어서 길을 잃고 급경사 길을 헤매니 추위는 어디 가고 온몸이 젖고 얼굴에는 땀이 흘러내린다. 평소 땀을 흘려야 몸이 풀리는 체질이라 기쁨에 젖는다.
　땀을 흘리는 것은 신체의 중요한 기능이다. 신체는 땀구멍을 통해 몸속의 독소를 밖으로 내보내며, 따라서 땀구멍은 제3의 간이라고도 불린다. 땀을 흘림으로써 높은 온도에서는 살아남을 수 없는 박테리아를 말 그대로 태워버리는 것이다. 또한 그 열기는 내분비선을 자극한다. 모세관이 확장되어 혈액 순환이 빨라진다. 이것은 몸의 장기들 속의 불순물들을 밖으로 내보내는 역할을 한다. 땀은 신체적인 조화만이 아니라 정신과 영혼의 조화까지 돕는다. 몸과 마음의 균형을 찾아주는 것이다.

　길을 잃고 땀을 흘리며 좋아하는 미친병에 도진 사나이, '길을 잃었으면 처음 그 자리로 돌아가라'는 원칙에 따라 제자리로 돌아와서 한참을 둘러보고 생각한다. 그때 개울 건너 저 멀리 나무에서 흔들리는 빨간 리본이 나타난다. 냇가를 건너서 오르막길을 올라간다.
　나 홀로 걷는 산책길, 긴박함은 사라지고 다시 여유가 다가온다. 길옆 큰 바위에 한자가 각인되어 있고 해석이 되어 있다.

1593년 5월, 왜군을 정벌하러 온 중국 홍주 출신의 호가 '성오'인 도독 '유정 장군' 이곳을 지나가다.

유정(1558~1619)은 임진왜란 당시 부총병으로 참전했으며 휴전기에도 머물다가 정유재란 때는 이여송이 병부상서 석성에게 탄핵당한 후 총병으로 승진해 서로군 대장이 되었다. 순천왜성 전투에서 고니시 유키나가를 공격했지만 저지당하였다.

자동차 소음이 들려온다. 여원치 정상이 가까워졌다. 여원재(女院峙, 해발 479m)는 남원시 이백면과 운봉읍 경계인 백두대간의 고개로 산줄기는 고남산과 수정봉을 잇고, 물줄기는 낙동강과 섬진강의 분수령이다.

고려시대의 것으로 보이는 '여원치 마애불상'을 뒤로하고 '운성대 장군(운성은 운봉의 옛 지명이다)' 석상이 있는 좁은 나무 계단을 올라 여원재 정상에 올라섰다.

1380년(고려 우왕 6) 이성계가 황산 전투에 임할 때 어느 노파가 꿈에 나타나 고남산 산신단에 올라 3일간 기도하고 출전하라고 일러주어 아지발도가 이끄는 왜적에게 대승을 거둘 수 있었다고 한다. 이성계는 꿈속의 노파가 고갯마루에서 주막을 하다가 왜구의 괴롭힘으로 자결한 주모였다고 믿고 노파를 위로하기 위해 사당을 짓고 '여원(女院)'이라 불렀는데, 그때부터 이 고개 이름이 여원치가 되었다고 전해진다. 2009년 '백두대간의 꿈' 회원들과 지나갔던 백두대간의 추억이 스쳐 간다.

이성계의 황산대첩을 생각하며 황산로를 걸어간다. 보도가 없는 차도를 따라 걸음을 재촉한다. 한국경마축산고등학교를 지나고 마산교를 건너서 왼쪽 좁은 길로 들어선다. 서림교를 건너 서천리 당산 옆에 마을의 풍요와 안녕을 기원하는 소박한 돌장승 여장군인 방어대장군과 남장군인 진서대장군이 반긴다. 두 장승은 모두 수염이 있고 벙거지를 썼는데, 방어대장군은 귀가 없다.

'여기는 지리산둘레길 주천-운봉, 운봉-인월 시종점입니다' 안내판이 서 있다. 백의종군길 26코스에서 29코스까지는 지리산 둘레길 구간과 일부 겹친다.

운봉초등학교에 도착한다. 장갑을 꼈는데도 손이 시린 최강 한파가 몰아친 날, 빨간 스탬프 함이 반겨준다.

4월 25일 비 올 징후가 많았다. 아침 식사 후에 길에 올라 운봉의 박롱의 집에 들어가니, 비가 크게 내려 머리를 내놓을 수 없었다. 여기서 들으니, 원수(권율)가 이미 순천을 향했다고 하기에 즉시 사람을 의금부 도사(이사빈)에게 보내어 머물러 있게 했다. 이 고을의 현감(남간)은 병 때문에 나오지 않았다.

이튿날 이순신은 아침 일찍 밥을 먹고 구례현으로 갔다.

27코스

누가 이순신을 쏘았는가?

운봉초등학교에서 지리산 유스캠프 17.1㎞

운봉초등학교 ➡ 양강마을회관 ➡ 장백산로 ➡ 주천면안내센터 ➡

지리산유스캠프

10시 30분, 강력한 바람이 몰아치는 올해 들어 가장 추운 날씨, 손이 몹시 시리다. 순천의 권율을 찾아서 되돌아갔던 충무공처럼 왔던 길을 다시 돌아간다. 합천으로 가던 발걸음을 되돌려 순천으로 가는 이순신의 심사는 어떠했을까.

산행할 때 원점 회귀는 식상하다고 하지만 갈 때와 돌아올 때의 풍경은 다르다. 여행지에서는 낯선 것을 익숙하게, 익숙한 것을 낯설게 보는 시각이 필요하다. 두 번의 똑같은 아침이 없고 두 번의 똑같은 밤이 없듯이 똑같은 길도 걸을 때마다 다르게 다가온다. 사물을 얼마나 다르게 볼 줄 아는가는 중요하다. 익숙한 일상을 새롭게 볼 때 매일 매일이 신선해진다. 다르게 보는 것이 제대로 보는 것이다. 새로운 길을 가려면 지속적인 사고의 성장을 추구해야 한다. 위대한 발견은 새로운 눈으로 바라보는 것, 낡은 사고에 갇히지 말아야 한다.

발걸음을 재촉하여 다시 황산로로 들어선다. 2013년 지리산 둘레길을 걸을 당시에는 이성계의 황산대첩비를 찾았는데, 백의종군길에서는 그럴 여유가 없다.

이성계는 황산대첩을 기점으로 국가적 전쟁영웅이 되어 조정에 막대한 명성을 떨치게 되었다. 이성계 개인에게는 전환점이 되는 일생일대의 전투였다. 이성계의 황산대첩에 대한 〈고려사〉의 기록이다.

"적군이 아군보다 10배는 더 많았으나, 겨우 70여 명만이 살아남아 지리산으로 도망하였다."

이성계는 이지란에게 "내가 투구 꼭지를 쏠 테니까, 네가 마무리 해라."라고 말하고 그대로 왜군 대장 아기발도의 투구 꼭지를 쏘아 맞혔으며, 투구가 떨어지기를 기다리던 이지란은 화살을 쏘아 아기발도를 죽였다는 일화는 유명하다.

대승을 거둔 이성계는 위풍당당하게 군단을 이끌고 개경으로 귀환했다. 이때 최영은 노구를 이끌고 백관들을 데리고 나와 이성계를 맞이했다. 이성계가 재빨리 말에서 내려 최영에게 절을 하자, 최영도 맞절하더니, 감격에 겨워 말했다.

"공(公)이 아니면 누가 능히 이 일을 했겠소이까?"

이성계는 황산대첩의 승리로 완전히 고려의 영웅이 되었고, 이색, 김구용, 권근 등은 그의 무용을 칭송하는 시를 올려 승리를 하례하였다.

한 고조 유방이 반란을 평정하고 돌아가는 길에 패군(沛郡), 즉 풍패(豊沛)에 들러 승리를 기념하며 '대풍가(大風歌)'를 읊었듯, 이성계는 왜구를 평정하고 돌아가는 길에 고향 전주에 들러 황산대첩의 대승을 기념하며 '대풍가(大風歌)'를 읊어 새로운 왕조를 개창할 포부를 드러냈다.

여원재 정상에서 다시 산길을 내려간다. 여원재는 예부터 영남과 호남을 연결하는 중요한 길목으로 영호남지방 진격을 위한 쟁탈의 대상이 되었다. 동학농민운동 때는 김개남이 남원성을 점령하고 그 여세를 몰아 1만 명을 이끌고 여원재로 진격해 갔지만 운봉 군수 이의경의 명을 받은 박문달이 5천의 군사와 함께 매복하고 있다가 동학농민군을 물리쳤다. 그리하여 동학농민군은 영남지방에는 발을 들여놓지 못했다. 바위에 새겨진 글이다.

1594년 3월 왜군을 정벌하러 온 중국 예장 출신 호가 '성오'인 유정 장군이 이곳을 두 번째 지나가다.

유정이 이곳을 두 번썩이나 지나간 것처럼 나 또한 오르고 내리고 두 번째 지나간다. 양가재 저수지를 지나고 목가마을회관을 지나서 효촌삼거리에서 장백산로를 따라 걸어간다. 정령치로로 가다가 지리산 둘레길 주천센터에 도착하여 휴식을 취하고 주천면 행정복지센터를 지나서 주천로터리에서 쑥고개로를 따라 한적한 길을 걸어간다. 오르막을 따라 웅치 윗길을 걸어서 폐허가 된 호남휴게소를 지나서 지리산 유스캠프 입구에서 홍조를 띠며 반기는 빨간 스탬프함을 만난다.

1597년 정유재란이 일어나고 9월 7일 직산(천안) 전투와 9월 16일 명량해전에서 패한 일본군은 조선 남부에 진을 치면서 임진왜란과 똑같은 상황이 되었다. 조선의 남부 내륙에는 일본군의 국지적인 공격만이 발생했다. 1598년 2월 하순에는 명나라 제독 동일원과 유정이 대군을 거느리고 압록강을 건너왔고, 수군 제독 진린이 절강의 수군 5백여 척을 거느리고 서해를 건너왔다.

1598년 7월 명나라 총사령관 형개가 경리 양호와 상의하여 군사를 나누어 수륙 4로 병진 작전을 계획했다. 제독 마귀가 동로로 울산의 가토 군을, 동일원이 중로로 사천의 시마즈 군을, 유정이 서로로 순천의 고니시 군을, 진린이 해로로 순천의 고니시 군을 각각 공격하기로 담당했다. 이때 조명연합군의 총병력이 약 14만 2천 7백여 명이었다.

순천 왜교성은 유정(劉綎)이 지휘하는 3만 5천여 명의 서로군과 진린이 지휘하는 수로군이 함께 공격하기로 하였다. 그리고 5천여 명의 군사를 이끈 도원수 권율과 이순신이 보좌하는 역할을 맡았다.

1598년 8월 18일 도요토미 히데요시가 후시미성에서 죽자, 철수 명령이 내려왔다. 고니시 유키나가는 더 이상 싸울 의지가 없었다.

10월 3일 조명연합군은 수륙 합동작전으로 동시에 왜교성을 공격하기로 하였다. 진린은 유정과의 약속을 굳게 믿고 총공격을 가하였다. 그러나 유정이 이끄는 육군은 공격하지 않았다. 10월 1일 사천 왜성에서 조명연합군이 대패했다는 소식을 들었기에 전혀 군사를 움직이지 않았다.

진린은 유정이 왜교성을 공략, 점령했을 것으로 생각하고 일본군 선박을 나포하는 데에 몰두하였다. 그런데 그때가 썰물이라 자신의 함대가 모래에 얹혀버리는 상황이 될 수 있다는 사실을 미처 깨닫지 못하였다. 결국 명의 전선 39척이 썰물 때문에 모래 위에 얹혀 움직이지 못하게 되었다. 일본군은 이 기회를 놓치지 않고 쳐들어와 포위 공격하였다. 이순신이 선물로 준 진린의 판옥선에도 일본군들이 기어올라 타고 있었다.

이때 이순신은 진린과 군사 2백여 명을 구했다. 하지만 명나라 군사 800여 명이 전사했다. 진린은 조선 수군의 도움으로 위기에서 가까스로 벗어났으나 그 피해는 막대했다. 육군이 돕지 않아 수군이 참패하자 진린이 격분했다.

10월 4일 진린이 유정의 진영에 가서 '수(帥)'자 기를 찢고 "심장이 약하다."며 질책했다. 결국 유정은 전쟁 실패로 황제의 위엄을 훼손시킬 수 없다는 명분론을 구실 삼아 10월 6일 아침 철수를 결정했다.

사로 병진 작전은 실패로 끝나고 삼로의 명군은 멀리 후퇴했다. 그러나 이순신은 진린과 함께 그대로 왜교 앞바다에 남아 날마다 공격하여 적이 감히 움직이지 못하였다. 이후로도 유정은 가급적 전쟁을 회피하면서 사세를 관망하였다.

결코 고니시만큼은 무사히 일본으로 돌려보낼 수 없었던 이순신과 진린이 순천왜성의 왜군에게 날마다 도전하자 고니시 유키나가는 명 도독 유정에게 철수하도록 도와달라고 부탁했다. 고니시는 바닷길을 이용해 11월 10일 부산으로 철수하게 해준다면 순천왜성과 모든 물자와 장비를 명군에게 넘겨주겠다며 휴전을 제안했다. 전투보다는 협상을 통한 종전을 희망하던 유정은 고니시의 제안을 받아들여, 왜군 철수를 지원할 부총병 오광 등 군사 40명을 순천왜성에 파견했다. 신이 난 고니시 유키나가는 잔치를 벌이며 기뻐하면서 부하들에게 술자리를 베풀었다. 그리고 내일이면 자기 사위 소 요시토시가 주둔하고 있는 창선도를 경유하여 부산으로 건너갈 계획이었다.

고니시는 유정의 약속을 믿고 묘도(猫島) 쪽으로 10여 척의 배를 보냈다가 수군에게 모두 붙잡혀 죽고 말았다. 고니시는 포섭 대상을 확대하여 진린에게도 뇌물을 주어 다시 철병을 꾀하였다. 그런데 이번에는 이순신의 수군에 의해 좌절되었다. 고니시는 다시 한번 진린을 뇌물로 회유하여 남해에 있는 사위 소 요시토시를 불러온다는 명목으로 1척의 작은 배가 포위망을 벗어날 수 있도록 해달라고 하였다. 그리고 빠져나갔다.

남해에서 고니시 유키나가를 기다리던 시마즈 요시히로는 왜교성의 상황을 소상히 알게 되었고, 고니시 유키나가를 구출하러 가기로 하였다.

이순신 역시 남해 쪽의 일본군이 고니시를 도우러 오리라 예상하였다. 하지만 이순신은 결단코 고니시를 고이 일본으로 보내줄 생각은 전혀 없었다. 이러한 상황을 좌시하면 역으로 조명 연합 수군이 일본군에게 협공당할 우려가 있었기에 이순신은 협공당하기 전에 선공을 취하기로 하였다. 고니시 유키나가를 도우러 오는 일본군에게 선제공격을 가하기 위해 부대를 이동하여 노량 앞바다에서 기다렸다.

1598년 11월 19일 새벽, 노량 앞바다에서 전투가 시작되었다. 왜교성 전투의 마지막 회전이자 임진왜란 7년 전쟁의 막을 내리는 노량 해전이 시작되었다.

이순신은 시마즈의 수군 500척과 해전을 벌였는데, 이때 시마즈군은 400척의 큰 피해를 보았고 시마즈 요시히로는 배를 바꿔 타고 탈출해서 거제도를 거쳐 부산으로 들어가 11월 26일 일본으로 철수했다.

고니시 유키나가는 남해를 돌아 탈출했다. 이순신은 이 와중에 시마즈 요시히로 부대의 유탄을 맞고 전사했다. 과연 누가 이순신을 쏘았는가? 선조의 질투인가 시마즈의 자랑인가. 이순신의 자살설, 은둔설은 현재 진행형이지만 전사가 우세하다.

유정은 고니시 유키나가가 탈출한 왜교성에 진입했다. 일본군은 없었고 수급은 필요했다. 유정은 일본군에 포로로 잡혔거나 그들에게 협력했던 백성들의 수급을 베어 전투 끝에 얻은 승리로 포장했다. 일본군의 회유에 넘어갔던 조선 백성들은 명나라 장군의 전공 욕심에 의해 무참하게 희생되었다. 임진왜란 내내 '일본군은 얼레빗 명군은 참빗'이라는 말이 돌았다. 명군의 횡포는 이루 말할 수 없이 가혹했던 것이다.

1619년, 유정은 후금 군대와 격돌한 사르후 전투에서 누르하치의 철기군에 맞서 싸우다가 전사했다.

28코스

조선수군재건로

지리산유스캠프에서 손인필 비각 25.7㎞

지리산유스캠프 ➜ 밤재 정상 ➜ 산수유 시목지 ➜ 산동면사무소 ➜

광의면사무소 ➜ 손인필 비각

12월 19일 아침 일찍 주천면 송치리 밤재를 올라간다.

400㎞를 돌파하는 구간, 생명과 평화의 지리산 둘레길의 눈 덮인 산길을 나 홀로 걸어간다. 구불구불 구불구불 구불길 따라가며 진정으로 위대한 생각은 홀로 걷기로부터 나오나니 시간과 공간을 씨줄과 날줄로 하는 좌표 위에 나는 어디에 있는지 어디로 나아갈지 사색하며 걸어간다.

살아온 발자국을 깊이 들여다보고 멀리 보이는 숲 아래로 미래를 내다본다. 추운 겨울 백의종군길에서 몸과 마음을 길 위에 두고 세상을 껴안고 자신을 품는다.

'왜적침략길 불망비 극일과 평화의 다짐을 위하여'라고 해발 490m 밤재 정상에 써놓았으니 그래, 용서는 하되 잊지는 말자.

가슴이 확 트이는 짜릿한 시간, 어리석은 사람도 지혜롭게 한다는 지리산에 올라 지리산을 바라보고 지리산에 올라 속세를 바라본다. 속세에 있는 나를 바라보고 지리산에 있는 나를 바라본다.

화려하기보다는 사계절 은은한 다른 아름다운 모습으로 사람들을 품는 지리산(智異山)은 1967년 우리나라 최초의 국립공원으로 지정되었다. 산세의 수려함이 빼어나고 넓고 깊이가 있으며 웅장하여 '어머니의 산'이라 불린다. 눈부신 지리산이 하늘과 강을 품는 지리산 둘레길은 마을과 마을을 잇는 길에서는 자연의 싱그러움이 한층 더 강해지고, 들녘을 따라 걷는 길은 삶과 노동을 만나는 생명 평화의 길이며, 숲을 따라 걷는 길은 숲속 친구들을 만나는 길이다.

백의종군길과 겹치는 지리산 둘레길을 홀로 걸어간다.
나 홀로 여행은 인생의 가치에 대해 깊이 생각할 수 있는 기회
자유, 사랑, 용기, 가족 ……
포기하고 싶지 않은 가치를 정하고 살아간다면
삶의 모습도 그에 맞게 변화해 가는 것
소중한 내 인생의 가치를 되새기며 용기를 북돋아 준다.
나 홀로 여행은 내면의 소리에 귀 기울이고

삶의 나침반을 들여다보는 시간
스스로에 대해 더 많은 것을 알아간다.
나 홀로 여행은 길에 대한 사랑이요 모험이요 전투
소통이고 발견이며 깨달음이고 자유이며 은총
자유의지를 주신 신의 은총에 감사한다.

남도 이순신 길
백의종군로
충무공 이순신 (李舜
이순신 연보

백의종군로에서 배우는 이순신 장군의 삶

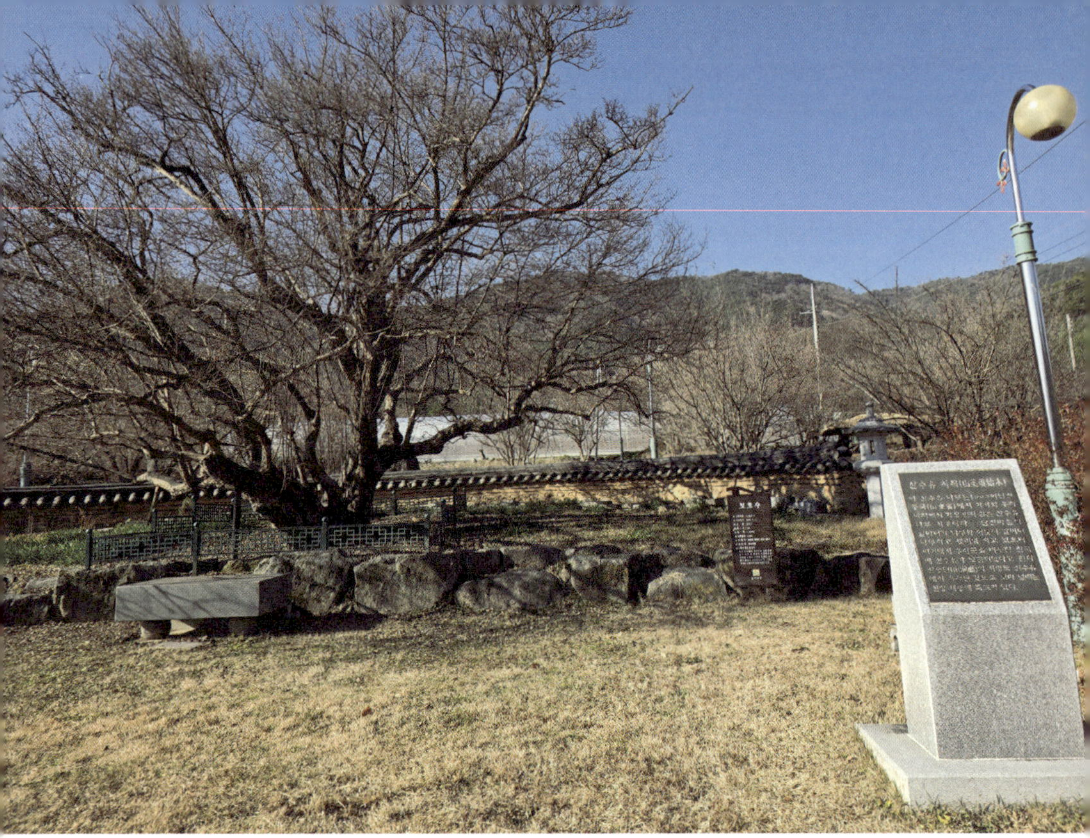

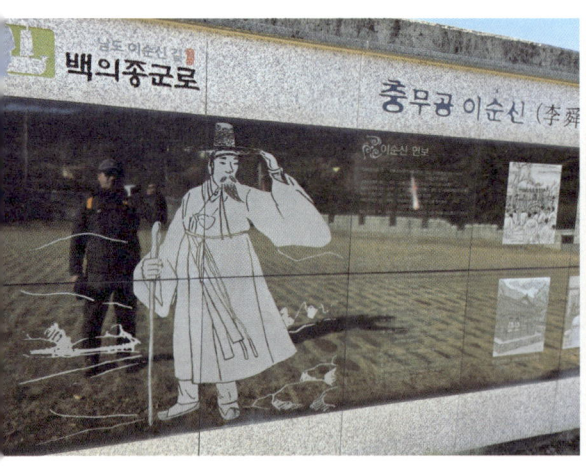

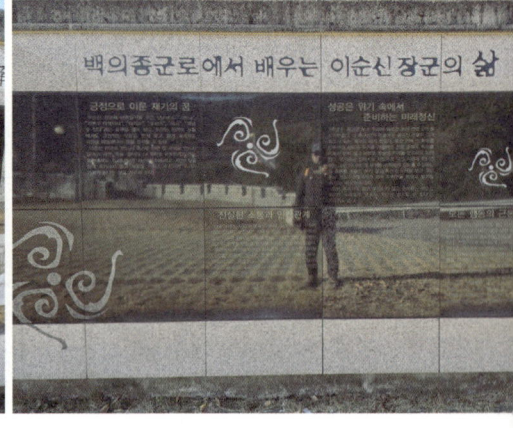

'여행 어디로 가지? 그래, 구례!'

전라북도 남원을 지나서 전라남도 구례 땅으로 들어선다.

웃으며 걸어가는 내리막길

산동면 계척리 산수유 시목지 마을에 들어선다.

1,000여 년 전 중국의 산둥성에서 가져와 가장 먼저 심은 산수유 시목(始木)

산동면의 지명도 거기에서 유래된 것으로 본다.

남도 백의종군길 시작점이자 거점지역인 이곳 계척마을은 남원에서 밤재를 넘어 구례 주민들의 환영을 받으며 산수유 물 한 잔을 떠마시는 충무공 이순신의 모습을 떠올리게 한다.

2013년 지리산 둘레길 구례군 구간을 걸으면서 이순신의 백의종군길이 있다는 사실을 처음 알았다. 평소 이순신을 흠모하였던 나에게 백의종군길은 버킷리스트에 올랐고, 이듬해인 2014년 봄 바로 이곳 28코스 구례 산수유 시목지에서부터 31코스 순천 선평로터리까지 백의종군길을 걸었다. 추억은 아름다운 것, 시간의 저장고에서 꺼내 그날의 향기를 마신다.

'조선 수군 재건로' 벽화를 보면서

'백의종군길에서 배우는 이순신의 삶'을 생각할 때

44세의 시선(詩仙) 이백과 33세의 시성(詩聖) 두보가 나이를 뛰어넘어

'형님 먼저, 아우 먼저' 깊은 우정 나누었듯이

용인에서 출발하여 도착한 정겨운 형제들 셋과 함께

구례 백의종군로 1구간 산수유 지리산 호반길을 걸어간다.

산수유 시목지에서 광의면사무소까지 11.7㎞

산동면사무소 인근에서 막걸리 곁들인 점심을 먹고 산동면 시상리 용운교를 지나서 광의면 구만리로 들어서니

今臣戰船 尙有十二(신에게는 아직 열두 척의 배가 있나이다.)

必死則生 必生則死(반드시 죽고자 하면 살 것이요 살고자 하면 죽을 것이다)

一夫當逕 足懼千夫(한 사람이 길목을 지키면 천명도 두렵게 할 수 있다)

此讐若除 死則無憾(이 원수를 물리칠 수 있다면 죽어도 여한이 없나이다)

戰方急 愼勿言我死(싸움이 급하니 나의 죽음을 알리지 말라)

벽에 글씨와 그림이 그려져 있다.

용방면 용강리 한적한 길을 걷고

서시천을 따라 벚꽃길을 걸어서 광의교를 건너

구례읍 봉북리 손인필 비각에 도착한다.

구국정 정자에 있는 스탬프를 힘차게 찍는다.

426년 전 충무공 이순신이 여러 날 머물렀던 구례현의 밤

오랜만에 만난 정겨운 형제들이 구례에서 우정의 밤을 나눈다.

4월 26일 흐리고 개지 않았다. 일찍 밥을 먹고 길에 올라 구례현에 이르니 의금부 도사가 먼저 와 있었다. 손인필의 집에 거처를 정하였더니, 고을의 현감(이원춘)이 급히 보러 나와서 매우 정성껏 대접하였다. 의금부 도사도 와서 만났다. 내가 현감을 시켜 의금부 도사에게 술 마시기를 권하게 했더니, 현감이 정성을 다했다고 한다. 밤에 앉아 있으니 비통함을 어찌 말로 다 할 수 있으랴.

이순신은 4월 26일 구례에서 하룻밤을 자고, 구례 현감 이원춘과 손인필 등의 도움을 받아 다음날 순천으로 갔다.

손인필은 1555년 구례에서 출생, 정유재란 때 장남 응남과 함께 조선 수군 재건 중이었던 이순신의 휘하로 들어갔다. 손인필 부자는 왜적을 물리치는 데 크게 활약하였고, 1598년 노량해전에서 순절하였다.

5월 14일 이순신은 순천에서 구례 현청으로 돌아와 이원익 등을 만나 나랏일을 도모하였다. 5월 27일 석주관을 떠날 때까지 구례에서 머문 14일간은 이순신에게 있어 우국충정으로 고뇌하는 시간이었다.

8월 3일 진주 운곡에서 삼도수군통제사로 재임명되자 이순신은 또다시 구례현을 찾아 이원춘, 손인필 등을 비롯한 구례 백성들에게 조선 수군 재건을 호소하였다. 다시 삼도수군통제사가 되어 9월 16일 명량해전에 승리하기까지 '삼도수군통제사 이순신의 44일간 조선수군재건 과정'을 둘러본다.

8월 3일 다시 임명된 삼도수군통제사 이순신은 즉시 구례로 향했다. 이때의 군사는 군관 9명과 병사 6명뿐이었다. 그러나 이순신은 희망을 버리지 않고 병참 물자 확보에 나섰다. 전라 병사 이복남 부대가 해산되어 고향으로 가던 부하들과 옥과에서 피란민 중 젊은 장정들이 이순신을 따랐다. 순천에 이르니 60명, 보성에서는 120명이 되었다.

무기는 관아가 있는 순천부에 이르러 병기 중 긴 편전과 화약 등을 구하였다. 또 보성의 군기고를 점고하여 4마리의 말에 실었다.

군량은 보성 조양창에 이르니 군량이 그대로 있어 군관 4명을 시켜 지키게 하였다. 또 양산항의 집에도 곡식이 가득 쌓여있었다. 이곳에서 확보한 곡식은 군량 보급에 큰 도움이 되었다. 이순신은 군선 확보를 위해 군영 구미로 갔다. 이곳에서 경상우수사 배설의 부대와 합류하기로 하였기 때문이다. 배설이 약속을 어겨 이순신은 향선 10여 척으로 보성 군학마을 군영 구미를 출항하여 바다로 갔다.

장흥 회령포에서 배설의 배 12척을 수습하였다. 수군과 조우하고 제장들이 교서에 숙배하며 충성을 맹세하는 삼도수군통제사 취임식을 거행한 후 전선 12척을 정비하고 군량미와 병기, 수군을 점고하여 발진하였다. 1597년 명량해전 한 달 전의 〈난중일기〉의 기록이다.

8월 17일 맑음. 이른 새벽에 길에 올라 백사정에 가서 말을 쉬게 했다. 군영 구미에 가니 온 경내가 이미 무인지경이었다. 수사 배설이 내가 탈 배를 보내지 않았다. 장흥 사람들이 많은 군량을 임의대로 훔쳐 다른 곳으로 가져갔기에 잡아다가 곤장을 쳤다. 날이 벌써 저물어서 그대로 머물러 잤다. 배설이 약속을 어긴 것이 매우 한스럽다.

8월 18일 맑음. 늦은 아침에 회령포에 갔더니, 배설이 뱃멀미를 핑계로 나오지 않았다. 다른 장수들은 보았다.

8월 19일 맑음. 여러 장수들로 하여금 교서와 유서에 숙배하게 하였는데, 배설은 교서와 유서를 공경하여 맞지 않았다. 그 태도가 매우 놀랍기에 이방과 하급 관리에게 곤장을 쳤다. (……)

8월 27일 경상우수사 배설이 와서 보는데, 많이 두려워하는 눈치다. 나는 '수사는 어찌 도망가려고만 하시오.'라고 말했다.

8월 28일 적선 여덟 척이 뜻하지도 않았는데 쳐들어왔다. 여러 배들은 두려워 겁을 먹고 경상우수사 배설은 피하여 물러나려 하였다. 내가 움직이지 않고 호각을 불고 깃발을 휘두르며 따라잡도록 명령하니 적선이 물러갔다. 갈두(땅끝 갈두리)까지 쫓아갔다가 돌아왔다.

8월 30일 맑음. 그대로 벽파진에 머물면서 정탐꾼을 나누어 보냈다. 늦게 배설은 적이 많이 몰려올 것을 걱정하여 도망가기 위해 배속된 여러 장수들을 소집하였다. 나는 그 속뜻을 알고 있었지만, 때가 아직 분명하게 드러나지 않기에 먼저 발설하는 것은 장수의 계책이 아니었다. (……)

9월 2일 맑음. 배설이 도주했다.

배설은 명량해전 직전 탈영하였으며, 이에 도원수 권율은 전국에 수배령을 내렸다.

노량해전을 끝으로 전란이 끝난 뒤에 권율이 선산 땅에서 붙잡아 서울로 보내어 배설은 참수되었다. 칠천량 해전에서 판옥선 12척을 이끌고 도주했던 배설의 최후였다.

29코스

이순신의 리더십

손인필 비각에서 구례구역 9.1㎞

손인필 비각 ➡ 문척교 ➡ 사성암 주차장 ➡ 동해벚꽃로 ➡ 동해마을 ➡

구례구역

12월 20일 아침 다시 손인필 비각 앞에 섰다.

'이순신장군백의종군바위'에 올라 백의종군 길의 이순신을 생각하다가 길을 나선다. 옛 구례 현청이 있던 자리인 구례읍사무소에서 명협정 정자를 둘러본다. 명협정은 순천까지 내려갔다가 구례로 돌아온 이순신이 체찰사 이원익과 나랏일을 걱정하며 많은 이야기를 나눈 곳이다. 명협은 중국 요임금 때 있었다는 상서로운 풀이름이다. 초하루부터 보름까지 매일 한 잎씩 자랐다가 보름부터 말일까지 한 잎씩 진다고 전해진다.

섬진강을 가로지르는 다리를 건너간다. 세찬 바람 불어오는 하늘에 수십 마리의 새들이 무리를 지어 장관을 연출한다. 새로운 하늘 새로운 땅을 찾아가는 조나단 리빙스턴 갈매기처럼 멀리 보기 위해 높이 나는 꿈을 꾼다.

인생은 위대한 예술이다. 산다는 것은 마치 미켈란젤로가 거대한 대리석으로 피에타를 조각하듯이 자신을 예술작품으로 만들어가는 것이다. 매일 태양과 구름을 쳐다보며 걸어가는 나보다 더 기쁜 놈은 세상에 어디에 있을까. 독서가 앉아서 하는 여행이면 도보여행은 걸으면서 하는 독서다.

걸어서 세계 속으로

어제도 오늘도 길을 가는

황량한 광야의 고달픈 나그네

어둠의 강박에서 벗어나

더 높은 꿈과 희망을 안고 나아간다.

먼 길이 그에게는 힘들지 않으니

걸음마다 더욱더 황홀한 순간

살아있다는 짜릿한 느낌

생명의 환희를 만끽하며 길을 간다.

문척면 죽마리 섬진강 둑길을 걸어간다. 섬진강은 마이산에서 발원하여 남해의 광양만으로 흘러 들어가는 강으로 남한에서 낙동강, 한강, 금강에 이어 네 번째로 긴 강이다. 서출동류(西出東流) 하여 전라도에서 시작하여 경상도로, 남해로 흘러간다. 영호남을 배를 타고 왕래할 수 있도록 해준 강이 섬진강이라는 점에서 섬진강은 독특한 강이다. 지리산을 적신 빗물이 북쪽으로 흐르면 낙동강이 되고 남쪽으로 흐르면 섬진강이 된다. 그리고 지리산 숲의 남쪽과 북쪽의 모습도 달라진다.

함께 길을 가다가 갈림길에서 남들이 가지 않는 길을 가면서 나의 모습은 남들과 달라진다. 사람은 태어날 때부터 나그네다. 낙동강이 혈관에 흐르고 낙동강을 젖줄로 살아온 나그네가 오늘은 섬진강을 호흡하며 걸어간다.

나는 누구인가. '아싸'인가, '인싸'인가, '마싸'인가. '아싸'는 부조리

에 대항하는 아웃사이더(Out Sider), 고독한 늑대다. '인싸'는 기존 질
서에 묻혀 관계에서 자신의 위치를 찾는 인사이더(In Sider), 따라 짖
는 개다. '마싸'는 마이사이더(My Sider)다. 마싸는 나만의 행복과 만
족을 찾고 자신만의 길을 가는 삶의 방식이다.

'무소의 뿔처럼 혼자서 가라'는 '마싸'가 되라는 부처의 말씀이다.
소리에 놀라지 않는 사자처럼 그물에 걸리지 않는 바람처럼 흙탕물
에 더럽히지 않는 연꽃처럼 무소의 뿔처럼 마싸가 되어서 혼자서 백
의종군길을 걸어간다.

거대한 두꺼비 조각상이 반겨준다. 1385년(우왕 11)경 왜구가 섬진
강 하구를 침입했을 때 수십만 마리의 두꺼비 떼가 울부짖어 왜구
가 광양 쪽으로 피해 갔다고 전해지고 있어, 이때부터 두꺼비 '섬(蟾)'
자를 붙여 섬진강이라 불렀다고 전한다.

2017년 준공한 두꺼비 다리는 구례읍 신월리와 문척면 죽마리를 잇는 보도교이며, 예부터 민간에서 재복을 상징하거나 수호신, 신비한 능력을 갖춘 동물로 나타나는 두꺼비의 기운이 전해지기를 바라는 마음을 담아 '두꺼비 다리'로 이름 붙였다. 다리 아래에는 두꺼비 5형제가 섬진강을 지키고 있다.

구례군 문척면 죽마리에서 순천시 황전면 금평리로 들어선다. '충무공 이순신 백의종군로' 안내도가 맞이한다. '백의종군로 순천시 황전구간'은 4구간 섬진강 징검다리길(11.8㎞) 황전면사무소에서 동해마을까지와 5구간 송치재 장군의 눈물의 길(11.6㎞) 황전면사무소에서 송치재를 넘어 학구마을까지로 되어 있다.

푸른 하늘 맑은 공기, 시냇가에 흐르는 물은 유유자적, 싱그러운 바람이 불어오는 한가로운 백의종군길 용문교(龍文橋)를 지나서 구례구역에 도착한다. 구례구역(求禮口驛)은 순천시에 소재하고 있으나 구례군으로 들어가는 입구라 하여 구례구역으로 불리고 있다.

남도 이순신길 조선 수군 재건로 앞에서 발걸음을 멈춘다. 1597년 8월 4일 이순신이 진주 손경례의 집을 출발하여 구례 현청에서 곡성 압록으로 가기 위해 향하던 길목이다. 병참 물자를 찾아 떠나던 희망의 길이다. 구례에서부터는 백의종군길은 물론 조선 수군 재건로에 대해서도 상세히 안내하고 있다.

이순신은 누구인가? 이순신의 리더십은 어떠한가?

〈난중일기〉는 이순신의 인간적인 면모를 볼 수 있는 소중한 유산이다. 모두의 생각과는 달리 이순신은 완벽한 인간이 아니었다. 인간적인 너무나 인간적인 인간이었다. 이순신은 일기를 통해 스스로 성장하며 위대한 인물로 거듭났다. 기록은 기억할 수 있게 만들고 그 기억은 곧 역사가 된다. 나라를 구한 영웅의 숨겨진 이야기의 보물창고 〈난중일기〉는 기록의 중요성을 일깨워준다. 〈난중일기〉를 통해 인간 이순신과 리더십을 엿볼 수 있다.

이순신의 리더십은 "반드시 살고자 하면 죽을 것이요, 죽고자 하면 살 것이다"라는 말로 대표되듯, 먼저 '원칙과 신념에 기반한 리더십'이다. 이순신은 어떠한 어려움 속에서도 개인의 안위보다 국가의 안녕과 백성의 생명을 우선시했다. 또한 청렴과 공정함으로 부패를 멀리했다. 〈충무공전서〉에 나오는 이야기다.

정승 유전이 활쏘기 시합을 살피다가 이순신의 좋은 활집을 보고는 탐이 나서 이를 자기에게 달라고 했다. 이순신이 말했다.

"활집을 드리기는 어렵지 않습니다. 하지만 사람들이 대감께서 받은 것을 어찌 말하고, 소인이 바친 것을 또 어떻다고 하겠습니까? 활집 하나로 대감과 소인이 함께 욕된 이름을 받게 될 테니 몹시 미안한 일입니다."

"그대의 말이 옳다."

유전이 깨끗이 수긍했다.

이순신의 리더십은 '철저한 준비와 실천의 리더십'이었다. 정보와 전략을 중시했고, 창의적인 발상을 실천으로 옮겨 거북선을 개발하고 철저한 훈련을 통해 수군의 전력을 극대화했다.

이순신은 1591년 47세에 전라좌수사가 되었고 1592년에 임진왜란이 일어나서 수군을 지휘하여 전세를 승리로 이끌었다. 일본의 침략을 예견한 이순신은 병사들을 혹독하게 훈련을 시켰다.

병사들의 불평을 들으며 설득하는 한편, 새로운 무기를 만드는 일에도 착수했다. 쇠붙이를 모으게 하여 천자포, 지자포 등의 화포를 만들었다. 화포는 일찍이 왜구를 물리치기 위해 고려시대에 최무선이 발명한 것이지만 이를 더욱 편리하게 고쳐 만들었다. 이어서 현자, 황자라는 새로운 화포를 만들어냈다. 이는 천자포, 지자포보다 작아 운반하기도 쉽고 성능도 훨씬 우수했다.

임진왜란이 일어나기 하루 전날인 1592년 4월 12일, 이순신은 전라좌수영에서 성공리에 거북선을 시험하였다. 어느 날 나주의 나대용이 이순신이 전라좌수사가 되었다는 사실을 알고 거북선 설계도를 들고 찾아왔고, 이순신은 새로운 전함을 만들 생각으로 나대용과 함께 연구와 시험을 거듭했다. 그리고 세계 최초의 철갑선인 거북선을 만들었다. 온 세계가 나무로 밖에 배를 만들 줄 몰랐던 시대였다.

이순신의 리더십은 '솔선수범과 헌신의 리더십'이었다. 몸소 앞장서는 자세로 전장에 직접 나서 병사들을 독려했고, 자신의 안위를 초월하여 부하들과 백성들을 위해 헌신했다. 부하들을 가족처럼 아끼고 함께 고난을 나누며 신뢰를 쌓았다.

1593년 3월경 남해에 전염병이 번졌을 때 이순신도 병에 걸려 12일 동안이나 고통을 당하며 군무를 보았다. 이때 아들이 휴양하기를 권하자,

"이제 적을 상대하여 승패의 결단이 호흡 사이에 걸렸다. 장수 된 자가 죽지 않았으니 누울 수가 있겠느냐"고 했다. 부하들의 사기 저하를 걱정하여 아픈 티를 내지 못했을 이순신, 승리의 영광 뒤에 숨겨진 이순신의 고통이었다.

이순신의 리더십은 '위기관리의 리더십'이었다. 이순신은 13척으로 133척을 상대하는 열세의 상황에서도 두려움에 휩싸인 병사들을 단호히 일으켜 세우고 명량해전의 기적을 일으켰다. 이순신은 전세의 흐름을 읽고 상황판단과 결단력으로 순간순간 최선의 결정을 내려 위기를 돌파했다.

이순신의 리더십은 단순한 전투의 승패를 넘어 '나를 넘어선 공동체를 위한 리더십'이었다. 또한 '명분의 리더십'으로 전쟁의 목적을 단순한 싸움이 아닌 나라와 백성을 지키는 '의(義)의 전쟁'으로 정의했다.

이순신은 누구인가. 이순신은 무인이고 문인이고 예인이고 발명가였다. 그리고 청렴하고 강직하고 솔선수범했다. 유비무환의 자세와 따뜻한 인간애에 바탕을 둔 리더십, 용기와 결단, 거북선 개발과 같은 창의성, 철저한 기록 정신, 뛰어난 정보 활용 능력과 전략, 고매한 인격과 탁월한 지략을 지닌 어떤 장수도 따를 수 없는 위대한 리

더섭을 지닌 인물이었다. 이순신의 살신성인이 없었다면 오늘의 대한민국은 있을 수 없다. 이순신은 가고 없지만 그 위대한 인격과 정신은 오늘도 살아있다.

이순신의 구국 희생정신, 백의종군 정신, 공도청렴 정신, 효제충의 정신, 공명정대 정신, 필사즉생 정신, 신상필벌 정신, 유비무환 정신, 어적보민 정신을 기리고 또 기려야 한다.

30코스

죽고 사는 것은 천명이다.

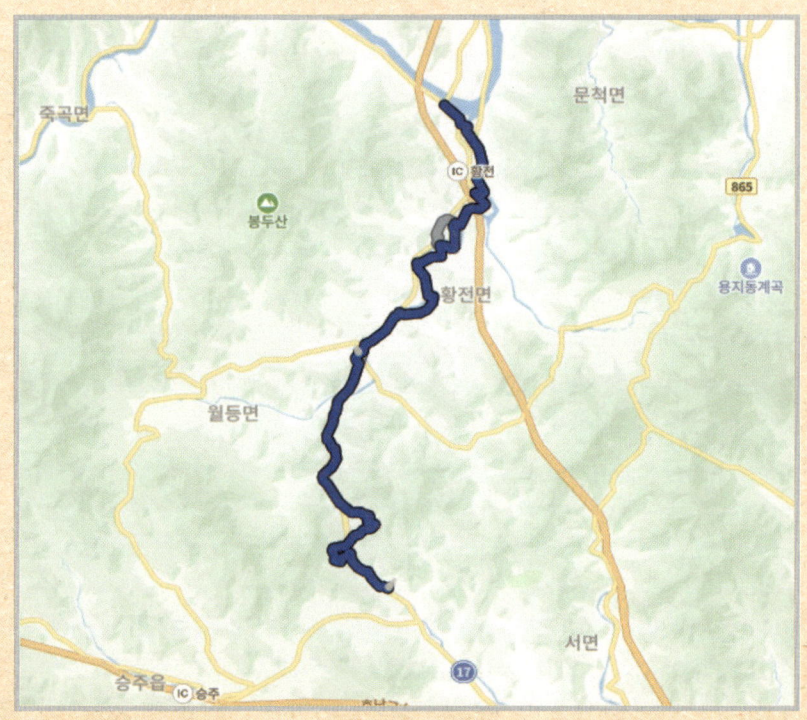

구례구역에서 순천 학구마을 23.3㎞

구례구역 ➡ 용소 ➡ 외구마을 ➡ 산성터 ➡ 황전면사무소 ➡ 상동 ➡

송치재 ➡ 순천 학구마을

11시밖에 안 된 이른 점심시간, 구례구역 앞에 식당이 즐비하다.

'먹을 수 있을 때 먹고 쌀 수 있을 때 싸라!'

도보 여행자의 수칙대로 호젓한 강변 식당에서 쏘가리 매운탕으로 식사하고 다시 길을 나선다. 섬진강 문화예술체험학교를 지나서 섬진강을 가로지르는 용문교 다리를 건너 황전천을 따라 배부른 여행자들이 유유자적 걸어간다. 함께 길을 가는 형과 아우들이 고맙고도 고맙다.

고마운 인연, 더 많이 줄수록 더 많은 좋은 것으로 돌아온다.

'이걸 가져요'라고 하는 것이 '내가 줄게요'라고 하는 것보다 훨씬 낫다.

날마다 자신이 좋은 일을 했는가, 오늘도 누군가의 눈물을 닦아주었는가,

더 나은 사람이 되었는가를 되돌아보아야 한다.

각각의 사람은 곧 자신의 심판관이다.

처음부터 끝까지 자신의 삶을 살아야 한다.

누구도 나를 대신해 살 수 없다.

가슴으로 물어야 한다.

그래야 가슴에서 나오는 대답을 들을 수 있다.

각각의 사람에게는 자신만의 노래가 있다.

그 노래에 귀를 기울여야 한다.

자신만의 노래를 들을 줄 알아야 한다.

맹세하노니, 나는 나의 노래를 부르며 길을 간다.

나는 내가 걸어간 길에 의해서 영원히 기억될 것이다.

한적한 강변을 따라 죽내리 유적지를 지나간다. 전남지역에서 찾아보기 힘든 구석기시대의 유적이 있고 청동기·삼국시대의 유물도 발견되었다.

하늘은 맑고 푸르고 겨울같지 않은 따뜻한 날씨, 신이 난 듯 즐거운 백의종군길, 길가에 있는 무덤에서 해골이 나그네를 불러 말을 건넨다.

"죽은 자의 말을 들려줄까?"

"듣고 싶다."

"죽은 자의 세계에는 임금도 없고 신하도 없다. 춘하추동의 사계절도 없다. 유구한 천지를 그대로 봄가을로 한다. 제왕과 군주의 기쁨도 죽은 자의 그것을 능가할 수 없다."

나그네가 묻는다.

"다시 본래대로 사람으로 만들어서 부모와 처자, 고향 친구들을 만날 수 있도록 해줄까?"

그러자 해골은 얼굴을 찌푸리고 말한다.

"죽은 자의 세계에 있으면 임금보다 더 기쁜데 무슨 까닭으로 다시 인간의 고통을 원하겠는가. 이봐, 나그네. 사는 것이 죽는 것보다 못하다."

나그네가 말한다.

"그대는 인생을 잘못 살았구려. 얼마나 아름답고 즐거운 인생인데. 그대의 인생길이 고생길이었으니 그럴 수밖에. 임금 노릇은 어디 쉬운가. 나는 임금도 부럽지 않다네. '개똥밭에 살아도 이승이 낫다'라는 말을 그대는 모르는 것 같구려. 그래 그대로 해골로 잘 지내시게. 나는 간다."

장자의 이야기다.

천지무위생여수(天地無爲生如水)라, 나그네는 물처럼 흘러간다.

나는 나의 갈 길을 간다. 발길 가는 대로 따라간다.

꽃은 자신의 의미를 묻지 않고 새도 자신의 의미를 묻지 않는다.

하지만 사람은 사람이 살아가는 이치를 알아야 한다.

설령 배움이 도리어 고통을 더한다 하더라도.

장자는 말한다.

"내게는 신 삼는 기술 하나가 있으므로 기식할 곳, 의탁할 자를 찾을 필요가 없다. 왕후와 장상이 부럽지 않은 까닭이다."

세무사 자격증 하나로 제왕과 군주가 부럽지 않은 자유로운 나그네가 충무공을 그리워하며 백의종군길을 걸어간다.

황전면사무소로 들어선다. 입구에 '싸움에 있어, 죽고자 하면 반드시 살고 살고자 하면 반드시 죽는다(必死則生 必生則死)'라고 한 이순신이 의기에 차 있는 모습이 그려져 있다. 순간, 어디선가 이순신의 목소리가 들려온다.

"대장부로 태어나서 나라에 써주면 죽음으로 충성을 다할 것이요, 써 주지 않으면 밭 갈며 살면 족하다. 만약 권세 있는 자에게 아첨하여 헛된 영화를 탐낸다면 나의 수치이다."

"승진해야 할 사람이 승진을 못 하고 순서를 바꿔 아래 사람을 올리는 일은 옳지 못합니다."

"벼슬길에 갓 나온 내가 어찌 권세 있는 집에 발을 디뎌놓고 출세하기를 도모하겠느냐."

"나와 율곡은 성이 같은 까닭에 만나 볼 만도 하지만 그가 이조판서로 있는 동안에는 만나는 것이 옳지 않습니다."

"죄가 있고 없는 것은 나라에서 가려낼 일이지만 한 나라의 대신이 옥중에 계시는데 이렇게 방에서 풍류를 즐기고 있다는 것은 미안한 일이다."

"이 오동나무는 나라의 땅 위에 있으니, 나라의 물건입니다."

"한 사람이 길목을 지키면 천 명의 적을 떨게 할 수 있다."

"석 자 칼로 하늘에 맹세하니 산과 강물이 벌벌 떨고 한 번 휘둘러 쓸어버리니 피가 산과 강을 물들인다."

"장수의 직책을 띤 몸으로 티끌만 한 공로도 바치지 못했으며 입으로는 교서를 외우나 얼굴에는 군인으로서의 부끄러움이 있을 뿐이다."

"어두울 무렵이 되어 코피를 한 되 남짓이나 흘렸다.
밤에 앉아 생각하고 눈물짓곤 하였다. 어찌 다 말하랴!"

"나를 죽이지 못할 고통은 나를 더욱 강하게 할 것이다."

"죽고 사는 것은 천명이다. 죽게 되면 죽을 것이다."

"내 인생의 방해자는 언제나 나 자신이었다. 내가 쌓고 내가 파괴하며 살았다."

"신에게는 아직 열두 척의 배가 남아 있나이다."

"나를 알고 상대를 알면 백번을 싸워도 위기가 없다."

"두려움을 용기로 바꿔라."

"천행이다."

"싸움이 급하니 나의 죽음을 적에게 알리지 말라."

"...........................".

일행들은 돌아가고 황전면사무소를 지나서 '5구간 장군의 눈물길'을 따라 걸어간다. 갈 길 먼 나그네가 걸음이 빨라진다.

4월 27일 맑음. 일찍 출발하여 송치 아래에 이르니 구례 현감(이원춘)이

사람을 보내어 점심을 지어 먹고 가게 했다. (……)

10여 년 전 걸어갔던 송치재를 넘어 학구마을에 도착한다.

순천에 남아 있는 임진왜란의 대표적인 흔적은 순천왜성이다. 정유재란을 시작하며 도요토미 히데요시는 전라도를 공격하여 군량을 확보하고 북상하라는 지침을 내렸다. 거침이 없던 일본군은 천안의 직산 전투와 이순신의 명량해전으로 바닷길로의 수송이 막히고 북침이 여의치 않자 퇴각하여 남해안 곳곳에 거점을 마련하였다. 특히 울산과 사천, 그리고 순천이 일본군의 3대 거점이었다. 이때 고니시 유키나가가 순천에 주둔하면서 쌓은 성이 순천왜성이다.

순천왜성은 일본군이 쌓은 40여 개 왜성 가운데 가장 서쪽에 있다. 산줄기는 광양만 바다로 길쭉하게 뻗어 있고 서쪽을 제외한 삼면이 바다와 접해 있는데 산줄기의 끝부분 구릉 꼭대기에 왜성이 자리 잡고 있다. 성안 가장 높은 곳에는 기와로 지붕을 덮은 5층 망루가 세워져 있는데, 왜장 고니시가 거주하며 지휘했던 천수각이다. 아직도 주춧돌이 남아 있다. 고니시는 순천, 광양, 흥양, 보성, 낙안, 장흥 등 주변 고을에 군사를 배치해 순천왜성의 방어벽을 쳤다. 1597년 9월 2일부터 순천왜성을 쌓은 고니시 유키나가는 전쟁이 끝날 때까지 이곳에 주둔했다가 노량해전 때 남해로 탈출했다.

일본군이 퇴각하는 상황에서 매우 짧은 시기에 왜교성을 쌓을 수 있었던 것은 조선 민중들의 피와 땀의 결정체였다. 일본군은 침략 초기부터 부유한 백성들은 약탈과 살해를 일삼고 일반 민중들은 자신들의 편으로 끌어들이는 방법을 썼다. 고니시 유키나가는 가난한 백성들을 회유하기 위해 순천부 사람들에게 곡식을 주는 대신 민패(民牌)를 나누어 주었다. 민패를 발급받는 것은 일본의 백성이 된다는 것을 의미했다. 그 때문에 민패와 함께 쌀을 받기도 했지만, 이후에는 그에 따른 세금과 부역의 의무를 져야 했다.

일본군과 그들에게 동조한 조선의 백성들이 한 마을에 거처하면서 농사를 짓게 하고, 수확이 끝나면 민패를 받은 사람들에게 각각 쌀 3 말씩을 거두었다. 아울러 왜교성을 쌓는데 승려를 비롯한 조선의 민중들을 동원했다. 이들의 협력 덕분에 왜교성은 짧은 시간에 완성되었고, 일본군은 견고한 수비 체제를 구축할 수 있었다.

순천왜성은 고니시 유키나가가 이끈 1만 4천 명의 일본군과 조명 연합군 육군 3만 6천, 수군 1만 5천의 병력이 일본군과 격전을 벌였던 곳이다.

1598년 8월 18일 도요토미 히데요시가 죽었다. 죽음이 가까이 다가오는 곳을 느낀 도요토미 히데요시는 어린 아들 도요토미 히데요리를 도쿠가와 이에야스와 이시다 미쓰나리에게 부탁하며 죽었다.

도쿠가와 이에야스는 당시 전쟁에 나가 있는 고니시 유키나가, 가토 기요마사, 시마즈 요시히로 등에게 도요토미 히데요시의 죽음을 감추고 명령서를 위조하여 철군 명령을 내렸다.

일본군에게 철군 명령은 더 없는 희소식이었다. 하지만 도요토미 히데요시의 사망 소식은 소문으로 돌았고, 일본군의 사기는 떨어지고 있었다. 이때를 틈타 병력과 사기에서 우위를 점하고 있는 조명 연합군은 남해안의 왜성을 공격하기로 했다. 목표는 가토 기요마사가 지키고 있는 울산왜성, 시마즈 요시히로가 지키고 있는 사천 왜성, 고니시 유키나가가 지키고 있는 순천 왜성이었다. 사로 병진 작전이었다.

31코스

이순신과 권율

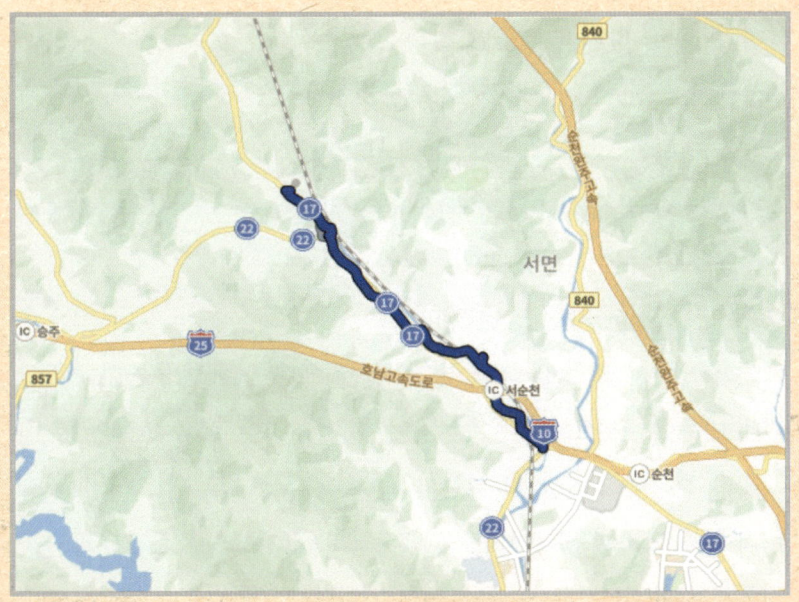

순천 학구마을에서 선평삼거리 8.0㎞

순천 학구마을 ➡ 순천로 ➡ 학구삼거리 ➡ 둔대교 ➡ 서천 둑길 ➡

선평삼거리

내리막길을 따라 발걸음이 빨라진다.

선을 행하는 것은 산길을 오르는 것처럼 어렵고

악을 행하는 것은 내리막길처럼 쉽다.

여유는 간 곳 없고 마음은 서두른다.

호흡을 가다듬고 여유를 찾는다.

진실은 언제나 자신 안에 있다.

자신 안에서 스스로 답을 찾아야 하기에 자신에게 묻는다.

'내 마음은 평화로운가?'

'내가 원하는 길을 가고 있는가?'

'내 삶을 스스로 결정하는가?'

'내게는 아직도 새로운 가능성이 열려 있는가?'

·······

허공이 대답한다.

"예스!"

서천둑길을 걸어서 선평삼거리 서면우체국에 도착한다.

순천의 백의종군길, 순천시가 세운 이정표에는 순천팔마비가 종점으로 되어 있는데 한국걷기연맹은 현재의 선평삼거리라고 한다.

4월 27일 (……) 순천 송원(순천 서면 운평리)에 도착하자, 이득종과 정선이 와서 문안하였다. 저녁에 정원명의 집에 도착하니, 원수(권율)는 내가 온 것을 알고 군관 권승경을 보내어 조문하고 안부를 물었는데, 위로하는 말이 매우 정성스러웠다. 저녁에 이 고을수령이 와서 만났다. 정사준도 와서 원공(원균)의 패악하고 망령되어 잘못된 행태를 많이 말했다.

이순신이 순천에 도착한 것을 안 권율은 군관을 보내 조문했고, 그 외 여러 사람도 이순신을 찾아왔다. 많은 사람이 원균의 패악함을 이야기했다.

이후 이순신은 5월 14일 순천을 출발해서 구례로 갈 때까지 18일간 순천 정원명의 집에 머물면서 많은 사람과 만나며 나랏일을 걱정했다. 정원명의 집이 선평로터리 부근인지 순천팔마비 부근인지는 명확하지 않다.

순천의 밤, 순천역 주변의 밝은 불빛 아래 오가는 사람들의 모습이 평화롭다.

홀로 밤길을 거닐며 이순신을 그리워한다.

이순신은 합천의 권율 진영으로 가서 백의종군하라는 선조의 명으로 권율을 만나기 위해 합천을 가다가 남원의 운봉에서 순천으로 왔다. 권율이 이곳에 있었기 때문이다. 권율은 이순신이 모친 상중

임을 알았기에 군관을 보내 조문했다.

이순신이 백의종군을 하는 데는 권율이 요시라의 정보를 거르지 않고 선조에게 보고했기 때문이다. 하지만 이순신은 권율을 원망하는 기색이 전혀 없다.

팔도도원수 권율(1537~1599)은 강화도 출생으로 당파는 어디에도 속하지 않는 무소속이었다. 사위인 이항복 또한 서인으로 분류되기도 하지만 이덕형과 함께 무소속으로 류성룡과 친했다. 아버지 권철은 영의정을 역임하였다.

사위인 이항복은 1580년에 과거에 급제하여 관직에 나가 활약하고 있는데, 장인은 놀고먹는다는 주변의 타박으로 과거 응시를 결심하여 1582년 46세에 문과에 급제하였고, 임란 직전 류성룡은 이순신을 7계급 특진시키고 권율을 4계급 특진시켰다.

용인전투와 이치전투, 독산성 전투에 참전하였고, 1593년 6월 행주대첩에서 3천8백 명의 병력과 소수의 민간인으로 3만 명의 왜군을 궤멸하고 패주시켰다. 행주대첩의 공으로 도원수로 승진, 조선군 최고사령관이 되었다.

1596년 도망병 즉결 처분으로 탄핵을 받고 파직, 복권하여 이몽학의 난 진압에 참여했다. 이때 김덕령이 고문으로 죽었다.

임진왜란이 끝난 후 논공행상에서 이순신, 원균과 더불어 선무 1등 공신이 되었고 1599년 병으로 관직을 사임하고 고향인 고양으로 돌아가 7월에 죽었다. 사위인 이항복과는 여종에 관한 이야기 등 재미있는 많은 야사를 남겼다.

권율은 순천에 있었지만, 이순신과는 결국 순천에서 만나지 않았다. 순천에 있는 동안 이순신의 〈난중일기〉 기록이다.

4월 28일 맑음. 아침에 원수(권율)가 또 군관 권승경을 보내어 문안하였다. 이에 전언하기를, "상중에 몸이 피곤할 테니, 몸이 회복되는 대로 나오라."고 하며, "이제 들으니 친절한 군관이 통제영에 있다 하니, 편지를 보내어 나오게 하여 데리고 가서 간호하게 하라."고 하면서 편지와 공문을 작성하여 왔다. (……)

4월 29일 맑음. (……)

4월 30일. 아침에 흐리고 저물녘에 비가 왔다. (……) 병사 이복남이 아침 식사 전에 보러 와서 원균에 관한 이야기를 많이 말했다. 전라감사(박홍로)도 원수에게 왔다가 군관을 보내어 안부를 물었다.

5월 1일 비가 계속 내렸다. (……) 전라순찰사(박홍로)와 병사(이복남)는 원수(권율)가 임시 거처하는 정사준의 집에 함께 모여서 머물며 술을 마시고 매우 즐거워하였다고 한다.

5월 2일 늦게 개었다. 원수는 보성으로 가고, 병사는 본영으로 갔다. 순찰사는 담양으로 가는 길에 와서 만나고 돌아갔다. 순천부사가 와서 만났다. 진흥국이 좌수영으로부터 와서 눈물을 흘리며 원균의 일을 말했다. (……) 홀로 빈 동헌에 앉아 있으니, 비통함을 어찌 견디랴.

3일 맑음. (……) 아침에 둘째 아들 울의 이름을 열로 고쳤다. 싹이 처음 트거나 초목이 무성하게 자란다는 뜻이니 글자의 뜻이 매우 아름답다. (……)

4일 비가 뿌렸다. 오늘은 어머님의 생신이다. 애통함을 어찌 견디랴. 닭이 울 때 일어나 앉으니, 눈물을 드리울 뿐이다. (……)

5일 맑음. 새벽꿈이 매우 어지러웠다. 아침에 순천부사가 와서 만났다. 늦게 충청 우후 원유남이 한산도에서 와서 원공(원균)의 흉포하고 패악함을 많이 전하고, 또 진중의 장졸들이 이탈하여 반역하니, 그 형세가 장차 어찌 될지 모르겠다고 말하였다. 오늘은 단오절인데 천 리 되는 천애의 땅에 멀리 와서 종군하여 어머니의 장례도 못 치르고 곡하고 우는 것도 마음대로 못 하니, 이 무슨 죄로 이런 앙갚음을 받는 것인가. 나와 같은 사정은 고금(古今)에 둘도 없을 터이니, 가슴이 찢어지듯 아프다. 다만 때를 만나지 못한 것이 한스러울 뿐이다.

당시 상례는 4품 이상의 관리는 3개월 후, 5품 이하 관리는 한 달후 장례를 치렀다. 이순신의 경우는 113일 만인 8월 4일에 모친의 장례를 가족이 대신 치렀다.

이순신은 8월 3일 다시 삼도수군통제사 임명 교지를 받았다.

6일 맑음. 꿈에 돌아가신 두 형님을 만났는데, 서로 붙들고 통곡하면서 말씀하시기를, "장사를 지내지도 못하고 천 리 밖에서 종군하고 있으니, 누가 그것을 주관한단 말인가. 통곡한들 어찌하리오." 하셨다. 이것은 두 형님의 혼령이 천 리 밖까지 따라와서 이토록 걱정한 것이니 비통함이 그치지 않는다. 또 남원의 감독하는 일을 걱정하시는데, 그것은 모르겠다. 연일 꿈이 어지러운 것도 죽음 혼령이 말없이 걱정하여 주는 터라 깊은 애통함이 간절하다. 아침저녁으로 그립고 비통함에 눈물이 엉겨 피가 되건마는, 하늘은 어찌 아득하기만 하고 내 사정을 살펴주지 못하는가. 어찌하여서 죽지 못하는가. (……) 우수사 이억기가 편지를 보내 조문했다.

이순신은 예지몽을 꾼 듯하다. 이때 뜬금없이 남원의 추수 일을 걱정한 것은 일본군이 살육을 자행하고 조선 백성들의 귀와 코를 베어 갔던 남원성 전투(1597년 8월)를 석 달 전 미리 꿈으로 보았던 것이리라. 이순신은 자주 꿈을 꾸었고 그 꿈을 해몽하고는 했다.

7일 맑음. (……) 서산 군수 안괄도 한산도에서 와서 흉악한 공(원균)의 일을 많이 말했다. (……) 안괄이 구례에 갔을 때 조사겸의 수절녀(아내)를 사통하려 했으나 하지 못했다고 한다. 매우 놀랍다.

8일 맑음. (……) 이날 새벽꿈에 사나운 범을 때려잡아서 가죽을 벗기고 휘둘렀는데, 이건 무슨 징조인지 모르겠다. (……) 음흉한 원균이 편지를 보내어 조문하니, 이는 곧 원수(권율)의 명령이었다. 이경신이 한산도에서 와서 흉악한 원 씨(원균)의 일에 대해 많이 말하였다. 또 말하기를 "그가(원균) 데리고 온 하급 관리를 곡식을 교역한다고 구실삼아 육지로 보내놓고 그 아내를 사통하려 했는데, 그 여인이 발악하여 따르지 않고 밖으로 나와 고함을 질렀다."고 했다. 원(원균)이 온갖 계략으로 나를 모함하니 이 또한 운수로다. 짐을 실은 것이 서울 가는 길에 연잇고 나를 훼방하는 것이 날로 심하니, 스스로 불우함을 한탄할 따름이다.

9일 흐림. (……)

10일 궂은비가 내렸다. 오늘은 태종의 제삿날이다. 오늘은 예로부터 비가 내렸으니, 늦게 큰비가 내렸다. (……)

5월 10일은 태종의 제삿날로 매년 이날에는 비가 오는데, 이 비를 '자고우' 또는 '태종우'라고 한다. 태종이 임종 시 세종에게 "가뭄이 한창 심하니 내가 죽어도 지각이 있다면 반드시 이날 비가 오게 하

겠다."라고 하더니, 후에 과연 비가 왔다고 〈동국세시기〉에 기록되어
있다.

　　11일 맑음. (……)

　　12일 맑음. (……) 신흥수가 보러 와서 원공(원균)에 대해 점을 쳤는데, 첫

괘인 수뢰둔괘가 변하여 천풍구괘가 되니, 용이 체를 극하는 것이라 크게

흉하였다. (……)

　　13일 맑음. (……) 순천부사(우치적)가 노자를 보내주니 매우 미안하다.

　순천부사 우치적은 임란 초기 원균의 휘하에 있었다.
　다음 날 아침 이순신은 찾아온 순천부사를 만나고 아침밥을 먹고
합천으로 가기 위해 순천을 출발했다. 권율 도원수가 보성으로 갔기
에 이순신은 순천에 더 머무를 이유가 없었다.

32코스

나는 이순신이라는
조선의 장수를 몰랐다

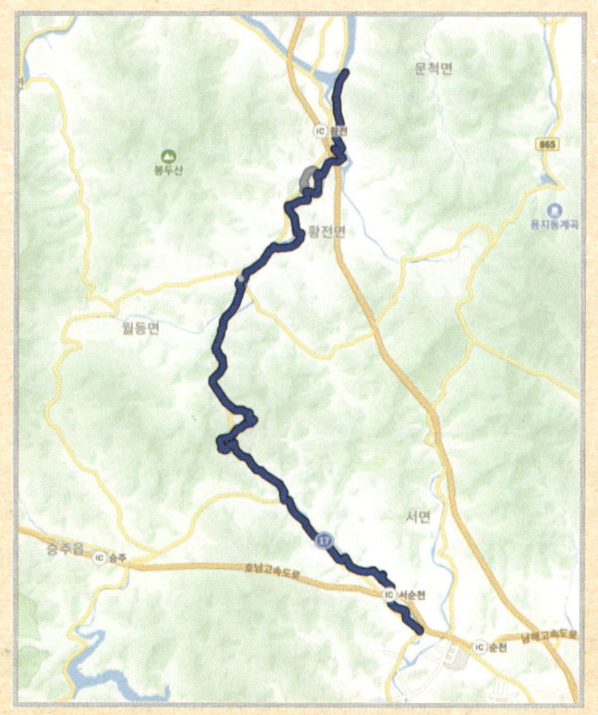

선평삼거리에서 동해마을 32.3㎞

선평삼거리 ➡ 학구마을 ➡ 송치재 ➡ 황전면사무소 ➡ 외구마을 ➡
동해마을

12월 21일 구름 낀 아침 순천에서 구례로 돌아가는 길

선평로터리를 출발하여 한적한 둑길을 걸어간다.

학구마을을 지나서 고요한 산길을 올라간다.

햇살이 밝아온다.

하얀 풍력발전기 한 대가 유유자적 날개를 돌리고 있다.

해발 280m 송치재에 올라서서 이순신이 바라본 먼 남쪽 바다를 바라본다.

한산대첩, 그날의 장면들이 밀려온다.

1592년 7월 8일, 도요토미 히데요시가 아끼는 일본군 장수 와키자카 야스하루가 이끄는 수군이 어영담이 이끄는 5척의 판옥선을 추격하면서 한산해전의 막이 오른다.

판옥선이 달아나니 적들은 계속 추격해 왔고, 그 결과 한산도 넓은 바다에 일본 전선들이 모두 집결했다. 이때 이순신이 신호를 보내자, 수군들이 배를 돌려 마치 초승달처럼 넓은 바다를 가로막으며 학익진(鶴翼陣)으로 포진하였다.

먼저 거북선 3척이 지자, 현자 등의 총통을 쏘아 왜선 2척, 3척을 격파하여 기선을 제압하였고, 다시 일제히 포위 공격하여 왜선을 분

멸했다. 이때 불꽃 연기가 하늘에 가득했는데, 순식간에 비린내 나는 피가 바다를 붉게 물들였다.

와키자카의 머릿속에는 후퇴라는 절망적인 단어가 스쳐 갔다. 와키자카의 안택선이 격침되어 와키자카는 급히 작은 전함으로 옮겨 타고 한산도로 도망하였다. 한산도로 접근한 전선들에 있던 400여 명의 부하들이 조선 수군의 추격을 뿌리치고 섬에 내려서 근처 숲으로 도망갔다.

뒤쫓아 온 조선 수군은 와키자카와 부하들을 한산도까지 실어준 마지막 전함까지 불태워버렸다. 이순신의 부대는 한산도로 들어간 적의 잔당들을 추격하지는 않았다. 이때의 한산도는 무인도이기에 식량이 없었고 배가 없었으므로 바다로 탈출할 수 없었다.

와키자카 야스하루는 가까스로 살아남아 김해로 돌아갔으나, 그의 부하 장수인 와키자카 사베에, 와타나베 시치에몬은 전사하였고, 마나베 사마노조는 사로잡히기 직전 할복했다. 왜군들은 조선 수군이 완전히 돌아갈 때까지 10일간 숨어서 솔잎과 해초를 먹으며 연명했다. 와키자카 야스하루의 후손들은 이후 그날이면 해초만 먹었다. 이 패전으로 와키자카는 결정적으로 히데요시의 신뢰를 잃었다. 와키자카는 자신의 영광뿐만 아니라 도요토미 히데요시의 야망도 일순간에 날려버렸다.

이 전투에서 조선 수군은 와키자카의 수군 73척 중 47척을 격파시키고 12척을 나포하였다. 모두 59척을 분멸한 것이다. 왜군의 전사자가 9천여 명이나 되는 세계 해전사의 한 절정을 이루는 기적, 이른바 '한산대첩'이었다. 행주대첩, 진주대첩과 더불어 임진왜란 3대첩으로 불린다.

〈난중일기〉는 1592년 7월분이 누락되어 있다. 한산도 싸움의 전말은 임진년 7월 16일 자 장계에 기록되어 있다. 한산도 앞바다에서 학익진은 수세와 공세, 유인과 섬멸, 도주와 역공, 포위와 역포위에서 신속한 전환의 위력을 떨쳤다. 이 '전환'이야말로 한산대첩의 비밀이었다.

적의 주력을 넓은 바다 쪽으로 유인하며 도주하던 이순신의 함대는 돌연 적 앞에서 180도 선회하면서 양쪽으로 날개를 펼치며 적을 포위해서 섬멸했다. 강도 높은 군사훈련과 지휘관의 대담성만이 작전의 성공을 담보할 수 있었다.

한산대첩은 남해안의 두 물목에서 벌어졌던 국지전이었으나, 그 전과는 전쟁 전체의 국면을 바꾸어놓았다. 적들은 남해안의 제해권을 상실했다. 바다를 통한 보급이 끊겼고 퇴로가 막혔다. 왜군의 서해 우회를 좌절시킴으로써 조선은 전라, 충청, 서해를 지켜냈다. 반격의 교두보가 확보되었고, 서해를 통한 지휘 계통이 회복되었다.

그 당시 고니시 유키나가는 평양을 점령하고 눌어붙어 있었고 선조는 의주에 있었다. 고니시는 이때 의주의 선조에게 조롱하는 편지를 보냈다. 〈징비록〉의 기록이다.

"일본 수군 10만이 또 서해를 건너오고 있소이다. 알 수 없구나! 대왕의 수레는 이제 또 어디로 가려는가."

일본군은 서해로 10만 병력은커녕 개미 새끼 한 마리 올라오지 못
했다. 고니시 유키나가는 한산해전의 상황을 아직 모르고 있었다.
한산도와 안골포해전으로 일본 수군은 사기가 급속히 떨어져 제해
권을 상실하여 끝내 호남지방을 점령할 수 없었으므로 조선군과 명
나라군의 군량이 확보되었다.

한산대첩으로 해상 보급로는 완전히 봉쇄되었고, 전쟁의 물줄기
가 완전히 돌아섰다. 절대 열세의 전황을 역전시켰다. 이순신의 세
차례 출동의 결과 도요토미 히데요시가 수륙 합동으로 조선을 점령
하려던 계획을 변경하여 해전을 포기하게 했다. 이 해전의 영향은
일본 수군에게만 미친 것이 아니라 조선 육군에게도 남겼다. 한산해
전으로 도요토미의 조선 정벌은 사형선고를 받았다.

와키자카 야스하루는 원래 일본군 수군 장수였으나, 처음 조선에
도착하여 해상의 저항이 없는 것을 보고 육지에 상륙하여 서울 근
교까지 진격한 것이다. 일본군이 처음 부산 앞바다에 왔을 때 조선
수군은 도망가고 없었다. 그래서 일본군은 수군마저 육로로 나와
서울까지 올라갔다. 이들 수군은 이순신 함대의 출동으로 다시 바
다로 내려왔던 것이다.

류성룡은 〈징비록〉에서 6월 6일 전라, 충청, 경상 3도의 순찰사들
이 이끄는 주력부대 6만 명이 경기도 용인에서 와키자카의 일본군

1,500명과 싸워서 패배한 것을 기록하고 있다. 와키자카도 종군기인 〈협판기〉에서 이때 상황을 기록하고 있다.

용인에서 3도의 대군을 격파하고 공을 세운 와키자카 야스하루는 거제도 옥포에서 일본 수군이 패하였다는 소식을 듣고 도요토미 히데요시의 명에 따라 6월 14일 부산포에 도착했다. 그리고 7월 8일 한산해전에서 이순신의 학익진에 무참하게 무너졌다. 그리고 도요토미 히데요시는 한산해전 이후 해전을 중지하라는 명령을 내렸다. 해상에서는 완전히 전의를 상실한 것이다. 이러한 상황에서 히데요시는 조선으로 건너올 수가 없어 나고야에서 발을 동동 구를 수밖에 없었다.

와키자카 야스하루는 도요토미 히데요시의 7본창 중 한 명으로 가토 기요마사 이상으로 도요토미에 대한 충성심이 강했다. 전형적인 사무라이로 명예를 중요시하였으며, 차를 좋아했고 함부로 살생하기보다는 덕을 베풀어서 적을 자기 수하로 만드는 성격의 소유자였다.

와키자카는 훗날 칠천량해전에서 승리하였으나 명량해전에서 다시 이순신에게 패하고, 전쟁 후 일본으로 돌아가 쓸쓸한 최후를 맞이했다. 400년이 지난 지금도 와키자카 야스하루의 후손들은 이순신의 탄신일이면 찾아온다. 와키자카 야스하루는 패배를 솔직하고 사실적으로 기록을 남겼다.

"나는 이순신이라는 조선의 장수를 몰랐다. 단지 해전에서 몇 번 이긴 그저 그런 조선 장수 정도였을 거로 생각했다. 하지만 내가 겪은 그 한 번의 이순신은 여느 조선 장수와는 달랐다. 나는 그 두려움에 떨려 음식을 몇 날을 먹을 수 없었으며, 앞으로의 전쟁에 임해야 하는 장수로서 나의 직무를 다할 수 있을 것인지 의문이 갔다."

"내가 제일 두려워하는 사람은 이순신이며 가장 미운 사람도 이순신이며 가장 좋아하는 사람도 이순신이며 가장 흠숭하는 사람도 이순신이며 가장 죽이고 싶은 사람 역시 이순신이며 가장 차를 함께 하고 싶은 사람도 바로 이순신이다."

"놀랍게도 그는 단 한 번도 패하지 않았다. 그는 내가 만난 가장 강한 적이었다. 마침내 그 적장은 우리의 스승이 되었다."

일본 역사 소설가 시바 료타로는 한국 역사 기행문에서 이순신과의 관계를 그의 저서에서 말하고 있다.

"명치유신 후 해군을 창설하고 아직 자신이 없었을 무렵 이순신이 존재하는 것을 알아차리고 연구를 했다. 3백 년 전 적장에 대한 외경심을 가지고 있었고, 해군 사관들에게 그런 전통이 있었다."

300여 년이 흐른 후 일본해군들이 그 현장을 찾았다. 일본해군은 한산해전을 높이 평가하여 전투가 벌어진 통영에서 해마다 적장 이순신에게 진혼제를 올렸다. 조선의 장수 이순신, 그는 적군인 일본인에게도 숭배받는 대상이 되었다. 불패의 장군이 신화가 되었다.

하얗게 돌아가는 풍력발전기의 바람개비 소리를 들으며 송치재 산길을 내려간다.

황전면 괴목리, 사람들이 북적거리는 정육점식당을 지나서 황전면 사무소에 도착한다. 외구마을을 지나서 동해마을 입구에서 스탬프를 찍고 동해길 주막집에서 쉼표를 찍는다.

4월 27일부터 순천에 머물렀던 이순신은 5월 14일 아침 다시 합천 초계를 향해 길을 떠났다. 구례에 도착한 이순신은 25일까지 머무르고 26일 하동으로 출발했다.

> 5월 14일. 맑음. (……) 아침밥을 먹고 길에 올라 송치 밑으로 가서 말을 쉬게 하고, 혼자 바위 위에 앉아서 한동안 곤하게 잤다. (……) 저물녘 찬수 강에 이르러 말에서 내려 걸어서 건너가 구례현의 손인필의 집에 가니, 현 감(이원춘)이 바로 보러왔다.

섬진강 상류 찬수강은 구례군 신천강변길 일원이다. 이곳 주민들은 상류를 상찬수, 하류를 하찬수라고 하여 이 일대의 강을 찬수강이라고 한다.

15일. 비가 오다 개다 했다. 주인집은 지대가 너무 낮게 있어서 파리가 벌 떼처럼 몰려들어 사람이 밥을 먹을 수가 없었다. (……) 현감(이원춘)과 함께 하루 종일 이야기하다가 그대로 잤다.

16일. 맑음. 구례 현감(이원춘)과 함께 이야기를 나누었다. 저녁에 남원의 정탐꾼이 돌아와서 전하여 고하되, "체찰사(이원익)가 내일 바로 곡성을 거쳐 본현(구례)으로 들어와서 며칠 묵은 뒤에 진주로 간다."고 했다. (……)

17일. 맑음. 현감(이원춘)과 함께 이야기했다. 저녁에 남원의 정탐꾼이 돌아와서 전하기를, "원수(권율)가 운봉 길로 가지 않고 명나라 양총병(양원)을 맞이할 일로 완산(전주)으로 달려갔다."고 했다. 내 행색은 엉망이라 민망스럽다.

18일 맑음. (……)

이순신에게 극진했던 이원춘(1554~1597)은 임진왜란 초기 체찰사 송강 정철의 막하에 있다가 구례 현감이 되었다. 남원성이 함락될 때 접반사 정기원, 전라 병사 이복남, 방어사 오응정, 조방장 김경로, 별장 신호, 남원 부사 임현, 남원판관 이덕희와 함께 전사하였다.

33코스

이순신과 이원익

동해마을에서 구례종합운동장 7.8㎞

동해마을 ➡ 동해벚꽃길 ➡ 사성암 주차장 ➡ 문척교 ➡ 구례종합운동장

동해마을 주막집을 나서서 벚꽃 없는 동해벚꽃길을 따라 사성암 주차장을 지나간다.

바위 형상이 빼어나 금강산 같다고 하여 예부터 소금강이라 불리는 구례 오산(鼇山)

정상 부근의 깎아지른 암벽을 활용하여 지은 사찰 사성암(四聖庵)은 544년 연기조사가 세웠다. 원래는 오산사라고 부르다가 의상과 원효대사, 도선과 진각국사 등 4명의 고승이 수도하여 사성암이라 부르게 되었다고 한다. 섬진강과 주변 평야, 구례읍과 7개 면, 지리산 연봉들을 한 곳에서 모두 볼 수 있다.

섬진강 둑길을 걸어간다.
바람이 불어온다.
마음 깊은 곳에서 시원한 바람이 불어온다.
자신의 인생을 뚜벅뚜벅 걸어가기 위해서는
자신을 긍정하고 자신의 목표와 욕구를 들려주는
내면의 목소리에 귀를 기울여야 한다.
모든 인생은 나 홀로 여행

누군가를 만나 함께 걷기도 하지만

결국은 혼자서 가는 여행이다.

그러니 혼자 행복을 좇아 걸어갈 수 있어야 한다.

혼자 행복할 수 있어야 원하는 삶을 살아갈 수 있다.

행복해지기를 원하는 사람은 우선 고독해져야 한다.

용기 있는 수행자는 고독을 두려워하지 않고

고독을 사랑하여 고독 속으로 고독의 길을 간다.

　고독한 나그네가 충무공 이순신과 함께 문척교를 지나고 읍내를 통과하여 손인필 비각에 도착한다. 이순신이 5일간 체류했던 장세호의 집이 있었다고 여겨지는 구례공설운동장이 서서히 다가온다.

5월 19일 동문 밖 장세호의 집으로 거처를 옮긴 이순신은 8일간 머물다가 26일 석주관으로 가는 길을 나섰다. 당시 동문 밖 장세호의 집이 현 구례공설운동장 인근일 것으로 추정하나 알 수 없다.

이순신은 구례에서 평소 좋아하는 체찰사 이원익을 만나서 깊은 대화를 나누었다.

> 19일 맑음. 체찰사(이원익)가 구례현에 들어온다고 하는데, 성안에 머물고 있기가 미안해서 동문 밖 장세호의 집으로 옮겨갔다. 명협정에 앉았는데, 구례 현감(이원춘)이 와서 만났다. 저녁에 체찰사가 현으로 들어왔다. (······)
>
> 20일 맑음. (······) 체찰사(이원익)가 내가 머물고 있다는 것을 듣고는 먼저 공생(향교 교생)을 보내고 또 군관 이지각을 보내더니, 조금 있다가 또다시 사람을 보내어 "일찍이 모친상을 당했다는 소식을 듣지 못하였다가 이제야 비로소 듣고 놀랍고 애도하는 마음에 군관을 보내어 조문한다."라고 했다. 그를 통해 "저녁에 만날 수 있는가."라고 묻기에 나는 "당연히 저녁에 가서 인사하겠다."라고 대답하고, 저녁에 가서 뵈니 체찰사는 소복 차림으로 기다리고 있었다. 조용히 일을 의논하는데 체찰사는 개탄스러움을 참지 못했다. 밤이 깊도록 이야기하는 가운데에 "일찍이 왕명서가 있었는데 거기에 미안하다는 말이 많이 있어서, 그 심사가 미심쩍었으나 어떤 뜻인지를 몰랐다."라고 하였다. 또 말하기를 "흉악한 자(원균)의 일은 기만함이 심한데도 임금이 살피지 못하니 나랏일을 어찌하겠는가." 하는 것이었다. (······)
>
> 21일 맑음. (······) 박천 군수 유해가 서울에서 내려와서 한산도에서 공을

세우겠다고 하였다. (⋯⋯) 또 "과천의 유향소의 수장 안홍제 등이 이상공에게 말과 스무 살 난 계집종을 바치고 풀려나 돌아갔다."고 한다. 안홍제는 본디 죽을죄도 아닌데 누차 형장을 맞아 거의 죽게 되었다가 물건을 바치고서야 석방되었다는 것이다. 안팎이 모두 바치는 물건이 많고 적음에 따라 죄의 경중을 정한다니, 아직 결말이 어떻게 날지 모르겠다. 이것이 이른바 "백전(百錢)의 돈으로 죽은 혼을 살게 한다."는 것이리라.

22일 맑음. 남풍이 크게 불었다. 아침에 손인필의 부자가 와서 만났다. (⋯⋯) 혼자 앉아 있노라니 비통하여 매우 견디기 어려웠다. 저녁에 배흥립과 현감(이원춘)이 와서 만났다.

23일. (⋯⋯) 체찰사가 사람을 보내어 부르기에 가서 뵙고 조용히 의논하는데, 시국의 일이 이미 잘못된 것에 대해 많이 분해하며 오직 죽을 날을 기다린다고 했다. 내일 초계(합천 초계)에 갈 일을 고하니, 체찰사가 이대백에게 모은 쌀 두 섬을 증명서로 써주고 성 밖의 주인인 장세휘의 집으로 보냈다.

24일 맑음. (⋯⋯) 체찰사가 군관 이지각을 보내어 문안하고, 이에 경상우도의 연해안 지도를 그리고 싶으나 방도가 없으니, 본대로 그려 보내주기를 바란다고 말을 전하므로, 나는 거절할 수가 없어서 지도를 베껴 그려서 보냈다. 저녁에 비가 크게 내렸다.

25일 비가 내렸다. 아침에 길을 출발하려 하다가 비 때문에 가기를 멈추고 혼자 시골집에 기대어 있으니 떠오르는 생각이 만 가지다. 슬픔과 그리움이 어떠하겠는가.

그리고 26일 이순신은 비를 맞으면서 석주관으로 향하는 길에 올랐다.

성웅 이순신과 오리 이원익의 만남은 아름답다. 이원익(1547~1634)은 이순신보다 나이가 두 살 적었지만, 문과에는 1569년 23세에 급제하여 이순신보다 8년 먼저 벼슬살이를 시작했다. 임진왜란이 일어날 때 이원익은 이미 이조판서로 의주로 몽진 가는 선조를 호종하는 책임자였다.

1594년(선조 27) 이원익은 하삼도, 즉 충청도, 전라도, 경상도의 도체찰사가 되었다. 이원익은 1595년 8월 영남으로 가서 한산도에 들렀다. 도체찰사 이원과 삼도수군통제사 이순신의 첫 만남의 자리가 이루어졌다. 〈이충무공전서〉의 기록이다.

> 공(이원익)이 영루를 살펴보고 방수방략을 점검해 보고는 크게 기특하게 여겼다. 공이 돌아오려 할 때에 이순신이 가만히 공에게 말하기를, "체상(體相)께서 이미 진(鎭)에 오셨거늘, 한 번 군사들에게 잔치를 베푸셔서 성상의 은택을 보여주심이 어떻습니까? 하니, 공은 뜻은 좋으나 아무런 준비를 하지 않았다고 대답하니, 이순신은 이미 잡을 소와 술을 준비해 놓았으니, 허락만 하시면 잔치를 베풀 수 있다고 아뢰었다. 공이 크게 기뻐하며 허락하였다. 마침내 소를 잡아 잔치를 베풀고 군사들의 재주를 시험하여 상을 주니, 군사들이 모두 기뻐하며 사기가 충천하였다. 이를 기념하여 후인들이 그 땅을 '정승봉(政丞峰)'이라고 불렀다.

명신과 명장의 만남은 흐뭇했다. 이순신은 신임 도체찰사 이원익의 행차와 잔치를 결부시킴으로 군사들에게 더 큰 희망을 주고 싶었다. 이원익 또한 그 뜻을 깨닫고 이순신이 기획한 '이원익 축제'에 기꺼이 참여하였다. 이원익은 훗날 이순신이 죽은 뒤까지도 한산도

에 있는 정승봉 잔치 이야기를 즐겨 거론하며 "이 통제는 대단히 재
국(才局)이 있었다."고 이야기했다.

한산도 방문 이후 이원익은 시종일관 이순신을 두둔하는데, 약
1년여의 도체찰사 활동을 보고하기 위해 선조를 만나 이처럼 이야
기했다. 〈이충무공전서〉의 기록이다.

> 상이 이르기를, "통제사 이순신은 힘써 종사하고 있던가?" 하니, 이원익
> 이 아뢰기를, "그 사람은 미욱스럽지 않아 힘써 종사하고 있을뿐더러 한산
> 도에는 군량이 많이 쌓였다고 합니다." 하였다.
>
> 상이 이르기를, "당초에는 왜적들을 부지런히 사로잡았다던데, 그 후에
> 들으니 태만한 마음이 없지 않다 하였다. 사람 됨됨이가 어떠하던가?" 하
> 니, 이원익이 아뢰기를, "소신의 소견으로는 많은 장수들 가운데 가장 쟁
> 쟁한 자라고 여겨집니다. 그리고 전쟁을 치르는 동안 처음과는 달리 태만
> 하였다는 일에 대해서는 신이 알지 못하는 바입니다." 하였다. 상이 이르기
> 를, "절제(節制)할 만한 재질이 있던가?" 하니, 이원익이 아뢰기를, "소신의
> 생각으로는 경상도에 있는 많은 장수 가운데 순신이 제일 훌륭하게 여겨
> 집니다."

이원익은 이때뿐만 아니라 이순신이 원균과 알력을 빚고, 이른바
'요시라 사건'으로 압송되어 고문을 받을 때도 계속해서 상소문에서
이순신을 두호했다. 체찰사로 지방에 있어 조정의 회의에 직접 참여
할 수 없었던 이원익은 "이순신에게 죄를 주어서는 안 됩니다. 그는
바다에서 이미 큰 공을 세웠습니다. 계책에도 실수가 없고 살피는
일에도 잘못이 없습니다. 원균은 원래 사나운 사람이고 무능한 편

인데, 그가 대신 그 자리를 맡는다면 패배는 불을 보듯 뻔합니다."라는 내용으로 세 차례나 장계를 올렸다. 결국 이순신은 통제사직에서 해임되었고, 모진 고문 끝에 백의종군하게 되자 이원익은 "이제 일은 다 틀렸구나!" 하고 탄식했다.

어느 날 이순신은 도체찰사 이원익에게 며칠간의 휴가를 신청하는 편지를 보냈다. 효성이 지극한 이순신이 왜군과 싸우느라 오랫동안 어머니를 뵙지 못한 그리움에 휴가를 신청한 것이다.

저 이순신은 모자라는 재능에도 불구하고 중임을 맡았습니다. 나랏일을 한시도 소홀히 할 수 없어 몸이 놓여날 길이 없다 보니, 고작해야 산등성이에 올라 어머니 계신 곳을 바라보며 그저 험난한 세태를 한탄할 뿐입니다. 아침에 나간 자식이 늦도록 돌아오지 않아도 부모는 동구 밖에 나와서 기다리곤 하는데, 3년 넘게 자식 얼굴을 보지 못한 어머니의 심정이야더 말할 나위 있겠습니까? (……) 지난 계미년(1583), 제가 함경도 건원 권관으로 있을 때 부친께서 돌아가셨습니다. 천 리나 떨어진 먼 곳에서 상을당하여 부랴부랴 집에 돌아갔으나 생시에 약 한번 달아드리지 못하고 돌아가실 때도 뵙지 못하였습니다. 지금 어머니 연세가 일흔이 넘어 사실 날이 서산에 걸린 해처럼 얼마 남지 않았습니다. 이러다가 어느 날 갑자기돌아가시기라도 하면 저는 또다시 꼼짝없이 불효자식이 될 것이고, 어머니께서도 저승에서 눈을 감지 못할 것입니다.

하지만 오리 이원익은 나라와 백성을 위해 이를 허락할 수 없었다. 이원익은 "지극한 효성이 내 마음과도 같소. 이 편지가 온 뒤로 깊이 감동하였소. 그러나 나랏일에 관계되는 까닭에 감히 함부로 허락할 수 없음이 유감이오."라는 답장을 보냈다.

류성룡은 일찍부터 이원익의 비범함을 알았다고 했고, 이순신과 이원익 두 사람 또한 서로를 알아보았다. 훗날 이원익은 인조 앞에서 이렇게 말했다.

"지금까지 이순신 같은 인물을 보지 못했고, 앞으로도 그런 인물을 보지 못할 것입니다."

이원익은 태종의 아들 익녕군 이치의 4세손으로 선조·광해·인조 3대에 걸친 관직 생활 64년 중 40년을 재상으로 있었고, 영의정과 도체찰사를 6번씩이나 지내면서도 비바람조차도 제대로 막지 못하는 두 칸 초가집에서 살아온 청백리이다.

인조는 초가집 정승 이원익을 위해 집을 지어주도록 했는데, 지금 광명시에 있는 '관감당(觀感堂)'이라 불리는 집이다. 후일 실학자 이덕무는 "역대 재상 중 집을 하사받은 사람은 세 사람뿐이다. 세종 때에 황희, 인조 때에 이원익, 숙종 때에 허목이 집을 하사받았다."라고 했다. 남인이었으나 인조반정 이후 서인 정권에 의해 영의정으로 임명되었다.

이원익은 어려움 속에서도 나라를 위해 혼신을 다한 '초가집 정승', 석 자 세 치(三尺三寸)의 작은 키로 큰 업적을 이룬 '오리 정승'으로 불렸다. 당시의 사람들은 말했다.

"이원익은 속일 수는 있으나 차마 속이지 못하겠고, 류성룡은 속이려고 해도 속일 수 없다."

34코스

석주관, 조선수군재건로의 시작

구례종합운동장에서 석주관 15.8㎞

구례종합운동장 ➡ 서시천 ➡ 용호정 ➡ 운조루 ➡ 단산마을 ➡
토지초등학교 ➡ 구례 석주관

12월 22일 아침, 전라도 길 마지막 구간으로 500㎞를 돌파하는 날이다. 구례종합운동장을 나선다. '가자, 가자, 힘내라, 홧팅!'을 외치고 걸어간다. 한적한 공원길, 광양 사람이지만 구례에서 목숨을 끊었던 매천 황현의 흉상이 다가온다.

1905년 11월 17일 일본은 외교권을 박탈하기 위해 강제로 을사늑약을 체결했다. 일본의 추밀원장 이토 히로부미와 조선의 '을사오적'이 조약을 맺었다.

이때 황현은 비록 세상을 등지고 살았지만 나라가 망해 가는 현실을 보고 여러 날 식음을 전폐하고 통곡했다. 황현은 이때 순절한 민영환, 홍만식, 조병세, 최익현, 이건창을 위해 〈오애시(五哀詩)〉를 지어 추모했다.

1910년 8월 29일, 결국 조선은 국권을 상실하고 말았다. 그 소식을 접한 황현은,

"내가 꼭 죽어야 할 의리는 없지만 국가가 선비를 기른 지 500년에 나라가 망하는 날을 당하여 한 사람도 죽는 사람이 없다면 어찌 통탄스러운 일이 아니겠는가?"

라고 하면서 아편을 마시고 목숨을 끊었다. 이때 그의 나이 56세였다. 그때 매천 황현은 절명시 4수를 지었다. 황현의 시비를 읽어 본다.

새와 짐승도 갯가에서 슬피 우는데
무궁화 나라는 이미 사라졌는가
가을 등불 아래 책 읽고 옛일 회상하니
인간의 안다는 일이 얼마나 어려운 일이냐

내 일찍이 나라를 지탱하는데 조그만 공도 없었으니
오직 인을 이룸이요 충은 아니로다
겨우 윤곡을 따를 수 있음에 그칠 뿐
때를 당하여 진동을 따르지 못함을 부끄러워하노라

선비로 산다는 것이 과연 무엇인가.

서시교를 건너 오른쪽 제방길로 접어들어 잘 정비된 이정표를 보면서 서시천을 따라 걸어간다. 지리산 노고단 자락에 하얗게 눈이 덮여 있다. 추운 날씨에 나그넷길 가듯이 새들이 무리를 지어 추위를 잊고 하늘을 날아간다.

파란 하늘 쌀쌀한 바람 따사로운 햇살
섬진강 새들은 춥지도 않은가
섬진강 둑길을 따라 나그네가 흘러간다.
강은 물이 흐르는 길
하늘에서 내린 비가 바다로 흘러가는 길
강은 자신의 길을 간다.
대지를 흐르면서 살아있는 모든 것에 수분을 제공하면서.
강의 근원은 은하수
은하수는 밤하늘에 흘러가는 물길
'나는 강의 흐름에서 기다림을 배운다.'라고 헤르만 헤세는 말한다.
섬진강을 시의 샘물로 하는 김용택 시인이 '섬진강'을 노래한다.

"저문 섬진강을 따라가며 보라/ 몇 사람 몇 사람 퍼 간다고/ 섬진강물이 메마를 강물인가를/ 퍼 간다고 말라버릴 강인가를/ 아~~~ 섬진강"

구례읍이 점점 멀어진다. 제방길에서 내려와 용호정에 도착한다. 다시 제방길을 걷다가 제방에서 내려와 운조루를 향해 걸어간다. 섬진강대로에서 엄청나게 불어오는 바람을 피하여 도로가 버스 승강장에서 잠시 휴식을 갖는다. 추위와 강풍을 피해 헛소리를 한다.

'이러고 있는 내 꼴이 미쳐도 단단히 미쳤다!'

'미친 자만이 미칠 수 있다.'

'미쳐야 미친다. 미치지 않으면 결코 미칠 수 없다.'

'곡전재'와 '행복마을 오리마을' 입간판을 지나간다. 2013년 여름 지리산 둘레길 19개 코스 240㎞를 나 홀로 걸었던 추억이 스쳐 간다. 모두 5차로 나누어 걸었다.

1차는 아프리카 케냐를 다녀온 직후 이틀간 1코스부터 4코스까지 걸었다. 1코스는 남원시 주천면에서 운봉까지 14㎞, 2코스는 운봉에서 인월까지 9.4㎞인데, 이 구간은 백의종군길과 일부 겹친다.

2차는 5코스부터 8코스 산청군 시천면 덕산리 남명 조식의 덕천서원까지 이틀간 걸었고, 3차는 이틀간 하동군 위태면 하동호까지 걸었다. 4차는 3일간 구례읍 오미리까지 걸었다. 5차는 이틀간 남원시 주천면 출발지까지 걸어서 종주를 마쳤다. 종주 기념으로 1박 2일간 구례 화엄사에서 대원사에 이르는 약 48㎞, 화대 종주를 했다. 유유자적 나 홀로 걸었던 지리산 둘레길, 나는 신선이나 다름없었다.

운조루 앞 오미정 정자에서 빨간 스탬프 함을 만난다. 운조루(雲鳥樓)는 '구름 속에 숨은 새처럼 살고 싶어라'라는 의미로 1776년(영조 52)에 삼수 부사를 지낸 유이주가 지었다.

'타인능해(他人能解)!'

운조루에 있었던 쌀 두 가마니 반이 들어가는 크기의 쌀뒤주에 새겨진 글자다. 주인은 사랑채 옆 부엌에 이 뒤주를 놓아두고 끼니가 없는 마을 사람들이 쌀을 가져가 굶주림을 면할 수 있게 했다. 직접 쌀을 퍼줄 수도 있지만 상대의 자존심을 생각하는 지혜가 담겨있다. 경주 최부자 또한 그러했다.

소크라테스는 부를 자랑하지 말고 부의 선행을 자랑하라고 했다. 마하트마 간디는 작은 나눔이 큰 변화를 만든다고 했다. 나는 트레킹 1㎞당 1만 원을 기부하기로 자신과 약속하고 실천하고 있다. 백의종군 길 670㎞ 완주가 끝나면 670만 원을 기부해야 한다.

룸비니에서 태어난 석가모니는 29세에 출가하여 40세에 보드가야에서 깨달음을 얻었다. 그리고 사르나트(녹야원)에서 설법을 시작하여 80세에 쿠시나가르에서 열반에 들기까지 약 8,000~10,000㎞를 걸으면서 포교를 했다.

공자는 주유천하를 하면서 약 5,000~7,000㎞를 걸었으며 맹자는 제나라와 여러 제후국을 약 3,000~5,000㎞를 걸었다. 예수는 공생애 3년 동안 현재의 이스라엘과 팔레스타인 지역을 약 4,000~5,000㎞를 왕성하게 걸어 다녔다. 당나라 때 시인 이태백은 약 3,000~4,000㎞, 두보는 약 2,000~3,000㎞를 걸었다.

나는 과연 얼마나 걸었을까. 지구 한 바퀴는 40,075㎞, 아마도 지나온 세월 지구 한 바퀴 반 이상을 걸었고 어느덧 그 이상 기부했다.

인생의 목표를 돈에 두면 돈의 노예가 된다. 돈은 행복의 필요조건일 뿐 충분조건은 아니다. 행복은 일정 수준까지는 소득수준에 정비례하지만, 쾌락 적응 현상 때문에 비례해서 계속 오르지는 않는다. 돈을 버는 것은 기술 돈을 쓰는 것은 예술이다. 버는 기쁨보다 쓰는 기쁨이 더 좋다. 쾌락이 아닌 의미 있는 곳에 쓸 수 있는 멋과 낭만을 향유하고 소유로부터 자유로워질 때 참된 행복을 누릴 수 있다.

운조루를 출발해 하죽마을을 지나서 파도마을 구만교를 건너 지리산 둘레길 산길로 올라간다. 운조루에서 석주관까지는 지리산 둘레길과 백의종군로 석주관 가는 길이 동일 노선이다.

스쳐 가는 지리산 둘레길 걷는 사람들과 반갑게 인사를 나눈다. 장승이 '송정 5.0㎞ 오미 5.4㎞'를 가리킨다. 지리산 둘레길을 오르고 내리며 지리산 둘레길 종주의 추억에 젖는다. 그때는 역방향이었다. 둘레길을 걷고 저녁 무렵 식당에 들어갔다. 당시 인기리에 방영되었던 '생활의 달인' TV 프로그램에 '다슬기까기 달인'으로 초청을 받았으나 나가지 않았다는 할머니의 말씀,
"내가 10년만 젊었으면 어떻게 유혹이라도 해 볼 텐데!"
그때 유쾌하게 웃으시던 할머니 옆에는 결혼한 딸이 있었다. 몇 년이 지난 어느 날 다시 그 집을 찾았을 때 주인이 바뀌고 할머니는 없었다.

지리산 둘레길을 걸어가다가 '0.9㎞ 석주관' 이정표를 보고 갈림길에서 아래로 내려간다. 석주관에 도착하여 주변을 둘러보고 석주관성을 돌아본다.

토지면 송정리에 소재하는 석주관은 섬진강을 사이에 두고 내륙으로 통하는 길목에 있다. 전남 구례와 경남 하동을 잇는 관문이자 중요한 군사적 요충지로서 고려 말에 왜구의 방어를 위해 설치되었다. 임진왜란이 발발한 뒤에는 전라도 방어사 곽영이 이곳에 성을 쌓았다.

이순신이 석주관에 왔던 그날은 비가 퍼붓듯이 내렸는데 오늘은 세찬 바람이 분다.

> 5월 26일. 종일 큰 비가 내렸다. 비를 맞으면서 길에 올라 막 떠나려는데, 사량 만호 변익성이 조사받을 일로 이종호에게 붙잡혀서 체찰사(이원익) 앞으로 왔다. 잠깐 서로 대면하고는 석주관의 관문에 가니, 비가 퍼붓듯이 내렸다. 말을 쉬게 하고 (……)

그리고 8월 3일, 이순신은 다시 삼도수군통제사에 임명되자 그날로 곧바로 두치를 경유하는 길을 떠나 이곳 석주관에 도착했다. 석주관은 '남도 이순신 장군길' 중 조선 수군 재건로의 시작이 되는 곳으로 군사, 무기, 군량, 병선을 모아 명량대첩을 이룬 출발점이 이곳이다.

석주관은 이름 그대로 돌로 된 큰 기둥이 서 있는 관문이다. 당시 구례 현감 이원춘이 석주관 만호를 겸임하여 석주관성을 방어하고 있었다.

1597년 8월 7일 고니시 유키나가가 이끄는 일본군이 석주관으로 진격해 오자 적의 기세에 눌린 이원춘은 남원읍성으로 후퇴했다.

임진왜란 때부터 구례를 지켜온 구례 현감 이원춘이 8월 16일 남원성 전투에서 순절하자 광의면 지천리에 살던 왕득인이 의병 400명을 일으켰다. 왕득인은 석주관에서 왜군의 보급로를 차단하고 섬진강과 인접한 외길을 타고 오르내리는 왜군과 교전을 벌였다. 첫 번째 전투에서는 이겼으나 그해 9월 말 두 번째 전투에서는 패해 모두 전사했다.

이후 아들 왕의성은 아버지 왕득인의 전사 소식을 듣자마자 '복수'라는 깃발을 들고 다시 거병했다. 나이를 넘어 신의와 학문으로 교류하던 이정익 등 5 의사들 역시 함께 거병해 석주관으로 모여들었다. 왕의성과 5 의사들은 화엄사에까지 구원을 요청해 승군 153명과 곡식 103섬을 지원받았다.

여기에 남원 의병장으로 호남 동부에서 신출귀몰한 게릴라전을 펼쳤던 조경남(1570~1641) 역시 전략과 전술을 조언하고 직접 전투에도 참여하는 등 가세했다.

이들은 1597년 11월부터 이듬해 봄까지 3차례에 걸쳐 왜군의 공격을 막았으나 마지막 전투에서 패해 모두 전사했고 훗날 이들의 정신을 기리는 석주관 칠의사 묘와 정려가 세워졌다.

총 5차례에 걸친 석주관 전투에서 구례 현민 3천5백여 명과 화엄사 승병 153명이 전사했다. 석주관 전투로 구례의 성인 남자의 80% 이상이 전멸했다고 전해진다. 석주관 전투는 모든 구례 현민이 들고 일어나 왜군에 항거한 보기 드문 호남의 역사다.

칠의사 묘는 왼쪽부터 구례 현감 이원춘, 칠의사인 왕득인, 이정익, 한호성, 양응록, 고정철, 오종, 왕의성의 묘가 나란히 배치되어 있다. 이 묘는 실제 시신을 묻은 것이 아닌 허묘로 전란 후에 칠의사 후손들은 시신을 수습하지 못하여 혼을 불러 묘를 조성했다. 순조 4년(1804) 왕득인을 포함한 칠의사의 충절을 기려 사당을 지었다.

35코스

슬프다, 내 아들아!

석주관에서 하동 악양 최참판댁 13.8㎞

석주관 ➡ 화개장터 ➡ 평사리 삼거리 ➡ 태촌마을 ➡ 하동악양 최참판댁

석주관에서 화개장터 가는 길,

갓길이 아슬아슬한 섬진강대로를 따라 걸어간다.

마주 오는 차들이 사정없이 달리고 그때마다 찬바람이 온몸을 스친다. 위험천만, 긴장을 늦추지 않고 조심 또 조심한다.

앙상한 벚나무들이 섬진강의 또 다른 풍광을 연출한다. 피아골, 연곡사 표시를 지나간다. 피아골은 연곡사에서 반야봉에 이르는 연곡천 계곡으로 길이 약 20㎞다. 지리산 제2봉인 반야봉(1,751m)의 중

턱에서 발원한 맑고 풍부한 물이 피아골 삼거리, 연곡사 등을 지나 섬진강으로 흘러든다. 이곳의 단풍은 지리산 10경의 하나로 손꼽힌다. 옛날, 이 일대에 피밭이 많아서 '피밭골'이라는 이름이 생겼고, 이것이 변해 피아골이 되었다고 한다. 임진왜란, 한말 격동기, 여수 순천 사건, 6·25전쟁 등 싸움이 벌어질 때마다 많은 사람들이 이곳에서 피를 흘렸다. 피가 골짜기를 붉게 물들여 피아골이란 설이 있기도 하다.

'하동포구 팔십 리 화개장터' 비석이 하동에 진입했음을 알려준다. 구례군 토지면 외곡리에서 하동군 화개면 탑리로 들어선다. 드디어 전라도에서 경상도로, 구례에서 하동으로 들어섰다.

화개장터를 둘러본다. 화개장터는 지리산에서 시작한 화개천과 섬진강이 합류하는 지점에서 열리던 전통적인 재래시장이며, 지금은 상설시장이지만 예전에는 오일장이 활발하게 이루어졌던 곳이다. 영호남의 접경에 위치하여 남해안의 수산물과 소금, 비옥한 호남평야의 곡물, 지리산의 산채와 목기류들의 집산지다. 하동포구의 발달한 수로를 통해 전국으로 유통되던 전국적으로 손꼽히는 시장이었다.

보부상 석상과 기타를 들고 앉아 있는 가수 조영남의 황금색 동상을 둘러보고, 화개장터 앞 남도 사거리에서부터 '섬진강 100리 테마로드', 하동 섬진강변길 데크를 따라 걸어간다.

'당신은 지금 세상에서 가장 아름다운 길을 걷고 있습니다.'라는 문구가 다가온다. 그렇다. 나는 지금 세상에서 가장 아름다운 길,

가장 행복한 길을 걷고 있다. 그 누가 알겠는가. 이 기쁨, 이 평화,
이 자유, 이 행복을!

섬진강 100리 테마로드는 하동군과 광양시가 연계해 시행한 사업이다. 섬진강을 마주 보고 하동읍 송림공원~화개장터~남도대교~광양시 다압면 하천리~송림공원 맞은편 신원리까지 40.4㎞를 연결한 길이다. 이 중 하동 구간은 화개장터에서 송림 구간까지 20.9㎞, 이 구간에는 녹차길, 은모래길, 두꺼비바위 쉼터, 대나무 길 등 12곳의 테마 쉼터를 조성하고 있다.

'천년 녹차 쉼터'에서 잠시 쉬었다가 다시 대나무 숲을 지나간다. 산 너머에서 해가 웃고 있다. 발걸음이 빨라진다. 제1쉼터를 지나고 제2쉼터를 지나서 평사리 삼거리를 지나간다. 지리산과 섬진강 들판을 잇는 평사리 들판에 있는 동정호에 들어선다. 악양루에 올라 시성(詩聖) 두보의 〈등악양루〉를 노래한다.

예전부터 동정호 소문을 들었더니
오늘에야 악양루에 오르네.
오나라, 초나라가 동쪽과 남쪽에 갈라섰고
하늘과 땅은 밤낮으로 호수에 떠 있도다.
친한 벗에게서는 편지 한 장 오지 않고
늙고 병든 몸만 외로운 배 안에 있네.
고향 관산 북쪽에선 전쟁 일어났다니
그저 난간에 기대어 눈물 흘릴 뿐

녹차길
하동
섬진강변길
지금은 하동 차나무에
새움이 돋는 거룩한 시간
푸른 빛줄기 사이로 찻잎도 푸르다
지리산은 아들을 키우듯
야생의 차나무를 키우고
섬진강은 딸을 낳듯
하동녹차를 낳는다.
제14회 하동야생차문화축제 축시
대한민국 최우수축제 '하동야생차문화축제'
매년 5월 초 화개면, 악양면 일대

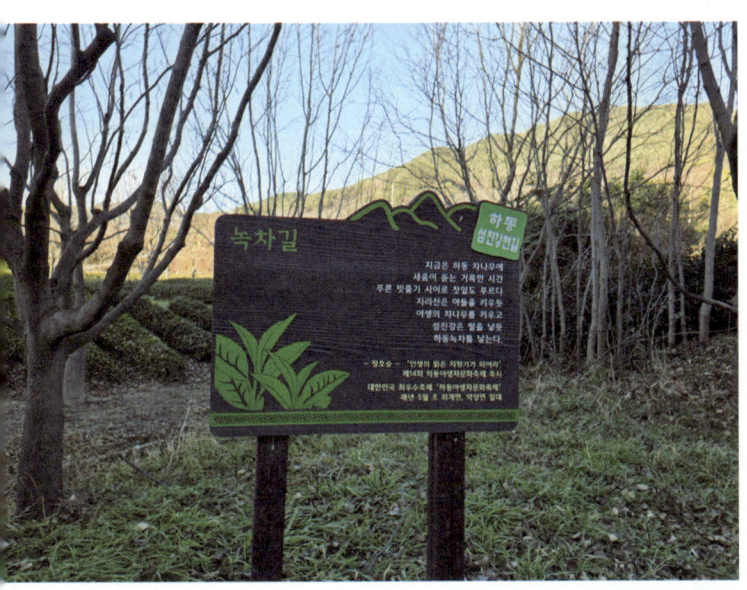

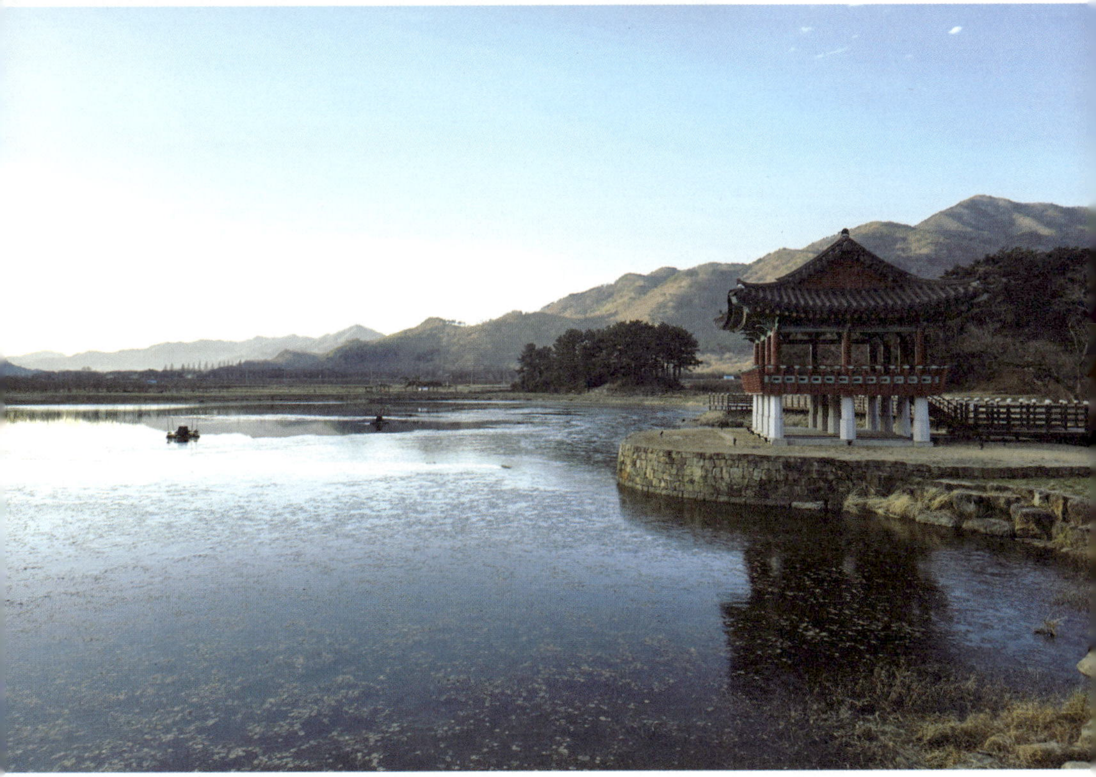

어둠이 밀려오는 시간, 박경리 소설 〈토지〉의 주무대 최참판댁에 도착했다. 2001년 드라마 세트장으로 조성되었다. 대하소설 〈토지〉는 평사리를 무대로 최참판댁과 소작인들을 중심으로 펼쳐진다. 대지주였던 최참판댁이 몰락하고, 최씨 집안의 유일한 생존자인 외동딸 서희는 간도로 이주하여 큰 상인으로 성장하게 된다. 서희와 길상은 혼인하게 되고, 일본의 밀정이 된 김두수와 길상을 중심으로 한 독립운동가들의 대립이 펼쳐진다. 이후 진주에 자리 잡은 서희는 빼앗겼던 집과 땅을 되찾고 다시 평사리로 돌아오게 된다. 서희가 별당 연못가를 거닐 때 일본이 패망했다는 소식을 들으며 이 소설은 끝이 난다.

평사리 최참판댁 한옥 호텔에서 잠을 청하는 나그네
어디선가 이백과 두보가 등악양루를 노래하고
마당의 대나무 숲에서는 바람이 밤새도록 소리내어 울었다.

석주관을 출발한 이순신, 엄청난 비를 맞으며 악양에 도착했으나 하룻밤 묵으려는 데 주인이 반기지 않는다. 왜 그랬는지는 알 수 없지만 아들 열이 억지로 청하여 그 집에서 잤다.

5월 26일 (······) 간신히 엎어지고 자빠지면서 악양(하동 평사리)의 이정란의 집에 당도했는데, 문을 닫고 거절하였다. 그 집 뒤에 기와집이 있어서 종들이 사방으로 흩어져 찾았으나 모두 만나지 못하여 잠시 쉬었다가 돌아왔다. 이정란의 집은 김덕령의 아우 덕린이 빌려 입주하고 있었다. 나는 아들 열을 시켜 억지로 말하여 들어가 잤다. 행장이 다 젖었다.

김덕린이 실제 김덕령의 아우인지는 정확하지 않다. 〈광산김씨 족보〉에는 김덕령의 아우가 덕보로 되어 있고, 덕린이란 인물이 나오지 않는다. 김덕린은 절이도의 양인으로서 군량 공급을 담당했다. 이순신이 악양에서 하룻밤을 묵었던 곳은 어디일까. 최참판댁 근처일까. 비에 젖어 고단한 이순신의 밤을 생각한다.

이순신은 부인 상주 방씨와 모두 세 명의 아들과 한 명의 딸을 두었다. 장남 회(1567~1625)와 차남 열(1571~1631)은 일찍부터 이순신을 따라 수군으로 전쟁에 참가했다. 회는 이순신이 죽는 순간에도 옆에 있었다.

〈난중일기〉를 보면 회와 열, 면은 수시로 병영과 집을 오가며 가족의 안부를 전했다. 훗날 이회는 노량해전에서 세운 공으로 음보로 임실군수가 되어 선정을 베풂으로써 백성들의 칭송을 받았다.

이열은 선조 때 음사로 벼슬에 나갔다가 광해군 때 벼슬을 버리고 낙향했다. 인조반정 이후에 형조정랑을 지냈다. 집안에 미색인 계집종이 있어서 광해군이 바치라고 명했지만, 신하가 임금에게 미인을 바치는 것은 신하의 도리가 아니라며 죽음을 각오하고 바치지 않았다.

이면(1577~1597)은 어려서부터 인물이 출중하고 말타기와 활쏘기에 능했다. 이순신을 많이 닮아서 이순신이 가장 극진히 아꼈다. 명량해전 직후 면은 아산에서 어머니를 모시고 있었다.

명량에서 패배한 후 도요토미 히데요시는 "이순신의 가족을 몰살하라!"는 밀명을 내렸고, 복수를 이순신 가족에게 대신했다. 이순신의 본가와 아산 마을 전체가 일본군에 의해 불태워졌다. 이면은 왜적들이 마을에서 분탕질할 때 이를 공격하다가 21세의 약관으로 전사했다. 정조 때 체재공은 "이순신이 통제사 시절에 그 아들 면이 고향집에 있다가 적의 한 부대를 상대하여 적장 셋을 죽이고 본인 또한 죽으나 당시에 총각이라 참으로 충무의 아들이라 할 것이다."라고 말했다. 1597년 이 무렵의 〈난중일기〉의 기록이다.

10월 1일. 맑음. 아들 회를 보내서 제 어머니도 보고 여러 집안사람의 생사도 알아 오도록 하였다. 마음이 초조하여 편지를 쓸 수 없었다. 병조의 역군이 공문을 가지고 내려왔는데 "아산 고향집이 이미 분탕을 당하고 잿더미가 되고 남은 것이 없다."고 전하였다.

10월 2일. 맑음. 아들 회가 배를 타고 올라갔는데, 잘 갔는지 알 수가 없다. 내 마음을 말로 다 할 수 있겠는가.

10월 13일. 맑음. (……) 이날 밤 비단결 같고 바람 한 점 일지 않는데 홀로 뱃전에 앉아 있으니, 마음이 편치 않았다. 뒤척거리며 앉았다 누웠다 하면서 밤새도록 잠을 이루지 못하고 하늘을 우러러 탄식하였다.

그런 다음 날, 이순신에게 막내아들 면이 아산에서 전사했다는 충격적인 소식이 전해졌다. 이때의 심정을 이순신은 처참하게 기록했다.

10월 14일. 맑음. (……) 저녁에 어떤 사람이 천안에서 와서 집안 편지를 전하는데, 아직 봉함을 열기도 전에 뼈와 살이 먼저 떨리고 마음이 조급해지고 어지러웠다. 대충 겉봉을 펴서 열이 쓴 글씨를 보니, 겉면에 '통곡(痛

꽃)' 두 글자가 씌어 있었다. 마음으로 면이 전사했음을 알게 되어 나도 모르게 간담이 떨어져 목 놓아 통곡하였다. 하늘이 어찌 이다지도 인자하지 못할까? 내가 죽고 네가 사는 것이 이치에 마땅하거늘, 네가 죽고 내가 살았으니, 이런 이치에 어긋난 일이 어디에 있느냐? 천지가 캄캄하고 해조차도 빛이 바랬구나. 슬프다, 내 아들아! 나를 버리고 어디로 갔느냐? 영특한 기질이 남달라서 하늘이 이 세상에 머물게 하지 않는 것이냐? 내가 지은 죄로 인해 네 몸에 화가 미친 것이냐? 이제 내가 세상에서 끝내 누구를 의지할 것인가. 너를 따라 죽어 지하에서 함께 지내고 함께 울고 싶건만 네 형, 네 누이, 네 어미도 역시 의지할 곳이 없어 아직은 참고 연명한다마는 마음이 죽고 형상만 남은 채 부르짖어 통곡할 따름이다. 하룻밤 지내기가 일 년 같다. 이날 2경(10시경)에 비가 내렸다.

10월 16일. 맑음. (……) 내일이 막내아들의 죽음을 들은 지 나흘째 되는 날인데 마음대로 통곡하지도 못했다.

10월 19일. 맑음. 새벽꿈에 고향집의 종 진이 내려왔는데 죽은 아들이 생각나서 통곡하였다. (……) 어두울 무렵 코피를 한 되 남짓 흘렸다. 밤에 앉아 생각하느라 눈물이 났다. 어찌 말로 다 하리요. 금세 죽은 혼령이 되었으니, 끝내 불효가 이 지경에 이르게 된 것을 어찌 알랴. 비통한 마음은 꺾이고 찢어지는 듯하여 억누르기 어렵다.

전쟁으로 사랑하는 가족을 잃은 이가 어디 이순신뿐이겠는가. 이순신은 부하들 앞에서 자식 잃은 슬픔을 드러내지 못하였다. 이순신의 눈물, 어머니 죽음과 아들의 죽음을 맞이한 이순신의 눈물을 그 누구의 눈물과 비교하겠는가.

이순신에게는 소실 부안댁 해주 오씨의 소생 서자 훈과 신이 있었

고, 서녀 둘이 있었다. 훈은 인조 2년 이괄의 난 중에, 신은 정묘호
란 중에 죽었다고 전해진다.

36코스

노량해전

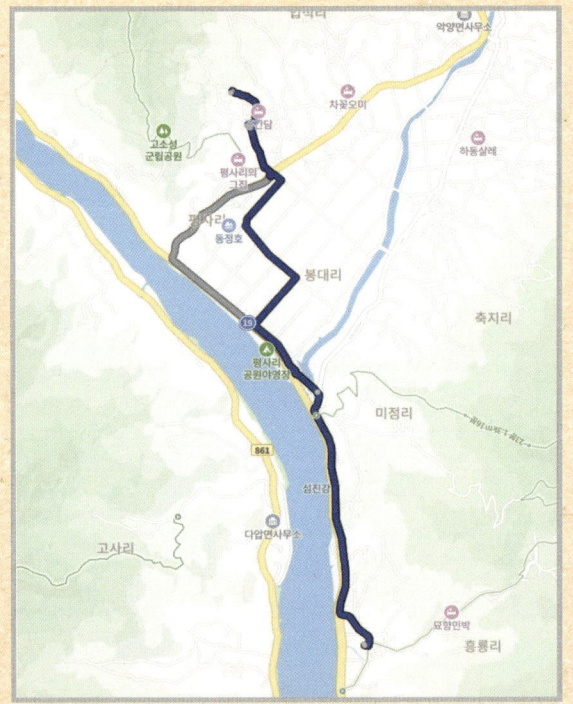

하동악양 최참판댁부터 하동 흥룡마을회관 12.3㎞

하동악양 최참판댁 ➡ 덕계마을 ➡ 악양삼거리 ➡ 하동 흥룡마을회관

12월 23일 여명의 아침

밤새 빗소리인 줄 알았건만

바람에 흔들리는 대나무 숲이 우는 소리였으니

뿌리가 얽히고설켜

아무리 세찬 바람 불어도 넘어뜨릴 수 없고

나무도 아닌 것이 풀도 아닌 것이

속은 비었지만 곧기는 또 그렇게 곧다.

홀로 거니는 최참판댁 아침 풍경이 참 좋다. 글은 혼자 보아서 좋고 시는 혼자 읊조려서 좋고 노래는 혼자 불러서 좋고 술은 혼자 마셔서 좋고 춤은 혼자 추어서 좋고 길은 혼자 걸어서 좋고 혼자는 이래서 좋고 저래서 좋아서 한가로이 바라보며 혼자를 즐긴다.

나 홀로 여행은 침묵을 통해 자신의 마음과 가까워지고 진정으로 갈망하는 것들을 알아간다. 무엇이 자신을 앞으로 나아가게 하고 어떤 길로 나아갈지 방향을 아는 사람은 목표를 잃고 방황하지 않는다. 목표라는 항구를 향해 운항하지 않으면 결코 순풍은 불지 않는다. 결국 목표를 이루는 사람은 마음에 품은 희망을 잃어버리지 않고 끝까지 모험을 계속하는 사람이다.

풍전세류 전라도를 지나서 송죽대절 경상도 하동을 걸어간다. 하동(河東)이란 말은 하천의 동쪽, 곧 섬진강 동쪽이란 의미, 지리산과 섬진강을 빼고는 이야기할 수 없는 곳이다.

장엄하게 우뚝 솟은 지리산국립공원과 맑고 푸른 섬진강이 굽이굽이 흐르고 충무공 최후의 승전장이었던 하동 노량리와 남해 노량리를 사이에 두고 한려해상국립공원 노량 앞바다가 있다.

덕계마을을 지나고 악양삼거리를 지나서 다시 섬진강대로로 들어선다. 펜스로 구분된 보행로를 따라 걷다가 홍룡길로 들어서서 홍룡마을회관에 도착한다.

1598년 11월 18일, 고니시 유키나가의 왜군은 부산으로 철수하려 했지만, 순천왜성 앞바다에 버티고 있는 조명 연합 수군에 가로막혀

순천왜성에서 오도 가도 못하고 고립된 신세였다. 결국 고니시를 구하기 위해 남해 창선도의 왜성에 주둔해 있던 그의 사위 소 요시토시, 사천 왜성의 시마즈 요시히로, 고성 왜성의 다치바나 나오쓰구 등이 일제히 500여 척의 수군을 이끌고 순천 왜성으로 향했다.

고니시가 달아나는 것을 막기 위해 순천왜성 앞바다를 봉쇄하고 있던 이순신의 조선 수군과 진린의 명 수군은 왜군의 긴박한 움직임을 간파하고, 왜군 구원부대부터 격파하기 위해 이날 밤 비밀리에 하동과 남해 사이 좁은 바닷길인 노량해협으로 이동했다. 고니시군의 퇴로를 막은 채 그대로 있다가는 자칫 고니시군과 고니시를 구하러 오는 왜군 사이에 끼어 협공을 당할 수 있다고 판단했기 때문이다.

명 수군은 노량해협 서북쪽 하동 쪽에 진을 치고, 조선 수군은 노량해협 서남쪽 남해 쪽에 진을 쳤다. 왜군 구원부대의 앞길을 양쪽에서 미리 막아선 것이다. 이때 이순신의 조선 수군은 85척의 판옥선 규모였으며 협선까지 합하면 200척이었고, 진린의 수군은 200~300척의 규모였다. 일본의 함대는 500여 척의 대규모였으니, 서로 걸맞은 규모였다.

11월 19일 자정, 노량의 바다는 차가웠다. 자정에 이순신이 배 위에서 하늘에 기도하기를, "이 원수를 제거한다면 죽어도 여한이 없겠습니다."라고 하자, 홀연히 바다 가운데 큰 별이 떨어졌다.
노량해전에 출전하기 하루 전, 진린이 천문을 살폈더니 동방의 대장벌이 희미하게 빛이 바래고 있는 것을 보고 이순신에게 제갈량처럼 하늘에 기도할 것을 권하는 편지를 보냈다. 이때 이순신은 웃으며 말했다.

"나는 충성이 무후(제갈량)만 못하고 덕망이 무후만 못하고 재주가 무후만 못하여 세 가지가 다 무후만 못하니 비록 무후의 기도법을 쓴다고 한들 하늘이 어찌 들어줄 리가 있겠습니까?"

새벽 2시경, 아득히 멀리서 소리가 들려왔다. 노를 젓는 소리였다. 이순신은 바로 그 순간을 기다리고 있었다. 조선 수군이 적의 선봉을 겨냥하고 불화살의 시위가 당겨졌다. 어둠이 사라진 노량 바다, 적의 가공할 규모가 드러났다. 느닷없는 포환에 당황하던 일본 수군도 응사하기 시작했다. 드디어 양쪽 총합 1,000여 척의 함대가 사투를 벌인 세계 해전사에 기록될 노량해전이 시작되었다.

조명 연합 수군 전함과 왜군 전함이 좁은 노량해협을 사이에 두고 맞닥뜨렸다. 왜군은 노량해협을 통과하기 위해 명군 전함 쪽으로 달려들었다. 기세가 오른 일본의 세키부네가 진린의 판옥선을 향해 달려들었다. 이순신은 진린을 구하기 위해 직접 자신의 기함을 이끌고 나섰다. 진린은 이순신의 도움으로 큰 위기를 벗어났다. 그러나 진린의 아들이 큰 부상을 당했다. 또 진린이 위급할 때 이순신의 정병이 왜장 1명을 쏘아 죽여 구출했다.

조선 수군이 화포로 공격해 명군을 구한 뒤 왜군 전함을 닥치는 대로 격침하자, 왜군은 배를 돌려 달아나기 시작했다. 다급했던 왜군은 큰 바다로 나가는 길로 착각하고 관음포로 후퇴했다가 막다른 길이라는 것을 알고는 독 안의 쥐처럼 맹렬하게 달려들었다. 화포를 쏘며 진행되던 전투는 근접전으로 바뀌었고, 결국 백병전으로 이어졌다.

노량해전은 기존에 이순신이 싸워온 방식과는 매우 달랐다. 이순신은 항상 지형을 이용한 장거리 함포사격으로 적을 제압했다. 노량해전에서는 전투의 승리가 목적이 아닌 7년간 국토를 유린한 왜적들을 한 명이라도 더 죽이는 것이 목적이었기에 조선군들의 눈에는 그 어느 때보다 더 살기가 있었다.

이때 이미 날이 밝았다. 이순신은 부하들에게 명하기를, "일본군의 머리를 베는 자가 있으면 군령을 내릴 것이다."라고 하여, 머리 베는 것보다 전면전에 힘쓰도록 독려했다. 직접 북채를 잡고 화살을 쏘면서 전투를 진두지휘하던 이순신은 먼저 나아가 일본군을 추격했다. 이때 후퇴하던 시마즈 요시히로군의 왜병이 배꼬리에 엎드려 이순신을 향하여 조총을 발사했다. 이순신이 선상에 쓰러졌다. 왼쪽 가슴에 탄환을 맞은 것이다.

이순신의 유해는 관음포로 옮겨져 남해 충렬사로 운구되었다가 통제영이 있는 고금도 월송대에 도착했다. 부음이 전파되자 호남 일도(一道)의 사람들이 모두 통곡하여 노파와 아이들까지도 슬피 울지 않는 자가 없었다. 고금도에서 상여를 아산으로 옮길 때 길가의 백성들은 남녀노소 할 것 없이 모두 통곡했다. 선비들은 글과 술을 바치고 곡하기를 친척같이 하였다.

명나라 도독 진린은 만사를 짓고 애통해하였으며, 백금 수백 냥을 모아 사람을 보내어 제사 지내게 하고, 길가에서 이순신의 아들을 만나서는 말에서 내려 손을 잡고 통곡하였다. 류성룡의 〈징비록〉의 기록이다.

이순신은 명나라 장수 진린과 함께 바다의 후미진 어귀를 제압하고 바싹 근접해 들어갔다. 고니시 유키나가가 사천에 있는 시마즈 요시히로에게 구원을 청하자 시마즈 요시히로가 수로로 와서 구원했는데, 이순신이 나아가 공격하여 크게 쳐부수고 왜적의 배 2백여 척을 불살랐으며 적병을 죽인 것이 이루 헤아릴 수 없을 만큼 많았다. 적병을 뒤쫓아 남해와의 지경까지 이르렀다. 이순신은 시석(矢石)을 무릅쓰고 몸소 힘껏 싸웠는데, 날아오는 탄환이 그의 가슴을 뚫고 등 뒤로 나갔다. 곁에 있던 부하들이 부축하여 장막 안으로 옮겼는데, 이순신은 "싸움이 한창 급하니 절대로 내가 죽었다는 말을 내지 말라" 했으며, 말을 마치자 곧 숨을 거두었다.

이순신의 조카 이완은 담력과 국량이 있는 인물이었다. 이순신의 죽음을 숨긴 채 이순신의 명령이라 하여 싸움을 급히 독려하니 군중에서는 그의 죽음을 알지 못했다.

진린이 탄 배가 적병에게 포위된 것을 보고 이완이 군사를 지휘하여 구원하니 적선이 흩어져 물러갔다. 진린은 이순신에게 사람을 보내 자기를 구원해 준 것을 사례했는데, 비로소 이순신이 죽었다는 말을 듣고 의자에서 땅 위로 몸을 던지면서 "나는 노야(老爺, 이순신)께서 생시에 오셔서 나를 구원한 줄 알았는데 어찌하여 돌아가셨습니까!" 하고 가슴을 치며 통곡했다. 온 군대가 모두 통곡하여 곡성이 바다를 진동시켰다.

고니시 유키나가는 우리 수군이 적군을 추격하여 그의 진영을 지나간

틈을 타서 뒤로 빠져 달아났다. (……) 우리 군대와 명나라 군대는 이순신이 죽었다는 소식을 듣고, 이어져 있는 각 진영이 통곡하여 마치 제 어버이의 죽음을 통곡하는 것과 같았다. 또 영구가 지나가는 곳마다 백성들이 곳곳에서 제전을 차리고 상여를 붙잡고 통곡하기를 "공께서 진실로 우리를 살리셨는데, 지금 공은 우리를 버리고 어디로 가십니까?" 하며 길을 막아 상여가 가지 못하게 되었으며, 길 가는 사람들도 눈물을 흘리지 않는 이가 없었다.

조정에서는 이순신에게 의정부 우의정을 증직했다. (명나라 총사령관) 형군문(형개)은 바닷가에 사당을 세워 그의 충혼을 제사 지내야 마땅하다고 했으나, 이 일은 결국 시행되지 못했다. 이에 해변 사람들이 서로 모여 사당을 짓고 이를 민충사(愍忠祠)라 하여 사시(四時)로 제사 지냈으며, 상고(商賈, 상인)와 어선들도 왕래하면서 그곳을 지나는 사람마다 제사 지냈다.

노량해전에서 이순신의 막하장인 가리포첨사 이영남, 낙안군수 방덕룡, 홍양 현감 고득장 등 십여 명과 명나라 부총병 등자룡도 전사했다. 하지만 노량해전은 일본군의 대패로 막을 내렸다. 왜선 250여 척을 완파, 150여 척을 파손, 100여 척을 나포했으며, 왜군 사상자는 6만여 명에 이르렀다. 〈선조실록〉에는 "죽은 이순신이 산 왜적을 깨트렸다"고 기록했다. 7년 전쟁 최고의 전공이었다.

시마즈 요시히로 등 왜군은 이날 오후 50여 척의 전함만 이끌고 남해 창선도, 거제 장문포 등을 거쳐 부산으로 철수했다. 조명 연합 수군이 자리를 비운 틈을 이용해 11월 20일 새벽 고니시군은 순천 왜성을 빠져나와 묘도의 서쪽 관문과 남해의 평산포, 거제와 부산

바다를 거쳐 곧장 대마도로 달아났다.

부산에 집결한 왜군은 1598년 11월 24일부터 11월 28일 사이에 모두 본국으로 철수했다. 1592년 4월 13일 고니시 유키나가군이 부산에 상륙하면서 시작된 한·중·일 동북아 3국의 7년 전쟁인 임진왜란은 이렇게 이순신의 죽음과 함께 끝이 났다.

37코스

싸움이 급하니 나의 죽음을 알리지 말라

하동 흥룡마을회관에서 두곡마을회관 8.3㎞

하동 흥룡마을회관 ➡ 호암마을 ➡ 두치원동 ➡ 두곡마을회관

홍룡마을회관에서 한적한 길을 따라 다시 섬진강대로로 나와서 걸어간다. 호암마을을 지나고 신기마을을 걸어간다.

하늘이 이 세상에 나를 낼 때에는 무언가 사명을 주었을 터, 비록 거창하지는 않을지라도 즐겁게 살라고는 하였으니 오늘도 묵묵히 주어진 인생을 즐기며 걸어간다. 인생은 꿈의 연속, 꿈 너머 꿈을 꾸면서 꿈꾸는 자의 길을 간다.

"만약 내 꿈을 당신에게 말한다면 당신은 잊을 것이고, 내가 꿈을 행동에 옮긴다면 당신은 기억하게 될 것이다. 하지만 우리가 함께한다면 그것은 당신의 꿈이 될 것이다."라는 티베트 속담처럼 혼자 꾸는 꿈은 꿈이지만 함께 꾸는 꿈은 현실이 된다.

류성룡과 이순신, 권율은 함께 임진왜란 극복의 꿈을 꾸고 이루었다. 이는 우리 민족의 행운이었다. 퇴계 이황이 처음 만난 후 '하늘이 내린 인물'이라 칭찬을 아끼지 않은 서애 류성룡이 임진왜란 전

이순신과 권율을 특진시키지 않았다면 풍전등화의 위기를 어찌 극복할 수 있었겠는가. 정말이지 다행이고 정말 고마운 일이었다.

티베트 사람들은 고산지대 험한 길을 따라 몇 달씩 기도하며 고행을 이어 나간다. '이 세상 모든 살아있는 것의 행복과 평화를 위해서' 오체투지를 이어간다. 그들이 오체투지로 구도의 길을 가듯이 백의종군길에서 '살아 있는 모든 것은 행복하라'고 기원하며 걸어간다.

섬진강의 동쪽 하동(河東)의 한적한 도로변을 걸어서 두곡마을회관에 도착한다. 정자에 있는 빨간 스탬프 함에서 스탬프를 꺼내 패스포트에 찍는다.

이제는 패스포트의 여백이 얼마 남지 않았다. 여백이 채워지면 여행의 추억도 끝이 난다. 기억에 관한 한 천재의 두뇌보다 둔재의 연필이 낫다고 했으니, 패스포트의 자취는 여행의 유통기한을 늘려줄 것이다.

1598년 11월 17일 이순신은 〈난중일기〉 최후의 기록을 남겼다.

11월 17일. 어제 복병장 발포 만호 소계남과 당진포 만호 조호열 등이 왜의 중간 배(中船) 1척이 군량을 가득 싣고 남해에서 바다를 건너올 때 한산도 앞바다까지 쫓아갔다. 왜적은 언덕을 따라 육지로 올라가 달아났고, 포획한 왜선과 군량은 명나라 군사에게 빼앗기고 빈손으로 와서 보고했다.

1598년 11월 18일, 이순신은 조카 완에게 일기를 넘겨주며 "다시는 이 같은 것을 기록하는 자가 없었으면 좋겠구나!"라고 했다. 그리고 출전하면서 말했다. 조카 이분이 〈이충무공행록〉에 남긴 기록이다.

"보이는가! 저 원혼들의 목소리가. 그들의 피가."

"나는 이 바다에 수많은 부하와 백성들을 묻었다. 할 수만 있다면 내 목숨과도 바꾸고 싶었다."

"우리는 모두 죄인이다. 저 바다에 우리 전우를 묻었다. 우리는 죄인의 마음으로 전장으로 간다. 단 한 척의 배도 단 한 명의 왜군도 살려 보내지 말라."

노량해전 전날 밤 자정, 이순신은 손을 씻고 배 위에 올라가 하늘에 제사 지내며 천지신명에게 빌었다.

"오늘 진실로 죽음을 각오하니, 하늘에 바라옵건대 반드시 이 적을 섬멸하게 하여주소서(今日固決死 願天必殲此賊)."

"천지신명이시여, 이 원수를 갚을 수 있다면 죽어도 여한이 없겠나이다(此讎若除 死卽無憾)."

죽음을 각오한 이순신의 맹세에 천지신명도 감복했다. 드디어 동아시아 3국의 최고의 장수들이 모두 모인 노량해전이 시작되고 있었다. 시마즈 요시히로는 규슈 사쓰마번의 다이묘로 칠천량해전에서 원균을 죽였다. 대마도의 소 요시토시 부대는 바다와 해전에 능한 특수부대였다. 진린의 명나라 수군과 이순신의 수군은 말할 것도 없었다.

11월 19일 새벽 2시경 시작된 전투는 아침까지 계속되었다. 일본군들은 관음포에서 빠져나오며 선두에서 공격해 오는 조선의 기함을 향해 조총을 발사했다. 조준사격이었다.

"탕!"

아들 이회가 달려와 아버지 이순신을 끌어안았다. 조카 이완 역시 이순신에게 달려왔다. 아들과 조카가 오열했다. 승리를 목전에 둔 그때 왜적의 흉탄이 장군의 가슴을 뚫었다.

"싸움이 급하니 나의 죽음을 알리지 말라."(戰方急 愼勿言我死)

그리고 장군은 별이 되어 바다에 잠겼다. 노량해전 당시 이순신의 유해가 최초로 육지에 오른 곳은 남해 관음포의 이충무공전몰유허 이락사(李落祠)다. 이순신이 이곳 관음포에서 적의 탄환을 맞아 생을 마친 그때부터 이곳은 '이순신이 떨어진 바다'라 하여 '이락파(李落波)'라 하고, 그 뒷산도 이락산이라 불렀다. 이락파가 보이는 연안에 이락사가 있다.

순조 32년(1832) 이순신의 8세손 통제사 이항권이 왕명에 따라 이순신의 충의와 공적을 기록한 유허비를 세웠다. 해방 후 1950년 남해군민 7,000여 명이 헌금하여 정원과 참배로를 조성하고 1965년 박정희 대통령이 '이락사(李落祠)'와 '대성운해(大星隕海)'라는 현액을 내렸다. 1991년에 첨망대 누각을 세웠으며, 1998년 12월 16일(음력 11월 19일) '前方急 愼勿言我死'라는 유언비를 이락사 앞에 세웠다. 이날은 이충무공 순국 400주년이 되는 날이고 남해군은 추념식 행사로 노량해전을 재현했다. 이락사 마지막 지점에 세워진 첨망대에서 이순신이 순국한 노량 앞바다 이락파가 보인다.

남해 충렬사는 노량 앞바다를 지키고 있는 수호신 이순신의 사당으로, 사당 뒤의 정원에는 이순신의 시신을 임시로 묻었던 자리에 가묘(假墓)가 남아 있다. 처절한 싸움이 끝난 뒤에 유해를 노량 선창 뒤쪽 언덕 이곳 충렬사에 이순신을 임시로 묻었다. 관음포 앞바다에서 전사한 이순신의 주검은 남해 충렬사 자리에 잠시 초빈(草殯)되었다가 완도군의 고금도(古今島)를 거쳐 1599년 2월 11일 충남 아산으로 운구되어 안장되었다.

충렬사의 내삼문을 들어서면 커다란 비석을 품은 '補天浴日(보천욕일)'이라는 현판이 걸린 비각이 막아선다. '찢어진 하늘을 바늘로 기우고 빛을 잃은 해를 깨끗이 씻어낸다'라는 의미로, 진린이 '이순신 장군의 공로는 보천욕일지공(補天浴日之功)'이라고 한 말에서 유래한다. 박정희 대통령의 친필이다. 비각 안에는 충무공비가 있으며, 1660년 송시열이 찬하고 송준이 글씨를 쓰고, 1663년 통제사 박경지가 세웠다. 비문의 내용이다.

무술년(1598) 11월 19일에 공은 진린과 더불어 노량에서 왜적을 맞았다. 적을 모조리 꺾어 부숴 놓고 공은 뜻하지 않게 적탄에 맞아 숨을 거두었다. 한편 진린이 적에게 포위되어 위태로웠는데, 공의 조카 완은 본래 담력이 있는지라 곡성(哭聲)을 내지 않고 공처럼 독전하여 간신히 진린을 적의 포위에서 구해냈다. 이러는 사이에 행장(고니시 유키나가)은 간신히 도망쳤다. 공의 죽음이 알려지자 우리나라는 물론 명나라의 두 진영에서 터져 나오는 곡성이 우레처럼 바다를 뒤엎었고, 이 곡성은 남해에서 아산에 이르는 천리 운구(運柩) 길에도 끊일 줄 몰랐다.

1659년 효종은 남해에 '충무공 이순신'의 비를 세우게 하고, 효종을 이은 현종은 충렬사에 편액을 내리고 그 절의를 표창할 곳을 명했다. 편액을 내리면서 그 제문에 '큰 공로를 세웠으나 모함을 받아 물러났으며, 그 뒤에 원균이 무능하여 큰 패배를 당하였음'을 명시하였다. 그리고 이순신을 중국 남송의 충신이요 장수였던 악비(岳飛)에 비교하면서 그의 충성과 용맹을 칭송하였다. 현종은 또한 통영에 있는 충렬사에도 편액을 내렸다. 현종은 유성으로 온천 가던 길에 아산에 있는 이순신의 묘소에 들러 제사를 지내게 하고 제문을 내렸다.

노량해협 따라 '충무공 이순신 만나는 길' 이순신 호국로 5.5㎞ 구간은 '한국의 아름다운 길 100선'에 선정되었으며, 하동 19번 국도 금남면사무소에서 남해대교를 거쳐 관음포까지 이어지는 강렬한 길이다.

이순신이 전사한 사실이 알려진 뒤 백성들의 반응이 〈선조실록〉 1598년 11월 27일의 기록에 나타난다.

부음(訃音)이 전파되자 호남 사람들이 모두 통곡하여 노파와 아이들까지도 슬피 울지 않는 자가 없었다. 국가를 위한 충성과 몸을 잊고 전사한 의리는 옛날 훌륭한 장수라 하더라도 이보다 더할 수 없다. 조정에서 사람을 잘못 써서 이순신이 재능을 다 펴지 못하게 한 것이 참으로 애석하다. 만약 이순신을 병신년(1596)과 정유년(1597) 사이에 통제사에서 체직하지 않았더라면 어찌 한산에서 패전했겠으며 전라도와 충청도를 왜적의 소굴로 만들었겠는가? 아, 애석하다.

하지만 선조는 좌의정 이덕형의 노량해전 전황 보고를 듣고 냉담했다. 〈선조실록〉 1599년 2월 2일 자 기록이다.

> 상이 일렀다.
> "수병(水兵)이 대첩을 거두었다는 것은 과장된 말인 듯하다."
> 이덕형이 아뢰었다.
> "수병의 대첩은 거짓말이 아닙니다. 소신이 종사관 정혹을 보내 알아보니 부서진 배의 판자가 바다를 뒤덮어 흐르고 포구에는 무수한 왜적의 시체가 쌓여있다고 하였습니다. 이로 보면 굉장한 승리임을 알 수 있습니다."

그리고 〈선조실록〉 이날의 기록에 선조는 명나라 제독 유정에게 "우리나라가 보전된 것은 순전히 모두 대인의 공덕입니다."라고 말했다. 이순신의 전공을 인정하고 싶지 않았던 선조였다. 선조는 위기의 순간에는 자신을 보호해 줄 장수를 붙들고 하소연했지만, 눈앞에서 위기가 멀어진 순간 그 장수가 자신에게 칼을 겨눌지도 모른다고 여겼다. 선조의 마음은 유지에 실려 있었다. 그러나 이순신은 임금의 본마음이 어떠하든 오로지 변치 않는 충성을 바쳤다. 마음속에서조차 아예 불충한 생각을 품지 못했다. 세습하는 왕정에서 정통성이 약하다고 생각하는 후궁의 아들인 왕의 불신과 신하의 일편

단심, 이는 어쩔 수 없는 비극이 아닐까?

　임금이 된 후궁의 손자 하성군 이연은 조선시대 인조, 고종과 함께 가장 무능한 왕으로 손꼽힌다. 조선의 27왕 중 왕의 적장자, 적장손은 불과 10명에 불과했다. 후궁의 자손으로는 선조가 처음이었으니, 선조에게는 적통이 아니라는 열등감이 있었다.

38코스

나는 길을 만든다!

두곡마을회관에서 주성마을회관 15.3㎞

두곡마을회관 ➡ 하동군청 ➡ 갈록치재 ➡ 고전초등학교 ➡ 백석마을 ➡
주성마을회관

두곡마을회관에서 가벼운 발걸음으로 하동군청을 향해 걸어간다. 마크 트웨인은 말했다.

"노래하라, 아무도 듣지 않는 것처럼. 사랑하라, 한 번도 상처받지 않은 것처럼. 춤을 춰라, 아무도 보지 않는 것처럼. 그리고 살아라. 이 세상이 천국인 것처럼."

나는 말한다.

"그리고 걸어라. 이 세상이 천국의 길인 것처럼."

한 걸음 한 걸음 걸어간다.

한 걸음씩 움직여 나가면 마침내 도달할 수 있다.

작은 물 한 방울이 바다를 만들고

작은 모래 한 알이 사막을 만들고

하루하루가 일평생을 만든다.

티끌 모아 태산이라

작은 발걸음 한 걸음 한 걸음이 긴 여정을 만든다.

우공이산이요 정위전해다.

사람들은 소유를 원하지만

소유가 아니라 향유가 중요하다.

행복은 얼마나 많이 가졌느냐가 아니라

얼마나 즐길 수 있느냐에 달려있다.

이 백의종군길 위에 내 것은 아무것도 없다.

그러나 모든 것을 향유하며 걷고 있다.

행복을 누리며 걸어가고 있는 이 순간

이곳이 바로 천국 아닌가.

살아서 걸어가는 천국.

나는 길에서 행복하다. 행복의 나라로 가는 길은 그냥 길이다. 그래서 길을 걷는다. 어느 날 길에 나를 버렸더니 길이 나를 살렸다. 길에서 세상을 원망하며 이빨을 악물었더니 길이 자유로운 세상으로 안내해 줬다. 길을 사랑했더니 길이 부른다. 산길을 사랑했더니 산이 부른다. 나는 떠난다. 길이 있는 그곳으로.

나는 길을 만든다. 일찍이 존재하지 않았던 길을. 오늘도 세상에 나만의 길을 만들고 있다. 어떤 길이든 길에서는 새로운 것을 본다. 막힌 길을 뚫고 가고 고갯길을 넘어가도 어떤 길을 걸어가도 언제나 새로운 길이다. 이전 같은 길은 없나니 아름다운 새 세상이 기다리다 반겨준다.

하동읍 읍내리 하동 쉼터에 도착한다. 섬진강이 제법 몸집을 불렸고 하동 나루터에는 여러 척의 배들이 정박해 있다. 굽이굽이 하동포구 80리 물길은 이곳에서 천혜의 절경을 빚어낸다. 푸른 하늘과 섬진강 푸른 물결, 그리고 바람이 빚어낸 백사청송, 그러한 절경

을 배경으로 하동 나루터는 섬진강 나루 중 가장 번창했던, 섬진강 수운의 중심지였다.

최전성기에는 수백 척의 상선이 이곳에 정박하여 사흘씩 북적이고는 했다. 그러나 동학혁명의 소용돌이를 온몸으로 겪으며 흰 백사장은 핏빛으로 물들어야 했고, 섬진강이 지리산 빨치산 대원들의 활동 통로로 이용되면서 차츰 쇠퇴의 길을 걷기 시작했다. '하동포구 팔십 리' 노래가 들려온다.

하동포구 팔십 리에 물새가 울고

하동포구 팔십 리에 달이 뜹니다.

섬호정 댓돌 위에 시를 쓰는 사람은

어느 고향 떠나온 풍류랑인고

하동군 북천면에서 태어난 나림 이병주(1921~1992) 문학비가 서 있다.

태양에 바래지면 歷史가 되고

월광에 물들면 神話가 된다.

'나림 이병주 소설 〈山河〉에서'

　하늘도 강물도 파랗게 일렁이는 섬진교 입구, 〈남파랑길 하동 47코스〉 안내판 앞에 섰다. 4년 전의 추억, 2000년에 걸었던 남파랑길의 추억이 밀려온다.

　부산 오륙도해맞이공원에서 해남 땅끝마을까지 52일간 90코스 1,470㎞ 가는 길,

　이곳이 노량에서 섬진강 따라 걸어와서 하동에서 광양으로 넘어가는 경상도와 전라도의 경계를 이루는 지점이었다.

　섬진강의 수려한 자연환경을 만끽할 수 있는 울창한 소나무 숲, 강변을 따라 조성한 하동포구 백사청송을 바라보며 걸어간다.

　'행로지명: 두치'의 현 소재지는 하동읍 해량동이라는 표지석에 '이곳은 이순신이 5월 27일 당시 쌍계동(화개면 탑리)을 지나 두치 최춘

룡의 집에 늦게 도착하여 유숙하고 이종호와 유기룡을 만났으며 이튿날 하동현(고전면 주성마을)을 가기 위해 늦게 떠난 곳'이라고 쓰여 있다.

> 27일. 흐리고 갠 것이 반반이다. 아침에 젖은 옷을 널어 바람에 말렸다. 늦게 출발하여 두치의 최춘룡 집에 도착하니, 사량 만호 이종호가 먼저 와 있었다. 변익성은 곤장 스무 대를 맞고 몸을 움직이지 못한다고 한다. 유기룡이 와서 만났다.

이순신은 8월 3일 다시 삼도수군통제사로 임명된 직후 바로 길을 떠나 이곳 "두치에 이르니, 날이 새려고 했다."고 기록했다. 그리고 석주관으로 갔다.

하동초등학교를 지나고 경찰서를 지나고 하동군청을 지나고 하동소방서를 지나간다. 용인에서 YMCA 최민열 사무총장과 김양희 센터장이 찾아왔다. 숨바꼭질 끝에 만나서 풍천장어로 점심을 먹었다. 모처럼 찾아온 반가운 얼굴들, 돌아가는 뒷모습이 고맙다.

2차선 오르막 도로를 따라 간간이 차들이 지나가는 조용한 갈녹치재를 넘고 고전면 생활체육공원을 지나서 38코스 종점 주성마을회관에 도착한다.

하동포구 섬진교 옆의 모텔에서 숙박을 정하고 저녁 식사하기 위해 섬진교를 넘어서 불빛 환한 광양으로 간다. '충무공과 함께 걷는 남파랑길'의 광양의 추억을 회상한다.

　전라좌수사 이순신의 관할은 5관 5포이며 5관의 다섯 고을은 순천, 보성, 낙안, 광양, 흥양이고, 5포의 다섯 해안기지는 고흥에는 있는 사도, 여도, 녹도, 발포와 여수 돌산도에 있는 방답이다.

　그중에 전란 중 최고의 이순신 사람들이 있었으니, 순천부사 권준, 방답첨사 이순신, 흥양 현감 배흥립, 녹도만호 정운, 광양 현감 어영담 등이었다. 그 가운데 광양 현감 어영담에 대한 〈난중일기〉 첫 기록이다. 1592년 아직 임진왜란이 일어나기 전 이날의 일기는 단 한 줄이다.

　　1월 22일 맑음. 아침에 광양 현감이 와서 인사했다.

　광양 현감 어영담은 이순신을 도와 옥포와 당항포, 적진포 등에서 많은 전공을 세웠다. 어영담의 활약상은 의병장 조경록의 〈난중잡록〉에 잘 기록되어 있다.

어영담은 경상도 함안 사람으로 대담한 군략이 세상에 뛰어나고 유달리 강개로웠으며, 과거 전에 이미 여도 만호가 되었고, 급제 후에는 영남 바다 여러 진의 막하에 있었다. 바다의 깊음과 도서의 험하고 수월함이며, 나무하고 물 긷는 편의와 주둔할 장소 등을 빠짐없이 다 가슴 속에 그려두었기 때문에 수군 함대가 전후에 걸쳐 영남 바다를 드나들며 수색 토벌할 때면 집안 뜰을 밟고 다니는 듯이 하고 한 번도 궁박하고 급한 경우를 당하지 않았다. 대체로 수군의 전공은 영담이 가장 높았는데도 단지 당상관에 올랐을 뿐 선무훈에는 참여하지 못하여 남쪽 사람들은 다들 가석히 여겼다.

임진왜란 초기 이순신이 원균의 구원 요청을 받고 가장 큰 어려움은 전라좌수영 관할이 아닌 경상도 해역으로 출전해야 한다는 것이었다. 경상도 해역의 지형과 해로에 대하여 잘 알지 못했던 이순신은 즉시 함대를 출전시키기 어려웠다. 이런 상황에서 함대를 출전시키도록 결정적인 역할을 한 참모는 광양 현감 어영담이었다.

어영담은 영남 바다 여러 진에 근무한 경험이 있었기에, 이순신은 함대 출전에 앞서 어영담에게서 영남의 해로에 대한 정보를 물었다. 이순신은 어영담을 함대의 중부장으로 삼고 그와 더불어 작전을 수립했다. 어영담은 해로에 대한 작전뿐만 아니라 함대의 지휘관으로서 해전마다 많은 커다란 공을 세웠다. 그런 어영담이 1593년 11월 광양 현감직에서 파직되고 말았다. 군량을 빼돌려 파직되었다는 소식을 들은 고을 백성들이 전라좌수사 이순신에게 하소연했다.

"우리 고을 현감은 백성을 위하는 참 목민관이요, 전란을 당해서는 나라를 위해 목숨 바쳐 싸운 용감한 장수입니다. 억울하게 파직되었으니 굽어살펴 주십시오."

이순신은 붓을 들었다. 고을 주민 126명이 연명으로 작성한 소장(訴狀)을 빠짐없이 옮겨 적었다. 이순신은 부하의 신원보증을 서 주면서 전란이 평정될 때까지 그 자리에 그대로 있게 요청하지만, 그의 뜻은 받아들여지지 않았다. 일곱 달 후 이순신은 파직된 어영담을 조방장(助防將)으로 임명해 달라는 요청을 했고, 조방장(자문역)으로 끝까지 이순신을 보필하던 어영담은 이듬해인 1594년 4월 진중에 번진 전염병에 걸려 세상을 등졌다. 이순신은 이날의 일기에 적었다.

4월 9일 맑음. 아침에 시험을 마치고 급제자 명단을 내붙였다. 큰 비가 왔다. 조방장 어영담이 세상을 떠났다. 이 애통함을 어찌 말로 할 수 있으랴!

이때 이순신과 어영담, 그리고 수군들은 전염병에 걸렸다. 수군은 전염병에 취약했다. 좁은 함선에 갇혀 생활하다 보니 집단 감염에 무방비로 노출되었다. 조선 수군에 엄청난 기세로 전염병이 퍼지고 말았다. 수많은 장졸이 죽어 나가는 것을 바라본 이순신은 자신도 한 달간이나 몸이 불편했고, 이순신이 가장 아낀 장수 중 한 명이었던 조방장 어영담은 전쟁터가 아닌 전염병으로 죽었다.

39코스

길을 떠나야 하리

주성마을회관에서 증촌노인복지회관 19.4㎞

주성마을회관 ➡ 하동읍성 ➡ 역사탐방길 ➡ 장암교 ➡ 실티재 ➡
배안골 ➡ 감당마을 ➡ 증촌노인복지회관

12월 24일 선물로 주어진 오늘 하루

칠흑 같은 어둠이 물러가고 서서히 날이 밝아오니

이제 길을 떠나야 하리

어둠의 과거는 상념 속으로 사라지고

하늘을 나는 새처럼 희망의 길을 떠나야 하리

그냥 저세상 밖으로 걸어가리라

여명의 문을 열고 길을 나서는 자는

언제나 행복하여라

주성마을회관에서 출발한 한파 몰아치는 겨울의 고독한 백의종
군길
　사물이 다가와 인사를 하고
　눈발이 날리고 얼음이 얼고
　새들이 잠에서 깨어나고 찬바람 볼을 때리니
　아차, 정신이 번쩍 든다.
　아아, 아름다운 세상
　좋아라, 참 좋아라!

　상왕산 등산로를 따라 올라간다. 헌 등산화가 다 닳아서 교체한
새 신발이 이제는 익숙해져서 편안해졌다. '새 신을 신고 뛰어보자
팔짝!'하면서 거칠게 산길을 올라간다. 길을 간다는 것은 결국 사람
을 태운 신발이 가는 것,
　'신발아! 고맙다!'라고 외친다.
　하동읍성에 도착한다. 태종 17년(1417) 하동 현청과 민가를 보호
하기 위해 쌓은 성이다. 숙종 29년(1703) 하동 현청을 지금의 하동읍
진답면으로 옮기면서 하동읍성은 그 역할을 다했다.

　두치 최춘용의 집에서 무슨 이유에서인지 이순신은 늦게 출발하
여 하동현에 도착했다. 당시 하동현은 지금 하동 중심가가 있는 곳
이 아니라 하동읍성 안에 있었다.

　　5월 28일. 흐렸으나 비는 오지 않았다. 늦게 출발하여 하동현에 도착하

　　니, 하동 현감이 만난 것을 기뻐하여 성안의 별채로 맞아 정성을 다해 대

접하였다. 그리고 원균이 하는 일에 미친 짓이 많다고 말했다. 날이 저물도록 이야기를 나누었다. 변익성도 왔다.

　29일. 흐림. 몸이 매우 불편하여 길에 오를 수 없었다. 그대로 머물러 몸조리했다. 현감(신진)은 정겨운 말을 많이 했다. 황생원이라 칭하는 이가 나이가 71세로 하동에 왔는데, 예전에 서울에 살다가 지금은 떠돌아다닌다고 하였다. 나는 만나지 않았다.

　하동읍성은 이순신이 백의종군을 하던 길에 이틀 동안 머물렀던 역사적인 장소이다. 이순신이 머물렀던 곳은 어디일까, 폐허가 된 성안 옛터를 둘러본다.

　하동읍성은 고전면 고하리를 둘러싸고 있는 양경산의 정상부를 따라 축조된 성곽이다. 양경산 주변 2.8㎞를 역사탐방로로 조성하였다.

  고전 역사탐방로를 따라 걸어간다. 단풍이 낙엽 되어 휘날리고 가을이 깊어지고 겨울이 다가온다. 산과 들판에 하얗게 서리가 내렸다.

  초목을 시들어 죽게 하는 것은 서리다. 초목에만 서리가 있지 않고 사람에게도 있다. 인간에게 내리는 서리는 그간 너무 지나쳤으니, 낮추고 돌아보라는 일종의 경고음이다. 하지만 교만하고 방종한 인간들은 이 소리를 무시한다. 여전히 오뉴월로 알고 설치다가 하루아침 된서리에 준비 없이 얼어 죽는다. 성하고 쇠함은 불변의 이치이니, 촌음조차 아껴 쓰고 겸손하게 정진해야 한다.

  우수수 나뭇잎 지는 소리가 들려온다.
  아! 가을의 소리다.

무성하던 풀에 가을의 기운이 스치면 색깔이 변하고 나무는 잎이
진다.
사물도 절정의 때가 지나면 거둘 줄을 안다.
눈부신 신록과 절정의 초록이 지나면 낙엽의 계절이 온다.
인생의 가을, 윤기 흐르던 붉은 얼굴은 마른나무처럼 되고
검은 머리는 어디 가고 허옇게 센다.
결국은 흙으로 돌아가는 인생, 천년만년 갈 부귀영화는 없다.
하늘은 인간에게 이 이치를 깨닫게 하려고
성대한 시절 다 지나갔으니
이제는 그 기운을 죽여 침잠의 시간 속으로 돌아가라고
나뭇잎을 저렇게 지상으로 떨어뜨린다.

하동읍성 뒤로 고개를 넘어간다. 시작부터 산길이다. 철조망이 길
을 막아서 한참을 헤매다가 다시 임도로 되돌아와서 호젓하게 걸어
간다.

낯선 전화가 걸려 온다. 남해농협의 전무님과 상무님이다. 서은호
형님이 찾아보라고 해서 연락을 주었다고 한다. 산길을 오르고 내
린다.

10시 26분, 양보면 우복리의 주택을 지나간다. 집 앞에서 일을
하던 아저씨가 다짜고짜 커피 한잔하고 가란다. 부산에 살다가
귀향했다는 아저씨와 아주머니의 친절을 맛보고 두 번째 산을 넘
어간다.

'백두대간 우듬지 살티재(265m)'

내리막길에서 아뿔싸, 길이 없다. 그때 북천면 청년회에서 달아놓은 노란 리본이 멀리서 눈에 들어온다. 이름 모를 청년들에게 감사하고 사평리 마을회관을 지나서, 도로변에서 남해농협에서 온 분들을 만났다.

다짜고짜 차에 태워져 옥종면소재지로 가서 소고기로 점심 대접을 받고 조합장님이 주는 인삼 선물까지 받았다. 은혜는 돌에 새기고 원망은 물에 새기라 했으니, 명돌의 마음에 고마움을 새긴다.

모성마을회관에서부터 다시 산길 3.5㎞ 구간을 걸어간다. 쭉쭉 뻗은 잘생긴 소나무들이 병사들처럼 줄을 서서 인사를 한다.

이순신의 23전 전승의 비결에는 전략과 전술, 잘 훈련된 수군들과 격군들이 있었지만, 당시 조선의 군선과 함포 능력은 일본의 그것보다 우위였다.

조선 수군의 판옥선은 소나무로 만들고 나무못을 사용했고 장거리 함포를 장착했다. 일본의 군함 세키부네는 삼나무로 만들고 쇠못을 사용했으며 기껏해야 1~2문의 대포만 탑재하고 주로 조총으로 전투를 수행하였기에 화력 면에서 판옥선의 상대가 될 수 없었다.

조선의 군선은 원래 갑판이 하나인 1층짜리 배였다. 1555년 을묘왜변 때 왜구들이 한층 커지고 높아진 배를 타고 오자 뼈아픈 패배를 겪은 조선 수군은 전투함 혁신에 나서게 되었다. 그렇게 해서 만들어낸 배가 바로 판옥선이었다.

판옥선은 조선 수군의 주력 함대로 최소 120명 이상의 전투원과 비전투원을 탑승시킬 수 있었고, 대포에 해당하는 천자·지자·현자·황자총통으로 무장했다. 천자총통은 임진왜란 당시 사용하던 화포 중에서 가장 큰 화기로 거북선 및 판옥선에 장착하여 큰 성능을 발휘하였다. 포탄은 대장군전으로 그 무게가 30kg이나 되며, 사정거리는 1천2백 보, 960미터였다. 지자총통은 천자총통 다음으로 큰 화기로 조란탄이라는 철환 2백 개나 장군전을 발사했다. 거북선 등 전선의 주포로 사용했다. 크기에 따라 현자, 황자총통으로 이어지며, 승자총통은 선조 초기에 김지(金之)가 전라좌수사 재임 시에 육전에서 사용하기 위해 개발하였다. 사정거리는 6백 보였다.

판옥선은 바닥이 둥근 평저선으로 속도는 늦었지만 360도 회전이 가능했다. 함포를 사격하면 포신이 뜨거워진다. 포신이 식는 동안 배를 제자리에서 돌려가며 좌현 정면, 우현에서 쏠 수 있었다.

당시 일본군의 군함에는 세키부네 외에도 아타케부네, 고바야 등이 있었다. 이 중에서 제일 큰 군함은 아타케부네(안택선)이었지만 비중이 크지 않았다. 안택선은 주로 사령선 역할을 했는데 배 위에 가옥이 있어 사령관들이 첩과 함께 생활하기도 했다. 안택선의 크기는 판옥선보다는 크고 세키부네는 판옥선보다 작았다.

세키부네에는 비전투요원 수부 40명과 조총병 20명을 포함해 70~80명이 탑승했다. 고바야는 30명 정도 인원만 탑승하는 소형 선박이었다.

안택선과 세키부네는 바닥이 뾰족한 첨저선으로 파도를 헤치는 능력이 뛰어나 속도가 빨랐다. 가볍고 빨랐기에 장거리 항해할 수 있어 왜구들은 이러한 전함들로 조선과 명나라, 동남아시아까지 항해했다.

일본의 해전에서 함포의 역할은 크지 않았다. 가벼운 삼나무로 만든 함선들은 갑판이 함포의 진동을 이겨내지 못했다. 그래서 '칼의 나라'라는 위용답게 등선육박전술을 기본으로 삼았다. 조선 수군과 함포 사정거리의 격차를 느낀 일본 수군은 당연히 접근전을 전개하려 했다. 하지만 이순신은 지피지기로 백병전을 허용하지 않았다.

이순신은 임진왜란 시작부터 1597년 파직당할 때까지 단 한 척의 판옥선도 잃지 않았다. 이는 유비무환, 철저한 준비의 결과물이었다. 임진왜란 발발 전 이순신이 경상우수사나 경상좌수사였다면, 일본군은 조선 땅에 상륙하기도 전에 바다에서 참패를 당하고 일본 열도로 물러났을 것이다.

백의종군길, 하늘을 나는 새처럼 길을 가는 나그네의 발걸음은 가볍다. 하지만 억울함과 비장함으로 이순신의 발걸음은 무거웠다.

魚鹽得丙水(어염득병수) 국가에 충성하려다
白衣從軍行(백의종군행) 백의종군하는 처지가 되었구나.
風波與苦節(풍파여고절) 풍파 속에서 곧은 절개를 지키지만
難保此身名(난보차신명) 이 한 몸 명예를 끝내 지키기 어렵구나.

인생은 초콜릿 상자에 있는 초콜릿과 같다. 어떤 초콜릿을 선택하느냐에 따라 맛이 달라지듯이, 어떤 선택을 하느냐에 따라 인생의

결과가 달라진다. 오늘 가진 시간과 돈과 열정 등 소중한 것을 어디에 투자하는지를 보면 미래를 알 수 있다.

사르트르는 "인생은 B(Birth)와 D(Death) 사이의 C(Choice)"라고 했으니, 백의종군길 도보여행이라는 위대한 선택을 한 나그네가 마침내 서황리 중촌 노인복지회관에서 39코스를 마무리한다.

40코스

나의 백의종군길

증촌노인복지회관에서 손경례 집 13.6㎞

증촌노인복지회관 ➡ 서평리 ➡ 정수리 ➡ 법대리 ➡ 병천리 ➡ 손경례 집

한적한 시골 마을 중촌길을 걸어간다. 화정1교 다리를 건너서 하동의 옥종과 산청의 단성을 연결하는 옥단로 차도를 따라 에벤에 셀기도원을 지나간다.

'도움의 돌'이라는 의미의 '에벤에셀'

이스라엘이 블레셋과의 전쟁에서 승리한 뒤 승리를 기념하면서 돌을 쌓고 사무엘이 미스바와 센 사이에 세운 기념비, 그것을 에벤 에셀이라 부른다.

"하나님이 여기까지 도우셨다."

"우리를 도우시는 하나님"

명돌이 백의종군길에 도움의 돌을 세운다.

모든 이름에는 꿈이 녹아있다.

명돌(明乭)에도 꿈이 녹아있듯 순신(舜臣)에도 꿈이 녹아있다.

이순신은 이정의 아들 4형제 중 셋째로 태어났다.

네 아들의 이름을 '신(臣)'자를 돌림으로 하여

맏이는 고대 중국 삼황(三皇)의 복희씨(伏羲氏)를 본떠 희신(羲臣),

둘째는 오제(五帝)의 요(堯)임금에서 본떠 요신(堯臣),

셋째 순신(舜臣)은 순(舜)임금에서, 넷째 우신(禹臣)은 하(夏) 왕조의

시조인 우(禹)임금에서 따 왔으니,

'순신'이라는 이름에는 "순(舜)임금 같은 성군을 모시는 신하", "신하로서 순 임금처럼 영걸"이니 이순신의 삶과도 어울린다.

이순신의 자 여해(汝諧)는 서경(書經)에서 순임금이 우 임금을 지목하여 왕위를 넘겨주며 "오직 너(汝)여야 (세상을) 화평(諧)케 하리라"라고 말한 대목에서 이순신의 어머니 초계 변씨가 지어주었다고 한다.

옥종면 정수리 청수길 따라 청수교를 건너간다.
'청수역과 강정-쉼터' 표석 앞에서 발걸음을 멈춘다.
이순신은 이곳 어딘가에서 말을 쉬게 하고 잠시 쉬었을 것이다.

> 6월 1일 비가 계속 내렸다. 일찍 출발하여 청수역 시냇가를 정자에 이르러 말을 쉬게 하였다. (……)

이순신은 하동읍성에서 이틀간 머문 후 다시 길을 떠나 6월 1일 청수의 시냇가 정자에서 말을 쉬게 하였다. 이날 이순신은 몸이 매우 불편함에도, 하동읍성을 일찍 떠나서 비를 맞으며 이동하다가 청수의 냇가 정자에서 잠시 휴식을 취하였다. 그리고 다시 길을 떠나 이날 늦어서야 단성과 진주의 경계에 있는 박호원의 노비 집에 도착하였다.

청수역의 정확한 위치는 알 수 없으나 옥종면 정수리 일대로 전해지며 현재는 농경지로 이용되고 있다. 이 역 근처 냇가에는 역에 딸린 정자가 있었을 것으로 추측된다. 정수리에 흐르는 냇물은 북방천을 가리킨다.

충무공 이순신 백의종군길 670㎞ 도보여행기

정몽주를 배향하고 있는 옥산서원 앞을 지나간다. 옥산(614m)은 옥종면의 서쪽에 있는 산이다. 법대리를 지나서 산성교를 건너 병천리를 지나고 문암리에서 오늘의 발걸음을 멈춘다. 온천욕 모텔인 옥종불소유황천에서 숙박한다.

다음 날 새벽, 노천탕에서 새벽하늘을 보면서 노래를 한다.

오늘은 12월 25일 성탄절
겨울 한기 스치는 유황온천 노천탕
아기 예수 태어난 새벽
캄캄한 하늘에 반짝반짝 빛나는 별 하나
하늘에는 영광 땅에는 평화!
동방박사가 찾아온 그 별이 유난히 밝게 웃고 있다.

백의종군길 걷기 20일째
670㎞ 백의종군길은 60㎞로 가까워지고
충효와 구국의 고뇌에 찬 이순신의 백의종군 길은
이제 나의 백의종군 길이 되고
빙의가 된 나는 이순신이 된다.

저 별은 충무공 이순신의 별
어디로 가야 할 지 길에서 길을 찾을 때
이순신이라면 어떻게 할까
나를 인도할 장군별

백의종군 길에서 저 별과의 만남은 기적 중의 기적
낮에는 태양의 밝음으로
밤에는 장군별의 인도로
인생의 백의종군 길을 가리라

그림자 길게 뻗은 다음 날 이른 아침, 백의종군길에서 벗어나 이순신 유숙지 중촌마을 이희만의 집터에 들렀다.

이순신은 7월 18일 원균이 이끄는 수군이 대패했다는 소식을 듣고 전황을 살피기 위해 합천 율곡을 떠나 삼가, 단성을 거쳐 7월 20일 낮에는 진주목사를 만난 후 이곳 굴동에 사는 이희만의 집에서 하룻밤 머물고, 다음날 곤양으로 떠났다.

이순신은 사흘 뒤 곤양에서 돌아오는 길에도 이희만의 집에서 또 하룻밤을 유숙하였다. 집주인 이희만은 1570년에 치러진 식년시에 합격한 76세의 진사였다. 임진왜란이 발생하자 많은 군수품과 함께 두 아들을 전쟁터로 보냈고, 이순신의 휘하에서 많은 전공을 세웠다. 하동 두치에 계영정이라는 정자를 짓고 유유자적하기도 했다.

인근에 있는 이홍호의 집터는 갈 길이 급했기에 백의종군 길 답사가 끝난 후에 다시 들렀다.

손이 몹시 시리다. 햇살이 비치지만 날씨가 춥다. 문암교 입구 강 옆에 있는 정자인 강정(江亭)에 이르렀다. 칠천량 패전으로 이순신이 긴박하게 움직이던 때 스쳐 갔던 정자다.

거제도의 칠천량에서 조선 수군이 궤멸하고 도원수 권율의 군관인 이덕필 등이 이순신을 찾아왔다. 삼도 수군의 궤멸 소식을 들은 이순신은 통곡했다. 잠시 후 도원수 권율이 사태 수습을 위해 이순신을 방문했다. 〈난중일기〉의 기록이다.

1597년 7월 18일. 맑음. 새벽에 이덕필과 변홍달이 와서 전하기를, "16일 새벽에 수군이 밤의 기습을 받아 통제사 원균과 전라 우수사 이억기, 충청수사(최호) 및 여러 장수들이 다수의 피해를 보고 수군이 크게 패했다."라고 하였다. 듣자니 통곡함을 참지 못했다. 얼마 뒤 원수(권율)가 와서 말하기를, "일이 이미 이 지경에 이르렀으니 어쩔 수 없다."라고 하면서 사시(오전 10시)까지 이야기를 나누었으나 마음을 안정하지 못했다. 나는 "내가 직접 연해 지방에 가서 듣고 본 뒤에 결정하겠다."라고 말했더니, 원수가 매우 기뻐하였다. (……)

19일 종일 비가 계속 내렸다. 오는 길에 단성의 동산 산성에 올라 그 형세를 살펴보니, 매우 험하여 적이 엿볼 수 없을 것이다. 그대로 단성현에 유숙했다.

20일 종일 비가 계속 내렸다. (……) 낮에 진주 정개 산성 아래에 있는 강정으로 갔다. 진주 목사가 와서 만났다. 굴동(하동 옥종)의 이희만 집에서 잤다.

7월 21일. (……) 점심을 먹은 뒤 노량에 도착하니, 거제 현령 안위와 영등포 만호 조계종 등 10여 명이 와서 통곡하고, 피해 나온 군사와 백성들도 울부짖으며 곡하지 않는 이가 없었다. 경상 수사(배설)는 피해 달아나서 보이지 않았다. 우후 이의득이 보러 왔기에 패한 상황을 물었더니, 사람들은 모두 울면서 말하기를, "대장 원균이 적을 보고 먼저 달아나 육지로 올라가자, 여러 장수들도 모두 그를 따라 육지로 올라가서 이 지경에 이르렀다."라고 하였다. 그들은 "대장의 잘못을 입으로 표현할 수 없고 그의 살점이라도 뜯어먹고 싶다."라고 하였다. 거제의 배 위에서 거제 현령(안위)과 이야기하는데, 4경(새벽 2시경)에 이르도록 조금도 눈을 붙이지 못해 눈병을 얻었다.

22일 맑음. 아침에 배설이 와서 만나니, 원균의 패망한 일을 많이 말했다. (……) 오후에 곤양에 가서 몸이 불편하여 잤다.

23일 비가 오다가 개다가 했다. (……) 진주 운곡의 전에 유숙했던 곳에서 잤다. (……)

24일 비가 계속 내려 그치지 않았다. (……) 식후에 이홍훈의 집으로 거처를 옮겼다. (……)

25일 늦게 갰다. (……) 배수립이 와서 만나고 이곳 주인 이홍훈도 와서 만났다. (……)

26일 비가 오다 개다 했다. 일찍 밥을 먹고 정개 산성 아래의 송정 아래로 가서 황여일과 진주목사와 이야기했다. 해가 저물어서 숙소로 돌아왔다.

이순신은 7월 24일부터 옥종면 이홍훈의 집에 머물다가 27일 손경례의 집으로 거처를 옮겼다. 그리고 8월 3일 손경례의 집에서 다시 삼도수군통제사 임명 교지를 받았다.

이순신은 칠천량에서 패전 후 긴박하게 움직이며 여러 사람을 만났다. 이때 이희만의 집으로 가다가 이곳 강정에서 진주목사와 만나 대책을 숙의하였다. 또 노량과 곤양의 전황을 살핀 뒤 이홍훈의 집에 머물던 7월 26일 이곳에서 정개 산성에 주둔하고 있던 종사관 황여상과 진주목사와 함께 이야기를 나누었다.

〈난중일기〉에는 강정 또는 송정이라 했는데 문암바위를 의지하고 동남쪽으로 덕천강을 굽어보고 있으며 몇 그루의 노송이 풍취를 더하는 곳이다.

손형이라는 사람이 정자를 짓고 노년을 보냈으나 정유재란 때 일본군의 전라도 침입 와중에 불탔다고 한다. 조선 후기에는 강정을 가꾸고 나루터를 만들어 1975년까지 370여 년 동안 원계리로 통하는 교통의 요지가 되기도 하였다.

백의종군로 도보탐방로 3코스 '희망의 길'을 걸어간다. 말없이 흘러가는 덕천강을 바라본다. 문암교를 건너서 진주시 수곡면 손경례의 집으로 향한다. 이순신이 노량을 다녀온 뒤에 5일간 머물면서 8월 3일 삼도수군통제사 재임명 교서를 받은 곳이다. 이제는 진주 땅이다. 이순신은 백의종군길 합천으로 갈 때는 손경례의 집에 들르지 않았다.

진주는 삼도수군통제사로 재수임받기까지 모든 행로가 지나는 구간으로 총연장은 2㎞로 짧으며 유숙 기간은 총 5일이다.

손경례의 집 입구에서 스탬프를 찍고 손경례의 집으로 올라간다.

1597년 7월 7일, 원균은 부산의 다대포를 공격했다. 원균은 세키부네 10척을 격침했지만, 대신 판옥선을 무려 30여 척이나 잃었다.

이순신은 그 어떤 전투에서도 판옥선을 단 1척도 잃지 않았다. 원균은 고개를 숙인 채 한산도로 귀환했다. 도원수 권율은 분노했다. 7월 11일, 권율은 수군 단독작전에 미온적 태도를 보이는 원균에게 곤장을 쳤다. 〈난중잡록〉의 기록이다.

> 권율은 원균이 직접 바다에 내려가지 않고 적을 두려워하여 지체하였다 하여 곤장을 치면서 말하기를,
> "국가에서 너에게 높은 벼슬을 준 것이 어찌 한갓 편안히 부귀를 누리라 한 것이냐? 임금의 은혜를 저버렸으니, 너의 죄는 용서받을 수 없는 것이다."
> 이날 밤에 원균이 한산도에 이르러 군사를 있는 대로 거느리고 부산으로 향하였다.

도원수 권율은 삼도수군통제사 원균을 곤장까지 때리며 출전하라고 다그쳤다. 원균은 "이미 장마가 시작되어 출항이 용이하지 않으니, 장마가 그치면 출전하겠다."라고 했으나 받아들여지지 않았다. 원균은 선제공격이 불가함을 알면서도 선조에게 자신이라면 원하는 작전을 수행할 수 있다고 장계를 올렸고, 출전하지 않는 이순신을 파직시키는 데 앞장을 섰다. 곤장을 맞은 원균은 술을 마셨다. 그리고 휘하 제장들과 상의 한마디 없이 한산도의 전 병력과 모든 함대를 출전시켰다. 심지어 한산도의 수비 병력조차 남기지 않았다.

7월 12일, 원균은 휘하의 모든 수군을 이끌고 삼도수군통제영인 한산도를 출발해 7월 14일 부산 영도 인근에 도착했다. 이미 조선 수군의 동향을 꿰뚫고 있던 왜군은 맞대응을 피하며 회피 전술을

펼쳐 조선 수군을 지치게 했다. 때마침 거센 풍랑까지 있었다. 10척의 판옥선이 거센 파도를 이겨내지 못하고 부산 근처 일본군의 본영인 서생포와 두모포로 떠내려갔다. 세키부네에 포위되어 판옥선에 타고 있던 1,500명의 조선 수군은 전멸당했다.

해 질 무렵 가덕도 앞바다로 물러나 군사들이 땔나무와 물을 구하러 섬에 상륙했다가 매복해 있던 왜군 육군에게 기습을 당했다. 원균은 가덕도에 내린 400여 명의 조선 수군을 버리고 급히 거제도로 후퇴해 영등포에서 그날 밤을 머물렀다.

14일이 저물고 15일이 밝았다. 이날은 비가 내리면서 기상 상태가 더욱 나빠졌다. 최악의 상황에서 당연히 한산도로 회군했어야 하나, 원균은 한산도로 돌아가고 싶지 않았다. 15일 오후 조선 수군은 비바람을 피하기 위해 칠천량 쪽으로 이동했다. 하지만 도도 다카도라, 와키자카 야스하루, 가토 요시아키가 지휘하는 왜군 수군은 이날 밤부터 조선 수군을 포위하기 시작했다.

7월 16일 새벽, 포위망을 갖춘 일본 수군은 기습을 시작으로 총공격을 펼쳤다. 왜군 장수들은 경쟁하듯 전장을 누비며 조선 수군의 함선을 파괴했다. 일본군들은 몇 년간 조선 수군에게 당했던 패배와 치욕을 씻기라도 하듯이 조선 수군을 베고 또 베었다. 이순신이 목숨처럼 아끼며 증강해 왔던 무적 조선 수군과 전함들은 하룻밤 사이에 처참하게 붕괴되었다.

시마즈 요시히로와 시마즈 다다쓰네 부자는 병사 3,000명을 칠천도 해안에 미리 배치해 조선 수군의 상륙을 막았다. 조선 수군은 칠천도 앞바다에서 사실상 궤멸했다. 전라우수사 이억기와 충청 수사 최호는 칠천량 해협을 간신히 빠져나와 진해만으로 도망갔지만, 속도가 빠른 세키부네에게 포위되어 백병전을 치른 후 끝내 전사했다.

진해만 쪽으로 달아난 조선 수군은 뒤쫓아 온 왜군 수군에게 섬멸됐다. 원균도 왜군에게 쫓기다 고성 춘원포에 상륙해서 전사했다. 한산도 쪽으로 미리 달아난 경상우수사 배설만은 한산도의 삼도수군통제영을 불사르고 전함 12척을 수습해 전라도로 대피했다. 칠천량 해전을 계기로 5년간을 지켜온 남해안 제해권은 조선 수군에서 왜군 수군으로 완전히 넘어갔다.

41코스

다시 삼도수군통제사가 되다

손경례 집에서 신안파출소 15.8㎞

손경례 집 ➡ 창촌리 ➡ 금만마을 ➡ 남사제 ➡ 남사마을 ➡

신안파출소

'忠武公李舜臣統制使再受任史蹟地入口'(충무공
이순신통제사재수임사적지입구)라는 표석을 보고 손경례의 집을 찾아
간다. 재임명 교서를 받고 다시 삼도수군통제사가 되는 역사적인 그
곳이다. 다시 삼도수군통제사가 되었으니, 백의종군의 실질적인 마
지막 지점이다.

설레는 가슴으로 마을로 들어선다. '독만권서(讀萬卷書)보다는 행
만리로(行萬里路)가 낫다'라고 했다. 만 권의 책을 읽기보다는 만 리
길을 걷는 것이 낫다는 얘기다. 책으로만 보기보다는 현장에서 느
끼는 감정은 더 진하다.

시간의 경험은 어떤 경우든 장소와 행위와 다채로운 에피소드로
이루어진다. 시간의 경험 속에는 구체적인 일상뿐만 아니라 추상과
상상이 스며든다.

느티나무 한 그루가 부축받으며 힘겹게 서 있다. 1962년 보호수로
지정 당시 수령이 약 550년이니 600년은 훨씬 넘었다. 그렇다면 느
티나무는 기억할 것이다. 그날 이순신에게 있었던 일들을.

폐허가 된 손경례의 집은 초라하고 쓸쓸하다. '必死則生 必生則死'
목판 또한 처연하다. 이렇게밖에 관리할 수가 없을까, 아쉬움이 밀

려든다. 이순신은 이곳에서 8월 3일 삼도수군통제사 재임명 교서를
받았다.

7월 27일 종일 비가 내렸다. 이른 아침에 정개 산성 건너편 손경례의 집
으로 옮겨 머물렀다. (⋯⋯)

28일 비가 내렸다. 이희량이 와서 만났다. 초경(밤 8시경)에 동지 이천과
진주목사, 소촌의 찰방 이시경이 와서 밤에 이야기하다가 3경(자정 무렵)
후에 돌아갔다. 논한 일이 모두 대응 계책에 대한 일이었다.

29일 비가 오다가 개다가 했다. 아침에 이천과 함께 밥을 먹고는 그를
체찰사(이원익) 앞으로 보냈다. 늦게 냇가로 나가 군사를 점검하고 말을 달
렸는데, 원수(권율)가 보낸 데는 모두 말이 없고 활과 화살도 없어 쓸모가

없었다. 매우 한탄스러웠다. (⋯⋯)

8월 1일 큰비가 와서 물이 불었다. 늦게 이찰방(이시경)이 와서 만났다. 조선옥과 홍대방 등이 와서 만났다.

8월 2일 잠시 갰다. 홀로 병영 마루에 앉았으니 그리운 마음이 어떠하랴. 비통함이 그치지 않는다. 이날 밤 꿈에 임금의 명령을 받을 징조가 있었다.

8월 3일 맑음. 이른 아침에 선전관 양호가 뜻밖에 들어와 교서와 유서를 주었는데, 그 왕명서 내용은 곧 삼도통제사를 겸하라는 명령이었다. 공손히 절을 한 뒤에 삼가 받았다는 편지를 써서 봉해 올렸다. 이날 바로 길을 떠나 곧장 두치로 가는 길에 들어 초경(밤 8시경)에 행보역에 이르러 말을 쉬게 하고, 삼경 말(새벽 1시경)에 길에 올라 두치에 이르니, 날이 새려고 한다. 쌍계동(화개)에 이르니, 어지러운 암석들이 뾰족하게 솟아 있고 막 내린 비에 물이 넘쳐흘러 간신히 건넜다. 석주관에 이르니, 이원춘과 유해가 병사를 매복시키고 지키다가 나를 보고는 적을 토벌할 일에 대해 많이 이야기했다. 저물녘 구례현에 이르니 온 경내가 적막했다. 성 북문 밖(구례 봉북리)의 전날 묵었던 주인집에서 잤는데, 주인은 이미 산골로 피난 갔다고 했다. 손인필이 바로 와서 만났는데, 곡식을 지고 왔고, 손응남은 때 이른 감을 바쳤다.

8월 3일 이른 아침, 임금의 명을 받든 선전관이 교서를 가지고 나타났다. 칠천량 패전 후 전황을 살피기 위해 나선 길이었다. 이순신은 전날 밤 임금의 명을 받을 징조로 보이는 꿈을 꾸었다. 〈이충무공전서〉의 선조의 교서다.

생각건대 경은 수군절도사로 임명할 때부터 벌써 이름이 드러났고 임진년 해전의 승리를 거둔 뒤부터는 크게 공을 떨쳐, 변방 군사들이 만리장성처럼 든든히 여겼다. 지난번에 경의 벼슬을 뺏고 백의종군하도록 하였던 것은 사람의 헤아림이 깊지 못하여 생긴 일이었다. 그리하여 오늘 이같이 패전의 치욕을 당하게 되었으니, 무슨 말을 하겠는가? 무슨 말을 하겠는가? 지금 상중에 있는 경을 특별히 기용하고, 또 백의에서 다시 전라좌수사 겸 충청·전라·경상 삼도수군통제사로 임명하노니, 경은 부임하는 날 먼저 부하를 불러 위로하고 흩어져 도망간 자를 찾아서 단결시켜 수군의 진영을 만들라.

임금이 스스로 자기 잘못을 토로한 보기 드문 이 교서는 그만큼 전황이 다급하다는 방증이기도 했다. 삼도의 수군이 칠천량의 한 차례 패전에서 모두 다 없어졌으니, 선조의 근심과 걱정이 오죽하겠는가? 선조는 결국 이순신에게 충의의 마음을 더욱 굳건히 하여 나라를 구제하길 바라는 소망을 이루어주길 간절히 기대할 수밖에 없는 처지였다.

교서에 절을 한 이순신은 잘 받았다는 서장(書狀)을 써서 올리고 곧바로 길을 떠났다. 이제 통제사로서 뿔뿔이 흩어진 수군을 재건하여 적의 공격을 막아야 할 막중한 임무가 다시 주어진 것이다. 〈난중일기〉에는 이때 이순신의 동태와 심경이 잘 나타나 있다.

　7월 22일 선조는 이순신을 전라좌수사 겸 삼도수군통제사로 재임명했고, 교서는 열흘 뒤인 8월 3일에 이순신에게 도착했다.

　백의종군 중에 받은 선조의 교서는 어머니를 잃고 상중에 있는 이순신을 다시 삼도수군통제사로 임명한다는 내용이었다. 흔히 기복수직교서라고 부른다. 부모에 대한 효를 무엇보다 중요한 가치로 여겼기 때문에 상중에는 벼슬을 하지 않고 시묘살이를 하는 것이 보통이나 나라가 필요할 때는 상복을 벗고 벼슬에 다시 나아가야 하는데 이를 기복출사(起復出仕)라 했다. 〈징비록〉의 기록이다.

　　이순신을 다시 기용하여 삼도수군통제사로 삼았다. 한산도의 패전 보고가 이르자 조야가 크게 놀랐다. 임금께서 비변사의 여러 신하를 불러보시고 계책을 물었으나, 군신들은 두렵고 당황하여 대답할 말을 알지 못했다. 경림군 김명원과 병조판서 이항복이 조용히 임금께 아뢰기를 "이것은 원균의 죄이오니, 마땅히 이순신을 기용하여 통제사로 삼는 길뿐입니다." 하자 임금께서 이 말에 따랐다. 이때 권율은 원균이 패전했다는 소식을 듣고 이순신을 보내 남은 군사를 거두어 모으게 했는데, 적군의 형세가 한창 강성한 때였다. 이순신은 군관 한 사람을 데리고 경상도에서 전라도로 들어갔는데, 밤낮으로 몰래 가며 이리저리 돌아서 간신히 진도에 이르렀고, 군사를 거두어 적군을 막고자 노력했다.

이순신은 다시 삼도수군통제사가 되었다. 파직되기 전 정2품이었으나 삼도수군통제사로 재임명 될 때 품계는 원래 품계가 아닌 정3품 절충장군으로 임명되었다. 선조의 뒤끝이 심했다. 재임명하면서도 선조의 마음은 이순신을 경계했다. 훗날 명량해전의 전공에 대해 선조가 이순신에게 포상을 내리기를 주저하자 보다 못한 명나라 경리 양호가 원래 품계라도 돌려주라고 계속 압박하여 이순신은 정2품 정헌대부로 복귀했다.

이순신은 왜 통제사직을 순순히 받아들였을까? 선조에 대한 분노와 원망은 없었을까? 그것은 충(忠)이었다. 나라에 대한 충이고 백성에 대한 충이었다. 이순신의 충은 더 이상 선조를 향하고 있지 않았다. 다시 삼도수군통제사로 임명받은 후 〈난중일기〉에 이순신이 한양의 선조를 향해 망궐례를 행했다는 기록이 없다.

손경례의 집에서 백의종군로로 내려와 다시 인근에 있는 陣(진)배미 유지로 향한다. 진배미 유지는 '백의종군로 670㎞'에는 포함되지 않았다.

딸기밭 비닐하우스들 가운데 1975년에 세운 '李忠武公軍事訓練遺蹟碑'(이충무공 군사훈련 유적비)가 서 있다.

진배미 유적은 백의종군할 때 말을 타고 달리고 군사를 점검하던 곳이다. 진배미라는 말은 군사를 점검하던 곳이라는 뜻이다. 〈난중일기〉 1597년 7월 29일 기사에는 "냇가에 나가 군사를 점검하고 말을 달려는데 원수(권율)가 보낸 군대는 모두 말도 없고 활에 화살도 없으니 소용없었다. 탄식할 일이다."라고 기록하고 있다. 이 기사의 냇가가 바로 진배미이다. 이순신은 이곳에서 권율로부터 지원받은 군사의 훈련 상태와 휴대한 무기를 점검하였고 그 허술함에 한탄하였음을 알 수 있다.

지금은 제방을 쌓고 터를 가꾸었지만 400여 년 전 냇가의 풀밭이었을 황량한 이곳에서 조선 수군의 수습에 고심하면서 한편으로는 주변 군사들의 훈련에도 골몰하였을 이순신을 떠올려 본다. 노산 이은상 선생이 쓴 비석의 글은 소나무에 가려져 잘 보이지 않는다. 딸기농장에서 일하는 순박해 보이는 아저씨에게 인사를 하고 묻는다.

"이곳을 찾는 사람은 많습니까?"

"거의 잘 없어요."

다시 손경례 집 입구를 지나서 도로를 따라 수곡농협 원계지구

농산물집하장 앞을 지나간다. 빨간 수곡 딸기 모형물이 '딸기 하면 수곡 딸기가 으뜸'이라며 딸기 고장임을 자랑한다.

산청군이라는 이정표가 반긴다. 이제 진주에서 산청군으로 들어선다. 600㎞를 돌파하는 구간, 이제는 정말 멀지 않았다는 생각이 든다.

금만 마을회관을 지나간다. 고양이 한 마리가 논바닥에서 움츠리고 바라본다. 춥지도 않은가.

백의종군로 도보 탐방로 제1코스 고난의 길을 걸어간다. 1코스 전체경로는 금만 마을회관에서 이사재까지 4.95㎞이다. 3코스 희망의 길은 손경례의 집에서 다시 삼도수군통제사가 되었기 때문이면, 1코스 고난의 길은 합천 율곡으로 가고 있는 백의종군길이기 때문이다.

단성면 사월리, 강 건너 남사예담촌 남사제가 보인다. '한국에서 가장 아름다운 마을 제1호'를 자랑한다.

기산음악당을 지나서 이사재에 도착했다. 이순신은 이곳에서 유숙했다.

> 6월 1일 (……) 저물녘 단성(산청 단성 성내리) 땅과 진주 땅의 경계에 사는 박호원의 농사짓는 종의 집에 투숙하려는데, 주인이 반갑게 맞기는 하나 잠자는 방이 좋지 못하여 간신히 밤을 지냈다. (……)

억수처럼 내리는 빗속에서 청수역을 떠나 단성에 도착한 이순신은 박호원의 농사를 짓는 이곳의 노비 집에서 하룻밤을 묵었다. 박호원은 1562년(명종 17) 임꺽정 등 도적을 진압한 공을 세우기도 했으며 호조판서를 역임했다. 이사재는 박호원의 제사를 지내려고 지은 재실이다.

밤새도록 내리는 빗속에 방마저 좋지 않아 선잠을 잘 수밖에 없었던 이순신은 다음 날 아침 일찍 삼가현을 향해 출발했다.

이사교를 건너서 위험한 다리 공사 현장을 건너서 갓길로 고개를 넘어간다. 목화밭이다. 고려 말기에 우리나라에서 처음으로 면화를 재배한 산청 목면 시배 유지다. 문익점은 공민왕 12년(1363) 중국 원나라에 사신으로 갔다가 귀국하는 길에 면화 씨앗을 구해왔다. 그 뒤 문익점은 장인 정천익과 함께 면화 재배에 성공하였다. 면화로부터 얻어지는 포근한 솜과 질긴 무명은 옷감을 향상해 백성들의 의생활에 혁명적인 공헌을 하게 되었다.

덕천강을 바라보며 다리를 건너간다. 멀리 지리산이 다가온다. 신안면 신안파출소에서 41코스를 마무리한다.

42코스

회령포 출정식

신안파출소에서 단계리 이순신 쉼터 10.7㎞

신안파출소 ➡ 중촌리 ➡ 창안마을 ➡ 문대리 ➡ 단계리 이순신 쉼터

12월 26일 아침 햇살이 신선하다.

덕천강을 바라보며 적벽산 피암터널 갓길을 걸어간다.

강물은 강을 따라 흘러가는 보헤미안

구름은 하늘을 흘러가는 보헤미안

파도는 바다를 떠도는 보헤미안

인생은 세상을 헤매는 보헤미안

인간은 끝없는 미망 속에서 길 위를 떠도는 보헤미안

보헤미안의 노래를 부르며 바람이 이끄는 대로 하염없이 흘러간다.

내일이면 백의종군길 걷기를 모두 마친다. 드디어 끝이 다가온다.

터널 외벽에 남명 조식, 문익점 등 산청 출신 위인들의 얼굴들이 그려져 있다. 성철 스님이 "이 뭐꼬!" 설하신다. 성철스님의 대표 가르침은 "산은 산이요, 물은 물이다."와 모두 내려놓으라는 "방하착(放下着)"이다.

내 인생의 그릇은 질그릇인가 황금 그릇인가. 본질은 변하지 않는 인생, 궁궐에 살면서 불화하느니 초가에 살면서 화목한 게 좋은 법, 어느 그릇이든지 간에 인생은 참으로 아름다운 것.

길은 걷는 자의 것이요 인생은 누리는 자의 것이다. 산은 산이요 물은 물이다. 깨달음 이전과 이후에도 세계는 변함없이 그대로인데, 깨달은 자의 눈에는 본질을 간파한 있는 그대로의 산과 물이 보인다는 의미다.

자유는 채움으로써가 아니라
비움으로써 얻어지는 것
물질적 의존이나 정신적 속박으로부터
해방되어야 누릴 수 있는 것
방하착!
진정한 자유는
자신으로부터 해방되는 것이니
자유의 정점은 세상을 가볍게 건너가는
마음의 자유인 것을

'나는 자유인이다!'를 외치며 걸어갈 때 2차선 도로 위에 거대한 검은 독수리 한 마리가 앉아서 물끄러미 바라본다. 공격하면 어찌할까, 걸음을 멈추고 묵묵히 기다린다. 마침 포터 차량이 지나가고

독수리는 길옆의 밭으로 조
금 이동하여 다시 물끄러미
바라본다. 경계를 풀지 않고
눈싸움하면서 걸어간다. 마
침내 안전거리, 독수리와 까
마귀와의 싸움에서 까마귀
가 독수리를 이긴다고 하듯
뛰는 놈 위에 나는 놈이 있
고 나는 놈 위에 붙어가는
놈이 있다.

11시 15분 신등면 단계리
이순신 쉼터에 도착했다.

6월 2일. 비가 오다 개다 했
다. 일찍 출발하여 단계(산청
신등면 단계리) 시냇가에서 아
침밥을 먹었다. (……)

충무공의 추모 공원이 조성되어 있다. 이순신은 민폐를 걱정하여
단계마을을 통과하지 않고 이곳 단계천 시냇가를 선택하였다고 전
해진다.

이순신은 진주 손경례의 집에서 삼도수군통제사로 제수된 바로
다음 날 수군 재건을 위해 길을 나섰다. 옆에는 송대립, 유황 등 군

관 9명과 병졸 6명이 전부였다. 이순신은 진주에서 하동으로 갔다가 구례로 갔다. 구례를 떠나 곡성으로 가는 길에 많은 피난민들을 만났다. 피난민들은 이순신을 보자 길에 엎드려서 대성통곡을 했다. 이순신 일행도 함께 울었다.

8월 5일 맑다. 옥과(곡성)에 이르니 피난민이 길에 가득하다. 말에서 내려 타일렀다. (……) 옥과 현감 홍요자는 병을 핑계로 나오지 않았다. 잡아다 죄주려 하자 그제야 나와서 봤다.

8월 9일 일찍 떠나 낙안에 이르니 사람들이 많이 나와 오리까지나 환영했다. 백성들이 달아나고 흩어진 까닭을 물으니 모두 "병마사가 적이 쳐들어온다고 겁을 먹고 창고에 불을 지르고 달아났기에 백성들도 뿔뿔이 흩어졌다."라고 답했다. 군청에 이르니 관청과 창고가 다 타버리고 관리와 마을 사람들이 눈물을 흘리며 와서 봤다. 오후에 길을 떠나 십 리쯤 오니, 노인들이 길가에 서서 술병을 다투어 바치는데, 받지 않으면 울면서 억지로 권했다.

이순신은 곡성에서 순천으로 갔다. 순천에서는 청야 작전으로 인하여 군량미로 쓸 곡식이 전혀 없었다. 순천을 떠나 보성으로 들어간 이순신은 보성 조양창에서 상당량의 군량미를 확보했다. 그 기쁨은 이루 말할 수 없었다. 또 칠천량에서 죽은 줄 알았던 송희립을 다시 만났다. '좌정운 우희립'이라 불리는 수족 역할을 하는 군관이었다. 거제 현령 안위도 찾아오고 전라좌수영부터 부하인 이몽구도 찾아왔다. 이순신은 처가 동네 보성에서 기쁨을 나누었다.

이순신은 8월 11일부터 14일까지 3박 4일간 득량면 송곳리 328-1 박곡마을 양산항의 집에 머무르며 정보를 파악하고 일곱 통의 장계를 썼다. 이순신은 이곳에서 득량 선소와 석대, 장흥 회령 등으로 전령을 보내고 관원과 군관들에게 소집 전령을 전달했다. 이순신의 전령을 받고 보성군수와 전라좌수영의 유진장을 지낸 이몽구, 하동 현감 신진, 거제 현령 안위, 발포 만호 소계남이 차례로 소집하였다. 첩보 수집을 위해 의병장 최대성과 송희립 등이 와서 이순신을 도왔다.

　　이순신은 일본군의 이동 상황을 파악하기 위해 여수와 하동 등으로 계속 전령을 보냈다. 피난민에 섞여 이동하고 있는 경상우수사 배설 휘하의 여러 장수의 소재도 파악하였다.

8월 15일 이순신은 "지금 신에게는 아직도 12척의 배가 있나이다." 장계를 올리고 17일에 보성을 떠났다. 삼도수군통제사 이순신이 병참 물자를 향선에 선적하여 바다로 출정한 곳이 장흥의 군학 군영 구미이다.

칠천량 해전 후 경상우수사 배설이 군영 구미 항구에 입항하기로 하였으나 나타나지 않았다. 배설은 장흥 회령포로 이미 들어갔다. 기다리던 이순신은 회령포로 가기 위해 보성과 장흥 일대의 해상 의병의 협조를 구하였다. 이순신의 전령을 받은 김명립, 마하수 등이 어선을 이끌고 왔다.

회령포(회령진성)는 정유재란 이후 이순신이 처음으로 수군 함대를 이끌고 해상 전투를 위해 출정한 곳이다. 이순신이 수군을 짧은 시간에 복귀시킬 수 있었던 것은 전라도 연해민들의 후원에 힘입어 군수물자를 모을 수 있었기 때문이다.

이순신은 회령포에서 경상우수사 배설 휘하의 전선을 인수하였다. 그리고 전라우수사 김억추에게 명령하여 전라도 연해 지역 군영 소속의 잔류함선을 수습하게 하였다. 이순신이 삼도수군통제사 교지를 받고 회령진성을 내려올 당시 이끌고 왔던 군졸의 수가 120명, 이때 이순신의 전선은 12척이었다.

장흥군 회진면은 명량대첩의 신화를 일군 조선함대 12척의 출발지였음을 알리는 의미를 안고 있는 곳으로 회령포에는 이순신이 출정한 것을 기념하는 공간이 있다.

이순신은 8월 18일 회령진에 도착해 이것저것 점검을 지시하며 판옥선의 갑판이 깨진 것도 수리하라고 이르고, 그동안 있었던 일을 보고 받고 조사 지휘하였다.

8월 19일 이순신은 회령포(會寧浦)에서 전 병력을 무장하여 도열하고 통제사 지휘관에게 충성을 다짐하는 행사를 했다. 임금의 교서를 들고 충성을 결의하는 군례인 '숙배' 행사였다. 이 자리에 배설이 뱃멀미를 핑계로 나오지 않아 그의 속리 이방을 잡아다 곤장 20대를 쳐서 엄하게 다스렸다. 선조는 이순신을 다시 통제사에 제수할 때 경상우수사 배설, 전라우수사 김억추와 같은 품계로 제수하여 분란을 초래했다.

이순신은 임금이 내린 교서를 병사들에게 내보이며 "지금 임금의 명령을 다 같이 받들었으니 의리상 같이 죽는 것이 마땅하도다." 하고 충성을 맹세하였다. 그리고 이때 해남 이진으로 진을 옮긴 이순신은 건강이 아주 좋지 않았다.

8월 20일 맑음. 앞 포구가 매우 좁아서 이진(해남 북평면 이진리)으로 진을 옮겼다.

8월 21일 맑음. 날이 새기 전에 곽란이 나서 심하게 아팠다. 몸을 차게 했다는 생각이 들어서 소주를 마셨더니 조금 후 인사불성이 되어 거의 구하지 못하게 될 뻔했다. 밤새도록 새벽까지 앉아 있었다.

8월 22일 맑음. 곽란이 점점 심해져서 일어나 움직일 수가 없었다.

8월 23일 맑음. 통증이 매우 심해져서 배에 머무르기가 불편하여 배를 버리고 바다에서 나와 육지에서 잤다.

8월 24일 맑음. 일찍 도괘(해남 북평면 남성리 바다)에 가서 아침밥을 먹었

다. 어란 앞바다에 도착하니, 가는 곳마다 이미 텅 비었다. 바다 가운데서
잤다.

8월 25일 맑음. 그대로 머물렀다. 아침 식사를 할 때 당포의 포작이 방
목한 소를 훔쳐 끌고 가면서 허위 경보를 알리기를, "왜적이 왔다. 왜적이
왔다."라고 하였다. 나는 이미 그것이 거짓임을 알고 허위 경보를 낸 두
사람을 잡아다가 바로 목을 베어 걸게 하니, 군중의 인심이 크게 안정되
었다.

해남의 이진진성(二津鎭城)에 머무를 때 이순신은 토사곽란으로
고생했다. 명량해전이 일어나기 불과 한 달 전이었다. 이순신은 일
본군과 싸울 수 있는 최적의 장소를 찾아야 했기에 회복되자 해남
내 어란진으로 이동하였다.

9월 7일 고흥반도를 지난 일본 전함들이 어란진 인근에 나타났
다. 칠천량 해전의 승리감에 취한 일본 함대 8척이었다. 칠천량 해전
이전만 해도 일본 함대는 전라도 바다는커녕 견내량을 통과하지도
못했다. 그런 일본 함대가 한산도를 점령하여 쑥대밭으로 만들고 섬
진강 하구를 지나 전라좌수영의 본영인 여수를 유린했다.

조선 수군이 어란진에 나타난 적선에게 함포사격을 가하자 일본
전선은 도망을 갔다. 적의 대규모 공격을 방어하기에는 불리한 어란
진을 떠난 이순신은 다시 진도 벽파진에 진을 쳤다. 이때 칠천량에
서 죽은 이억기를 대신하여 전라우수사 김억추가 판옥선 1척을 이
끌고 합류하였다. 조선 수군의 판옥선은 모두 13척이 되었다.

이순신이 어란진에서 벽파진으로 이동하자 일본 수군은 어란진까

지 진격하여 수백 척에 달하는 함선을 집결시켰다.

이순신은 울돌목 앞 벽파진에 13척의 판옥선을 배치하고 진을 쳤다. 그리고 열흘 뒤 9월 16일 울돌목에서 이제 기적 같은 명량해전이 기다리고 있었다.

43코스

명량해전

단계리 이순신 쉼터에서 삼가면사무소 19.6㎞

단계리 이순신 쉼터 ➡ 연산마을 ➡ 덕진리 ➡ 가수교 삼거리 ➡

삼가면사무소

바람이 불어온다. 두려움의 바람이 세차게 불어온다. 나무들이 춤을 춘다. 절망의 골짜기에 희망의 샘이 솟듯 뿌리 깊은 나무는 폭풍을 두려워하지 않는다. 슬픔과 좌절의 폭풍이 불어오면 줄기는 춤을 추며 축제를 하고 뿌리는 살아있음을 노래한다. 폭풍은 나무에게 다가오는 도전, 나무는 흔들리면서 자신의 힘과 생명력을 느낀다.

용기를 용기로 나타내는 것보다 두려움을 이겨낸 용기가 위대하다. 명량해전 출전을 앞둔 이순신은 두려움에 떠는 병사들에게 "두려움을 용기로 바꿔라!" 했으니 백의종군길에도 충무공 이순신의 용기의 바람이 불어온다.

찬바람이 몸을 흔들리게 할 정도로 세차게 불어온다. 미지의 세계에 대한 설렘과 돌발적인 사건으로 중도에 그만둘까 하는 일말의

두려움은 이제 막바지로 접어든다. 금강산도 식후경이라, 길림성 맛집에서 짬뽕밥을 먹는다. 손님이 많아서 합석한 아저씨, 법조계에 있다가 고향 산청을 위해 선출직 출마 준비를 한다고 한다.

와각지쟁(蝸角之爭)이라, 달팽이 뿔 위에서 아웅다웅 부귀공명을 추구하고 살아가는 모습이 헛되고 헛되다. 공자가 동산에 올라 보니 자신이 살고 있는 노나라가 너무나 작아 보였다. 뒤에 다시 제나라의 태산에 올라 보니 이번에는 천하마저 작아 보였다. 그래서 외쳤다.

"등태산소천하(登泰山小天下)!"

마치 바다를 본 사람에게는 물이 물로 여겨지지 않는 것과 마찬가지, 망원경과 현미경이라는 두 개의 눈으로 세상을 바라보면서 해탈의 경지를 추구하는 나그네가 백의종군길을 걸어간다.

산길을 걸어서 고개를 넘어 저수지에서 휴식을 취한다. 먼 하늘을 바라본다. 다시 산속을 걸어간다. 산속에 길이 없다. 한 마리 짐승에 불과한 인간, 간신히 헤치고 나아간다.

드디어 산청군을 지나서 합천군 삼가면 학리를 걸어간다. 한적한 곳에 자리한 '맑은 물 교회'의 십자가가 햇살에 눈이 부시다.

이순신의 십자가가 다가온다. 백의종군길은 순교자의 길이요 백성들의 눈물은 고통과 책임의 나무를 지고 가는 이순신의 십자가였다. 열두 척의 배는 열두 제자를 대신하고, 노량의 바다는 골고다 언덕이 되었다. "다 이루었다"라고 한 예수의 말처럼 "나의 죽음을 알리지 말라"라고 했던 이순신의 마지막 말은 부활의 선언이었다.

예수가 보혜사 성령으로 다시 온 것처럼 이순신은 '불멸의 이순신',
'성웅 이순신'으로 다시 왔다.

　충무공 이순신 백의종군길 670㎞ 도보여행기

남명로(南冥路)를 걸어간다. '남명 조식 선생 생가지 4.2km' 이정표가 눈길을 끈다. 남명의 발자취가 곳곳에 묻어있는, 본가와 외가를 잇는 삼가면 주변 도로를 향토 문화 유적의 탐방코스로 활용코자 '남명로'라 지정하였다. 조식은 죽음을 앞두고 학문을 묻는 제자들에게 말했다.

"모든 것은 너희들이 알고 있다. 다만 실천하라."

조식의 수양론은 간단하고 명쾌했다. 조식은 항상 '경의검(敬義劍)'이라는 칼을 차고 허리에는 '성성자(惺惺子)'라는 방울을 달고 마음이 흐트러지는 것을 경계했다. 곽재우는 조식의 외손녀와 혼인했고, 임진왜란이 일어나자 정인홍, 곽재우 등 조식의 제자들은 일제히 의병을 일으켰다.

수령이 500년이 넘는 팽나무 두 그루가 서서 쳐다본다. 삼가면 두모리의 괴정(槐亭) 쉼터다. 이순신이 잠시 휴식을 취했던 홰나무 정자(槐亭)다.

비가 오락가락하는 날씨 속에서 아침 일찍 길을 나서 단계천 시냇가에서 아침 식사를 하고, 삼가에 도착하여 관사에서 유숙하였던 이순신.

이때 두모리 홰나무 정자(괴정) 아래 앉아서 잠시 쉴 때 근처에 사는 노순일 형제가 찾아와 위로하였다.

삼가면 금리 가수교 삼거리를 지나간다. '삼가한우'로 유명한 한우 특화거리를 지나서 43코스 종점 삼가면사무소에 도착한다.

'충무공 이순신 백의장군 행로지'가 맞이한다. 당시 이곳은 삼가현 (三嘉縣)이었으며 초계로 향하던 중 이순신은 6월 2일과 3일 이곳에 서 유숙하였다.

6월 2일 늦게 삼가현에 도착하니, 현감(신효업)은 이미 산성으로 가서 빈 관사에서 잤다. 고을 사람들이 밥을 지어서 먹게 했으나 종들에게 먹지 말 라고 타일렀다. 삼가현 5리 밖에 홰나무 정자가 있어서 내려가 앉아 있는 데, 근처에 사는 노순과 노일 형제가 와서 만났다.

3일. 비가 계속 내렸다. 아침에 출발하려고 하니 비가 이토록 와서 쭈그 리고 앉아 고민하고 있을 때쯤 도원수(권율)의 군관 유흥이 흥양에서 왔다. 그에게 길을 물어보니 출발하지 못할 정도라 하여 그대로 묵었다. 아침에 들으니 고을 사람들의 밥을 얻어먹었다고 하기에 종들을 매질하고 밥한 쌀을 돌려주었다.

이순신은 민폐를 끼치지 말라고 했음에도 밥을 얻어먹은 종들을 매질했다. 아랫사람들에게 엄격하면서도 자상한 이순신의 진면목이다.

삼가현은 원균이 이끈 수군이 대패하였다는 소식을 접하였던 곳으로, 도원수 권율과 숙의 끝에 직접 해안지방으로 가서 상황을 파악한 뒤 대책을 수립하기로 했다. 초계를 떠나 노량으로 가던 중 7월 18일 이곳에서 수행원들과 밤이 깊도록 나라의 장래를 걱정하며 하루 유숙한 곳이기도 하다.

삼가면에서 이틀간 머무르며 백의종군길을 마무리하기로 하고 예약해 두었던 펜션으로 향한다. 도로변에 한우 맛집이 즐비하건만 갈비탕으로 저녁 식사를 한다.

이순신은 울돌목의 벽파진에서 일본 함선을 기다렸다. 이순신은 일본 함선이 자신이 막아서고 있는 울돌목을 지나지 않고, 맹골수도를 타고 서해로 올라가는 것을 두려워했기에 벽파진에 진을 치면서 일본군이 자신을 향해 오기를 기다렸다.

울돌목은 서해와 남해가 만나는 곳, 물살이 너무 세서 바다가 '울면서 돌아가는 길목'이라 울돌목이다. 한자로 울 명(鳴) 자를 써서 명량(鳴梁)이다.

명량은 우리나라 삼면 바다의 해협 가운데 가장 물살이 센 곳이다. 두 번째로 센 곳이 강화해협이다. 몽골이 침략했을 때 무신정권의 집권자 최우가 고려의 고종과 개경의 백성을 이끌고 강화로 피난 가서 39년을 저항할 수 있었던 것은 '염하'라 불리는 강화해협의 거친 물살이 있었기 때문이었다. 세 번째로 물살이 센 곳이 진도를 끼고 바깥으로 돌아가는 맹골수도다. 세월호가 가라앉은 곳이다.

어란진에 모여든 수백 척 함선의 일본군은 이순신이 명량 앞을 가로막고 무슨 꿍꿍이를 부리는지 의심스러웠지만, 이제 이순신을 잡을 절호의 기회가 왔다고 판단했다. 이순신은 벽파진의 판옥선 13척을 명량을 거슬러 해남 우수영 본영으로 불러들이고 일본 함대가 올라오기를 기다렸다. 1597년 명량해전 며칠 전날들의 〈난중일기〉의 기록이다.

9월 8일 맑음. 여러 장수들을 불러 대책을 논의했다. 전라 우수사 김억추는 겨우 만호에만 적합하고 곤임(장수)을 맡길 수 없는데, 좌의정 김응남이 서로 친밀한 사이라고 해서 함부로 임명하여 보냈다. 이러고서야 조정에 사람이 있다고 할 수 있겠는가. 다만 때를 못 만난 것을 한탄할 뿐이다.

9월 11일 흐리고 비 올 징후가 있었다. 홀로 배 위에 앉았으니 어머님 그리운 생각에 눈물이 흘렀다. 천지 사이에 어찌 나 같은 사람이 또 있겠는가. 아들 회는 내 심정을 알고 심히 불편해하였다.

9월 12일 종일 비가 뿌렸다. 배 뜸 아래에서 종일 심회를 스스로 걷잡을 수가 없었다.

9월 13일 맑았지만, 북풍이 세게 불어서 배가 안정할 수 없었다. 꿈이 예사롭지 않으니 임진년 대첩할 때의 꿈과 거의 같았다. 무슨 징조인지 알수 없었다.

9월 14일 맑음. 북풍이 세게 불었다. 벽파정 맞은편에서 연기가 오르기에 배를 보내어 싣고 오니 바로 임준영이었다. 그가 정탐하고 와서 보고하기를, "적선 이백여 척 가운데 쉰다섯 척이 먼저 어란 앞바다에 들어왔다."

라고 하였다. (……)

　"왜놈들이 모여서 의논하는데, '조선 수군 여남은 척이 우리 배를 추격하여 혹은 사살하고 혹은 배를 불태웠으니 통분할 일이다. 각처의 배를 불러 모아 합세해서 조선 수군을 섬멸해야 한다. 그 후 곧장 서울로 올라가자'라고 했다."는 것이다. 이 말은 비록 모두 믿을 수는 없으나 그럴 수 없는 것도 아니어서 곧바로 전령선을 보내 피난민들을 타일러 급히 육지로 올라가도록 하였다.

　9월 15일 맑음. 조수(潮水)를 타고 여러 장수들을 거느리고 우수영 앞바다로 진을 옮겼다. 벽파정 뒤에 명량이 있는데 수가 적은 수군으로 명량을 등지고 진을 칠 수는 없었기 때문이다. 여러 장수들을 불러 모아 약속하되, "병법에 이르기를 '반드시 죽고자 하면 살고, 반드시 살려고 하면 죽는다.(必死則生 必生則死)'고 하였고, 또 '한 사람이 길목을 지키면 천 명도 두렵게 할 수 있다.(一夫當逕 足懼千夫)'고 했는데, 이는 오늘의 우리를 두고 이른 말이다. 너희 여러 장수들이 조금이라도 명령을 어기는 일이 있다면 즉시 군율을 적용하여 조금도 용서하지 않을 것이다."라고 하고 재삼 엄중히 약속했다. 이날 밤 꿈에 신인(神人)이 나타나 가르쳐 주기를 "이렇게 하면 크게 이기고, 이렇게 하면 지게 된다."라고 하였다.

　결전의 날이 다가왔음을 느낀 이순신은 중국의 오기가 쓴 〈오자병법〉의 '필사즉생 행생즉사', 곧 '죽을 각오를 하면 살 것이고 요행히 살고자 한다면 죽을 것이다.'라는 내용을 인용해서 '必死則生 必生則死', 곧 '반드시 죽고자 하면 살고 반드시 살고자 하면 죽는다.'라고 했다. 그리고 〈난중일기〉 기록 중 가장 긴 명량해전이 벌어진 하루다.

9월 16일 맑음. 이른 아침에 별망군(別望軍)이 와서 보고하기를, "적선들이 헤아릴 수 없을 정도로 많이 명량을 거쳐 곧장 진지를 향해 온다."라고 했다. 곧바로 여러 배에 명령하여 닻을 올리고 바다로 나가니, 적선 130여 척이 우리 배들을 에워쌌다. 여러 장수들은 스스로 적은 군사로 많은 적과 싸우는 형세임을 알고 회피할 꾀만 내고 있었다. 우수사 김억추가 탄 배는 이미 두 마장 밖에 있었다. 나는 노를 급히 저어 앞으로 돌진하며 지자, 현자 등의 각종 총통을 마구 쏘아대니, 탄환이 나가는 것이 바람과 우레처럼 맹렬하였다. 군관들은 배 위에 빽빽이 들어서서 화살을 빗발치듯 어지러이 쏘아대니, 적의 무리가 저항하지 못하고 나왔다 물러갔다 했다. 그러나 적에게 몇 겹으로 둘러싸여 형세가 장차 어찌 될지 헤아릴 수 없으니, 온 배 안에 있는 사람들은 서로 돌아보며 얼굴빛이 질려 있었다. 나는 부드럽게 타이르기를, "적선이 비록 많다 해도 우리 배를 침범하지 못할 것이니 조금도 마음 흔들리지 말고 더욱 심력을 다해 적을 쏘아라."라고 하였다. 여러 장수의 배를 돌아보니 먼바다로 물러가 있고, 배를 돌려 군령을 내리려 하니 적들이 물러간 것을 틈타 더 대들 것 같아서 나가지도 물러나지도 못할 형편이었다. 호각을 불게 하고 중군에게 명령하는 깃발을 세우고 또 초요기를 세웠더니, 중군장 미조항 첨사 김응함의 배가 차츰 내 배에 가까이 왔는데, 거제 현령 안위의 배가 먼저 이르렀다. 나는 배 위에서 직접 안위를 불러 말하기를, "안위야, 군법에 죽고 싶으냐? 네가 군법에 죽고 싶으냐? 도망간다고 어디 가서 살 것이냐?"고 말하였다. 그러자 안위도 황급히 적선 속으로 돌입했다. 또 김응함을 불러서 말하기를, "너는 중군장이 되어서 멀리 피하고 대장을 구하지 않으니, 그 죄를 어찌 면할 것이냐? 당장 처형하고 싶지만 적의 형세가 또한 급하므로 우선 공을 세우게 해주마."라고 하였다. 그리하여 두 배가 먼저 교전하고 있을 때 적장이 탄 배가 그 휘하의 배 두 척에 지령하니, 한꺼번에 안위의 배에 개미처럼 달라붙어서 기어가며 다투어 올라갔다. 이에 안위와 그 배에 탄 군사들이 각기 죽을힘을 다해서 혹 몽둥이를 들거나 혹 긴 창을 잡거나 혹 수마석(반들거린 돌) 덩어리로 무수히 난격하였다. 배 위의 군사들이 거의 기운이 다하자 나는 뱃머리를 돌려 곧장 쳐들어가서 빗발치듯 마구 쏘아댔다. 적선 세 척이 거의 뒤집혔을 때 녹도 만호 송여종, 평산포 대장 정응두의 배가 잇달아 와서 협력하여 적을 쏘아 죽이니 한 놈도 살아남지 못했다. 항복한 왜인 준사는 안골에 있는 적진에서 투항해 온 자인데, 내 배 위에 있다가 바다를 굽어보며 말하기를, "무늬 놓은 붉은 비단옷 입은 자가 바로 안골진에 있던 적장 마다시(馬多時)입니다"라고 말했다. 내가 무상 김돌손을 시켜 갈고리로 낚아 뱃머리로 올리게 하니, 준사가 날뛰면서 "이 자가 마다시입니다."라고 말하였다. 그래서 바로 시체를 토막내라고 명령하니, 적의 기세가 크게 꺾였다. 우리의 여러 배들은 적이 침범하지 못할 것을 알고 일시에 북을 올리고 함성을 지르며 일제히 나아가 각기 지자, 현자총통을 쏘니 소리가 산천을 흔들었고, 화살을 빗발치듯 쏘아대어 적선 서른한 척을 쳐부수자, 적선들은 후퇴하여 다시는 가까이 오지 못했다. 우리의 수군이 바다에 정박하고 싶었지만, 물살이 매우 험하고 바람도 역풍으로 불며 형세 또한 외롭고 위태로워 당사도로 옮겨 정박하고 밤을 지냈다. 이번 일은 실로 천행(天幸)이었다.

두려움을 용기로 바꿔 승리한 명량해전의 기적을 이순신은 '천행'이라고 했다. "신에게는 아직도 12척의 전선이 있사오니(今臣戰船 尙有十二), 죽을힘을 내어 맞아 싸우면 이길 수 있습니다. 지금 만약 수군을 모두 폐한다면 이는 적들이 다행히 여기는 바로서, 말미암아

호서를 거쳐 한강에 다다를 것이니 소신이 두려워하는 바입니다. 전선이 비록 적으나, 미천한 신은 아직 죽지 아니하였으니, 적들이 감히 우리를 업신여기지 못할 것입니다."라고 말한 이순신의 장담이 현실이 되는 순간이었다.

남원 출신의 의병장 조경남은 〈난중잡록〉에서 "마다시의 머리를 베어 돛대 꼭대기에 내달자, 장병들이 분발하여 적을 추격했다"라고 전한다. 마다시는 일본 수군의 선봉장 구로시마 미치후사인데 그는 1592년 6월 당항포해전에서 이순신에게 전사한 구로시마의 동생이다. 수십 배에 달하는 전선을 믿고 형의 복수를 하려고 달려들었으나 형제가 모두 패하고 말았다.

명량해전의 승리는 대단히 중요했다. 빼앗긴 제해권을 다시 찾는 계기가 되었기 때문이다. 이로써 일본군은 임진년처럼 다시 서해를 통해 한양으로 올라가는 바다를 통한 식량 보급로를 빼앗겼다. 또한 일본군의 기본 전략인 수륙병진 작전도 폐기되어야 했다.

다음 날 이순신이 어외도에 이르니 피난선이 무려 삼백여 척이 먼저 와 있었다. 이순신이 크게 승리한 것을 알고 피란민들은 서로 다투어 치하하고 또 많은 양식을 가져와 군사들에게 주었다. 이후 이순신은 적들이 다시 쳐들어올 것을 경계하여 영광 법성포를 거쳐 21일에는 고군산도까지 물러났다.

이순신은 전선 숫자상 10대 1의 절대적 열세를 극복하고서 역사적인 명량해전의 대승리를 끌어냈다. 만약 이 해전의 승리가 없었다고 한다면, 일본 수군은 서해를 따라 북상하여 전라도를 장악한 육군과 합세하여 한양을 다시 점령하고 돌이킬 수 없는 나라가 망할 화를 초래했을지도 모른다. 명량해전은 풍전등화와 같은 조선의 운명을 되살려낸 구국의 등불과 같은 것이었다.

명량해전은 사자가 지휘하는 양 떼가 양이 지휘하는 사자 떼를 이긴 미친 싸움이었다. 이제 다 기울어져 가는 전세를 바로 잡는 일에 진력하면서 이순신의 건강은 많이 악화했다. 명량해전 직후 3일간의 〈난중일기〉 기록이다.

> 9월 24일 맑음. 몸이 불편하여 신음했다. 김홍원이 와서 만났다.
>
> 9월 25일 맑음. 이날 밤은 몸이 몹시 불편하고 식은땀이 온몸을 적셨다.
>
> 9월 26일 맑음. 몸이 불편하여 종일 나가지 않았다.

44코스

이순신의 사람들

삼가면사무소에서 대양면사무소 15.0㎞

삼가면사무소 ➡ 평구삼거리 ➡ 쌍백면사무소 ➡ 대양면사무소

12월 27일 걷기 22일째 나의 백의종군길 마지막 날

삼가면사무소 '충무공 이순신 백의종군 행로지' 앞에서 길을 나선다.

아침 하늘은 맑고 찬바람이 불어오고 손이 시리다.

마을을 벗어나니 산 너머에서 태양이 솟아오른다.

'태양이여, 내 마음속을 비추어라!'

충무공과 함께 걸어가는 나의 백의종군 길

지나온 길 숱한 깨달음을 즐기면서 걸어왔다.

"나는 천천히 걷는 사람입니다. 하지만 뒤로 걷지는 않습니다."
라고 하는 링컨의 걷기의 여유

"나는 걸을 때만 생각합니다. 걸음을 멈추면 생각도 멈춥니다."
라고 하는 루소의 걷기의 사유

"걷기는 인간에게 최고의 약이다."
라고 하는 히포크라테스의 걷기의 치유

"두 발로 걷는 자만이 진정한 자유를 맛볼 수 있다."
라고 하는 니체의 걷기의 자유

"진정한 자유란 어슬렁어슬렁 걸으며 노니는 것"
이라고 하는 장자의 걷기의 소요유

그리고 침묵 속에서 나는 어떤 사람이 되고 싶은가를 생각하면서
충무공 이순신은 나에게 어떤 인물인가를 생각하면서
이순신이라면 어떻게 할까 생각하면서 걸었다.

왜구의 침입을 막다가 순절한 고려 무신 "합천김광부순절유허비"
를 지나간다.
양전리 다리 위에서 바라보는 두 개의 태양에 눈이 부시다.
하늘에도 물속에도 흰 구름이 유유히 흘러간다.
두 눈동자에 비치는 태양과 심장의 태양이 동시에 빛을 발한다.
마음도 세상도 밝고 환해진다.
지식에 햇살이 빛나면 지혜가 된다.
문무를 겸비한 태양처럼 빛나는 충무공의 기상이 온 천지에 서
린다.

평화가 밀려온다.

평화는 외치는 것만으로는 충분하지 않다.

평화를 원하는 자, 전쟁을 준비해야 한다.

준비에 실패하면 실패를 준비하는 것

충무공의 유비무환 정신을 배워야 한다.

마음의 평화와 사랑은 자신이 주는 가장 큰 선물

평화롭게 행동하고, 평화롭게 살고, 평화롭게 생각해야 한다.

'쌍백면 평구삼거리 합천(율곡) 28.7㎞' 표석을 지나서 차들이 고속으로 달려가는 4차선 위험한 갓길을 걸어간다. 아등재 생태통로 아래를 지나간다. 위험을 빨리 회피하기 위해 속도를 더해 뛰어가듯 걸어간다. 대양면 들판을 한가로이 걸어간다.

덕정리 길가에 권효가(勸孝歌)가 쓰여 있다.

死後不悔 生前盡孝 (사후불회 생전진효)

가신 후에 후회 말고 살아생전 효도하면

天搜貴福 子女孝親 (천수귀복 자녀효친)

하늘에서 복을 주고 자녀에게 효를 받네.

이순신은 충신이었고 효자였다.

　현충사에는 충신, 효자, 열녀가 났을 때 임금이 하사한 편액을 걸어두는 정려를 모신 정려각(旌閭閣)이 있다. 왼쪽부터 이순신, 이순신 휘하에서 참전했던 조카 이완, 4세손 이홍무, 5세손 이봉상 등 네 명의 충신과, 8세손 효자 이제빈까지 모두 다섯 사람을 정려한 편액이 걸려있다. 덕수이씨 집안에서는 여기에 이면과 이훈, 이신, 그리고 8세손 효자 이은빈을 더해 5대에 걸쳐 일곱 충신과 두 효자가 나왔다 하여 "5세 7충 2효"라 하며 자랑스러워한다.

　이순신 집안은 조선 중기 대표적인 무반 가문 중의 하나였다. 이순신 가문은 국가의 위기에서 몸을 사리지 않았고, 아버지와 아들, 삼촌과 조카, 사촌들이 함께 전장에 나아가 목숨 바쳐 싸웠다. 큰아들 이회, 조카 이분, 이완, 이봉이 이순신 휘하에서 임진왜란에 참전해 공을 세웠다. 임진왜란 중에 셋째 아들 이면, 이괄의 난(1624) 때 서자 이훈, 정묘호란(1627) 때 서자 이신과 조카 이완, 이인좌의 난(1728) 때 5세손 이봉상이 전사했다. 이는 이순신 가문의 노블레스 오블리주였다.

　이순신은 발포 만호(36세) 때 둘째 형님 요신이 사망하고 녹둔관 재직(39세) 시에 아버지 이정이 사망했다. 43세 때 맏형 희신이 사망하고, 통제사 재임 기간인 1596년 4월 아산으로 돌아간 아우 우신이 처와 함께 병사했다.

1597년 4월 백의종군길에 어머니가 세상을 떠났다. 그리고 10월에 셋째 아들 면이 죽었다.

이순신이 1589년 정읍 현감으로 부임했을 때 데리고 갔던 가족은 모두 24명이었다. 관리가 가족들을 많이 데리고 가면 백성들의 부담이 된다고 하여 파직 사유가 되기도 했던 그때, 이순신은 형수들과 조카들을 모두 데리고 가서 돌보았다. 이순신에게는 조카들도 아들과 마찬가지였다.

희신의 아들은 뇌와 분과 완, 요신의 아들은 봉과 해가 있었다.

이뇌(1561~1648)는 이순신 곁에서 주로 고향 소식을 전하는 심부름을 했다. 이분(1566~1619)은 임진왜란 때 성천으로 피난하여 성천 부사 정구에게 학문을 배웠고, 1597년 이순신에게 와서 군중 문서를 담당했다. 이순신 생애에 대한 일대기 〈충무공행록〉을 지었다.

이완(1579~1627)은 이순신이 부양했고, 이순신을 따라 해전에 참전했다. 특히 노량해전에서 이순신의 임종을 지키며 독전했다. 이후 무과에 급제하고 의주 부윤 부임 당시 정묘호란 때 분전 끝에 자폭했다.

이봉(1563~1650)은 요신의 맏아들이다. 이순신을 따라 종군했다. 이해는 요신의 둘째 아들이다. 1603년 무과에 급제하고 어모장군과 훈련원 주부를 지냈다.

이순신은 그렇게 조카들을 아들처럼 소중하게 돌보았고 조카들

또한 이순신의 옆에서 이순신을 돕는 것을 마다하지 않았다. 결혼도 조카들을 먼저 출가시키거나 장가를 들게 하고 아들을 보냈다.

정유재란이 일어난 1597년은 이순신 개인에게 있어서 너무나 잔인한 한 해였다. 삼도수군통제사 파직과 투옥, 죽음의 위기를 넘기는 고문과 백의종군, 어머니의 죽음과 아들 면의 죽음이 있었다. 그런 가운데 수군을 재건하여 명량해전의 승리가 있었으니, 이는 이순신 개인의 슬픔을 넘어 우리 민족에게는 참으로 천행이었다.

이순신은 다음 해 노량해전에서 전사했다. 1년 동안 이순신은 자신이 해야 할 일들을 부지런히, 성실히 행한 후 멋지게 떠났다. 사랑하는 가족들을 지켜줄 수는 없었지만, 조선의 백성과 조선의 강산을 지켰고, 자신의 의무를 훌륭하게 해냈다. 결국 이순신을 만들고 이순신에게 조선을 지키게 한 건 어머니와 그의 가족들이었다.

이순신의 휘하에도 아끼는 사람들이 있었고, 그들이 있었기에 이순신이 이순신일 수 있었다. 이순신은 '준사' '남녀문' 등 투항한 왜군들을 활용하여 왜적을 물리치는 데 많은 도움을 받았다. 이순신을 도운 사람들은 항왜뿐만 아니라 이름 모를 백성들, 군졸들로부터 조정의 고위 관료에 이르기까지 수없이 많았다. 그중에서도 전라좌수영 산하의 5관(순천, 낙안, 광양, 흥양, 보성) 5포(사도, 여도, 방답, 발포, 녹도)의 장수들, 특히 순천부사 권준, 방답첨사 이순신, 광양 현감 어영담, 흥양 현감 배흥립, 군관 송희립의 형제들, 조방장 정걸, 군관 나대용, 소비포권관 이영남, 녹도만호 정운 등은 이순신이 믿고 의지

했던 장수들이었다. 이외에도 수많은 부하 장졸이 있었다.

이순신 주위에는 수많은 조력자가 있었다. 그중에서도 이순신이 있는 데는 항상 류성룡이 있었다.

성공한 사람들은 자신의 노력뿐만이 아니라 반드시 귀인이 있다. 아시아 최고의 갑부 홍콩의 리카싱 회장은 "인생의 가장 큰 기회는 바로 귀인을 만나는 것이다."라는 말을 했다. 긴 여행을 떠날 때 짐을 꾸려주는 사람, 비바람을 만났을 때 우산이 되어 줄 사람, 성공이 코앞에 놓여있을 때 마지막으로 뒤에서 밀어줄 사람, 귀인은 바로 그런 존재를 가리킨다.

백의종군길에 이순신의 진중음(陣中吟)이 들려온다.

"임금의 수레 서쪽으로 멀리 가시고 왕자는 북쪽에서 위태한 오늘, 외로운 신하가 나라를 걱정하는 날이여! 이제 장수들은 공을 세울 때로다. 바다에 맹세하니 어룡이 감동하고 산에 맹세하니 초목이 아는구나. 이 원수 왜적을 모조리 무찌른다면 비록 이 한 몸 죽을지라도 사양치 않으리라."

"삼백 년 누려온 우리나라가 하룻저녁 급해질 줄 어찌 알리오. 배에 올라 돛대 치며 맹세하던 날 칼 뽑아 천산 위에 우뚝 섰네. 놈들의 운명이 어찌 오래랴. 적군의 정세도 짐작하거니 슬프다. 시 구절을 읊어보는 것 글을 즐기는 것은 아닌 거라네."

"한 바다에 가을바람 서늘한 밤 하염없이 홀로 앉아 생각하노니 어느 때나 이 나라 평안하리오. 지금은 큰 난리를 겪고 있다네. 공적은 사람마다 낮춰보련만 이름은 부질없이 세상이 아네. 변방의 근심을 평정한 뒤엔 도연명의 귀거래사나 나도 읊으리."

"병서도 못 읽고서 반생을 지났기로 위대한 때 연마는 충성 바칠 길 없네. 지난날엔 큰 갓 쓰고 글 읽기 글씨 쓰기 오늘은 큰 칼 들고 싸움터로 달리노니 마음엔 저녁연기 눈물이 어리고 진중엔 새벽 호각 마음이 상하누나. 개선가 부르는 날 산으로 가기 바쁘거든, 어찌타 연연산(燕然山)에 이름을 새기오리."

"아득하다 북쪽 소식들을 길 없네. 외론 신하 때 못한 것이 한이로구나. 소매 속엔 적을 꺾을 병법 있건만 가슴속엔 백성 건질 방책이 없네. 천지는 캄캄한데 서리 엉키고 산과 바다 비린 피가 티끌 적시네. 말을 풀어 화양으로 돌려보낸 뒤 복건 쓴 처사 되어 살아가리라."

"윗사람을 따르고 상관을 섬겨 너희들은 직책을 다하였건만 부하를 위로하고 사랑하는 일 나는 그런 덕이 모자랐도다. 그대 혼들을 한자리에 부르노니, 여기에 차린 제물을 받으오시라."

겨울바람 불어오는 들판을 걸어서 마을이 다가온다. 44코스 종점 대양면사무소에 도착해서 걱정 근심 덜기 위해 해우소로 달려간다.

45코스

성웅 이순신

대양면사무소에서 낙민2구마을회관 13.7km

대양면사무소 ➡ 대양교차로 ➡ 정양교차로 ➡ 낙민2구마을회관

나는 지금 어디에 있는가.

백의종군길에서 나는 내게 물었네.

어딘지는 모르지만, 길 위에 있음은 분명하네.

나는 어디로 가는가.

그곳이 어디인지 얼마나 걸리는지 그건 나도 모르지만

나는 지금 내게로 간다네.

한참을 걷고 걸어서 마침내 나는 만났네.

그토록 찾아 헤매던 나를 만났네.

나는 내게 물었네.

그렇게 만난 나는 누구냐고

나는 대답했네.

나는 아무 존재도 아니라고

그리고 모든 것이기도 하다고

나를 만난 기쁨에 발걸음이 가볍다.

합천 해인사로 가는 이정표가 보인다.

'바다에 풍광이 비치면 모든 형상이 온전히 비치듯이 법계 실상을

본래 모습 그대로 자각할 수 있는 상태'

그 '해인삼매(海印三昧)'에서 해인사라는 이름을 얻어왔다.

백의종군길에서 걷기 삼매, 유희삼매에 빠져

정양늪 생태공원을 바라보며 걸음걸음마다 기도한다.

새들이 무리 지어 춤을 추며 하늘을 오르내린다.

백의종군길 마지막 코스를 축하하는 환호에 어깨를 으쓱한다.

정양로터리를 지나서

백의종군길 위에서 마지막 점심인 꿀맛 같은 소머리곰탕을 맛있게 먹고

강변을 끼고 위험한 갓길을 걸어서 드디어 율곡면으로 들어선다.

깎아지른 절벽, 이순신이 지나갔던 개벼리교를 건너간다.

6월 4일. 흐리다가 맑음. (……) 낮에 합천 땅에 도착하여 관아에서 10리쯤 되는 곳에 괴목정이 있어서 아침밥을 먹었다. 몹시 더워서 한참 동안 말을 쉬게 하고, 5리 되는 전방에 도착하니 갈림길이 있었다. 하나는 곧장 고을로 들어가는 길이고, 다른 하나는 초계로 가는 길이다. 그래서 강을 건너지 않고 겨우 10리를 가니 원수(권율)의 진이 바라보였다. 문보가 우거했던 집에 들어가서 잤다. 개연으로 걸어오는데 기암절벽이 천 길이고 강물은 굽어 흐르고 깊었으며, 길 또한 잔도처럼 아찔하다. 만일 이 험한 곳을 지킨다면 만 명의 군사도 지나가기 어려울 것이다.

이순신은 명량해전을 앞두고 장졸들에게

"한 사람이 길목을 지키면 천 명의 적을 떨게 할 수 있다."라고 하면서

13척으로 울돌목 길목을 지켜서 133척의 적선을 무찌를 수 있었다.

이순신은 1597년 6월 4일 도원수 권율의 진영이 있는 모여곡에 도착했다. 4월 3일 한성부를 출발하여 합천에 도착하기까지 60일이 걸렸다.

이순신은 문보의 집에서 이틀간 머물렀다. 다음날인 6월 5일 기거하게 될 방을 도배하고 군관이 휴식할 마루 두 칸을 만들어 6월 6일부터 7월 17일까지 42일간 모여곡 이어해의 집에서 지냈다.

5일. 맑음. 서풍이 크게 불었다. 아침에 초계 군수가 모여곡으로 달려왔기에 바로 그를 불러들여 이야기했다. 식후에 중군(中軍, 정3품 부관) 이덕필도 달려와서 함께 지난 일을 이야기했다. 얼마 후 심준이 보러 와서 함께 점심을 먹고 잠자는 방을 도배했다. 저녁에 이승서가 보러 와서 파수병과 복병이 도피한 일을 말했다. 이날 아침에 구례 사람과 하동 현감(신진)이 보내준 종과 말들을 모두 돌려보냈다.

6일. 맑음. 잠자는 방을 다시 도배하고 군관이 쉴 대청 두 칸을 만들었다. 늦게 모여곡 주인집의 이웃에 사는 윤감과 문인식이 와서 만났다. (……) 저녁에 집에 들어갔는데 그 집 과부는 다른 집으로 옮겨갔다.

이때 함께 기거한 사람 모두 14명, 자신, 회와 면, 조카 봉, 해, 분, 완, 군관 정상명, 이희남, 변존서, 윤선각, 그리고 종 경(庚), 인(仁), 경(京)이었다.

이곳에서 이순신은 도원수 권율을 비롯한 한산도 진영의 장수들과 인근 고을의 수령 등 많은 사람과 정세를 이야기하고 편지를 주고받기도 하였고 싸움에 쓸 말을 돌보기도 하였다. 권율이 백의종군 중 군사훈련을 허가했다.

달빛이 대낮같이 밝아 어머님을 그리는 슬픔과 울음으로 밤이 깊도록 잠을 이루지 못하기도 했다. 저녁에 홀로 빈방에 앉아 있노라니 감정이 복받쳐서 잠을 이루지 못하고 밤새 뒤척였다고 술회할 정도로 육체적 고통 외에 정신적 고통도 감당하기 어려운 시절이었으나 이순신은 자신의 임무를 묵묵히 해나갔다.

7월 18일 새벽, 이덕필과 변홍달이 "칠천량에서 16일 새벽 수군이 기습받아 통제사 원균을 비롯한 여러 장수와 많은 사람들이 해를 입었고 수군이 대패했다"고 전했다. 이에 울분을 참지 못하고 통곡하던 이순신은 권율 도원수가 "일이 이 지경에 이르렀으니 어찌하겠는가" 하자 "내가 직접 해안지방으로 가서 보고 듣고 결정하겠다."고 말하고 송대립 등 9명의 군관을 데리고 그날 바로 삼가현을 거쳐 남해안으로 떠났다.

19일에는 단성현에서 유숙하고 20일에는 굴동(하동 옥종)의 이희만의 집에서 잤다. 21일에는 점심을 먹은 뒤 노량에 도착하니, 거제 현령 안위와 영등포 만호 조계종 등 10여 명이 와서 통곡하고 피해 나온 군사와 백성들도 울부짖으며 곡하지 않는 이가 없었다.

우후 이의득에게 패한 상황을 물으니, 사람들은 모두 울면서 말하기를, "대장 원균이 먼저 적을 보고 달아나 육지로 올라가자, 여러 장수도 모두 그를 따라 육지로 올라가서 이 지경에 이르렀다."라고 하였다. 그들은 "대장의 잘못을 입으로 표현할 수 없고 그의 살점이라도 뜯어먹고 싶다."고 하였다.

22일에 아침에는 배설이 와서 만났다. 오후에는 곤양에 가서 몸이 불편하여 잤다. 23일에는 옥종의 전에 유숙했던 곳에서 자고 24일에는 옥종면 청룡리 이홍훈의 집으로 가서 3일간 머물렀다.

27일 아침 정개 산성 건너편 손경례의 집으로 옮겨 8월 3일 다시 삼도수군통제사로 임명될 때까지 머물렀다.

29일에는 늦게 냇가로 나가 군사를 점검하고 말을 달렸는데, 권율이 보낸 데는 모두 말이 없고, 활과 화살도 없어 쓸모가 없었다.

8월 2일 홀로 병영 마루에 앉았으니 그리운 마음에 비통함이 그치지 않았는데, 이날 밤 꿈에 임금의 명령을 받을 징조가 있었다.

그리고 8월 3일 이른 아침에 선전관 양호가 뜻밖에 들어와 삼도수군통제사를 겸하라는 명령의 교지와 유지를 전했다. 김명원과 이항복의 건의로 7월 23일 선조는 삼도수군통제사에 복직시킨다는 명령을 내렸는데, 이순신에게 전달되기까지 열흘이나 걸렸다.

이순신은 곧바로 임지로 출발, 오후 8시경 하동 횡천면 여의리에 행보역에서 잠시 말을 쉬게 한 후 밤길을 재촉하여 하동읍 두곡리 섬진강 두치에 이르렀을 때 날이 밝아왔다. 밤에 비가 내려 냇물이 크게 불어나 간신히 내를 건넜다.

이순신이 이곳을 지나간 지 불과 한나절 후에 왜군이 이곳에 상륙했다. 하늘이 도왔다. 이때 왜군은 남원성을 향해 수륙으로 함께

전진하여 하동에 도착했고, 수군은 이미 섬진강 하구에 다다르고 있었다. 불과 한나절 차이로 이순신은 두치진에서 섬진강을 건너 전라도 연안으로 향하고, 왜 수군은 두치진으로 상륙하여 남원으로 향했던 것이다. 그리고 이순신은 곧장 길을 떠나 석주관을 지나서 구례로 달려갔다.

그리고 두 달이 지난 1597년 9월 16일 13척으로 330척을 물리치는 명량의 기적을 만들고, 이듬해인 1598년 11월 19일 노량해전에서 순국했다.

'이순신 백의종군로(이어해가) 1.5㎞' 이정표가 나타난다.

최후의 노래를 부르며 세찬 바람이 불어오는 넓은 들판 둑길을 걸어간다.
배낭에 꽂힌 '충무공 이순신 백의종군길' 깃발과 태극기가
'씽씽씽씽!'
축하의 몸부림으로 격하게 춤을 춘다.
'매실마을' 표석을 지나고 '낙민 제1교' 다리를 건너서
'충무공 이순신 백의종군 거처지'
표석을 바라보면서 마을에 들어선다.

도착했다. 드디어 낙민2구마을회관에 도착했다.
추운 날씨로 굳게 잠겨있는 마을회관의 입구
옆에 있는 빨간 스탬프 함에서 스탬프를 꺼내어
'충무공 이순신 백의종군길 패스포트'에

　　충무공 이순신 백의종군길 670㎞ 도보여행기

'충무공 이순신 백의종군로 FINISH 완보 축하'라는
빨간 스탬프를 마지막으로 힘차게 찍는다.

주변을 둘러보니 입을 크게 벌리고 웃고 있는
하얀 이빨이 듬성듬성 빠진 옹기가 축하해주고 있다.
포개 놓은 옹기에 쓰인 하얀 글씨다.

"誓海魚龍動 盟山草木知(서해어룡동 맹산초목지)"

"必死則生 必生則死(필사즉생 필생즉사)"

"孝悌仁之本(효제인지본)"

"忍是積德門(인시적덕문)"

우리 마을은 충무공 이순신 장군께서
留宿(유숙)한 마을입니다.

우리 마을의 유래
마을 뒷산 매화봉이 서쪽으로 야(也)자 형상으로 뻗어
매화의 낙지(落地)로 하여 매실: 매야곡으로 불렀다.
조선 선조(1597년) 정유재란 때 충무공 이순신 장군이
권율 도원수의 휘하에서 백의종군 때 머물렀던 곳이
매야골 모여곡이란 사실이 난중일기에 기록되어 있다.

2019년 12월 22일에 건립된 '충무공 이순신 백의종군길 완보자 전
당'에 '2019년 이전 23명, 2020명 25명, 2021명 17명, 2022년 15명,

충무공 이순신 백의종군길 완보자 전당

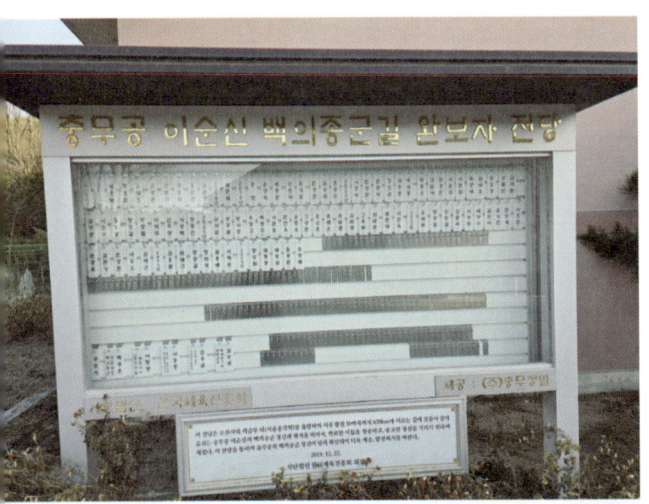

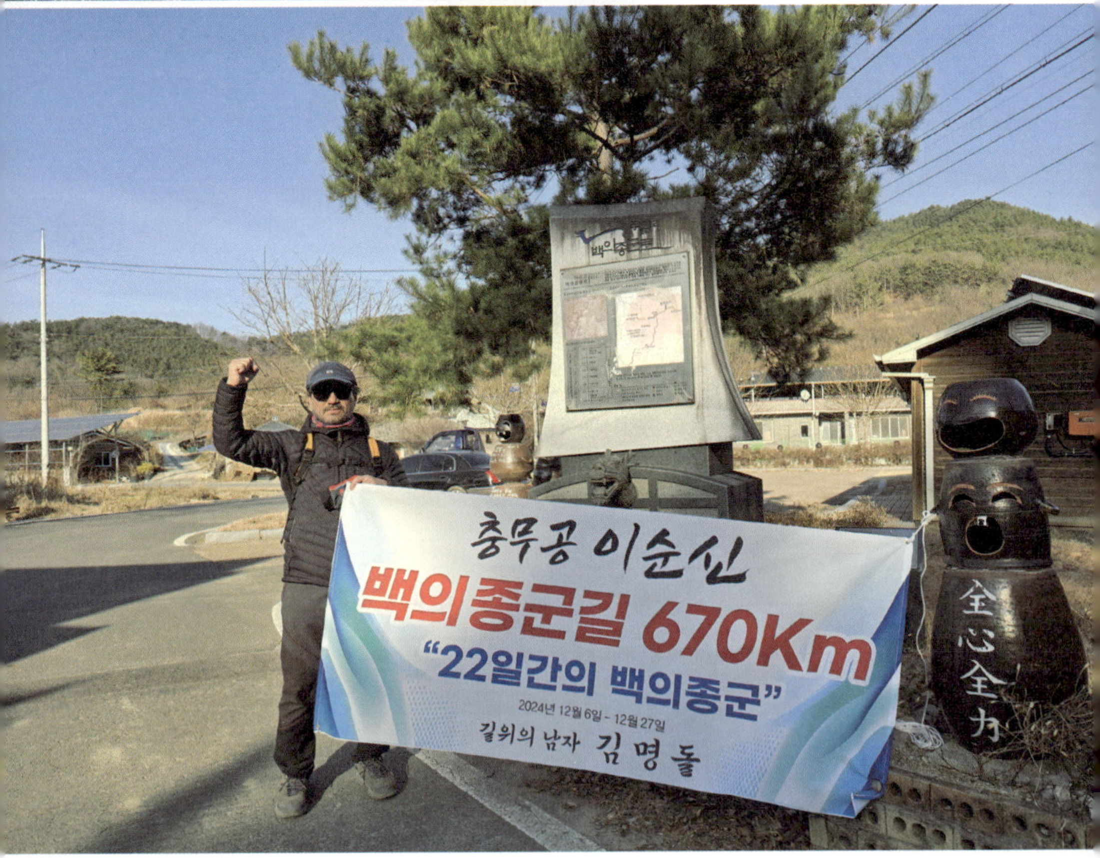
충무공 이순신
백의종군길 670Km
"22일간의 백의종군"
2024년 12월 6일 - 12월 27일
길위의 남자 김명돌
全心全力

2023년 6명, 2024년 5명 등 모두 91명이 완보했다'라는 기록이 수록되었다. 그리고 아래에는 백의종군 보존회장 등 공로자들의 이름과 직함이 붙어 있다.

"이 전당은 조선시대 의금부 터(서울 종각역)를 출발하여 이곳 합천 모여곡까지 670㎞에 이르는 길에 깃들어 살아 숨쉬는 충무공 이순신의 백의종군 정신과 행적을 따라서~~" 라고 하면서 "이 전당을 통하여 충무공의 백의종군 정신이 널리 확산해 더욱 계승 발전되기를 바란다"고 하였다.

그때, "현수막 만들어서 갈게!"라고 했던 친구가 대구에서 출발하여 도착했다. 포옹하고 현수막을 들고 인증샷을 찍었다.

> 충무공 이순신 백의종군길 670㎞
> "22일간의 백의종군"
> 길 위의 남자 김명돌

그렇다.
충무공 이순신의 백의종군이 끝나는 곳에서
길 위의 남자 나의 백의종군 또한 끝이 났다.
이제는 백의종군 정신으로 살아가야 한다.
명량해전의 기적을 이루고
노량해전의 승전을 이룬
충무공 이순신의 백의종군 정신으로
일상에서 인생길을 걸어가야 한다.

이순신은 인류 역사상 몇 안 되는 완전무결한 위인 중 한 사람이다. 단순히 국난에서 백성과 나라를 구한 군인이 아닌 인류사의 위대한 인간으로 보아도 절대 모자람이 없다. 하물며 세종대왕에 대해서도 정치적 실책이나 인간적 단점이 드러나는데 이순신에게는 그런 것이 없다.

1931년 국어학자이자 독립운동가인 이윤재는 〈성웅 이순신〉이란 전기 작품에서 최초로 이순신을 성인과 영웅을 합친 성웅(聖雄)이라 일컬었다. 성웅은 거룩한 영웅이다. '성(聖)'은 유학에서 말하는 '가장 드높은, 완전무결하고 이상적인 인간상'을 일컫는다.

중국에서는 특이하게도 자기 나라인 중국사의 역사 인물이 아니라 인도의 마하트마 간디를 한자로 성웅감지(聖雄甘地)라고 하여 성웅을 쓰는 것이 유일하다. 일본의 아리모토라는 역사학자가 본 이순신에 대한 기록이다.

세계의 전쟁영웅은 피로 만들어진다. 전쟁영웅은 만인들에게 우러러보게끔 만든다. 알렉산더대왕도 그러했고, 시저도 그러했고, 칭기즈칸도 그러했고, 나폴레옹도 그러했다. 하지만 이순신 장군은 우리에게 고개를 숙이게 한다. 우리 자신을 부끄럽게 한다. 이러한 표현이 맞는지는 모르겠다. 나는 크리스천이다. 십자가에 못 박혀 있는 그분. 이순신 장군을 볼 때면 문득 그분이 떠오른다. 두 분 다 나의 고개를 숙이게 한다. 이순신 장군은 단순히 조선을 구한 영웅이 아니었다. 또한 장군은 피로 혁명을 일으키기보다는 바로 십자가를 선택하셨다. 모든 것을 홀로 짊어지고 가셨다. 이순신 장군은 그 처절한 전쟁 속에서 충(忠), 효(孝), 의(義), 애(愛), 선(善)을 가르치신 분이셨다. 그러고 보니 한국 사람들은 이순신 장군을 영웅 이순신 장군이라고 말하지 않는다. 이렇게 말한다.

"성웅 이순신"

성웅 이순신, 충무공 이순신과 함께 걸은 백의종군길, 드디어 합천 율곡면 낙민2구마을회관에서 대장정을 마친다.

"나는 시도했고 마침내 도착했다!"
"그대는 왜 시도하지 않는가!"

충무공 이순신 백의종군길 670㎞ 도보여행기

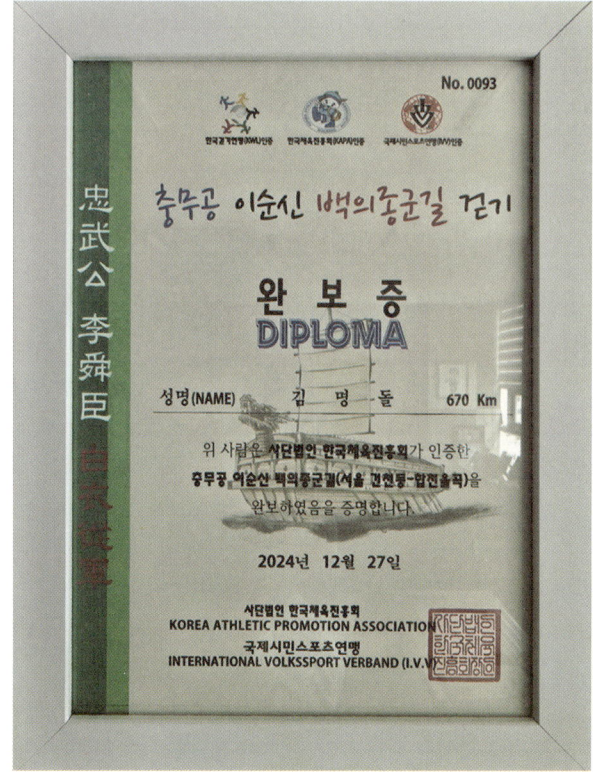

에필로그

세상에는 수많은 길이 있다.

산길 들길 해변 길 에움길 논틀길 산판길……

그 길들 중에

나는 충무공 이순신의 백의종군길을 걸었다.

그리고 이순신을 만났다.

천 리 길도 한 걸음부터라고 했건만

일천칠백 리 길을 한 걸음 한 걸음 걸어왔다.

티끌 모아 태산이다.

작은 물방울이 모여서 망망대해를 이루고

작은 모래알이 모여서 사막을 만든다.

작은 별들이 모여서 은하수를 만들고

작은 친절들이 아름다운 세상을 만든다.

작은 것이 아름답다.

작은 미소가 서로를 좋아하게 하고

작은 선행이 사회를 아름답게 한다.

예쁜 꽃은 정원에만 있는 게 아니다.

자신의 마음에도 있고 만나는 사람마다 사람 꽃이건만

자신의 아름다움을 보지 못하고 타인의 향기를 느끼지 못하는 것
은 왜일까.

내 마음의 작은 데서부터 큰 파도가 일어난다.

충무공 이순신의 백의종군길은

흐르는 세월 속에 묻혔기에

이리저리 헤매고 때로 길이 보이지 않을 때면

이순신이라면 어디로 갔을까

21세기의 충무공이 지나갔을

그 길을 생각하며 나의 길을 걸었다.

거칠고 힘들고 외로웠던 고뇌의 길

충의 길 효의 길 구국의 길에서

나는 만났다.

충무공 이순신을 만나고

이순신과 함께 걸어가는 나 자신을 만나고

그 길 끝에 기다리는

이전과는 다른 새로운 자신을 만났다.

성웅 이순신의 정신

이순신의 리더십으로 무장한 새로운 나를 만났다.

그대, 삶이 힘들다면

삶에 새로운 전환이 필요하다면

백의종군길에 홀로 서 보라.

이순신이라면 어떻게 할까.

이순신이 그대에게 하는 이야기에 귀를 기울여 보라.

쩨쩨하고 치사한 내가 아닌

멀고 먼 저 길 끝에서 기다리고 있는
그대 자신을 찾아가 보라.

돌아보라.
때로는 그대 자기 삶에 백의종군해 보라.
후회스럽고 가슴 아픈 뉘우침이 있다면
그대는 자신에게 백의종군을 명하라.
그리고 그대 자기 삶에 백의종군하라.
성웅 이순신을 생각하면서
이순신이라면 어떻게 할까 생각하면서.

이충무공 유적답사기

- 문화재청 현충사관리소에서 시행하는

2022년도 제10회 '이충무공 난중일기 독후감·유적답사기' 수상작

　인생은 길이 끝나는 데서 다시 새로운 길을 걸어가는 것, 2020년 10월 31일 코리아둘레길 남파랑길 개통은 놀라운 뉴스였다. 코리아 둘레길은 동·서·남해안과 비무장지대(DMZ) 접경지역 등 우리나라 외곽을 연결해 구축될 4,500㎞의 초장거리 걷기 여행길이다. 동해안의 해파랑길 750㎞, 남해안의 남파랑길 1,470㎞, 서해안의 서해랑길 1,756㎞, DMZ 평화의길 524㎞를 연결하여 국제적인 도보여행 코스 구축을 목표로 한다. 해파랑길은 2016년 5월 개통했고, 남파랑길은 2020년 10월 개통했으며, 서해랑길은 2022년 6월 개통했고, DMZ 평화의길은 2023년 4월 개통 예정이다. DMZ 평화의길이 개통되면 285개 코스 4,500㎞ 길이의 초장거리 트레일이 된다.

　2014년 임시 개통했던 해파랑길을 걸었기에 남파랑길은 숙명처럼 다가왔고 2020년 11월 6일 부산 오륙도해맞이공원에서 길을 나섰다. 연말까지 완주하기로 했으니, 계획도 실행도 속전속결이었다. 남파랑길은 '남쪽의 쪽빛 바다와 함께 걷는 길'이라는 뜻으로 남쪽 바다의 아름다움을 향유하는 낭만 길이다. 하지만 남파랑길은 아직

도전해 보지 못한 1,470㎞ 최장 거리로 두려움과 설렘이 교차했다. 자신의 좌우명이 '일신우일신(日新又日新)'이었기에 새로운 도전은 희망과 용기로 충만했다. 그리고 52일간 1,470㎞를 걸어서 12월 30일 해남 땅끝 탑에 도착했다.

임진왜란 유적이 있는 1코스 부산진성과 증산 왜성을 지나면서 전광석화처럼 한 생각이 스쳐 갔다. 테마 있는 도보여행, '남파랑길을 걸으면서 임진왜란 국난 극복의 영웅 충무공 이순신의 행적을 좇아가자'라는 생각이었다. 갑자기 심장이 쿵! 쿵! 뛰기 시작했다. 평소 삶 속에서 용기와 결단이 필요할 때면 〈난중일기〉를 펼치고, 아산 현충사를 찾아가고, 충무공의 묘소를 찾아갔다. 한산도를 찾아가고 구례에서 순천까지 백의종군로를 걷기도 했다. 남파랑길에는 충무공 이순신의 혼과 얼이 깃들어 있다. 부산에서 해남까지 남쪽 바다에는 충무공의 자취가 서려 있지 않은 곳이 없다. 부산포해전에서 명량해전에 이르기까지 23전 23승의 전승의 기적이 곳곳에 서려 있다. 그런 남파랑길을 걸으면서 이순신을 만나고 싶었다. 충정을 만나고, 효성을 만나고, 사랑을 만나고, 엄정을 만나고, 아픔을 만나고 눈물을 만나고 싶었다. 매일매일 걸으면서 〈난중일기〉와 〈징비록〉 그리고 충무공 관련 서적을 읽었다. 도보여행의 기쁨은 한층 배가 되었다.

남파랑길을 걷던 어느 날 스페인 산티아고 순례길에서 만난 '산티아고(Santiago)', 곧 성 야고보를 떠올렸다. 2017년 6월 산티아고 순례길을 다녀왔으며, 그 길에는 전설적인 스페인의 수호성인 야고보가 있었다. 스페인에서는 야고보를 '무어인의 학살자 야고보' '산티아고 마타모로스(Santiago Matamoros)'라 불렀다. 정복자 이슬람교도들과 전투에서 결정적인 순간마다 나타나 승리했고, 빛나는 갑옷을 두르고 백마를 탄 채 칼을 휘두르며 무어인의 목을 베는 용감한 기사 야고보의 이미지를 본 이슬람교도들은 싸우기 전에 기가 꺾였다. 이슬람교도들을 축출한 야고보는 성인의 반열에 오르며 스페인의 수호성인이 되었다.

전 세계 사람들의 버킷리스트 1위, 전 세계 사람들이 가장 걷고 싶어 하는 길로 꼽히는 산티아고 순례길 800㎞는 한 순교자의 무덤으로 가는 길이면서 세상에서 가장 아름다운 자연의 풍광을 즐길 수 있는 길이다. 산티아고 순례길의 역사에 관한 기록은 '순례자의 도시' 산티아고 데 콤포스텔라 도시 전체를 1993년 유네스코 세계문화유산에 등재시켰고, 산티아고 가는 길에 수많은 순례자가 찾아오게 했다.

남파랑길을 걸으면서 스페인의 수호성인 야고보와 우리 민족의 수호성인 충무공을 동일시하며 떠올렸다. 충무공 이순신은 임진왜란 국난 극복으로 '민족의 태양', '성웅 이순신'으로 추앙을 받는 우리 국민 누구나 가장 존경하고 사랑하는 위대한 인물이다. 2013년 세계기록유산에 등재된 이순신의 〈난중일기〉는 충무공의 승전 유적지와 함께 한려해상국립공원 등 아름다운 자연경관을 지닌 남파랑길을 세계적인 명품 트레일로 우뚝 솟게 할 수 있을 것이며, 나아가 세계의 수많은 여행자가 찾아올 것이라 기대한다.

남파랑길 종주 중에는 물론 종주 후에도 남해안의 충무공 유적지를 찾아다녔다. 부산포해전이 있었던 부산에서 명량해전이 있었던 울돌목과 해남 우수영, 진도의 벽파항까지 1년 7개월간 남쪽 해안 구석구석 충무공의 발자취를 찾아다녔다. 가슴 뜨거운 나날들, 순간들이었다. 23전 23승의 역사적인 바다를 바라보면서 그날의 함성을 들었고, 삼도수군통제영이 있었던 한산도, 전라좌수영의 진남관과 선소와 종고산, 어머니 거처하시던 곳 등 여수와 백의종군로, 조선 수군 재건로, 노량해전이 있었던 관음포 바닷가와 호국공원, 이락사와 충렬사, 시신이 옮겨갔던 마지막 통제영 고금도, 진도와 해남의 울돌목 등 이순신의 발자취를 찾아서 〈난중일기〉를 벗 삼아 남해안 구석구석을 누볐다. 그래서 충무공의 용기를 만나고, 희생을 만나고, 장수로서, 무인으로서, 문인으로서, 인간적인 너무나 인간적인 필부로서, 아버지로서, 아들로서, 남편으로서 ……, 그런 이순신을 만났다. 행복했다. 충무공의 혼과 얼이 서려 있는 남해안 바닷가를 걸으면서 너무나 행복했다. 그리고 고마웠다. 이순신이 없었다면, 임진왜란이 일어나기 1년 전 이순신이 전라좌수사가 되지 않았다면 우리 민족은 430년 전에 이미 한강 이남과 이북으로 갈라지고 일본이나 중국의 땅이 되었을지도 모르는 일. 감사했다. 너무나 감사했다. 이는 우리 민족의 행운이었다. 하늘의 도움이었다. 천행이었다.

12월 30일 폭설이 내리는 날, 임진왜란 중이었던 1596년 이순신이 해남 순시 때 묵었던 남창리에서 출발하여 달마고도를 걸어 조선 수군 의병들이 있었던 미황사를 지나고 땅끝기맥을 걸어서 남파랑길의 종점 땅끝 탑에 도착했다. 90코스 1,470㎞를 걸었다. 그리고 〈남파랑길의 노래〉를 부르며 긴 여정을 마무리했다.

부산 오륙도해맞이공원에서 해남 땅끝마을까지
남해안 일천사백칠십 킬로미터
충무공의 발자취를 찾아
사천 리 길을 걸었네.
남쪽 바다에 울려 퍼지는
조선 수군 승리의 함성
간사한 왜적의 비명 들으며
오십이일 간 걷고 또 걸었네.

부산 창원 거제 통영 고성 사천 남해 하동
광양 순천 여수 고흥 보성 장흥 강진 완도 해남
옥포 합포 적진포 사천 당포 당항포 한산도 안골포
부산포 …… 명량 노량으로 이어지는 23전 전승의 바다에서
충무공 이순신을 만나고 이순신의 혼과 얼을 만나고
구국희생, 효제충의, 백의종군, 공도청렴, 공명정대,
필사즉생, 신상필벌, 유비무환, 어적보민 ………
〈난중일기〉의 기록 정신을 만나고

"부디 나라의 치욕을 크게 씻어야 한다!"고 하신
백의종군 길 어머니의 죽음 앞에 통곡하던 아들을 만나고
"내 아들아! 나를 버리고 어디로 갔느냐!"며

면의 죽음 앞에서 탄식하던 아버지 이순신을 만나고
남파랑길의 순례자는 이제 목청껏 노래를 부른다.
한번 죽음으로 영원히 살아있는 불멸의 이순신
영원한 민족의 태양 충무공 이순신
만세! 만세! 만만세!
만세! 만세! 만만세!"

이순신 가계도

증조부	거(琚)		
조부	백록(百禄)		
조모	초계 변씨(변성 딸)		
부친	정(貞)		
모친	초계 변씨(변수림 딸)		
큰형	희신(羲臣)	아들	뇌(蕾)
			분(芬)
			번(蕃)
			완(莞)
작은형	요신(堯臣)	아들	봉(奉)
			해(荄)
본인	순신(舜臣)		
부인	상주 방씨(방진 딸)	아들	회(薈)
			열(悅) - 초명 울(蔚)
			면(葂) - 초명 염(苒)
		딸	홍비 부인
		서자	훈(薰)
			신(藎)
동생	우신(禹臣)		

이순신 연보

연도	나이	주요사항
1545 (인종 1)	1	3월 8일(양력 4월 28일) 건천동에서 출생.
유년기		아산 외가로 이사(15세 이후 추정).
1565(명종 20)	21	보성군수 방진의 딸과 혼인.
1566(명종 21)	22	무예수련 시작.
1567(명종 22)	23	2월 맏아들 '회' 출생.
1571(선조 4)	27	2월 둘째 아들 '열' 출생.
1572(선조 5)	28	8월 훈련원 별과 낙방. 낙마 실족 골절.
1576 (선조 9)	32	2월 식년 무과 병과 합격. 12월 함경도의 동구비보에 권관 첫 벼슬.
1577(선조 10)	33	2월 셋째 아들 '면' 출생.
1579(선조 12)	35	2월 훈련원 봉사가 됨. 10월 충청병사의 군관.
1580(선조 13)	36	7월 전라도 발포만호가 됨.
1581(선조 14)	37	12월 서익의 모함으로 파직.
1582(선조 15)	38	5월 다시 훈련원 봉사가 됨.
1583 (선조 16)	39	7월 함경도 남병사의 군관이 됨. 10월 건원보의 군관이 되어 여진족 추장 울지내를 사로잡음. 11월 훈련원 참군 승진. 11월 부친 사망(73세).
1586(선조 19)	42	1월 사복시 주부가 됨. 이어 함경도 조산보의 만호가 됨(유성룡 추천)
1587 (선조 20)	43	8월 녹둔도 둔전관을 겸함. 10월 이일의 모함으로 파직, 백의종군.
1588 (선조 21)	44	1월 시전부락 여진족 정벌의 공으로 백의종군 해제됨. 집으로 돌아와 한거함
1589 (선조 22)	45	2월 전라도 순찰사 이광의 군관이 됨. 12월 정읍현감에 오름.
1591(선조 24)	47	2월 전라좌도수군절도사에 오름.

연도	나이	주요사항
1592 (선조 25)	48	임진왜란 발발. 5월 1차 출전하여 옥포 합포 적진포에서 승리. 가선대부 승자. 5월 말 6월 초 2차 출전하여 사천 당포 당항포 율포해전에서 승리. 자헌대부. 7월 한산대첩. 정헌대부. 9월 부산포해전 승리.
1593 (선조 26)	49	2월 웅포해전 승리. 7월 15일 한산도로 본영 옮김. 8월 한산도에 통제영 창설함. 8월 15일 삼도수군통제사 임명.
1594 (선조 27)	50	3월 2차 당항포해전에서 크게 이김. 4월 진중에서 무과 실시. 10월 곽재우, 김덕령과 작전 모의함. 장문포해전.
1595 (선조 28)	51	1월 맏아들 회의 혼례. 2월 원균 충청병사로. 8월 체찰사 이원익 진영 내방. 9월 충청수사 선거이 시를 주며 송별함.
1596(선조 29)	52	겨울. 요시라의 간계.
1597 (선조 30)	53	2월 26일 서울 압송. 3월 4일 옥에 갇힘. 4월 1일 특사됨. 도원수 권율의 막하로 백의종군. 4월 11일 모친상(향년 83세). 13일 유해 영접. 7월 삼도수군통제사 재임명. 9월 명량해전. 13척의 배로 133척과 대항, 승리.
1598 (선조 31)	54	2월 고금도로 진영 옮김. 7월 16일 진린과 연합작전. 절이도해전. 11월 19일(양력 12월 16일) 노량해전에서 숨짐. 12월 우의정 추증.
1599(선조 32)		2월 11일 아산 금성산 선영에 장사(두사충).
1600(선조 33)		이항복 주청으로 여수에 충민사 건립.
1603(선조 36)		부하들이 이순신을 추모, 타루비 건립.
1604(선조 37)		선무공신 1등, 덕풍부원군 추봉. 좌의정 추증.
1606(선조 39)		통영에 충렬사 건립.
1614(광해 6)		어라산으로 15년 만에 이장.
1633(인조 11)		남해 충렬사에 충민공비 건립.
1643(인조 21)		충무(忠武)의 시호를 받음.
1793(정조 17)		7월 21일 영의정에 추증됨.
1795(정조 19)		『이충무공전서』 간행됨.

징비록 연표

○ **1587년**(선조 20)

2월 녹도, 가리포에 왜구가 침입하다.

10월 왜국 사신 귤광강이 오다.

○ **1588년**(선조 21)

2월 왜국 사신 종의지, 현소 등이 와서 통신사를 파견해달라고 요구하다.

○ **1589년**(선조 22)

6월 종의지 등이 다시 오다.

8월 28일 선조가 종의지 등을 접견하다.

9월 21일 왜국으로 통신사 파견을 결정하다.

○ **1590년**(선조 23)

3월 6일 통신사 일행이 종의지 등과 함께 왜국으로 떠나다.

11월 7일 통신사 황윤길 등이 도요토미를 만나 답서를 받다.

○ **1591년**(선조 24)

1월 28일 통신사 황윤길 등이 종의지 등과 함께 부산포로 돌아오다.

2월 13일 이순신이 전라좌수사로 임명되다.

4월 29일 선조 종의지 등을 인견하다.

6월 종의지가 왜국으로 돌아가 도요토미에게 보고.

9월 도요토미 조선침략계획을 발령하다.

10월 명나라에 일본 사정을 보고하다.

○ **1592년**(선조 25)

1월 5일 침략군 158,700명을 편성, 부서를 결정하다.

2월 신립과 이일을 나누어 파견하여 변방의 수비 순시케 하다.

4월 13일 일본 고니시 병선 700여 척 거느리고 조선 침략.

4월 14일 부산성 함락, 정발 전사.

4월 15일 동래성 함락, 송상현 전사.

4월 17일 가토 군대가 부산에 상륙.

4월 19일 구로다 나가마사 등이 김해성을 함락하다.

4월 20일 신립이 삼도 도순변사로 임명.

4월 21일 가토 경주 함락.

4월 24일 김성일이 의병 초유사가 되다. 곽재우 의병 일으킴.

4월 25일 경상도 순변사 이일, 상주에서 패함.

4월 26일 문경 싸움에서 조령이 점령당함.

4월 27일 도순변사 신립, 충주 탄금대에서 고니시에게 패한 후 자결, 광해 세자 책봉.

4월 28일 고니시와 가토 충주에서 만나다.

4월 30일 선조, 서울을 떠나 개성, 평양으로 몽진.

5월 1일 선조 개성 도착.

5월 2일 고니시 가토 한강을 건너 한양 점령.

5월 3일 선조, 평양으로 향하다.

5월 7일 이순신 옥포에서 일본 함대 30여 척 격파, 선조 평양에 이르다.

5월 16일 김천일 의병을 일으키다.

5월 18일 한응인, 김명원의 군대가 임진강에서 고니시에 패전.

5월 27일 왜군이 개성에 침입.

5월 29일 이순신 사천에서 거북선 최초로 사용. 원균과 더불어 13척 불태움. 고경명이 의병
을 일으킴. 신각이 양주 해유령에서 왜군을 격파.

5월 선조, 이덕형을 명으로 보내 구원 요청.

6월 2일 이순신 당포해전.

6월 6일 이순신 율포 승전.

6월 9일 고니시 대동강에 이르다.

6월 11일 선조 영변, 의주로 몽진.

6월 14일 고니시 대동강 도하.

6월 16일 일본군 평양 점령.

6월 21일 명나라 참장 대조변과 유격장군 사유 등이 의주에 이르다.

6월 22일 선조 의주에 이르다. 왕세자 광해가 분조(分朝: 분비변사)를 세우다 여러 지방에서
의병이 일어남.

7월 4일 조헌이 의병을 일으킴.

7월 7일 한산도대첩.

7월 8일 정잠 변응정 등이 웅령을 고수하다가 전사하다. 고경명 금산 전투에서 전사.

7월 9일 이순신 안골포 왜 수군 격파.

7월 10일 이정란이 전주성 고수 왜군 물리침. 명의 장수 조승훈이 평양성 탈환전에서 실패하고 사유가 전사하다.

7월 16일 김면이 우지현에서 왜군을 물리치다.

7월 23일 임해군 순화군 회령에서 일본군에 잡힘.

7월 27일 권응수 정대임 등이 영천을 수복하다.

7월 의병장 곽재우 의령, 현풍, 영산 등지에서 일본군 격파. 최경회, 홍계남, 박춘무, 임계영 등이 의병, 서산대사 전국의 승병 일으킴.

8월 1일 조헌이 청주성을 수복하다.

8월 17일 조헌과 승장 영규 등이 금산 싸움에서 전사.

8월 27일 이정란이 연안성을 고수, 왜군을 물리침.

8월 29일 유격장군 심유경이 평양에서 고니시와 회담.

9월 1일 이순신 부산의 왜 수군 무찌름. 부산포해전.

9월 7일 박진이 비격진천뢰로 경주성을 수복, 가토가 경성에서 북청 함흥을 거쳐 안변으로 되돌아감.

9월 16일 의병장 정문부가 경성 수복.

10월 4~10일 김시민 등이 진주성을 굳게 지켜 왜군 격퇴, 정문부가 명천성 수복.

11월 13일 권율이 삼도의 의병 통솔.

11월 16일 이일이 평안도 순변사가 되다.

11월 17일 선조 심유경을 인견.

12월 3일 심유경이 평양성에서 고니시 현소와 회담.

12월 23일 제독 이여송이 명군을 거느리고 압록강을 건너다.

12월 28일 이여송이 의주에서 남하.

○ 1593년(선조 26)

1월 6일 조선군과 명군이 평양을 공격하다.

1월 7일 고니시 등이 평양에서 패퇴하여 남으로 도주하다.

1월 17일 성주성이 수복되다.

1월 21일 파주에서 집결한 왜군이 서울로 되돌아가다.

1월 27일 이여송이 벽제관에서 패전하다.

1월 28일 정문부 등이 길주성을 수복하다.

2월 9~22일 이순신이 웅천의 왜 수군을 네 차례 공격하다.

2월 11일 권율 등이 행주산성의 왜군을 크게 패퇴시키다.

2월 29일 가토 등이 서울로 되돌아가다.

4월 8일 심유경이 용산에서 고니시와 회담하다.

4월 18일 왜군이 서울에서 나와 남쪽으로 퇴거하다.

5월 23일 도요토미가 명호옥에서 명나라 사신과 만나다.

6월 22~29일 진주성이 함락되고 황진, 김천일, 최경회, 서례원, 성수경, 고종후 등 전사.

7월 8일 심유경이 왜국에서 서울로 돌아오다.

7월 15일 왜군이 부산, 웅천, 김해 등지에 나누어 주둔하다.

7월 22일 임해군 순화군이 석방되다.

8월 이순신이 삼도수군통제사가 되다(이후로 왜군이 잇따라 본국으로 철수).

9월 7일 곽재우가 경상우도 조방장이 되다. 이여송이 본국으로 돌아가다.

10월 1일 선조 도성으로 환궁하다.

11월 명나라 사신 사헌이 입경하여 국사 전관을 강권하다.

○ 1594년(선조 27)

2월 훈련도감을 설치하다.

3월 5일 이순신이 진해 고성의 왜 수군을 공격.

4월 승장 유정이 서생포에서 가토를 만나다.

11월 김응서가 고니시와 만나 강화를 논하다.

12월 왜장 소서비탄수가 납관사로 북경에 이르러 화의를 청하다(전국 대기근).

○ 1595년(선조 28)

1월 명나라 유격 진운홍이 고니시와 강화를 이야기하다.

3월 명나라 도사 위응룡이 서생포에서 가토와 만나다.

4월 고니시 본국으로 돌아가다.

6월 고니시 웅천으로 돌아오다.

11월 22일 명나라 봉왜정사 이종성이 부산의 왜영으로 들어가다.

○ 1596년(선조 29)

1월 4일 심유경이 고니시와 왜국으로 건너가다.

4월 이종성이 왜군의 진영을 탈출, 도피하다. 고니시 부산으로 돌아오다.

5월 15일 명의 사신 양방형 일행이 왜국으로 건너가다.

8월 15일 통신사 황신 일행이 왜국으로 건너가다.

8월 18일 황신이 명나라 사신 양방형 일행과 함께 왜국의 계빈에 도착.

9월 2일 도요토미가 명나라 사신 일행을 오사카성에서 접견, 책봉을 받지 않음.

11월 23일 황신이 양방형 일행과 부산으로 귀환.

12월 황신 일행이 서울에 돌아와 복명.

○ **1597년**(선조 30)

1월 1일 도요토미 조선 재침략을 명령하여 정유재란이 일어나다.

1월 27일 이순신이 하옥되고 원균이 경상우수사 겸 삼도수군통제사가 되다.

2월 21일 도요토미 재침략의 부서를 하달하다. 총 인원 141,500명.

6월 18일 명장 양원이 남원성에 들어가다.

6~7월 왜군이 현해탄을 건너 재차 침입하여 군선 600여 척이 부산포에 도착하다.

7월 8일 원균이 가덕도에서 패전하다.

7월 15일 원균이 칠천도에서 죽다.

7월 22일 이순신이 삼도수군통제사에 다시 기용되다. 명나라 도독 마귀가 우리나라로 나오다.

8월 12~16일 남원성이 함락되고 이복남, 임현, 김경로, 이춘원, 정기원 등이 전사하다.

8월 25일 전주성이 함락되고 명장 진우충이 싸우지 않은 채 달아나다. 이순신이 진도로 들
어가다(이 무렵 왜군의 잔학행위가 혹독했다).

9월 2일 고니시가 순천의 예교에 축성하다.

9월 7일 명나라 장수 해생 등이 직산에서 선전했으나 패전하다.

9월 16일 이순신이 명량해전에서 왜 수군을 크게 격파하다.

10월 8일 가토가 경주를 거쳐 울산으로 철퇴하다.

10월 9일 이순신이 우수영으로 귀환하다.

12월 23일 명나라 장수 양호와 마귀 등이 울산의 왜군을 포위하다.

○ **1598년**(선조 31)

1월 3~4일 명나라 군대가 울산성을 총공격했으나 승전하지 못하다.

2월 17일 이순신이 고금도로 진영을 옮기다. 명나라 도독 진린이 수군을 거느리고 내원하다.

3월 이순신이 고금도 근해에서 왜 수군을 격파하다.

6월 경리 양호가 본국으로 돌아가고 그를 대신하여 만세덕이 나오다.

7월 16일 이순신이 고금도 근해에서 왜 수군을 격파하다.

8월 18일 도요토미 죽다. 조선에 출병한 병력의 철수를 유명하다.

8월 21일 이광악이 금산과 함양의 왜군을 공격하여 승전하다.

9월 명장 유정이 순천에 있는 고니시를 공격하다.

10월 1일 명장 동일원이 사천성을 공격했으나 패전하고 달아나다.

11월 울산, 사천, 순천의 왜군이 본국으로 철수하다.

11월 10일 이순신이 명나라 수군과 협동하여 순천에 있던 고니시의 퇴로를 차단하다.

11월 19일 이순신이 노량해전에서 왜의 수군을 크게 격파한 후 전사하다. 모든 왜군이 본국
으로 철퇴하여 왜란이 끝나다.

16세기 연대기

1501 이황(~1570), 조식(~1572), 문정왕후(~1565), 흑인노예무역 본격화.

1503 노스트라다무스(~1566)

1504 다비드상. 무오사화. 이사벨 사망(재위 1474~). 신사임당(~1551).

1506 모나리자(1503~). 중종반정. 콜럼부스(1451~).

1509 장 칼뱅 출생(~1564).

1510 삼포왜란.

1511 포르투갈 몰라카 점령.

1512 '천지창조' 미켈란젤로.

1513 『군주론』 마키아벨리.

1516 『유토피아』 토머스 모어.

1517 루터(1483~1546) 종교개혁. 이지함(~1578).

1519 마젤란 세계일주(~1522). 기묘사화 조광조(1482~). 다빈치(1452~).

1520 서산대사(~1604).

1521 코르테스 아스텍 왕국 정복.

1528 왕양명 사망(1472~).

1530 명종(~1567).

1532 잉카제국 멸망.

1533 고경명(~1592).

1534 헨리 이혼. 영국 국교회 성립. 오다 노부나가(~1582). 송익필(~1599).

1535 성혼(~1598).

1536 이이(~1584). 정철(~1593). 도요토미 히데요시(~1598). 송응창(~1606).

1537 권율(~1599). 김천일(~1593).

1538 김성일(~1593). 석성(~1599).

1539 허준(~1615). 이산해(~1609).

1540 원균(~1597).

1541 최후의 심판.

1542 유성룡(~1607). 인도 악바르(~1605). 구키 요시다카(~1600).

1543 코페르니쿠스(1473~) 지동설. 정운(~1592). 도쿠가와 이에야스(~1616).

1544 사명대사(~1610).

1545 을사사화. 이순신(~1598).

1546 서경덕(1489~). 정여립(~1589).

1549 이여송(~1598).

1552 곽재우(~1617). 선조(이연: ~1608).

1554 김시민(~1592). 조헌(~1592). 와자카 야스하루(~1626).

1556 이항복(~1618). 도도 다카도라(~1630).

1558 엘리자베스 즉위. 고니시 유키나가(~1600).

1559 임꺽정의 난(~1562). 이황 기대승 논쟁. 누루하치(~1626).

1560 이시다 미쓰나리(~1600).

1561 이덕형(~1613). 이억기(~1597).

1562 프랑스의 위그노 전쟁 (~1598). 가토 기요마사(~1611).

1563 허난설헌(~1589). 만력제(~1620).

1564 셰익스피어(~1616). 갈릴레이(~1642). 미켈란젤로(1475~).

1565 정문부(~1624).

1567 선조 즉위. 김덕령(~1596).

1568 네덜란드 독립전쟁.

1569 허균(~1618).

1581 네덜란드 연방공화국 수립.

1582 그레고리력 성립.

1588 종계변무 에스파냐 무적함대 영국에 패배.

1589 정여립의 난. 기축옥사.

1590 황윤길 김성일 일본 방문.

1592 임진왜란 발발. 한산해전.

1596 이몽학의 난.

1597 명량해전.

1598 노량해전. 앙리 4세 낭트칙령으로 신교의 자유 허용.

1600 영국 동인도회사 성립. 세키가하라 전투.

참고문헌

○ 난중일기 유적편 이순신 지음 노승석 옮김. 여해

○ 교감완역 난중일기 이순신 지음 노승석 옮김. 민음사

○ 국역정본 징비록 서애 류성룡 지음 이재호 옮김. 역사의 아침

○ 이충무공전서 이야기 김대현 지음. 한국고전번역원

○ 충무공 이순신 전서 1~4권 박기봉 편역. 비봉출판사

○ 류성룡과 임진왜란 이성무 외 엮음. 태학사

○ 간양록 강항 씀 김찬순 옮김. 보리

○ 이순신 리더십 이창호 지음. 해피북스

○ 이순신의 바다 황현필 지음 역바연

○ 난세의 혁신리더 류성룡 이덕일 지음. 역사의 아침

○ 위대한 만남 류성룡과 이순신 송복 저. 지식마당

○ 조선전쟁실록 박영규 지음. 김영사

○ 도요토미 히데요시 야마지 아이잔 지음 김소영 옮김. 21세기북스

○ 임진왜란과 도요토미 히데요시 국립진주박물관

○ 임진왜란의 원흉, 일본인의 영웅 도요토미 히데요시 박창기 지음. 신아사

○ 임진난의 기록 루이스 프로이스 지음 정성화·양윤선 옮김 살림

○ 그들이 본 임진왜란 김시덕 지음 학고재

○ 임진왜란과 동아시아 삼국전쟁 서경대학교 기획 정두희·이경순 엮음 휴머니스트

○ 왜성재발견 신동명·최상원·김영동 지음. 산지니.

○ 조선 지식인의 위선 김연수 지음. 앨피

○ 조선의 힘 오항녕 지음. 역사비평사

○ 조선붕당실록 박영규 지음. 김영사

○ 조선의 숨은 왕 이한우 지음. 해냄

○ 일본인 이야기 -전쟁과 바다 김시덕 지음 메디치

○ 하룻밤에 읽는 일본사 카와이 아츠시 지음 원지연 옮김. 중앙 MB

○ 일본문화와 상인정신 이어령. 문화사상사

○ 택리지 이중환 지음 이익성 옮김 을유문화사

○ 신정일의 新 택리지 신정일 지음 타임북스

○ 풍류 신정일 지음. 한얼미디어

○ 오리 이원익 그는 누구인가 함규진·이병서 지음. 녹우재

○ 꿈꾸다 떠난 사람 김시습 최명자 엮고 씀 빈빈책방

○ 선비, 사무라이 사회를 관찰하다. 박상휘 지음. 창비

○ 해전의 역사 허홍범 한종엽 지음. 지성사